Le serment d'un Dante

Libre d'aimer

DAY LECLAIRE

Le serment d'un Dante

Traduction française de
MARIEKE MERAND-SURTEL

PASSIONS

HARLEQUIN

Collection : PASSIONS

Titre original :
BECOMING DANTE

Ce roman a déjà été publié en 2013.

HARPERCOLLINS FRANCE
83-85, boulevard Vincent-Auriol, 75646 PARIS CEDEX 13
Service Lectrices — Tél. : 01 45 82 47 47

www.harlequin.fr

ISBN 978-2-2804-4901-4 — ISSN 1950-2761

- 1 -

La porte du bureau s'ouvrit à la volée, et une des plus belles femmes que Gabriel Moretti ait jamais vue de sa vie entra. En la voyant, il éprouva comme une étrange effervescence dans tout le corps, sensation totalement inédite pareille à un tsunami qui ébranla toutes ses certitudes et mit ses sens en alerte maximale.

Cette femme-là t'appartient, chuchota une voix intérieure. *Prends-la !*

Gabe chassa cette pensée saugrenue et, sourcils froncés, fixa son attention sur l'inconnue. La jeune femme était grande ou, plutôt, ses escarpins à très hauts talons en donnaient l'illusion et mettaient en valeur son ossature délicate, presque fragile. Malgré sa minceur, des courbes féminines emplissaient à ravir un tailleur gris anthracite et blanc, de toute évidence une grande griffe française. Posé avec élégance sur ses épaules, un manteau de laine noire complétait sa tenue. Une chevelure couleur charbon ardent encadrait un visage ciselé et s'enroulait en lourde torsade sur sa nuque. Mais la jeune femme ne se distinguait pas uniquement par sa beauté. Il émanait d'elle force de caractère et détermination, tandis que ses yeux d'un vert pâle surprenant étincelaient d'intelligence. Des yeux ensorcelants. Et comme hantés, qui lui conféraient une vulnérabilité quasi poignante, à laquelle Gabe réagit avec une intensité troublante.

Prends-la.

Une exigence viscérale, qui écrasa pensée et raison, à peine supportable. Le temps ralentit, s'arrêta, confisquant son esprit, son sang-froid, tout ce qui faisait de lui l'homme qu'il s'était acharné à devenir. Le désir se mua en un impératif… cette femme, ici, conquise sur-le-champ. Et, pendant tout ce temps, le même chuchotis insidieux : *fais-la tienne. Marque-la au fer rouge de ta possession.* Un feu crépita, insoutenable d'intensité, incontrôlable de puissance. Il pénétra profondément en lui, s'infiltra dans ses veines à chaque battement de son cœur. Prit racine, lançant d'incessantes vrilles qui s'accrochèrent et s'épanouirent au tréfonds de son âme. Puis le temps s'accéléra, le ramenant brutalement au présent.

La jeune femme s'avança avec prudence, comme si elle hésitait. Elle riva son regard au sien et sembla surprise. A qui ou à quoi s'était-elle attendue ? Ou bien réagissait-elle simplement envers lui comme lui à son égard ?

— Gabriel Moretti ? demanda-t-elle d'une voix basse et rauque.

C'est elle ! Elle est faite pour toi !

— Désolée, monsieur Moretti, intervint Sarah, son assistante, en se précipitant dans le bureau. Elle a refusé de prendre rendez-vous et exigé de vous voir immédiatement.

Gabe referma le dossier qu'il relisait et se leva. Il planta sur la mystérieuse intruse le regard glacé qui lui valait le surnom de « Tueur » parmi ses concurrents comme ses adversaires. Peut-être se rebiffait-il en raison de cette terrible et lancinante voix intérieure — une voix qu'il n'avait jamais entendue et espérait ne plus jamais entendre. Ou peut-être était-ce pour réprimer l'élan qui le poussait à ignorer tout comportement civilisé et à prendre ce qu'il convoitait, peu importe les conséquences. Elle se contenta de lui retourner un regard aussi éclatant que les « diamants de feu » des Dante.

Glace et feu, une combinaison fascinante…

— Et si nous commencions par le commencement ? suggéra-t-il. A qui ai-je l'honneur ?

Il était impressionné par sa capacité à parler si calmement alors que le désir le submergeait en vagues brûlantes et désordonnées.

— Vous ne me reconnaissez pas ? répliqua-t-elle, légèrement amusée. Je suis Kat. Katerina Malloy.

Sa réponse lui fit l'effet d'un uppercut. Au temps pour sa petite voix intérieure. Non seulement cette femme n'était pas pour lui, mais elle ne le serait jamais. Quel que soit son désir pour elle, elle était la *dernière* au monde qu'il mettrait dans son lit — ou voudrait dans son lit. Il ne l'avait vue qu'une seule fois auparavant. A l'époque, il avait éprouvé la même réaction, en beaucoup moins fort, cependant. Sans doute le fait qu'elle se trouve alors dans le lit d'un autre homme, le fiancé de sa cousine, avait-il quelque peu modéré sa réaction.

Gabe adressa un signe de tête à son assistante, qui quitta la pièce.

Dès qu'ils furent seuls, il se rapprocha de Kat et lança la première salve.

— Si vous n'étiez pas habillée, je me serais peut-être plus facilement souvenu de vous.

Un éclair de colère illumina ses prunelles d'émeraude.

— Très gentleman de votre part de mentionner cet événement.

— Je vous déconseille de le prendre sur ce ton, riposta-t-il d'une voix de marbre. Sinon, je me verrai dans l'obligation de vous rappeler certains faits peu glorieux.

Elle écarta sa mise en garde d'un haussement d'épaule même si, à en juger par la couleur qui empourpra ses joues, la remarque fit mouche. Tant mieux. Garder leurs relations sur le terrain de la confrontation interdirait que s'y immisce toute autre émotion. Ou du désir. Ou encore le besoin impérieux de lui arracher ses vêtements et de s'imprégner d'elle, corps et âme.

— Vous avez refusé toutes mes propositions de rendez-vous, déclara-t-elle. Vous pourriez avoir la courtoisie de m'écouter avant de me jeter dehors.

Il la fixa sans répondre. Quelque chose dans son attitude la fit taire, et elle l'observa avec méfiance… une biche exquise flairant un prédateur affamé. Il était temps. Il garda le silence et le laissa s'alourdir jusqu'à ce qu'une rancœur glaciale s'installe entre eux. Et, durant tout ce temps, l'odieuse petite voix ne cessa d'assener ses exigences saugrenues concernant sa visiteuse, exigences qu'il n'avait aucune intention d'écouter et encore moins de suivre.

— Je ne vous dois rien, dit-il enfin. Ma défunte femme, éventuellement. Après tout, Jessa était votre cousine. Vous savez qu'elle vous aimait comme une sœur ? ajouta-t-il d'un ton neutre. Malgré ce que vous lui avez fait, malgré votre petit flirt avec Benson Winters, elle a passé les deux dernières années de sa vie à pleurer votre relation perdue.

Kat haussa un sourcil parfait.

— Ah oui ? Alors, elle avait une façon bien particulière de le montrer, étant donné qu'elle a monté notre grand-mère contre moi et m'a calomniée dans la presse. Pardonnez-moi, mais il ne s'agit nullement d'un comportement que je prêterais à une sœur.

Il vit rouge.

— Peut-être parce que vous avez couché avec son fiancé. Et, même si j'ai fini par y gagner puisqu'elle s'est consolée auprès de moi, c'était un acte odieux.

Kat Malloy se reprit à une vitesse stupéfiante. Le menton relevé dans un air de défi, elle rétorqua :

— C'est ce que la Terre entière ne cesse de me répéter. Pour une raison étrange, j'ai une version un peu différente de ce qui s'est passé ce soir-là.

Puis elle jeta un coup d'œil circulaire à la pièce et s'arrêta sur le confortable coin salon où il recevait ses clients. Ignorant les fauteuils, elle choisit le canapé. D'un gracieux mouvement d'épaule, elle se débarrassa de son manteau, le déposa sur un des accoudoirs et s'assit sans façon, jambes croisées — des jambes magnifiques, au galbe admirable, nota-t-il malgré lui. Des jambes qu'il aurait rêvé de voir s'enrouler autour de lui. Certes, les vipères aussi se lovaient contre leur proie. Mais il ne s'en approcherait jamais au point de risquer la piqûre de ses crochets venimeux. Quoi que lui murmure sa voix intérieure, qui semblait-il ne se souciait nullement de vipère ou de venin, seulement de ces jambes sublimes et de la façon dont elles pourraient se croiser autour de ses reins.

Kat le toisa avec un sang-froid remarquable.

— Avant de me mettre à la porte, vous devriez prendre conscience d'un élément crucial.

Avec un sourire de sirène, elle ajouta :

— J'ai quelque chose que vous désirez.

Il balaya ses propos d'un geste.

— Vous n'avez rien que je désire, ni maintenant ni jamais.

Elle replia les mains sur ses genoux. Si convenable. Si élégante. Si fichtrement classe. Mais tout cela n'était que mensonge.

— En fait, je faisais référence au Heart's Desire.

Gabe se figea. Il avait consacré des années à tenter de racheter, en vain, le collier en diamants de feu de sa mère à Matilda Chatsworth. La grand-mère de Kat savait pertinemment la valeur que ce collier avait pour lui : il aurait payé n'importe quelle somme pour le récupérer. Dans ce domaine, ses talents de tacticien s'étaient révélés inopérants. Certes, il était fort jeune à l'époque et était moins maître de lui qu'aujourd'hui, surtout quand il s'agissait d'un objet possédant pour lui une telle charge émotionnelle.

Le collier avait été créé par sa mère, Cara, lorsqu'elle avait commencé à travailler comme créatrice pour les joailleries Dante. Durant cette période exaltante, elle était tombée amoureuse de Dominic Dante, le fils du propriétaire. Leur liaison passionnée avait failli se conclure par un mariage. Mais Dominic, sans aucun doute poussé par ses parents, avait choisi comme épouse une femme dotée d'un compte bancaire fort utile aux joailleries Dante. Après cette trahison, Cara avait accepté un poste dans la branche new-yorkaise de Dante et poursuivi le cours de sa vie. Jusqu'à ce que Dominic réapparaisse quelques années plus tard. Sa mère avait de nouveau succombé au charme de Dominic et passé une nuit avec lui. Une seule et unique nuit d'amour au cours de laquelle avaient été conçus Gabe et Lucia, sa sœur jumelle. Cara avait ensuite quitté définitivement la joaillerie Dante.

Mais Dominic n'avait pu oublier Cara et n'avait jamais cessé de l'aimer. Il avait passé des années à tenter de retrouver sa trace, jusqu'à ce qu'il y parvienne quinze ans plus tard et découvre alors l'existence des jumeaux. Cette fois, il demanda sa main, bien qu'il ait été toujours marié à Laura. Il offrit alors à Cara un collier qu'elle avait créé pour la joaillerie, qu'il baptisa en son honneur Heart's Desire, le Désir du Cœur, ainsi qu'une bague, en guise de promesse qu'il reviendrait, son divorce une fois prononcé, pour l'épouser et légitimer ses enfants. Mais il ne revint jamais, et il ne resta à Cara Moretti que de vaines promesses et les flammes mourantes des diamants de feu que lui avait offerts Dominic.

Gabe avait vingt ans quand sa mère tomba malade. Manquant d'argent pour la soigner, il fut contraint de vendre le collier de diamants à Matilda Chatsworth. Cet argent lui permit aussi de démarrer dans la vie. Tout en sachant qu'il n'avait pas eu d'autre choix que de vendre le Heart's Desire, il avait toujours espéré le racheter un jour. Il lui avait fallu longtemps avant de comprendre pourquoi il était si essentiel pour lui de récupérer ce bijou.

Il avait fini par admettre qu'il était le symbole de ce père absent, qui lui avait toujours manqué. Il représentait aussi la famille qui l'avait rejeté. Ainsi que la mère et la sœur qui avaient toujours été là, l'une pour l'autre et pour lui, dans les bons comme les mauvais moments.

Hélas, lorsqu'il eut les moyens de racheter le Heart's Desire, Matilda refusa de le lui céder. Même quand il épousa sa petite-fille Jessa, le collier resta hors de sa portée, comme une promesse jamais réalisée. Aujourd'hui, après toutes ces années, il ne comprenait pas pourquoi Matilda avait décidé de le céder à sa seconde petite-fille plutôt que de le lui revendre. Pourquoi cette forme de désaveu, d'autant qu'elle méprisait Kat d'avoir trahi Jessa ?

Gabe fixa la jeune femme, devenue désormais un obstacle en travers de son chemin. Il ferait n'importe quoi pour s'en débarrasser. Une colère fulgurante entama son sang-froid.

— Vous l'avez ? lança-t-il d'une voix dure.

Kat hésita avant de répondre :

— Ma grand-mère m'a contactée récemment, me demandant de rentrer. Sa santé est fragile. Elle m'a promis de me donner le collier après sa… — une expression douloureuse traversa furtivement son visage, après…

— Dans ce cas, revenez me voir quand vous l'aurez réellement. Maintenant, si vous voulez bien m'excuser, ajouta-t-il en désignant la porte du menton. J'ai du travail.

— Je crains qu'il y ait autre chose.

Elle regarda autour d'elle et posa les yeux sur le minibar, la voix soudain un peu enrouée.

— Je pourrais avoir un verre d'eau ? Je meurs de soif.

— Vous avez l'intention de jouer la petite-fille éplorée par la perte prochaine de sa grand-mère, Kat ? Et de verser des larmes de crocodile ? Désolé, trésor, je ne marche pas.

Il surprit une nouvelle ombre de chagrin avant que son visage se referme.

— Les larmes que je verserai sur ma grand-mère seront réelles. Gam m'a élevée après la mort de mes parents, quand j'avais cinq ans. Je lui dois plus que je ne pourrai jamais le dire. Mais ne vous inquiétez pas, je ne craquerai pas devant vous. Je ne pleure jamais. Absolument jamais.

Gabe ne s'embarrassa pas de circonlocutions.

— Combien ? Combien pour le Heart's Desire ?

Le visage de Kat resta impassible.

— Il n'est pas à vendre.

Il se leva d'un bond, jurant entre ses dents.

— Vous êtes un sacré numéro, vous savez ? D'abord vous couchez avec Benson Winters, l'ancien fiancé de Jessa. Et maintenant vous trouvez le moyen de rentrer dans les bonnes grâces de Matilda et de mettre la main sur ce collier. Pourquoi ? A quoi vous jouez, en fait ?

La réponse fusa.

— Ce n'est pas un jeu. Ça ne l'a jamais été.

Il alla droit au but, du moins ce qu'il considérait comme le but de cet échange.

— Je vous paierai la pleine valeur du collier. Plus que sa pleine valeur. L'argent n'est pas un problème.

Comme d'habitude quand il s'agissait de ce collier, tout son talent de négociateur, fruit des dix dernières années de travail, s'évapora comme la brume sous le brûlant soleil d'été.

— Il ne s'agit pas d'argent, rétorqua-t-elle, coupant court à la discussion. Je croyais que vous alliez me servir un verre d'eau ? reprit-elle avec un petit sourire froid.

Bon sang ! En à peine cinq minutes, cette femme avait balayé toute l'aptitude qu'il avait acquise ces dernières années à se maîtriser. Etait-ce parce qu'il désirait cette femme ? Parce qu'elle lui appartenait ? Mais qu'est-ce qui lui arrivait ? Impossible de faire taire ces idées saugrenues.

Sans un mot, il se dirigea vers le bar.

— Plate ou gazeuse ? demanda-t-il.

— Plate.

— De la glace ?

— Volontiers.

Les glaçons chantèrent contre le cristal.

— Vous vous êtes cachée en Europe pendant ces cinq dernières années.

— Je ne me cachais pas, protesta-t-elle aussitôt.

Manifestement, il venait de toucher un autre point sensible. Il était étrange qu'une femme de la trempe de Kat se montre aussi vulnérable.

— Foutaises. Vous avez fui le pays dans les jours qui ont suivi la révélation de votre liaison avec le fiancé de votre cousine, Benson Winters, candidat au Sénat. Et vous êtes restée à l'étranger depuis, sans même revenir quand Jessa et moi nous sommes mariés, encore moins pour son enterrement.

Il lui tendit le verre, remarquant avec satisfaction qu'il tremblait un peu entre ses doigts lorsqu'elle le saisit.

— Mais, dès que vous avez découvert comment mettre la main sur le Heart's Desire, vous avez su retrouver le chemin de Seattle.

Elle but une gorgée, sans aucun doute afin de se donner quelques précieuses secondes pour reprendre ses esprits.

— Est-ce pour cette raison que vous avez systématiquement refusé de me recevoir ? Parce que je n'ai pas assisté à l'enterrement de Jessa ?

— C'est une bonne raison, vous ne trouvez pas ?

— Oui, si elle était vraie. Mais ce n'est pas le cas, riposta-t-elle en le regardant dans les yeux.

Peut-être que, s'il se focalisait sur sa colère, le désir disparaîtrait. Ou, tout du moins, s'allégerait. Il fallait absolument que la vague féroce qui fouettait ses sens, érodait la maîtrise qu'il avait de lui-même, lui laisse quelques minutes de répit. Il ne comprenait pas ce qui lui arrivait. Il n'aurait dû éprouver pour cette femme que du mépris. Pourtant, ce n'était pas ce qu'il ressentait. Pourquoi ?

— Quelle partie n'est pas vraie ? lâcha-t-il d'un ton rogue. Que vous ne vous êtes pas donné la peine de venir à l'enterrement de votre cousine, ou que vous êtes rentrée uniquement dans le but de vous emparer du Heart's Desire ?

— Jessa n'aurait pas souhaité ma présence, répliqua-t-elle avec un haussement d'épaule désinvolte.

— C'est évident. N'empêche qu'à la seconde où Matilda vous apprend qu'elle est malade vous rappliquez tel un vautour. Mais peut-être me trompé-je aussi sur ce point ?

Elle tressaillit, et ce sursaut à peine perceptible amena une pointe de vulnérabilité dans ses beaux yeux. Vulnérabilité qui, bien entendu, devait être feinte et s'inscrire dans le jeu qu'elle jouait. Il était impensable qu'elle possède ne serait-ce qu'une parcelle d'authentique vulnérabilité.

Un rayon de soleil filtra dans la pièce et vint se perdre dans les reflets roux enfouis au cœur de sa chevelure de jais.

— Vous ne vous trompez pas, répondit-elle. Je suis ici parce que ma grand-mère est malade.

— Mais ce n'est pas la raison de votre irruption dans mon bureau, n'est-ce pas ? Vous êtes ici parce que vous savez à quel point je veux le Heart's Desire.

Elle releva le menton.

— En effet. Je me suis laissé dire que vous feriez n'importe quoi pour le récupérer.

— Dans ce cas, dites votre prix.

— Je ne veux pas d'argent. Ce que je veux en échange du collier est assez simple et tout à fait dans vos cordes. J'ai entendu dire que vous êtes l'un des meilleurs négociateurs de Seattle, poursuivit-elle tandis qu'il gardait le silence. Voire de tout le nord-ouest du pays.

Elle posa son verre sur la table basse, croisa les doigts, ses jointures blanches trahissant la nervosité qu'elle cachait sous son apparence calme.

— Seriez-vous disposé à mettre vos compétences à l'épreuve ? demanda-t-elle.

— Essayez toujours.

— Ma grand-mère est une femme très traditionnelle.

Naturellement, elle se fait du souci pour moi, pour mes… disons, mes choix sentimentaux malheureux ? Pour le moment, elle n'est pas ouverte à la réconciliation. Elle m'a juste informée de son intention d'honorer sa promesse de me léguer le collier, en me précisant que cela risquait d'arriver plus tôt que prévu.

— J'en déduis qu'obtenir le collier ne vous suffit pas ?

Kat hocha la tête.

— Non. Je veux plus. Beaucoup plus.

— Votre grand-mère est très riche. Laissez-moi deviner. Vous estimez avoir droit à une part généreuse du gâteau.

Une fois de plus, elle haussa une épaule désinvolte.

— Ce que je veux, c'est me réconcilier avec elle. Mes raisons me regardent.

— Et quel est mon rôle là-dedans ?

— Gam a clairement dit qu'elle exigeait une preuve de ma respectabilité. Je crois que ses paroles exactes étaient… : « Il faudra que je voie par moi-même que tu es avec un homme respectable qui ne tolérera aucune de tes idioties. »

— Seigneur ! murmura-t-il.

— Oui, ça a été ma réaction aussi. Mais, si je fais ce qu'elle demande, je pense que Gam m'ouvrira les bras. Ce qui nous amène à l'homme respectable en question.

Elle planta ses yeux vert d'eau sur lui et sourit.

— Bonjour, homme respectable.

Estomaqué, il la dévisagea.

— Vous me proposez le mariage ? Non. Pas question. Vous êtes folle de croire que j'accepterais.

Son ton catégorique était loin de refléter sa profonde répugnance à l'égard d'une suggestion aussi choquante. Ou sa profonde envie. Le mariage. Le lit marital. La nuit de noces. Il se rappela la première fois où il avait vu Kat Malloy et serra les poings. Elle était nue, allongée sur des draps de satin, son visage juvénile faussement innocent.

La Belle au bois dormant, bien après que le baiser du prince l'a réveillée.

La découvrir ainsi l'avait profondément troublé, mais il avait supposé à l'époque qu'il s'agissait d'une réaction masculine naturelle devant une superbe femme nue, bien qu'il ne se soit jamais expliqué pourquoi cette image d'elle restait gravée dans sa mémoire depuis cinq ans, tandis que les images de sa femme, décédée deux ans plus tôt, s'estompaient déjà. Pas étonnant qu'il n'ait pas reconnu la jeune femme qui était entrée aujourd'hui dans son bureau. Les deux ne pouvaient être plus différentes : une jeune femme élégante un peu coincée contre la tentation personnifiée.

Elle éclata d'un rire amusé.

— Du calme, Gabe. Je ne vous propose pas de m'épouser. Juste de nous fiancer. Certes, des fiançailles prolongées. Qui prouveront à Gam que je me suis rangée. Vous contribuerez à rendre ses derniers mois heureux.

— Comme si cela avait la moindre importance pour vous.

— Cela en a. Malgré tout ce qui s'est passé, elle reste ma grand-mère.

Elle marqua une pause pour qu'il puisse bien assimiler sa remarque, avant de poursuivre :

— De plus, vous êtes le prétendant idéal ! Comme vous avez été le mari de Jessa, nos fiançailles me permettent de retrouver toute ma respectabilité. Vous êtes réputé pour votre honneur et votre intégrité. Pour être un homme puissant qui, quoique juste, ne se laisse pas faire. Bref, exactement l'homme qu'avait Gam en tête pour me… discipliner, conclut-elle sur le mode de la plaisanterie.

— Non.

— Pensez-y, Gabe. Je serai à votre merci. Obligée de me plier à toutes les règles que vous fixerez. Et, en échange, vous aurez le Heart's Desire. C'est un marché gagnant-gagnant.

Elle usait de sa voix de sirène, de ses yeux étincelants, de son sourire sensuel. Tout pour le séduire, le faire plier.

Il hésita une longue minute, se demandant comment gérer une proposition qu'il devrait refuser sans équivoque, mais qu'il trouvait bien plus tentante qu'il ne l'aurait cru possible. Quelle était cette phrase célèbre d'Oscar Wilde ? « La meilleure façon de résister à la tentation, c'est d'y céder. » D'un pas vif, il revint à son bureau et appuya sur un bouton sur le téléphone.

— Sarah ?

— Oui, monsieur Moretti, répondit aussitôt son assistante.

— Annulez le reste de mes rendez-vous aujourd'hui. Je quitte le bureau et ne serai de retour que lundi, à l'heure habituelle. Reportez tout à la semaine prochaine. Donnez la priorité au dossier Atkinson.

Sans prendre la peine d'attendre de réponse, il se tourna vers Kat et indiqua la porte.

— On y va ?

— On va… où ?

L'amusement avait cédé la place à une méfiance qui le fit sourire.

— Voir si nous pouvons honorer notre futur contrat, bien sûr. A supposer que nous soyons capables d'arriver à un accord.

— Honorer notre contrat, répéta Kat en se raidissant.

La nervosité agitait son visage expressif. La nervosité et autre chose, quelque chose qu'il ne parvenait pas bien à identifier. De la crainte ?

Il ne comprenait pas ce qui l'incitait à la provoquer ainsi. Peut-être cette vulnérabilité qu'il avait remarquée, le besoin de savoir si elle était ou non réelle. Ou peut-être devinait-il une faiblesse, une faille qu'il pouvait exploiter de manière à prendre l'avantage dans leur bras de fer. Plus vraisemblablement, il s'agissait simplement de désir.

Du désir fou qui le taraudait depuis la seconde où elle avait franchi le seuil de son bureau.

Il la toisa.

— N'est-ce pas le résultat d'une proposition une fois acceptée ? Les parties honorent le contrat. Je suggère que nous nous rendions pour cela dans un endroit plus privé. Après tout, vous venez de dire qu'une part du marché était de vous avoir à ma merci, contrainte d'accepter mes règles. Eh bien, trésor, honorer notre contrat est la première règle que je fixe. Alors je vous suggère de m'emboîter le pas de vos splendides escarpins et de commencer à demander grâce.

— Vous plaisantez, bien sûr.

Elle se leva d'un bond, vibrante d'indignation. Ce qui n'était guère flatteur, étant donné que la plupart des femmes se montraient généralement empressées… qu'il les honore.

Etait-ce pour cette raison qu'il ne la rassura pas tout de suite ? Ou était-ce encore cette voix intérieure qui le poussait ? Il ne résista pas à lui lancer une nouvelle pique.

— Non, je ne plaisante pas. Je suis ouvert à une discussion préalable. Voire disposé à passer un coup de fil à mon avocat pour rédiger une astuce juridique qui vous interdise de manquer à vos engagements. Ensuite…

Il s'approcha et s'arrêta à quelques centimètres d'elle. La tension entre eux augmenta, devenant presque palpable.

— Ensuite…, disons que vous aviez raison. Je ferai tout ce qu'il faudra pour récupérer ce collier.

— Même coucher avec moi ? demanda-t-elle d'une voix presque amère qui éveilla sa curiosité.

— Si vous insistez.

— Je n'insiste pas. En fait, je ne veux pas coucher avec vous, ni avec personne.

Elle s'interrompit un instant, et sa façade soigneusement élaborée se fissura. Sa voix se fit étonnamment véhémente, accroissant la curiosité de Gabe.

— La seule chose que je veux, c'est satisfaire aux exigences de ma grand-mère.

— Et moi, la seule chose que je veux, c'est le Heart's Desire. C'est vous qui avez proposé des fiançailles comme moyen de parvenir à nos fins respectives.

— Cela ne signifie pas que nous devions…

De nouveau, elle s'interrompit, baissant ses longs cils afin de masquer son expression. De dégoût, s'il ne se trompait pas.

— C'est un point qu'il nous faudra négocier, riposta-t-il. Et, comme vous l'avez mentionné, je suis un négociateur hors pair.

Il se pencha vers elle, poursuivant d'un ton plus bas mais néanmoins impérieux :

— Vous vous placez sur mon chemin. Vous possédez quelque chose que je désire. Pourquoi jouer la surprise quand je prends ce que vous faites si bêtement miroiter devant moi, même si cela implique que vous obtenez davantage que ce que vous avez marchandé ?

— Ça n'était pas dans mes intentions, protesta-t-elle avec une pointe de panique. Vous le savez.

— Mais c'est le résultat. A présent, allons dans un endroit privé, où personne ne surprendra ni n'interrompra notre discussion, pour définir précisément les conditions de ce pacte du diable. Car rien, ni nos fiançailles ni leur consommation et encore moins la tristement célèbre cousine de feu mon épouse, ne m'empêchera de récupérer ce collier. Est-ce bien clair ?

La respiration saccadée de Kat brisa le silence soudain, et son teint crémeux devint livide. Elle le fixait, ses yeux brillants assombris par l'exaspération. Il s'attendait à ce qu'elle flanche. Or, elle retrouva toute sa contenance et lui jeta un regard de défi.

— Aucun homme ne me dicte ma conduite. Pas même mon futur fiancé.

En cet instant, Gabe prit conscience qu'il ferait tout

pour posséder cette femme, en dépit de qui elle était et de ce qu'il savait d'elle. Comment était-ce possible ? Jessa avait été des plus explicites au sujet de sa scandaleuse cousine. Lui-même avait vu de ses propres yeux Kat tomber en disgrâce. Elle était exactement le genre de femme qu'il évitait à tout prix. Il s'efforçait de mettre son attirance pour elle sur le compte de la ressemblance entre les deux cousines — chacune très mince et brune. Mais Jessa avait des yeux d'un noir d'encre, comme ses cheveux, sans cette nuance de feu qui faisait vibrer les mèches sombres de Kat. Et les traits d'une jeune femme avenante plutôt que la stupéfiante beauté de sa cousine. Elle n'avait pas non plus les courbes sensuelles qui donnaient à Kat dans son tailleur griffé une allure aussi affolante. Pour finir, la nature douce et accommodante de sa défunte femme n'aurait pu différer davantage du caractère ombrageux de sa cousine. Non que la personnalité de celle-ci change quoi que ce soit à l'affaire. Une seule chose comptait pour lui, et rien ne s'interposerait entre lui et le Heart's Desire.

— Si vous souhaitez regagner les bonnes grâces de Matilda autant que je souhaite le collier de ma famille, vous ferez ce qu'il faudra. Et, si cela signifie honorer un accord légal, vous vous y soumettrez.

Elle commença à protester, mais il lui coupa la parole sans ménagement.

— Quoi que vous ayez à dire peut l'être dans un lieu plus privé que celui-ci.

— Mais…

— Pas ici.

Sourcils froncés, elle croisa les bras sur sa poitrine.

— Je n'irai pas chez vous. Donc, ça sera dans cette pièce ou nulle part.

— Parfait. Si vous voulez le faire ici, pas de problème. Laissez-moi juste fermer la porte à clé, qu'on en finisse. Vous préférez le bureau ou le canapé ?

Elle recula d'un pas vif.

— Ni l'un ni l'autre.

— Alors, allons ailleurs afin de discuter tranquillement de la situation. Ce qui nous conduit forcément chez moi. Ce qui présente le double avantage de donner l'impression que ma future épouse arrive tout juste de l'étranger et qu'on ne peut pas attendre d'être seuls pour… honorer notre engagement.

— Ce que je n'ai aucune intention de faire, rétorqua-t-elle.

Ignorant sa remarque, il désigna la porte.

— On y va ?

Comme elle hésitait, il s'exhorta à la patience.

— D'accord, défendez-vous, ne vous gênez pas. Mais choisissez votre combat. Se battre sur chaque point risque d'être épuisant et, franchement, vain. Si on ne peut pas se mettre d'accord sur quelque chose d'aussi simple que l'endroit où discuter, autant mettre un terme à cette farce sur-le-champ.

— D'accord, allons chez vous. Mais nous ne ferons que parler.

— Excellent début.

Gabe ne lui laissa pas le temps de trouver des arguments supplémentaires. Il l'entraîna hors du bureau, puis dans sa voiture en direction de Medina. Ils firent le trajet dans un silence tendu. La tension et le désir se mêlaient entre eux, bouillonnant sous la surface.

Comme ils s'arrêtaient dans l'allée d'une vaste propriété qui donnait sur le lac Washington, Kat lui décocha un regard surpris.

— C'est magnifique, murmura-t-elle.

— Attendez de voir la vue sur le lac.

Il la guida vers la véranda où, sans la prévenir, il la porta dans ses bras pour lui faire franchir le seuil. Dès qu'il la reposa au sol, elle tenta de se dégager de son étreinte, mais il l'en empêcha.

— Bienvenue chez moi, mademoiselle Malloy.

Jamais il ne pourrait expliquer ce qui arriva ensuite, quelle sorte de folie s'empara de lui. Il entendit de nouveau la petite voix dans sa tête, la voix insidieuse qui exigeait sans cesse : *Prends cette femme. Elle t'appartient. C'est elle.* Peut-être céda-t-il à la tentation parce qu'il l'avait désirée depuis qu'elle était entrée dans son bureau sur ses escarpins à talons rouges vertigineux. Ou parce qu'elle ne voulait pas de lui. Ou encore pour qu'elle sache qui tenait les rênes de cette invraisemblable union. Quoi qu'il en soit, il prit sa main et pencha la tête pour s'emparer de sa bouche, l'entraînant dans un baiser fougueux.

Dès que leurs mains et leurs lèvres se touchèrent, la passion déferla, embrasant leurs corps, et ils se consumèrent de désir, un désir comme il n'en avait jamais éprouvé auparavant. La sensation se propagea de la bouche aux extrémités des doigts avant de se concentrer au creux de sa paume, puis de se diffuser au plus profond de ses os, où elle devint une partie même de son être. Le désir le submergea, insistant, irrépressible, et il dut faire appel à chaque once de la discipline de fer qui faisait sa réputation pour garder un semblant de contrôle. Pour l'empêcher de la porter dans sa chambre afin d'honorer sa proposition de toutes les manières possibles.

A cet instant, Gabriel découvrit qu'il ne pouvait plus se maîtriser. Qu'il n'en avait pas envie. Il approfondit son baiser et laissa la folie qui l'égarait le consumer. Tout le poussait à imprimer sa marque en elle, sur elle, à la désigner comme sienne à la face du monde.

Sa femme. Sa fiancée. Sa moitié.

Sa compagne pour la vie.

- 2 -

Kat ne comprenait pas ce qui venait de se passer.

Un baiser. Un simple baiser, qui n'aurait pas dû tirer à conséquence. Mais, à la seconde où ses lèvres avaient touché les siennes, le désir l'avait envahie, submergée, et cette sensation était totalement inédite. Comme si elle était devenue quelqu'un d'autre. Qui se consumait de désir par toutes les fibres de son corps.

Aucun homme ne l'avait jamais touchée ainsi. Aussi bien physiquement qu'émotionnellement. Elle avait travaillé si dur pour se protéger, pour construire des barrières capables de résister à toutes les tentatives d'approche. Et voilà que d'un unique baiser cet homme — son futur fiancé — avait fait tomber ces barrières.

Sans parler du baiser. Un baiser qui provoquait étincelles et brûlures, comme si elle avait touché un câble électrique. Un baiser qui l'incitait à se fondre en lui, réceptive et abandonnée, sans la moindre pensée ni l'ombre d'une hésitation. S'il avait décidé de lui arracher ses vêtements ici même, dans le vestibule, elle n'aurait pas levé le petit doigt pour l'en empêcher. Plus exactement, elle n'aurait pas *pu* lever le petit doigt. Elle ne pouvait pas plus contrôler la réaction qu'il lui inspirait qu'elle ne pouvait contrôler le flux et le reflux de la marée ou le lever et le coucher du soleil.

Il approfondit son baiser, et elle céda à la passion qui la

dévorait. Elle voulait qu'il imprime sa marque en elle, sur elle, qu'il la désigne comme sienne à la face du monde.

Il était son homme. Son fiancé. Sa moitié.

Son compagnon pour la vie.

Lorsque cette pensée surgit et s'imposa dans son esprit, elle la combattit de toutes ses forces. Avec un petit cri aigu, elle se dégagea de l'étreinte de Gabe, même si elle eut l'impression qu'elle arrachait une partie d'elle-même. Elle fit un pas en arrière. Puis un autre, et encore un, jusqu'à sentir le bois solide de la porte d'entrée contre sa colonne vertébrale.

Non. Oh ! non ! Comment pourrait-elle repartir de zéro, effacer l'ardoise, si elle se donnait à cet homme ? Il faisait partie d'un passé devenu indésirable, du scandale. Or, justement, son plan consistait à se défaire de ce passé. Si se fiancer à Gabe faisait partie de ce plan, c'était uniquement de façon temporaire, et surtout sans implication sentimentale. Pourtant, elle avait l'impression que des liens jusque-là invisibles s'enroulaient autour d'elle, se resserraient, l'étouffant presque. Comme si qui elle était — et qui elle aspirait à devenir — n'existait plus, piégée au cœur de la toile tissée par Gabe, une toile de désir. Un désir mystérieux et irrépressible.

— Qu'est-ce que vous venez de me faire ? gémit-elle d'une voix rauque.

— Je vous ai embrassée.

Elle hocha la tête et sentit aussitôt son chignon se défaire sur sa nuque et le poids de sa chevelure tomber dans son dos. Comme une ultime trahison, une reddition qu'elle n'avait jamais souhaitée, ni ne pouvait se permettre. Comme la perte d'elle-même. Leur baiser n'avait duré qu'une minute ou deux, et voilà ce qu'il avait déjà fait d'elle. Ou plutôt ce qu'il avait défait en elle. Elle toujours si fière de son assurance, de son sang-froid, de sa capacité à maintenir à distance ceux qui voulaient quelque chose d'elle, mais ne l'obtiendraient jamais. Pourtant, d'un simple baiser, Gabriel Moretti avait pulvérisé toute sa belle assurance.

— Ce n'était pas un baiser, protesta-t-elle faiblement, levant une main tremblante à sa bouche. Ça brûlait. Comment faites-vous ça ?

Une lueur passa dans le regard doré de Gabe.

— C'est arrivé, voilà tout. J'ignore comment ou pourquoi.

Elle humecta ses lèvres, chaudes, gonflées… délicieusement sensibles.

— Est-ce que… est-ce que c'est arrivé aussi avec Jessa ? Est-ce que c'est votre marque de fabrique ?

Il haussa un sourcil d'un noir de jais.

— Ma marque de fabrique ? répéta-t-il d'un ton amusé, avant de secouer la tête. Non, si c'est une marque de fabrique, je dirais qu'elle vient plutôt des Dante.

— Les Dante ?

Ceux qui avaient créé le collier de sa mère ? Les Dante pour lesquels elle espérait travailler un jour ? Tout cela n'avait aucun sens…

— Je ne comprends pas, avoua-t-elle.

— Moi non plus, mais je trouverai.

Comme il faisait un pas dans sa direction, elle se raidit. A son grand soulagement, il ne s'approcha pas davantage.

— Vous, je ne sais pas, mais moi, j'ai besoin d'un verre. Et pas un verre d'eau, précisa-t-il.

— Il est à peine midi, objecta-t-elle.

— Peu importe, j'ai besoin d'un verre. Si vous voulez bien m'attendre dans le petit salon, je vais m'occuper du déjeuner.

Elle jeta un coup d'œil circulaire au vaste hall, écrasée par un sentiment d'impuissance.

— J'aimerais me rafraîchir.

— Il y a une salle de bains juste après le salon, répondit-il.

Priant pour que ses talons chancelants la portent le

temps de traverser le hall, elle prit la direction qu'il lui indiquait et entra dans le petit salon. C'était une pièce charmante, très joliment meublée. Mais elle ne s'attarda pas pour admirer le sol de duramen sombre et les meubles anciens, et poursuivit jusqu'à la salle de bains. Un regard au miroir confirma ses pires craintes.

Elle n'avait pas seulement l'air d'une femme qui venait d'être embrassée avec fougue. Elle avait l'air d'une femme qui avait été déshabillée, mise à nu. Exposée. Laissée sans la moindre défense. Cela ne lui était arrivé qu'une fois, et elle avait juré que cela ne se reproduirait plus. Pourtant, Gabriel Moretti avait trouvé le moyen d'accéder à ce qu'elle gardait enfoui dans les profondeurs de son être. Et il l'avait fait d'un simple baiser.

Comment était-ce possible ?

Quant à ce feu qui les avait consumés tous les deux, ce n'était pas uniquement de la passion. C'était autre chose. Une chose qu'elle n'avait aucun espoir de contrôler, une chose qui au contraire dirigeait et ordonnait, comme si le destin s'était emparé de sa vie et l'avait mise sur une nouvelle voie. Une voie qui la menait droit entre les bras de Gabe, le seul endroit où elle n'avait nulle intention d'aller et qu'elle mourait pourtant d'envie d'explorer.

Chanceuse Jessa…

Kat leva de nouveau une main à sa bouche, stupéfaite de constater à quel point ses doigts tremblaient. Quant à ses yeux, ils brillaient d'une lueur sombre. Une lueur de peine. Avec ses cheveux en désordre et sa bouche aussi gonflée qu'un fruit mûr, on aurait dit qu'elle avait été… Seigneur ! Violée. Par un seul baiser. Qu'est-ce qui se passerait quand il l'entraînerait plus loin qu'un simple baiser ?

Elle chassa cette pensée. Cela n'arriverait pas. Elle ne le permettrait pas. Ouvrant son sac, elle s'employa à user des subterfuges utilisés depuis la nuit des temps par les femmes pour se protéger. Avec ses cheveux de nouveau resserrés en torsade sur la nuque et son maquillage impeccable, elle se sentit mieux. Mais se serait sentie mille fois mieux encore si elle avait pu masquer l'expression de ses yeux.

Elle les ferma et se souvint. Se souvint de tout ce qu'elle avait traversé, de tout ce qu'elle avait accompli à ce jour. De tout ce qu'elle comptait accomplir à l'avenir. Elle se rappela le passé et l'immense dette dont elle était redevable à sa grand-mère pour l'avoir accueillie après la mort de ses parents. Se rappela combien elle s'était battue durant les cinq dernières années, économisant chaque centime hérité de ses parents sous forme de fidéicommis. La vie avait été extrêmement difficile jusqu'à ce que ses finances fassent un brusque bond dix-huit mois plus tôt, un bond assez haut pour lui permettre de s'offrir quelques très belles pièces de grands couturiers et de chausseurs.

Mais, par-dessus tout, sa volonté désespérée de se réconcilier avec la femme qui avait été tout son univers. Sans parler de son objectif ultime et de sa destination finale : San Francisco pour tenter sa chance comme créatrice de bijoux chez Dante.

En y pensant, elle sentit que le calme se faisait en elle. Lorsqu'elle se regarda de nouveau dans le miroir, elle vit une femme en charge de son propre destin. Une femme capable de résister à Gabriel Moretti. Elle prit une profonde inspiration, priant pour que ce soit aussi ce que Gabe voie.

Elle regagna le petit salon, où il remplissait deux verres. Il lui jeta un coup d'œil, et une lueur complice s'alluma dans ses yeux dorés.

— Ça va mieux ? demanda-t-il.

— Nettement.

— Un whisky ?

Pourquoi pas, après tout ?

— Merci. Sec, s'il vous plaît.

— J'ai organisé le déjeuner. Ça sera bientôt prêt. J'ai

également contacté mon avocat, Tom Blythe. Il va nous préparer une sorte d'accord. Je peux vous assurer de sa discrétion.

Gabe s'approcha et lui tendit un lourd verre en cristal. Leurs doigts se frôlèrent, intensifiant l'effervescence qui régnait entre eux. Curieusement, elle la sentait surtout au creux de sa paume et sur ses lèvres. Etrange, très étrange. Et aussi très perturbant.

— Bon, lança-t-il après avoir levé son verre à sa santé. Si vous me disiez ce que vous proposez et qu'on en discute ?

Son attitude quasi professionnelle l'aida à retrouver son sang-froid. Elle lui en fut reconnaissante.

— C'est assez simple. On décide d'un premier rendez-vous, dans un endroit public pour que ce soit à la fois remarqué et remarquable. On sort ensemble pendant un nombre déterminé de mois. On annonce nos fiançailles. Et on les laisse suivre leur cours jusqu'à…

Sa voix se brisa. Elle but une brève gorgée, afin que la brûlure du whisky renforce sa maîtrise de soi. Puis elle répéta le mot, avec plus de succès cette fois.

— Jusqu'à…

Mais elle n'arrivait pas à aller au bout de la phrase, à prononcer les mots qui menaçaient de briser son cœur. *Jusqu'à ce que Gam meure.*

— Il faut préciser certains points, objecta Gabe.

— Lesquels ?

— Le lieu de notre rendez-vous. Combien de temps nous devrons sortir ensemble. Comment et quand annoncer nos fiançailles. Comment s'y prendre au mieux avec Matilda. A quel moment se fera le transfert de propriété du collier.

Sa voix se fit plus rauque tandis que son regard s'enflammait.

— Sans oublier… les termes spécifiant les modalités selon lesquelles notre contrat sera honoré, conclut-il.

Cette fois-ci, il n'eut pas besoin de la toucher pour

qu'elle perde tous ses moyens. Elle but une nouvelle gorgée pour retrouver un peu de contenance, priant le ciel pour que sa voix ne trahisse pas son agitation intérieure. Pourquoi lui, Seigneur ? Pourquoi fallait-il que ce soit le mari de Jessa, et pas un autre, n'importe quel autre homme au monde ?

— Je suggère des endroits les plus branchés et les plus en vue possible pour nos premières sorties en public. Je ne suis pas très dans le coup ces derniers temps, alors vous saurez mieux choisir que moi.

— D'accord, acquiesça Gabe.

— Quant à l'annonce de nos fiançailles, je propose d'attendre entre trois et six mois.

— Un seul.

Elle secoua la tête.

— Personne n'y croira, si c'est aussi rapide.

— Je pense que si, riposta-t-il avec un sourire qui mit tout son être en ébullition. Surtout quand tout le monde remarquera que je ne peux pas m'empêcher de poser mes mains sur vous en permanence.

— Trois, plaida-t-elle, au désespoir. Trois mois.

— Un mois.

— Mais personne n'y croira, répéta-t-elle, les lèvres serrées. Or j'ai besoin qu'on y croie.

— Tout le monde croira que je suis un imbécile d'être tombé amoureux de vous, répliqua-t-il d'un ton neutre. Car hélas votre réputation vous précède, ma chère, et je crains qu'on ait de vous une opinion bien moins positive. Et, lorsque je romprai nos fiançailles et tout contact avec vous, je crains qu'il en soit fait de votre respectabilité.

C'est alors que Kat comprit. Elle sentit son visage devenir livide, et l'air se bloqua dans ses poumons.

— Quand vous romprez nos fiançailles, vous espérez confirmer le consensus général, n'est-ce pas ? Pourquoi ? Pourquoi faire ça ?

Les yeux de Gabe brillaient comme les feux de l'enfer.

— Disons qu'il pourrait s'agir du cadeau de fiançailles de Jessa. Bien sûr, vous pouvez refuser, vous draper dans votre dignité et quitter la table des négociations. Mais quelque chose me dit que vous ne le ferez pas, même si cela signifie vous retrouver au cœur d'un nouveau scandale qui, une fois de plus, mettra à mal votre réputation.

— Si vous détruisez ma réputation, comment suis-je censée convaincre ma grand-mère que j'ai changé ?

— Je n'ai pas l'intention de détruire votre réputation tant que Matilda sera vivante. Entretemps, elle croira tout ce que je lui dirai. Si je vous donne mon approbation, elle l'acceptera, principalement parce qu'elle aura envie d'y croire. Mais nous deux, on connaît la vérité, n'est-ce pas, Kat ? Et, à terme, le reste de la ville la connaîtra aussi.

La douleur la déchira. *Va-t'en*, lui enjoignit une petite voix. *Pars tout de suite. Ça n'en vaut pas la peine*. Sans doute l'aurait-elle fait sans un détail malheureux. Quelque chose s'était produit quand il l'avait embrassée. Quelque chose qui changeait tout. Elle était incapable de l'expliquer et ne comprenait pas comment ni pourquoi la donne en était modifiée. Elle le savait, un point c'est tout.

D'une manière ou d'une autre, Gabe avait créé un lien entre eux, un lien auquel elle ne pouvait échapper. Auquel elle ne *voulait* pas échapper. Bien sûr, ce lien ne durerait pas. Mais pour le moment il la contraignait à rester jusqu'à ce qu'il se rompe, se dissipe, ou prenne fin.

Kat était venue à Seattle avec un but — se réconcilier avec sa grand-mère. Rien d'autre n'importait, encore moins maintenant que le temps leur était compté. Tout du moins, c'était ce qu'elle pensait jusqu'à ce qu'elle rencontre Gabriel Moretti, qu'elle entre dans son bureau et soit submergée par un désir si irrépressible que tout le reste semblait ne plus avoir d'importance.

Elle ferma les yeux. Elle venait simplement de prendre conscience qu'elle était une femme comme les autres, avec des désirs. Rien qui puisse interférer avec ses objectifs, enfin, pas vraiment. Une fois ce désir passé, et lorsqu'elle se serait employée à adoucir les derniers jours de sa grand-mère, elle serait libre de tourner la page. Elle repartirait sur de bonnes bases. Cette idée flottait devant elle comme un rêve doré. Un rêve que, ces cinq dernières années, elle avait cru hors de portée.

— Eh bien ? demanda Gabe. Vous acceptez ma proposition ?

La tension contenue dans la question la décontenança un peu, mais elle se ressaisit.

— Disons que je suis disposée à pousser la négociation plus loin.

S'il éprouva un sentiment de triomphe, il n'en montra rien. Au contraire, il parut un peu plus tendu.

— J'insiste sur un engagement officiel qui vous oblige à me remettre le Heart's Desire, reprit-il.

— Un engagement qui nous lie tous les deux, rétorqua-t-elle sans se démonter. J'ai besoin de l'assurance que vous restiez mon fiancé et que vous me traitiez de façon appropriée tant que ma grand-mère est vivante. Et faites-moi confiance pour expliciter en détail ce que j'entends par « appropriée ».

— Très bien.

— Nous sommes donc d'accord ?

Il la fixa droit dans les yeux.

— J'attends de vous que vous honoriez notre contrat.

Elle sentit ses joues s'empourprer. Pivotant sur ses talons, elle arpenta la pièce et s'arrêta pour examiner une ravissante statuette d'ébène sculpté. Elle en effleura les lignes gracieuses, souhaitant qu'un jour sa vie puisse suivre à son tour un tracé aussi harmonieux. Un souhait vain ?

Même quand elle était enfant, son existence avait été tourmentée, et sa grand-mère en avait constitué le seul élément solide, le seul et unique soutien. Depuis qu'elle avait cinq ans, quand ses parents étaient morts à la suite d'une infection virale contractée lors d'une mission humanitaire, Gam avait été son univers. Son point d'ancrage.

Jusqu'à ce que Jessa change tout cela.

Kat se détourna de la statuette pour faire face à Gabe.

— J'imagine qu'« honorer notre contrat » est votre manière subtile de me dire que vous voulez faire l'amour avec moi, lança-t-elle.

— Pas du tout.

La confusion l'envahit. Avait-elle mal compris ?

— Que voulez-vous dire, alors ?

Il s'approcha sans bruit.

— Notre contrat n'implique aucune forme d'amour. Il ne s'agit que de sexe.

Elle préféra ne pas s'aventurer sur ce terrain miné et s'efforça de prendre une moue amusée.

— Désolée, mais cela n'arrivera pas.

— Vous croyez ?

— Disons que je me réserve pour le mariage, répliqua-t-elle avec le plus grand sérieux.

Il éclata de rire, un rire grave, riche, qui s'infiltra dans ses veines comme le plus doux des poisons.

— J'aime votre sens de l'humour, lâcha-t-il.

Elle lutta pour ne pas flancher, pour ignorer les sensations qui déferlaient en vagues de plus en plus fortes.

— Je n'avais pas l'impression d'être drôle.

Le regard de Gabe s'assombrit, conférant une nuance fauve à ses prunelles dorées. Il l'emprisonnait, l'excitait et la mettait en garde tout à la fois. Son regard était comme une promesse qui suscitait en elle convoitise et crainte.

— Comme vous voudrez, dit-il enfin. Si vous insistez pour attendre le mariage, j'accepte.

Elle savait qu'il ne le pensait pas, qu'il était persuadé qu'elle finirait par céder.

— Marché conclu, alors ?

— Marché conclu, acquiesça-t-il en inclinant son verre vers le sien.

Le cristal en s'entrechoquant chanta une note légère et pure, contrastant avec leur pacte malsain. Gabe attendit qu'ils aient bu tous les deux avant de reposer leurs verres sur le bar d'acajou. Puis il la prit dans ses bras.

— Qu'est-ce que vous faites ? s'exclama-t-elle, paniquée.

— J'honore notre contrat.

Elle tenta de se dégager.

— Mais ce n'est pas ce que vous avez dit, protesta-t-elle.

— J'ai accepté d'attendre que vous insistiez. Mais cela ne signifie nullement que je ne puisse pas essayer de vous faire changer d'avis.

Il baissa la tête et approcha ses lèvres des siennes.

— Tentée, Kat ?

Il avait pensé que ce baiser serait différent. Ce ne fut pas le cas. Bien au contraire, l'étrange attirance qui les liait depuis leur premier baiser s'intensifia. Il sentit tout son corps s'embraser quand, avec un petit gémissement, Kat entrouvrit les lèvres et le laissa savourer la douceur de miel de sa bouche. Jamais il n'avait rien goûté d'aussi exquis. Comme si cette saveur avait été faite pour lui, pour lui plaire et l'exciter, pour tenter et satisfaire. Il avait l'impression de ne jamais pouvoir s'en rassasier. Il en voulait plus.

Il trouva les boutons de sa veste et les défit. Les bords s'écartèrent de quelques centimètres, et en dessous il découvrit un bout de dentelle noire révélant presque autant qu'il dissimulait. Kat avait la peau d'un blanc crémeux sublime, douce et nacrée contre la matité sombre de son soutien-gorge. Le haut de ses seins bombait au-dessus des fins bonnets, et sa respiration s'accéléra sous son regard. Avec délicatesse, il prit ses seins au creux de ses mains, se rappelant comment ils lui étaient apparus quand il l'avait trouvée dans le lit de Winters.

Magnifiques. Absolument magnifiques.

A travers la fragile dentelle, ses mamelons se durcirent en réponse à sa caresse. Il la guida vers le sofa, poussé par le besoin impérieux de la prendre, un besoin plus intense que tout ce qu'il avait pu ressentir auparavant. Elle se laissa tomber sur les coussins avec un petit cri et resta immobile, haletante contre le velours vert foncé, la veste entrouverte, les cheveux dénoués comme un feu sombre autour de ses épaules pâles. Elle le fixait de ses grands yeux superbes, qui prenaient la couleur du velours, reflétant sa nuance de forêt ténébreuse.

Dans son regard, il s'attendait à voir l'expression d'une séductrice qui s'était trouvée dans cette situation un nombre incalculable de fois. Il ne s'attendait pas à y lire... la crainte et la vulnérabilité d'un être sans défense. S'agissait-il d'une nouvelle manigance de la part de cette femme passée maître dans l'art de duper son monde ? Pourtant, il ne discernait aucune tromperie dans ses yeux.

Plus il plongeait dans son regard magnifique, plus il la désirait. Il la rejoignit sur le sofa, prenant appui sur ses bras et, n'y tenant plus, enfouit ses mains dans ses cheveux. Les mèches épaisses coulaient entre ses doigts comme de la soie, et l'incendie qui le consumait était au diapason de celui qu'il voyait dans ses yeux verts.

— Pourquoi les attachez-vous ? demanda-t-il.

— Pour les maîtriser.

— La maîtrise, ça vous plaît, affirma-t-il avec un sourire.

— La maîtrise de moi, précisa-t-elle. Bien que j'aie l'impression de n'en avoir aucune. Du moins, avec vous.

Elle ponctua son propos d'une moue un peu ironique.

— On dirait qu'on est dans le même bateau.

Il n'avait pas eu l'intention de le reconnaître. Mais cette femme lui faisait perdre son sang-froid et la faculté de penser clairement.

— Il existe cependant une solution, reprit-il.

— Si c'est faire l'amour que vous avez en tête, je ne considère pas qu'il s'agisse d'une solution.

Il ne put retenir un rire cynique.

— Faire *l'amour* ?

Baissant les yeux, elle lâcha platement :

— Ah, c'est vrai. Coucher ensemble.

— Voilà qui est plus juste. Du sexe, rien que du sexe. Et faites-moi confiance… c'est la solution la plus simple compte tenu des problèmes entre nous.

Il effleura sa joue d'un léger baiser. Elle frémit, ce qui lui arracha un nouveau sourire et l'incita à continuer, mordillant sa peau douce et tendre.

— Là, vous ne faites qu'ajouter une complication supplémentaire, rétorqua-t-elle en se raidissant un peu.

Sans se laisser démonter, il poursuivit, descendant le long de son cou. Son pouls battait contre ses lèvres, et il pouvait presque savourer son désir.

— Une complication délicieuse, murmura-t-il.

Elle respirait par à-coups, avec de petits gémissements qui excitaient sa convoitise et son besoin impérieux de la posséder. S'il devait se maîtriser encore longtemps, il craignait d'y laisser sa santé mentale.

— Délicieuse et nécessaire, ajouta-t-il.

Très, très nécessaire.

— Pourquoi nécessaire ? demanda Kat.

Plaisantait-elle ? Il arrêta sa bouche dans le creux satiné entre son cou et son épaule et y déposa une pluie de baisers.

— Parce que nous devons à tout prix donner l'impression d'être fous l'un de l'autre. De ne pouvoir nous empêcher de nous toucher mutuellement. De n'avoir qu'une envie, nous soustraire aux regards des autres afin de nous retrouver seuls pour goûter à des délices infinies.

— Comme vous le soulignez, il s'agit de donner le change, déclara-t-elle, paupières closes.

Imperturbable, il fit glisser sa veste de ses épaules, découvrant un peu plus de sa peau nacrée et soyeuse.

— Il ne doit y avoir aucun doute sur le fait que nous sommes amants. C'est la seule façon d'expliquer la rapidité de nos fiançailles. Les femmes ont le chic pour deviner ces choses-là. Elles sauront immédiatement si on fait semblant.

— Notre attirance n'est pas feinte. Elle pourrait suffire.

Il releva la tête.

— Vous avez déjà couché avec un homme. Vous savez aussi bien que moi que cela change tout.

Elle ouvrit les yeux et le défia étrangement du regard.

— Ah oui ?

— S'il vous plaît, Kat, ne jouez pas l'innocente avec moi.

— J'imagine que ça ne servirait à rien, n'est-ce pas ?

— N'oubliez pas que c'est moi qui vous ai trouvée avec Winters.

Il ne voulait pas en parler, ne voulait pas que l'ombre d'un autre homme gâche ce moment ou s'immisce entre eux. Pas maintenant. Pas alors qu'il l'avait enfin à sa merci.

— Soyez raisonnable, Kat, poursuivit-il. Vous avez eu des amants. Pensez à votre façon de leur parler. A ces caresses, ces regards que seuls les amants s'échangent. La connaissance qui ne s'acquiert qu'après avoir couché avec quelqu'un. Après qu'un homme vous a déshabillée et possédée. Elle transparaît dans tout, la moindre parole, le moindre geste, dans la manière de réagir, tant consciente qu'inconsciente.

— Ce niveau de familiarité est-il absolument nécessaire entre nous ?

Comment pouvait-elle en douter ?

— Oui. Je veux vous toucher et que tout le monde, en le voyant, devine que je vous ai touchée de la même façon dans l'intimité. Je veux la même expression sur votre visage et dans vos yeux, pour que chacun se dise que la dernière fois que vous m'avez regardé ainsi, nos corps étaient accouplés.

Elle frémit de nouveau, et il sut que ses mots la séduisaient autant que ses mains, que ses lèvres sur elle.

— Je n'en ai pas envie, répliqua-t-elle néanmoins.

Mais il soupçonnait que ses propos s'adressaient davantage à elle qu'à lui. Il effleurait la bordure de son soutien-gorge, et bientôt une légère rougeur colora le haut de ses seins, tandis que sa respiration se précipitait un peu. Baissant la tête, il prit un mamelon dressé entre ses dents à travers la dentelle, aussitôt humide. Elle laissa échapper un petit cri, et il sentit son sexe se durcir un peu plus contre elle, renforçant son besoin urgent de la prendre, une exigence primaire, continue, harcelante, qu'il n'avait jamais expérimentée auparavant. Il glissa les doigts sous la dentelle du soutien-gorge, libérant ses seins.

Ils étaient ronds et pleins, et la pointe avait la couleur d'une pêche mûre. Il mourait d'envie de les goûter, de vérifier s'ils étaient aussi délicieux que le fruit auquel ils ressemblaient. Mais un coup soudain frappé à la porte l'empêcha de continuer.

— Monsieur Moretti ? Le déjeuner est servi.

Kat se figea, une expression d'horreur passant sur son visage. Elle le regarda avec incrédulité.

— Qu'est-ce qu'on est en train de faire ?

— On appelle ça les préliminaires, je crois. Ou une mise en bouche, ajouta-t-il en baissant les yeux sur ses seins veloutés.

Elle remit son soutien-gorge.

— C'est terminé. S'il vous plaît, lâchez-moi.

— Pas de mise en bouche ? J'en déduis que le dessert est également hors de question, soupira-t-il comme elle se contentait de le foudroyer du regard.

— Je ne prends jamais de dessert.

Il eut un sourire goguenard.

— Je serais ravi de manger le vôtre.

— On ne parle pas de nourriture, n'est-ce pas ?

Gabe jeta un dernier regard à ses seins appétissants.

— Tout dépend de votre point de vue.

Il se leva et lui tendit la main. A sa grande surprise, elle accepta son aide pour se redresser.

— Je suppose que vous aimeriez vous rafraîchir un peu ?

Elle poussa un soupir.

— Est-ce nécessaire ?

— Pas vraiment, répondit-il.

Il la recoiffa de ses doigts tandis qu'elle reboutonnait sa veste, puis tentait, sans grand succès, de la défroisser.

— En plus, ajouta-t-il, j'aime bien vos cheveux lâchés. Ça vous rend plus humaine.

Un sourire furtif se dessina sur sa bouche encore gonflée de ses baisers.

— Humaine ? répéta-t-elle. Par opposition à quoi ?

Gentiment, il tira sur les pans de sa veste, amusé de constater qu'elle avait boutonné dimanche avec lundi. Devait-il le lui signaler ? Non ; elle lui paraissait infiniment plus humaine ainsi.

— A quelque chose d'irréel. De distant. D'intouchable et d'intouché. Or, nous savons tous les deux que cette image n'a rien à voir avec la vraie Kat.

Son expression se ferma aussitôt.

— Il est vrai que vous me connaissez si bien.

— J'en sais assez à votre sujet. Bon, on y va ?

— Je préfère retourner à mon hôtel. Je souffre encore du décalage horaire.

Il la prit par la taille et l'entraîna vers la porte.

— Manger vous fera du bien. Dennis est un excellent cuisinier. Je suis sûr que vous apprécierez un bon repas avant que je vous ramène à votre hôtel.

Elle ne protesta plus et le suivit dans une petite salle à manger confortable et intime, donnant sur une vaste pelouse qui dévalait vers le lac. Campée devant la fenêtre, elle parut se détendre.

— Cela vous plaît ? demanda Gabe.

— A qui est-ce que ça ne plairait pas ?

A Jessa, faillit-il répondre, avant de se reprendre à temps.

— Certaines personnes préfèrent la ville.

Elle haussa les épaules.

— La ville a ses avantages. Personnellement, je me lasse vite du bruit et du monde.

— Raison pour laquelle j'ai acheté cette maison l'an dernier. Ça, et la vue.

Elle lui décocha un coup d'œil par-dessus son épaule.

— Vous ne vivez ici que depuis un an ?

— Nous habitions un appartement proche de mon bureau, répondit-il à la question non formulée, puis il désigna la table. Prenons place, vous voulez bien ?

Sans un mot, ni un regard, elle s'assit. Peut-être parce qu'il avait évoqué Jessa. Le fantôme de sa femme décédée suscitait un silence inconfortable. Il aurait dû mépriser Kat pour l'épouvantable situation dans laquelle elle avait mis sa cousine, pour son mépris absolu du bien comme du mal. Pour n'en avoir fait qu'à sa tête, sans la moindre considération pour ceux qu'elle blessait au passage. Au moins sa mère avait-elle tenté d'agir correctement en quittant Dominic lorsqu'il en avait épousé une autre.

Mais tout cela ne changeait rien au fait que, quand il tenait Kat dans ses bras, plus rien ne comptait hormis le désir fulgurant de la faire sienne. Un désir bien plus fort qu'il n'en avait jamais éprouvé pour Jessa et qui prenait le pas sur toute autre considération. Il ne comprenait pas l'attirance magnétique que cette femme exerçait sur lui. Une attirance qui semblait faire fi de toutes les barrières qu'il avait fermement érigées.

Il savait qui blâmer. Son père était un Dante. Un dépravé. Un tricheur. Un menteur. Gabe luttait contre les gènes Dante depuis son premier souffle et continuerait jusqu'au dernier. Dès qu'il avait compris quels ravages son père avait provoqués dans la vie de sa mère, il avait décidé qu'il ne deviendrait jamais comme lui. Qu'il ne serait jamais semblable à l'homme qui avait causé tant de souffrance à sa famille.

Pourtant… D'une certaine manière, les gènes des Dante étaient responsables de ce qui s'était produit la première fois qu'il avait posé la main sur Kat. Il ne pouvait y avoir d'autre explication. Il avait entendu ces histoires ridicules de la bouche de sa mère, mais il n'y avait jamais accordé foi. Aujourd'hui, il se demandait pourtant si ces histoires ne recelaient pas un fond de vérité. Parce qu'à en juger par la façon dont il réagissait en présence de Kat, par l'intensité avec laquelle il ressentait sa présence, par la vibration électrique entre eux, il lui semblait bel et bien avoir été frappé par le tristement célèbre « Inferno » des Dante. On le lui avait décrit comme une sorte de brûlure qui survenait lorsque deux futurs amants se touchaient la première fois — du moins, c'est ce que prétendait sa mère. Selon Gabe, il ne s'agissait que d'un conte de fées grotesque utilisé par son père pour l'attirer dans son lit.

Il poussa un soupir agacé. Depuis toujours, il ne voulait rien avoir à faire avec la famille de son père. Il les détestait, tous autant qu'ils étaient, pour leur part dans le chagrin de sa mère. Mais cette histoire d'Inferno était trop étrange pour la balayer d'un revers de la main comme s'il ne s'était agi que de simples balivernes. Demain, il obtiendrait plus d'informations, puis couperait définitivement les liens avec les Dante. Puis il déciderait que faire de cet absurde Inferno et, surtout, comment s'y soustraire.

Dennis entra avec leurs salades puis s'éclipsa. Kat joua avec la nourriture quelques minutes avant de reposer sa fourchette. Elle leva les yeux vers Gabe.

— C'est ridicule. Pourquoi suis-je ici ? Sérieusement. Qu'est-ce qu'il nous reste à discuter ? Vous m'avez arraché toutes les concessions possibles. Cela ne vous suffit pas ?

Il but une gorgée de chablis pour se donner le temps de formuler sa réponse.

— Si nous ne sommes pas capables de partager un simple repas, ça n'augure rien de bon pour nos fiançailles.

Un sourire froid releva sa bouche appétissante, et il y arrêta son regard, tandis que sa maudite voix intérieure l'incitait à l'entraîner dans un interminable baiser.

— Ce qui n'augure rien de bon pour nos fiançailles, rétorqua-t-elle sèchement, c'est que vous me méprisez.

Gabe se força à détourner les yeux de ses lèvres pulpeuses et à se concentrer sur son assiette.

— Il vous faudra vivre avec, je le crains.

— Ou bien vous pourriez faire preuve d'un peu d'indulgence, pour changer.

Il ne put s'empêcher de rire. Elle voulait déjà qu'on lui donne l'absolution ? Aucune chance…

— Même pas en rêve, trésor.

Elle le fixa en silence quelques instants.

— Nous ne sommes pas encore fiancés, reprit-elle, ce qui signifie que j'ai encore le choix, celui de partir, notamment.

Il ne se laissa pas démonter.

— Essayez toujours, mais vous savez aussi bien que moi que vous voulez trop l'héritage de votre grand-mère pour laisser tomber.

— Je veux me réconcilier avec elle, répliqua Kat. C'est important pour moi, mais pas au point de passer des mois entiers avec quelqu'un qui vise à faire de ce temps passé ensemble un enfer. Le jeu n'en vaut pas la chandelle.

— Nous voilà de nouveau en pleine négociation, si je comprends bien ?

— Oui.

Intéressant, songea Gabe.

— Quelle offre mettez-vous sur la table ?

— J'aimerais recommencer de zéro. Tourner la page.

Il secoua la tête.

— Impossible. Vous ne pouvez pas effacer ce qui s'est passé. Ce que vous avez fait.

Elle hésita avant de répondre :

— Mais on peut choisir de le mettre derrière nous et de passer à autre chose. Il est hors de question que je joue en public le rôle de la fiancée amoureuse tout en supportant en privé d'être humiliée par vous pour des événements passés. Je ne le supporterai pas.

— Et si je ne suis pas d'accord ?

Elle jeta sa serviette sur la nappe et se leva.

— Alors, vous devrez décider à quel point vous désirez récupérer le collier de votre mère. Excusez-moi auprès de Dennis, s'il vous plaît. Je suis certaine qu'il comprendra si vous lui expliquez que le décalage horaire a eu raison de moi — ce qui est le cas.

— Je vous ramène à Seattle, déclara-t-il d'un ton sans réplique, car il la voyait prête à refuser.

D'un signe du menton, elle accepta, sans doute par lassitude.

— Je serai à l'hôtel demain toute la journée. N'hésitez pas à m'appeler et à me faire part de votre décision.

— Table rase du passé et fiançailles courtoises ?

— Ou bien je retourne en Europe, et aucun de nous n'obtient ce qu'il veut.

— Inutile d'attendre demain. J'accepte votre offre, Kat.

Elle ne manifesta pas le moindre soulagement. Elle se contenta d'acquiescer, puis se dirigea vers la porte. Il l'arrêta sur le seuil et reboutonna sa veste correctement, avant de déposer un baiser sur son front.

A ce rythme-là, songea-t-il, la prochaine fois il la borderait dans son lit.

Il serra les mâchoires. Il n'avait pas la moindre idée de ce qui se passait, mais avait la ferme intention de le découvrir le lendemain matin à la première heure.

Ensuite il réglerait le problème, et sa vie reprendrait son cours normal.

- 3 -

Tôt le lendemain matin, Gabe laissa un message à Kat pour la prévenir qu'il serait injoignable ce jour-là. Il prit son jet privé pour se rendre à San Francisco. Une voiture l'attendait à l'aéroport, et il mit à profit le trajet jusqu'au centre-ville pour finaliser le dossier Atkinson. A maintes reprises, il se surprit à se frotter la main, où persistait une brûlure apparue au moment où il avait touché Kat pour la première fois et qui, depuis, continuait à être sensible. Un phénomène des plus curieux.

Comme on était samedi, la circulation était fluide, et la voiture arriva en un temps record devant le siège de Dante, l'empire joaillier réputé pour ses incomparables diamants de feu. Ainsi qu'il l'espérait, l'endroit était désert, sans le moindre Dante en vue. Tant mieux. Il trouvait déjà pénible de devoir parler au patriarche — son grand-père Primo —, inutile qu'il tombe en plus sur un membre de la branche légitime de la famille. La plupart ignoraient d'ailleurs son existence, et Gabe préférait que cela reste le cas. Il se présenta à la réception puis, muni d'un badge visiteur, traversa le vaste hall en direction des ascenseurs menant aux bureaux de la direction. Il monta au dernier étage et s'engagea dans un vestibule où même l'air respirait le luxe et l'opulence.

Du fond d'un long couloir drapé d'ombres, une femme approcha, sans doute pour l'escorter jusqu'au bureau de Primo, même si d'après les renseignements de Gabe c'était

Severo, le premier fils légitime de Dominic, qui dirigeait désormais l'entreprise. Le fondateur de la joaillerie était en semi-retraite depuis le décès du père de Gabe dans un accident de voile, dans lequel avait aussi péri sa femme, Laura, rendant Sev et ses trois frères orphelins. La mort de son fils aîné avait porté un coup à la santé de Primo, obligeant ce dernier à confier les rênes de l'entreprise à Severo. Bien entendu, les Dante prétendirent tout ignorer de l'existence de la mère de Gabe et de ses jumeaux, tout comme ils prétendirent ignorer que Dominic avait prévu de l'épouser après avoir divorcé. De toute manière, Gabe ne croyait pas un seul instant que son père l'aurait fait. Comme tous les Dante, Dominic voulait le beurre et l'argent du beurre. Sinon, pourquoi serait-il parti faire de la voile avec son épouse légitime ?

Il reporta son attention sur la femme qui s'avançait et se figea, la reconnaissant instantanément à sa chevelure, un mélange caractéristique de nuances de bruns.

— Qu'est-ce que tu fiches ici, nom d'une pipe ?

Elle jeta un coup d'œil nerveux par-dessus son épaule.

— Chut ! Je ne veux pas qu'on t'entende.

— Tu ne m'as pas répondu, Lucia.

Son instinct de protection se réveilla, et il prit sa sœur dans ses bras pour l'étreindre avec ardeur, étreinte qu'elle lui rendit avec la même force.

— Qu'est-ce que tu fais ici ? répéta-t-il.

Lucia se dégagea, puis lui adressa un sourire espiègle, mais il perçut une émotion plus profonde sous son apparence joyeuse.

— Je travaille pour Primo.

— Je rêve ! s'exclama Gabe, estomaqué. Il sait qui tu es ?

Une lueur familière flamboya dans le regard de Lucia.

— Bien sûr que non. Tu penses bien que je t'aurais prévenu.

— Pourquoi ? demanda-t-il d'une voix dure. Pourquoi,

au nom du ciel, veux-tu avoir quoi que ce soit à faire avec les Dante, après ce qu'*il* a fait à maman ?

— Il ? Tu veux dire, papa ?

Ce petit mot contenait tout un monde de chagrin, et il sentit son estomac se nouer. De tous les trois, sa jumelle, Lucia, avait résisté le plus longtemps, certaine qu'un jour Dominic Dante arriverait sur son cheval blanc et les emmènerait vivre dans son palais. Même après sa mort, elle avait cru que les Dante les reconnaîtraient comme membres à part entière de la famille. Mais cela ne s'était jamais produit. Il n'y avait pas eu de fin heureuse à une histoire qui n'avait rien d'un conte de fées.

— Tu peux prononcer le mot, Gabriel. *Papa*. Je te jure que ta langue ne prendra pas feu.

— N'en sois pas si certaine, rétorqua-t-il. Et il n'était pas notre père. Mais le *leur*.

Une expression entêtée apparut sur les traits fins de Lucia.

— Il était aussi le nôtre. Ce n'est pas parce que tu refuses de connaître notre famille que moi je n'en ai pas le droit.

Il se renfrogna, comme sous le coup d'une gifle.

— Ce n'est *pas* notre famille.

— Tu ne veux peut-être pas d'eux pour famille, mais ça ne change rien au fait que…

Elle s'interrompit et, l'espace d'une seconde, son menton trembla, tandis que des larmes perlaient dans ses beaux yeux bleu-vert. Les yeux de leur mère. Ceci, plus que tout le reste, faillit avoir raison de Gabe. Sa sœur, si forte, sa jumelle résiliente, la femme qui affrontait l'adversité avec un sourire courageux, au bord des larmes… Sans un mot, il l'attira à lui.

— C'est vraiment si important pour toi ? murmura-t-il.

Elle répondit d'une voix à la fois ferme et douce.

— Oui. Ils sont la seule famille qui nous reste.

Il tressaillit.

— Mais je suis là pour toi, et toi pour moi. On sera toujours là l'un pour l'autre.

S'écartant d'un pas, elle prit son visage dans la coupe de ses mains, le regard empli d'adoration.

— Evidemment ! Là n'est pas la question. Tu es mon grand frère, même si ce n'est que de quatre minutes.

— Cinq.

Elle éclata de rire à travers ses larmes.

— D'accord, cinq. Tu as toujours été là quand j'en avais besoin. Si tu n'étais pas venu à mon secours quand…

— Chut, tais-toi ! Inutile d'en reparler.

L'épisode qu'évoquait Lucia avait été violent et douloureux, et d'une certaine façon pire encore que la nouvelle de la mort de leur père. Il lissa une boucle des cheveux de sa sœur, dont la couleur — des nuances somptueuses de bruns — était si différente de la sienne. En apparence, sa jumelle et lui ne pouvaient être plus dissemblables. Mais dans l'âme…

— Tu as raison, admit-elle.

Puis elle fronça les sourcils. Au grand soulagement de Gabe, elle avait surmonté ses larmes et retrouvé une physionomie quasi normale.

— Alors, et toi, qu'est-ce qui t'amène ici ? Etant donné que Primo ne fait pas partie de ta famille…

— J'ai une question à lui poser, et il est le seul à pouvoir y répondre.

Les yeux brillant de curiosité, Lucia pencha la tête.

— Quelle question ?

— Ça ne te regarde pas.

Elle saisit alors sa main dans la sienne. Il en avait toujours été ainsi entre eux. Peut-être parce qu'ils étaient jumeaux. Ou bien parce qu'ils avaient grandi sans père. Quoi qu'il en soit, une profonde connivence les liait depuis leur plus tendre enfance.

— Il s'est passé quelque chose. Quoi ? insista-t-elle.

— Rien qui te concerne, petite môme. J'aimerais me rendre à ce rendez-vous, maintenant, si tu permets.

Elle lui adressa une grimace moqueuse.

— Très bien. Fais ton ronchon mystérieux. Tu sais que tu finiras par me le dire. Avoue. Tu n'as jamais su me résister.

— Exact, concéda-t-il en déposant un baiser tendre sur son front.

Puis il désigna le bureau de Primo.

— Avant que je le rencontre, dis-moi à quoi m'attendre. Comment est-il ?

Sur le point de répondre, Lucia finit par secouer la tête.

— Non, ce n'est pas une bonne idée. Je crois qu'il vaut mieux que tu le découvres par toi-même.

Voilà qui ne lui ressemblait guère. Elle avait toujours été la plus spontanée d'eux trois, et sa nature généreuse et confiante l'avait peut-être conduite à tomber amoureuse de cette ordure qui lui avait brisé le cœur. Par la suite, elle était devenue plus prudente, mais jamais vis-à-vis de son frère. Ses secrets étaient les siens. Du moins, jusqu'à aujourd'hui.

— Qu'est-ce qui cloche, Lucia ? Qu'est-ce que tu me caches ?

Une lueur de détresse passa sur les traits de sa sœur.

— Je ne cache rien, répondit-elle, hormis mon identité. Je voulais connaître mon grand-père sans qu'il sache que je suis la fille de Cara Moretti. Donc, je me sers de mon nom d'épouse.

— Pour autant que je sache, ils sont uniquement au courant de mon existence, assura-t-il. Je ne pense pas qu'ils aient découvert que j'ai une jumelle.

— Non, ils l'ignorent, déclara Lucia.

— Il t'a fait de la peine. Ne le nie pas, ajouta-t-il comme elle s'apprêtait à protester. Je vois bien que tu souffres.

Elle soupira, prenant sans doute conscience qu'il serait vain de nier. Il la connaissait trop bien.

— Bon, d'accord. Mais ce n'est pas à cause de quelque chose qu'aurait fait Primo.

— De quoi s'agit-il, alors ?

Pivotant sur ses talons, elle longea le couloir pour s'arrêter devant la porte menant au bureau de Primo. Le dos raide, sans se retourner, elle répondit à voix basse :

— Je suis son employée. Il est très gentil envers son personnel.

— Mais ?

Elle le regarda par-dessus son épaule. Cette fois, elle réussit à maîtriser ses larmes, à conserver une expression calme et agréable, ce qui la rendait encore plus tragique. Elle prit un instant avant de confesser :

— Ce n'est pas ce que je suis. Je ne suis pas son employée. Oh ! Gabe ! Je ne veux pas travailler pour lui. Je veux être sa petite-fille. Je veux ce qu'on n'a jamais eu. Une famille.

Puis, sans lui laisser le temps de répliquer, elle ouvrit la porte et entra. Traversant d'un pas vif la petite réception, elle frappa à une seconde porte et l'ouvrit.

— Monsieur Moretti est là.

— Faites-le entrer.

La voix grave et mélodieuse de l'homme révélait ses origines toscanes. Elle contenait un lyrisme irrésistible, un accent chantant qui résonnait presque de manière familière, touchait une corde sensible enfouie au plus profond de Gabe. L'attirait là où il refusait d'aller de toutes ses forces. Il hésita, tiraillé entre le désir de réconforter sa sœur et celui de rencontrer son grand-père.

Lucia décida pour lui. Elle recula sur le seuil.

— Je vais bien, assura-t-elle avec un air entendu.

Puis elle tendit son poing fermé, sauf l'index sorti en crochet. Il fit de même, joignant leurs doigts comme le leur avait appris leur mère quand ils étaient bébés. C'était leur jeu à tous les trois, une manifestation d'unité. Leur façon de se dire « je t'aime ». Un code muet pour offrir force et soutien.

— Vas-y, souffla-t-elle, rompant le contact.

S'il s'attardait, il risquait de compromettre sa couverture. Or, il ne pouvait pas lui faire ça.

— On n'en a pas terminé, toi et moi, prévint-il à mi-voix.

Puis il pénétra dans la pièce et se trouva face à face avec un homme qui lui révélait celui qu'il serait dans une cinquantaine d'années.

Primo se leva lentement tout en le scrutant de son regard intense.

— Tu ressembles tellement à ton frère Severo que vous pourriez être jumeaux ! s'exclama-t-il.

Gabe lutta pour rester impassible.

— Je ne le considère pas comme mon frère.

— Cela ne me surprend guère. Tes sentiments à notre égard sont tout à fait compréhensibles. Ce que ton père a fait est mal.

Gabe n'en croyait pas ses oreilles.

— Je suis d'accord, répliqua-t-il.

Son grand-père eut un petit rire rauque.

— Tu ne t'attendais pas à ce que je dise cela de mon propre fils, n'est-ce pas ?

Il ouvrit un coffret à cigares finement ciselé, posé sur son bureau, et choisit un Havane.

— Tu en veux un ? proposa-t-il.

— Je crois qu'il est interdit de fumer dans les bureaux.

— Et alors ? railla Primo. Tu comptes me dénoncer ?

— Cela dépend de la façon dont se déroulera notre entretien.

Pendant un instant, les deux hommes se dévisagèrent. Puis Primo brisa le silence de son rire sonore. Contournant le bureau, il s'approcha de Gabe, le prit dans ses bras et lui donna une longue et solide accolade, accompagnée de claques dans le dos prodiguées d'une main d'acier.

— Je n'aurais jamais cru connaître ce jour, Gabriel, affirma-t-il, prononçant son nom à l'italienne.

Complètement pris au dépourvu par cette étreinte et ne sachant comment y répondre, Gabe se raidit. Il finit par frapper l'épaule du vieil homme d'un léger coup de poing. A en croire le soupir d'aise de Primo, cela sembla le satisfaire. Il lâcha Gabe et fit un pas en arrière.

— A mon avis, vous ne comprenez pas pourquoi je suis ici, dit Gabe.

Des yeux dorés, identiques aux siens, l'étudiaient avec attention. Des yeux anciens, sages, emplis de bienveillance, de tristesse, de joie et de résignation.

— En tout cas, je te remercie de m'avoir contacté, même si ce n'était pas dans le but de rencontrer ton *nonno*.

Gabriel baissa la tête. Les choses ne se passaient pas du tout comme prévu.

— Euh, eh bien…

— Ça ne se passe pas comme tu l'avais imaginé, n'est-ce pas ?

Misère. Le patriarche lisait même dans ses pensées. Gabe releva la tête, décidant d'être direct. Après tout, c'était ce qu'il était, pour le meilleur et pour le pire.

— Non, en effet.

— Tu pensais… « J'y vais, je me force à être poli avec le vieux, je pose ma question. Et je repars avant qu'il puisse atteindre mon âme ou infecter mon esprit », récita Primo en lui touchant d'abord la poitrine, puis la tempe. Mais c'est trop tard. Maintenant tu te dis : « Me voilà pris au piège comme un… » Quel animal fouille les terriers qui ne lui appartiennent pas ? demanda-t-il, sourcils froncés.

— Vous, apparemment.

Primo lâcha un nouveau rire. D'un geste habile, il trancha l'extrémité de son cigare et l'alluma.

— On fait du cigare un secret entre nous, d'accord ?

Nonna me découperait en petits morceaux si elle l'apprenait. Puis elle les apporterait à mon *dottore*.

Comment était-ce arrivé ? Comment ce vieil homme rusé avait-il réussi à le déstabiliser de la sorte ? Car il avait raison. Gabe avait projeté de venir, de se maintenir à prudente distance, de poser sa fichue question et de s'en aller au plus vite. Au lieu de quoi, il se trouvait là, fasciné par le personnage. Etait-ce ainsi que les choses s'étaient passées pour sa mère ? Dominic s'était-il montré charmant au point de faire tomber ses défenses jusqu'à ce qu'elle se donne cœur et âme à l'homme qui lui avait fait ses deux enfants ?

— Je ne suis pas comme lui.

Il ignorait d'où venaient ces mots. Ils étaient sortis avant même qu'il ait l'intention de les prononcer.

Une profonde tristesse voila le visage expressif de Primo.

— Non, tu ne l'es pas, acquiesça-t-il doucement. Pas plus que Severo, Marco, Lazzaro ou Nicolo ne sont comme lui non plus. Vous possédez tous un sens moral qui manquait à Dominic. Je suis désolé de ce qu'il t'a fait. Et désolé de ne pas t'avoir trouvé plus tôt.

« Trouvé plus tôt » ? Serait-il possible que le reste des Dante *ignore* son existence et celle de Lucia ? Non. Sûrement pas. Même s'il ne comptait pas soulever le problème avec Primo.

— Ça n'a pas d'importance. Je n'étais pas curieux de vous connaître, ni aucun autre membre de la famille.

Primo balaya la remarque d'un geste.

— Mais aujourd'hui tu es ici, n'est-ce pas ?

Gabe se surprit à frotter la brûlure au creux de sa paume, geste qui attira l'attention de son grand-père, et un étrange sourire naquit sur ses lèvres.

— Je suis ici uniquement parce que j'ai une question.

Primo s'appuya au bureau et aspira une bouffée de son cigare, étudiant son petit-fils à travers le nuage de fumée odorante. Le Chat du Cheshire, avec son sourire énigmatique et ses yeux clairvoyants.

— Plusieurs questions, à mon avis.

— Une seule, lâcha Gabe.

— Parfait. Pose-la, et j'essaierai d'y répondre.

Maintenant que le moment était venu, Gabe se rendait compte qu'il ne savait pas comment formuler sa question sans qu'elle paraisse stupide ou incroyable.

— Il s'est produit quelque chose récemment. Quelque chose… de bizarre.

Le rire creusa les rides du vieil homme, tandis qu'une lueur compréhensive apparaissait sur son visage.

— Vraiment ? Intéressant. Cette chose bizarre qui s'est produite récemment, je me trompe en supposant que c'est avec une femme ? demanda-t-il en examinant le bout incandescent de son cigare.

— Espèce de salaud, grommela Gabe. Vous êtes au courant, n'est-ce pas ?

— Au courant de quoi ?

Pivotant sur ses talons, Gabe se mit à arpenter la pièce, luttant pour contenir sa colère. Comment était-ce possible ? Durant des années, il s'était employé à perfectionner sa maîtrise de soi, jusqu'à acquérir le surnom implacable de « Tueur ». Mais en une fraction de seconde, quand elle avait franchi le seuil de son bureau, Kat avait fait tomber toutes ses barrières. Voilà maintenant que c'était au tour de son grand-père… Il n'avait qu'une envie, fuir et ne jamais revenir. Mais il ne le pouvait pas. Pas avant d'avoir découvert la vérité.

Il se retourna vers Primo, afin d'en avoir enfin le cœur net.

— D'accord. Qu'est-ce que c'était, ce truc ? Je n'ai fait que la toucher et…

— Et tu as brûlé pour elle. Ta paume, fit Primo en la désignant de son cigare. Elle te démange, une démangeaison qui ne cesse jamais.

— Oui ! C'est exactement ça. Qu'est-ce que c'est ?

— L'Inferno. Dominic n'en a jamais parlé à ta mère ?

Gabe hésita avant de répondre :

— Il lui a raconté une sorte de conte à propos de la capacité des Dante à reconnaître leur âme sœur d'un simple toucher.

— Eh bien, tu as la réponse à ta question. Autre chose ?

— Comment ça, autre chose ? fulmina Gabe, perdant ce qui lui restait de calme. L'Inferno ? Vous êtes sérieux ? Ça n'existe pas. C'est un conte, une parabole montée en épingle dans les journaux people après le canular médiatique de Marco. Mais rien de tout cela n'est vrai.

— Je t'assure que si, *nipote*, que l'Inferno n'a rien d'un conte ou d'une parabole. C'est une réalité. Et, si tu choisis de l'ignorer, sache que c'est à tes risques et périls.

— Expliquez-moi ça. Quels risques et périls ?

La voix de Primo s'adoucit, se faisant plus intense, tissant comme une toile sonore, une enveloppe chantante qui s'immisçait en Gabe et devenait partie intégrante de lui, de ce qu'il était au plus profond de lui.

— Tu as senti le feu de l'Inferno. Senti cette démangeaison, cette brûlure qui ne cessera jamais. C'est parce que cette femme est ton âme sœur. Maintenant, tu dois l'épouser ou en souffrir les conséquences, comme ton père a souffert quand il a refusé d'épouser son âme sœur.

— Quelles conséquences ? demanda Gabe.

Les doigts de Primo se resserrèrent sur son cigare. Une émotion authentique intensifiait son accent, et ses mains dansaient dans l'air, semant de gracieuses volutes de fumée dans leur sillage.

— J'ai dit à Dominic d'épouser ta mère. Je l'ai mis en garde, prévenu de ne pas tourner le dos à cette femme. Mais il croyait pouvoir tout avoir — ta mère, son âme sœur désignée par l'Inferno, et la richesse que Laura apporterait avec leur mariage.

Primo avait encouragé le mariage de ses parents ? Non,

c'était impossible. Dominic avait affirmé le contraire, prétendant que Primo l'avait empêché. L'avait interdit.

— Je ne vous crois pas.

— Crois ce que tu veux, *nipote*. Cela ne change rien aux faits. Regarde comme le mariage de Dominic a tourné. Il en a toujours été ainsi avec l'Inferno.

Son grand-père le fixait sans ciller, et son regard calme et sincère donnait du poids à ses propos.

— Nous sommes différents, Gabriel. Les Dante n'aiment qu'une seule femme de toute leur vie. Nous devons suivre l'Inferno où il nous mène, prendre la femme qu'il nous choisit, ou en souffrir les conséquences. Et il y a toujours des conséquences. Ton père l'a appris à ses dépens.

Soudain, Gabe eut l'impression qu'un déclic se faisait dans sa tête. Kat Malloy. Si Primo disait vrai, *elle* était son âme sœur désignée par l'Inferno. Non, pas question !

— Je ne suis pas un Dante, déclara-t-il d'un ton insistant. Cela n'a rien à voir avec moi. C'est impossible. Je ne veux pas. Je ne le permettrai pas.

Une lueur de chagrin assombrit le regard de Primo.

— Tu as toujours été un Dante, Gabriel. Tu seras toujours un Dante.

— Vous vous trompez. Je ne suis pas du tout comme Dominic. Je refuse d'être comme lui. Comme n'importe lequel d'entre vous. Je suis un Moretti.

— Si tu l'étais, tu ne ferais pas l'expérience de l'Inferno. Or, c'est bien ce qui t'est arrivé.

Primo tapota son cigare pour en faire tomber la cendre dans un cendrier, puis s'approcha et serra fort l'épaule de son petit-fils.

— Je comprends ton ressentiment à notre égard, poursuivit-il. Combien tu dois nous mépriser. Mais ne pense pas une seconde que Dominic représente les Dante. Il est un Dante malgré ce qu'il a fait à Cara, à Laura et à tous ses enfants. Ce n'est pas ainsi que nous l'avons élevé. Les choix qu'il a faits étaient les siens, tout comme tes choix sont les tiens. Tu peux choisir d'écouter ce que je t'ai dit, ou tu peux suivre les traces malheureuses de ton père et ignorer mes paroles. L'Inferno aura le dernier mot, peu importe quelle voie tu prends.

D'accord. De toute façon, il saurait gérer les choses. Et puis Kat et lui prévoyaient de se fiancer. N'était-ce pas se soumettre à l'Inferno ?

— J'envisage de me fiancer avec elle. Cela règle le problème Inferno, j'imagine ?

— Si tu l'épouses, oui.

— Et si on ne se marie pas ?

Primo répondit par un haussement d'épaules silencieux qui ressemblait à un mauvais présage.

— Qu'est-ce que ça peut faire, qu'on se marie ou non ? Qu'on soit mariés ou fiancés, de toute façon, j'ai l'intention d'arrêter notre relation dès que cet Inferno aura pris fin, annonça Gabe.

A moins qu'il s'agisse plutôt d'un avertissement ?

— Parfait.

Gabe leva les sourcils.

— Vraiment ? Je suis surpris que vous soyez d'accord.

— Si tu attends que l'Inferno prenne fin, répliqua Primo d'un ton léger, tu risques d'attendre très longtemps. Nonna et moi, ça fait soixante ans qu'on est mariés, et j'attends toujours que l'Inferno prenne fin. Je suis sûr qu'il ne durera plus très longtemps. L'année prochaine, peut-être que ma paume cessera de me brûler, hein ? Ou peut-être pas, ajouta-t-il en adressant à Gabe un sourire malicieux.

Kat détestait ses sorties publiques avec Gabe, même si elle faisait de son mieux pour paraître calme et distante. L'atmosphère était à Noël, deux petites semaines plus tard. Tout sentait le cèdre et la cannelle, et les vitrines étaient illuminées de couleurs joyeuses. Saint Nicolas et ses rennes, des arbres de Noël stylisés, de jolies scènes hivernales décoraient les paquets suspendus au bras des acheteurs, preuve de la folie dépensière du moment. Mais elle n'avait pas l'esprit à la fête. Peut-être parce que les rencontres avec Gabe lui étaient devenues très pénibles.

Même après plus de trois semaines et une bonne dizaine d'obligations de ce genre, leur arrivée dans un lieu public ne manquait jamais de déclencher une vague d'intérêt. Kat espérait que cette curiosité susciterait une réponse de la part de sa grand-mère. Approbation. Désapprobation. Mais jusque-là Matilda était restée ostensiblement silencieuse, n'appelant pas plus qu'elle ne répondait au téléphone. Au moins Kat avait-elle pu vérifier que son silence n'était pas dû à sa maladie.

Des murmures passionnés les suivirent tandis qu'ils gagnaient leur table bien en vue. Ils auraient tout aussi bien pu être installés sur une estrade éclairée de mille spots. Elle avait déjà connu ce type de situation après le scandale avec Benson Winters. L'attention avide. Les commentaires méchants, énoncés juste assez fort pour qu'elle les entende. La presse qui la harcelait. La honte et l'embarras. Elle en avait été marquée, en avait gardé des cicatrices douloureuses, même cinq ans après, tout comme Benson avait vu ses chances ruinées d'obtenir un siège au Sénat. Bien sûr, le scandale n'avait constitué qu'un élément de l'affaire, l'autre étant le livre de révélations que son ex-femme avait publié dans la foulée.

Gabe lui adressa une parodie de sourire.

— Si vous n'arrêtez pas de me regarder comme si j'étais un plat que vous regrettez d'avoir commandé, les gens ne croiront jamais que nous sommes en train de tomber amoureux.

— Nous ne sommes pas en train de tomber amoureux.

— C'est exact.

Pour une raison obscure, la promptitude de sa réponse la blessa.

— Mais nous essayons de convaincre les autres non seulement que nous tombons amoureux, mais que nous tombons follement et passionnément amoureux l'un de l'autre. Alors, au minimum, un sourire serait le bienvenu.

Elle fit un effort pour se détendre et afficher une mine réjouie.

— D'accord. Peut-être que cela m'aiderait si on avait une conversation normale et banale.

— N'importe quoi du moment que vous ne me regardez plus comme si vous étiez sur le point de vous enfuir en courant. Voyons, que diriez-vous de me raconter votre séjour en Europe ? Où viviez-vous ? Qu'est-ce que vous faisiez ?

C'était un terrain plus confortable, du moins pour l'essentiel.

— Je vivais en Italie, à Florence plus précisément. Je travaillais comme serveuse dans un bar, entre autres, tout en suivant des études.

— Des études de quoi ?

— De création de bijoux.

Au temps pour le terrain confortable. Lorsqu'il entendit sa réponse, le visage de Gabe se ferma. Décidément, se dit-il, ils ne pouvaient même pas avoir une conversation banale. Le seul moment où ils trouvaient une sorte d'accord, c'était quand ils étaient dans les bras l'un de l'autre.

— La création de bijoux, répéta-t-il.

— Pendant deux ans.

Sa réaction l'incitait à la prudence. Elle poursuivit avec le sentiment de marcher sur des œufs :

— Ensuite, j'ai travaillé trois ans en apprentissage, déterminée à apprendre autant que je pouvais afin de tenter ma chance chez les meilleurs joailliers.

— Et qui considérez-vous comme les meilleurs joailliers ? demanda Gabe d'une voix douce.

Aussitôt, elle se sentit en alerte. Elle était incapable d'expliquer sa réaction, mais celle-ci fut immédiate et viscérale. L'homme normal et rationnel assis devant elle s'était soudain mué en prédateur féroce, prêt à la déchiqueter en lambeaux au premier mot incorrect.

— Dante.

Voilà. Elle venait de prononcer le mot incorrect. Paniquée, elle se lança dans un discours précipité.

— Je suis tombée amoureuse du Heart's Desire il y a des siècles, je suppliais tout le temps Gam de me le montrer. Je voulais apprendre à créer des bijoux comme celui-là. Des bijoux magnifiques. Qu'est-ce qui ne va pas, Gabe ?

Car quelque chose n'allait pas. Les yeux plissés, il l'examinait avec attention, comme s'il cherchait à deviner ce qu'elle lui cachait.

— Intéressante coïncidence, voilà tout.

— Qu'est-ce qui est une intéressante coïncidence ? répéta-t-elle. Est-ce que… ça a quelque chose à voir avec votre collier ?

Au lieu de lui répondre, il changea de sujet.

— Que diriez-vous de quitter le restaurant, de trouver le lit le plus proche et de se déshabiller ? On pourrait peut-être établir une connexion valable.

Le coq-à-l'âne la désarçonna au point qu'il lui fallut une bonne seconde pour recouvrer ses esprits. Une chaleur irradia dans tout son corps, ainsi qu'un désir intense.

— Je n'ai aucune intention de quitter le restaurant, de trouver le lit le plus proche et encore moins de me déshabiller, rétorqua-t-elle, assez contente, pour une fois, de son ton tranchant.

Certes, sa voix avait un peu dérapé sur le dernier mot, assez pour qu'elle tende la main vers sa tasse de café, geste qu'elle regretta aussitôt en constatant le tremblement révélateur de ses doigts. Aussi, elle se ravisa, croisa les mains sur ses genoux et se frotta le creux de la paume, où une irritation la rendait folle depuis ces dernières semaines.

Gabe haussa les épaules.

— Si vous n'avez pas faim, rien ne nous empêche de partir d'ici et d'honorer notre contrat sur l'heure du déjeuner.

En réalité, elle ne demandait que ça. Elle désirait cet homme de chaque fibre de son être. Rien que d'y penser, ses orteils se crispaient au fond de ses escarpins. Simplement, elle ne prévoyait nullement de passer à l'acte. Si seulement il n'avait pas employé ce mot… Non, pas *honorer*, même si celui-ci accélérait son rythme cardiaque. L'autre. *Déshabiller.*

Il suscitait des images affolantes dans sa tête. Des images troublantes de nudité. Des images qu'elle n'avait pas le droit de visualiser, surtout dans des couleurs si vibrantes, si magnifiques. C'était mal, très mal. Mais rien n'y faisait. Plus que tout au monde, elle voulait voir Gabriel Moretti nu. Ensuite, elle voulait que sa nudité sublime l'enveloppe et la pénètre. Elle saisit sa tasse — au diable ses tremblements ! — et enfouit son nez dans le breuvage fumant, priant pour qu'il attribue la rougeur qui avait gagné son visage au liquide brûlant et non à un désir ardent.

Raté.

Le rire de Gabe, dense, riche, spontané, la troubla au plus haut point.

— A quoi pensez-vous, mademoiselle Malloy ? En tout cas, cela semble vous mettre dans tous vos états.

Elle garda le nez dans son café.

— Je suis agacée. D'avoir à prétendre avoir envie de vous.

Le rire s'intensifia.

— Menteuse. Vous n'êtes même pas capable de me regarder. Je me demande bien pourquoi ? Serait-ce en fait parce que vous avez véritablement envie de moi ?

Il se pencha en avant, lui prit la tasse des mains, l'écarta.

Puis il mêla leurs doigts de manière que leurs paumes se touchent. L'effervescence entre eux s'intensifia.

— Je n'ai aucune objection à sauter les préliminaires, si vous préférez.

- 4 -

Kat croisa le regard de Gabe. Grave erreur. Le désir déferla en elle, la submergeant, rendant impossible toute tentative de dérision, à laquelle elle se livra pourtant.

— Quitter le restaurant, trouver un lit et nous débarrasser de nos vêtements, c'est ce que vous appelez des préliminaires ?

Face à son sourire, elle se sentait fondre littéralement. Où étaient passés son calme et son sang-froid ? Manifestement, dans un torrent de lave en fusion. Le serveur surgit à cet instant et déposa leurs assiettes devant eux. A sa grande déception, Gabe lâcha sa main. Comment était-ce possible d'éprouver un tel sentiment d'abandon du simple fait qu'il rompe le contact physique avec elle ? Ridicule. Décidément, elle avait à craindre pour sa santé mentale.

Il attendit qu'ils soient de nouveau seuls pour répondre :

— Oui. Partir d'ici, vous emmener dans l'appartement au-dessus de mon bureau, lequel, c'est fort commode, a un lit, et vous ôter cette robe élégante mais superflue, voilà mon idée des préliminaires. Laissez-moi vous expliquer.

Kat expira profondément. *Concentre-toi. Et surtout pas sur le sexe !*

— J'imagine qu'il va me falloir entendre ça.

Baissant la voix, il se pencha en avant.

— Une fois qu'on aura terminé de picorer notre

nourriture, car qui peut manger quand la seule chose qui occupe notre esprit, c'est…

— Honorer notre engagement, coupa-t-elle sèchement.

— Exact. On attend l'addition. Tous ceux qui nous regardent constatent notre impatience à quitter le restaurant. On ne peut pas empêcher nos mains de se poser sur l'autre. Rien d'indécent, évidemment. Juste des regards entendus. De petites caresses furtives.

Des paumes en fusion.

Kat reposa sa tasse et croisa délibérément les mains sur ses genoux.

— Très drôle. Mes mains m'informent qu'elles sont très bien là où elles se trouvent.

— Elles mentent, rétorqua Gabe. Je peux le prouver, si vous y tenez.

— Rien ne dit que vous réussirez.

Cette dernière remarque était sans doute une nouvelle erreur. Une lueur narquoise étincela dans les yeux de Gabe.

— Ah, un défi !

— Ce n'est pas ce que…

— Trop tard. Je le relève.

— Mais…

Après tout, qu'est-ce qu'elle risquait ? Ils étaient dans un lieu public, sous l'œil d'innombrables convives et d'un bataillon de serveurs. Tous deux correctement habillés. A moins qu'il projette de la renverser sur la table, par-dessus ses moules marinières, pour lui faire subir les derniers outrages, elle serait à peu près sauve. Lui résister ne devrait pas être trop difficile.

— D'accord. Essayez toujours.

Le sourire de Gabe revint, lent et séducteur.

Peut-être aurait-elle été mieux inspirée de se taire. Il prit sa fourchette, cueillit une moule dans sa coquille et la lui offrit. Impossible de la refuser, pas devant une salle de restaurant bondée. Déterminée à ne pas se laisser séduire, elle accepta la bouchée. La saveur du mollusque se développa sur sa langue tandis qu'il fixait ses lèvres avec une intensité telle qu'elle sentait presque sa bouche sur la sienne. Etrangement, la crème parfumée d'ail et de persil pimenta le souvenir de ses baisers.

— C'est malhonnête, protesta-t-elle.

— Tentée, trésor ?

— Juste par les moules, riposta-t-elle.

— Menteuse ! Vous refusez tout simplement d'admettre que je suis en train de vous séduire en plein restaurant. Que tous ceux qui observent savent précisément ce que j'ai envie de vous faire. Ce que vous espérez que je vous fasse.

Elle sentit le rouge lui monter au front.

— Je ne vois pas du tout de quoi vous parlez.

Plutôt que de discuter, il décida de le démontrer. Saisissant de nouveau sa main, il traça un cercle très excitant au creux de sa paume. Une paume traversée par une douleur cuisante depuis la première fois qu'il l'avait touchée. Comment le savait-il ? Sa main n'avait jamais été particulièrement sensible auparavant. Mais depuis qu'elle avait rencontré Gabe… Plus il caressait sa paume, plus elle se sentait se liquéfier à l'intérieur. S'il ne cessait pas, elle finirait par glisser sous la table où elle le laisserait honorer leur contrat tant qu'il lui plairait. Et autant de fois qu'il lui plairait.

Elle frissonna, consciente que l'expression de son visage devait révéler l'immoralité de ses moindres pensées et désirs.

— Je n'y crois pas, lâcha-t-elle. Pourquoi vous ? Pourquoi maintenant ? Enfin, tout cela est aberrant !

— Tout à fait d'accord. Non que ça change quoi que ce soit. Alors, vous êtes prête à me concéder la première manche ?

— Uniquement si vous acceptez qu'on arrête là.

— Expliquez-moi pourquoi.

Elle le désirait plus qu'elle n'avait jamais désiré

personne. Mais il y avait des lignes qu'elle refusait de franchir. Des lignes qu'elle avait établies pour se protéger du genre de souffrance qu'elle avait traversée cinq ans plus tôt. Des lignes qui composaient une part indélébile de la personne qu'elle était devenue ensuite.

— Je ne veux pas coucher avec vous, soupira-t-elle. Je ne coucherai avec aucun homme avant de me marier.

— C'est si important que ça pour vous ?

Elle acquiesça, picorant dans son assiette, tout comme il l'avait prédit. Son appétit avait disparu.

— Oui, ça l'est.

— Pour quelle raison ? demanda-t-il d'un ton frustré.

Elle hésita, puis haussa les épaules.

— Je ne coucherai pas avec vous car, que vous me croyiez ou non, je ne suis pas comme ça.

— Et vous pensez qu'on peut ignorer ceci… ? répliqua-t-il en prenant sa main pour la troisième fois.

Il mêla leurs doigts, et leurs paumes se collèrent l'une à l'autre. Le brasier entre eux s'alluma, passant de sa main à la sienne, et elle eut toutes les peines du monde à maîtriser l'onde de choc qui la parcourut. Seigneur, mais de quoi s'agissait-il ? Pourquoi Gabriel Moretti ? Par quelle sinistre ironie du sort fallait-il que cela tombe sur lui, alors qu'il était la dernière personne au monde avec qui elle devrait coucher ?

Elle tenta de dégager sa main, d'échapper au lien, quel qu'il soit, qui les unissait. Mais Gabe refusa de la lâcher. Les paupières closes, luttant contre le flot d'émotions qui la submergeait, elle demanda d'une voix faible :

— Qu'est-ce que c'est ?

— L'Inferno. Du moins, à ce qu'on m'a dit.

— Je n'y comprends rien. L'Inferno ? Qu'est-ce que c'est ?

— Du désir. Un désir fou, passionné, irrépressible.

Tout en sachant que son regard en disait bien trop long, elle leva les yeux vers lui.

— Je vous en prie, murmura-t-elle d'un ton presque suppliant. Lâchez-moi.

A son grand soulagement, il obtempéra. Inspirant à fond, elle se redressa sur sa chaise, le dos raide. Au moins pouvait-elle de nouveau assembler deux pensées cohérentes. Enfin, à peu près.

— Je ne comprends toujours pas.

Il sortit quelques billets de banque de son portefeuille et les déposa sur la nappe.

— Un restaurant n'est pas le meilleur endroit pour cette conversation. Allons-y.

— Où ?

Question stupide. Elle savait pertinemment où il comptait l'emmener.

— N'importe où avec un lit, répondit-il, confirmant ses soupçons.

Oh ! misère… s'il essayait de l'entraîner dans un lit, contrat ou non, elle céderait à ses avances. Et il le savait. Au diable les convenances. Ce désir tumultueux, insistant, incontrôlable, les liait tous deux, les condamnait… à l'enfer. Il suffisait à Gabe de la toucher, et elle perdait toute capacité de raisonnement. Il lui suffisait de l'embrasser, et elle se retrouvait à moitié dénudée sur un canapé, offerte comme le genre de femme pour qui il la prenait.

— Gabe, vous avez promis.

— Non. Je ne crois pas être capable d'une telle promesse. J'ai toujours pensé que je pourrais maîtriser cet élément. Maintenant, j'en suis moins sûr, ajouta-t-il, la mâchoire crispée. Mais je promets d'essayer.

Il lui tendit la main. Consciente des regards braqués sur eux, elle la prit et se laissa entraîner loin de la table. Il l'aida à passer son manteau. Autour d'eux, tout le monde imaginait la suite. Des murmures amusés les escortèrent jusqu'à la sortie. Ils l'avaient presque atteinte quand le désastre se produisit. L'hôtesse guidait deux couples dans la salle à manger. Un des hommes s'arrêta et saisit la main de Kat, la forçant à se retourner.

— Kat ? Kat Malloy ? C'est toi ?

Stupéfaite, elle s'immobilisa.

— Benson ?

Oh ! non ! Il était vraiment la dernière personne au monde sur qui il fallait qu'elle tombe aujourd'hui ! Et devant tant de témoins, qui observaient la scène avec un intérêt marqué. Elle dévisagea Benson avec méfiance, ne sachant comment réagir. Lorsque le scandale avait éclaté, il avait clamé son innocence, prétendu qu'elle l'avait piégé, qu'il s'attendait à trouver Jessa dans la suite, et non Kat. Qu'elle avait tenté de séduire le fiancé de sa cousine par la ruse. Cela dit, personne ne l'avait cru, pas plus qu'on n'avait cru Kat, surtout une fois le récit des révélations de son ex-femme publié.

— Comment ça va ? fut la réplique qui lui sembla la moins risquée.

Benson Winters parut ne rien remarquer d'anormal. C'était un grand et très bel homme frisant la quarantaine, dont les cheveux blonds, les yeux bleus et la robuste charpente trahissaient les origines norvégiennes. Il lui adressa un sourire aussi charmant que sincère.

— J'ignorais que tu étais rentrée, déclara-t-il en lui pressant la main. Sinon je t'aurais appelée. Il faut que je te parle quand tu auras un moment. Il y a quelque chose que j'aimerais te dire. Tu veux bien téléphoner à mon bureau pour qu'on convienne d'un rendez-vous ?

Gabe vint se placer derrière Kat, une main possessive posée sur son épaule.

— Winters, lâcha-t-il d'une voix glaciale.

Benson lui jeta un coup d'œil perplexe, puis son visage s'éclaira, et son sourire disparut.

— Moretti, c'est ça ?

— Oui.

Le regard de Gabe se fixa sur la main de Kat, toujours dans celle de Winters.

— Je vous conseille de lâcher ma fiancée.

Le silence tomba sur la salle à manger. Manifestement, le propos n'avait échappé à personne.

Benson libéra aussitôt Kat.

— Pardon, je n'avais pas saisi… Vous avez dit *fiancée* ?

Kat se dégagea de la prise de Gabe et se tourna vers lui.

— Vous parlez de quoi, là ?

— De nos fiançailles.

— Il n'y a pas de fiançailles.

— Pas encore, dit-il. C'est précisément ce que nous allions faire. Discuter de nos fiançailles avant que je vous entraîne dans mon lit.

Il s'adressait à elle, mais toute l'intensité de son regard d'or sombre restait fixée sur Winters.

La phrase sembla résonner dans tout le restaurant. Elle ferma les yeux, priant pour que la Terre s'ouvre sous ses pieds et l'engloutisse tout entière. Elle n'eut pas cette chance. Le silence s'étira, que Benson finit par briser d'un rire bref.

— Eh bien, félicitations, Moretti ! Vous avez raflé la mise, cette fois.

Elle retint son souffle. Ils devaient partir sur-le-champ, avant que le coup n'atteigne son but. Elle adressa à Benson un sourire éclatant, glissa son bras sous celui de Gabe et l'entraîna vivement vers la sortie. Ils venaient de passer la lourde porte quand les paroles de Benson l'atteignirent. Une gifle aussi rude que le vent hivernal qui soufflait entre les canyons de ciment de la ville.

— Cette fois ?

S'immobilisant, les yeux brillant de colère, il entreprit de faire demi-tour. Elle s'agrippa à lui et l'éloigna de force du restaurant.

— Qu'est-ce que ce fumier voulait dire par « cette fois » ? répéta-t-il.

Misère…

— Rien. Rien de particulier, j'en suis sûre.

— Vous mentez.

— Simple figure de style, j'en suis certaine.

— Ce n'est pas à cause de Jessa que leurs fiançailles ont été rompues.

Non. L'entière faute incombait à Kat et à Benson, du moins Gabe le croyait-il, surtout après avoir assisté à l'échange affectueux entre les deux coupables. Sa Jessa adorée était la victime innocente, dont il devait protéger le nom et la réputation à tout prix. Une bataille que Kat ne pouvait pas gagner, pas ici ni maintenant — ni jamais, d'ailleurs. Aussi tira-t-elle Gabe sans un mot le long du trottoir et des vitrines illuminées. Elle espérait de toutes ses forces qu'il renoncerait à retourner au restaurant pour obliger Benson à s'expliquer sur sa mauvaise blague. Les accords de *Silver Bells* s'échappèrent d'un grand magasin, en même temps qu'une foule de clients rieurs. Peut-être cette atmosphère enjouée l'apaiserait-elle.

— Fumier, marmonna-t-il de nouveau.

Raté, pour l'influence apaisante. Elle chercha un moyen de changer de sujet.

— Laissez tomber. On allait dans un endroit privé pour que vous m'expliquiez ce qu'est l'Inferno, vous vous rappelez ?

A son grand soulagement, son stratagème réussit.

— Non, on allait dans un endroit privé pour que je vous séduise. Ou que je tente de vous séduire.

— Non, merci, répliqua-t-elle poliment.

Il lui adressa un sourire carnassier.

— Essayez de dire non si ça vous chante, mais je doute qu'aucun de nous deux n'ait beaucoup de chance d'y parvenir.

— Je ne veux pas que vous me séduisiez.

Si, séduisez-moi. Mais que lui arrivait-il ? Elle ne se reconnaissait plus. Ne reconnaissait plus ses pensées.

— Nous devrions plutôt discuter de ces fiançailles que vous venez d'annoncer à la Terre entière, vous ne croyez pas ? reprit-elle.

— Ce sera en effet un des points que nous aborderons ensuite.

— Ensuite ?

Dans son esprit surgit une image plein écran d'eux enlacés, si étroitement qu'il était presque impossible de les distinguer, haletants après l'orgasme. Entre son imagination débridée et sa main agrippée au bras de Gabe, un désir intense se diffusa dans toutes les zones érogènes de son corps. Elle s'empressa de s'écarter de lui, ressentant aussitôt un froid glacé occuper l'espace entre eux.

— Il n'y aura pas d'*ensuite*, car il n'y aura pas d'*avant*. Juste une discussion, à bonne distance. Une distance de sécurité.

Il gratta le centre de sa main droite comme pour tenter d'apaiser une démangeaison.

— Encore une fois, on peut essayer. Je ne suis pas certain que cela marche étant donné que le périmètre de « non-sécurité » de l'Inferno s'étend au moins jusqu'à San Francisco sans la moindre perte d'intensité.

Elle ne comprit pas l'allusion à San Francisco, mais sa façon de gratter sa paume de main lui était bien trop familière. Elle-même ne cessait de faire la même chose. Aussi loin qu'elle se souvenait, la démangeaison avait commencé chez lui, à Medina, quand il avait pris sa main pour la première fois et déclenché cette étrange brûlure qui irradiait de sa paume jusqu'au centre le plus intime d'elle-même.

Que se passait-il donc ? C'était comme s'il l'avait contaminée avec cette bizarrerie qui l'infectait. Non sans peine, elle lutta pour ne pas se gratter. Quoi qu'il en soit, elle avait l'intention d'obtenir des réponses, mais pas forcément sur ce trottoir encombré de la foule fébrile de Noël.

— Vous êtes conscient d'avoir informé une part non négligeable de la population de Seattle que nous sommes fiancés au bout de trois semaines à peine ? déclara-t-elle.

S'arrêtant net, il se frotta le visage.

— Je viens de le faire ? Mais qu'est-ce qui m'a pris, au juste ?

— Aucune idée.

Elle s'apprêtait à lui reprendre le bras mais se ravisa. Il valait mieux ne pas toucher ce bel homme ni se laisser toucher par lui. La dernière fois que c'était arrivé, elle s'était retrouvée dans une position indécente, à moitié dénudée et offerte, transformée en appétissant amuse-bouche.

— Gabe, personne ne croira que nous avons décidé de nous marier dans un délai aussi court.

Il continua de marcher à grands pas, l'obligeant à suivre son allure sous peine de rester seule au beau milieu du trottoir. Il haussa les épaules.

— On voulait que les gens parlent. Nous venons de leur donner une belle occasion de le faire.

— C'est vrai, mais je crains que le type de propos qu'ils échangeront ne joue pas en notre faveur.

Une fois devant le bâtiment abritant son bureau, il la poussa à l'intérieur. Il adressa au passage un signe de tête à la réceptionniste et se dirigea vers les ascenseurs.

— Montons discuter de la manière dont nous souhaitons gérer cette affaire. Etablir une stratégie.

Elle le précéda dans l'ascenseur.

— Concernant la stratégie, si vous commenciez par arrêter de clamer partout que nous sommes fiancés avant que nous le soyons réellement ?

— Et si vous, pour commencer, vous restiez à distance de Benson Winters ? répliqua-t-il en appuyant sur le bouton de l'étage.

— Ah oui ? lâcha-t-elle, désarçonnée.

Décidément, quel sens de la repartie !

— Cet homme qui vous a accablée dans les médias, prétendant que vous l'aviez attiré par la ruse dans cette chambre d'hôtel, avait l'air sacrément amical tout à l'heure. Je me demande bien pourquoi. Encore que ce soit facile à imaginer. Pour moi, il est évident qu'il mentait en se prétendant innocent et qu'il vous a livrée en pâture pour sauver sa course au Sénat. Personne ne se montrerait aussi charmant envers la femme qui a totalement ruiné sa carrière. Je parie qu'il ne salue pas son ex-femme comme il vous a saluée.

— Peut-être à cause du livre qu'elle a écrit, répliqua-t-elle. Cela aurait suffi à anéantir sa candidature au Sénat, même si on ne nous avait pas accusés d'avoir une liaison.

Il se tourna vers elle, prenant soudain bien trop de place dans la cabine, laquelle sembla rétrécir considérablement. Elle avait l'impression qu'il prenait aussi trop d'air, bien plus que sa part, en tout cas.

— Donc, au risque de me répéter, restez à l'écart de ce type. Je n'ai pas envie que vos anciens amants mettent un terme à nos fiançailles avant même qu'elles aient commencé.

— Dites-moi en quoi cette rencontre est ma faute, voulez-vous ? fulmina-t-elle. C'était par pur hasard qu'on est tombés sur lui. Et sachez qu'il n'est *pas* mon ancien amant.

— Foutaises. Je connais la vérité, Kat. J'ai été marié à Jessa, souvenez-vous. Elle m'a raconté en détail votre liaison avec Winters. Sans compter ce que j'ai vu de mes propres yeux. Et je ne crois pas aux coïncidences, pas quand il s'agit de vous deux.

Lui aussi fulminait de colère, et dans l'espace confiné de l'ascenseur la température était soudain bien trop élevée.

— Eh bien, vous devriez peut-être commencer à y croire, parce qu'il s'agissait bien de cela. D'une coïncidence, et rien d'autre.

Elle ne prit pas la peine de relever son commentaire sur Jessa. Quel intérêt ? Il ne la croirait jamais. Les poings sur les hanches, s'efforçant de rester calme, elle poursuivit :

— Sachez que nous risquons de retomber sur lui à l'avenir. Il a beau ne pas être sénateur, c'est un homme d'affaires reconnu qui reçoit à coup sûr des invitations à ces réceptions chic où vous tenez tant à vous rendre avec moi. En fait, je suis étonnée que ce ne soit pas arrivé plus tôt.

Il fit un pas en avant. Il la dominait de toute sa haute stature, malgré les centimètres supplémentaires que lui conféraient ses talons hauts. Un bloc de puissance virile, doté d'une capacité redoutable à briser chacune de ses défenses. Sous sa colère, elle discerna un désir sombre, impérieux, qui exigeait en réponse un désir similaire.

— Je ne veux pas que vous lui parliez, déclara-t-il. Ce serait contraire à l'objectif de nos fiançailles.

— Vous croyez que je ne le comprends pas ? Je ne suis pas idiote. Je vois très bien quelle sorte de menace constitue Benson. Tout comme votre besoin de revendiquer votre statut, de prévenir les autres mâles de se tenir à l'écart de ce que vous considérez comme votre propriété. Eh bien, je vous offre un scoop, Moretti : je ne suis pas votre propriété.

— Pas encore, riposta-t-il aussi sec. Vous n'êtes pas *encore* ma propriété. Je suis certain que vous saisissez combien il est important de changer cet état de fait, de passer du concept au concret. Raison pour laquelle je dois faire ceci…

Il glissa les mains dans l'encolure de son manteau et la hissa sur la pointe des pieds. Puis il s'empara de sa bouche, l'entraînant dans un baiser aussi grisant que ravageur. Toutes les sensations qu'elle tentait de contrôler la submergèrent, balayant pensée, raison et volonté. Elle noua ses bras autour de la nuque de Gabe, glissa ses doigts dans sa chevelure épaisse, l'attirant au plus près d'elle. Elle s'ouvrit à lui, lui offrit tout ce qu'elle possédait avant d'en réclamer autant avec une gourmandise avide qui arracha à Gabe un grognement de plaisir.

Lâchant son manteau, il prit son visage entre ses mains pour incliner sa tête afin de faciliter leur baiser. Aussi onctueux que du miel, qui coulait sur elle et en elle. Elle sentit sa tresse se dénouer sur sa nuque et ses cheveux tomber dans son dos, et ne put retenir un rire. Elle ne comprenait pas pourquoi il s'obstinait à détacher sans cesse ses cheveux. Il ne semblait pas les aimer attachés. Il fit glisser le manteau de ses épaules jusqu'à ses pieds. Puis il recommença à l'embrasser, alors que le désir se faisait plus pressant à chaque seconde, embrasant tout son corps.

Elle ignorait comment les choses se seraient terminées — même si elle le soupçonnait vaguement — si un *ding* aigu n'avait signalé l'ouverture prochaine des portes, la ramenant brutalement au présent. Avec un léger sursaut, elle se dégagea des bras de Gabe juste au moment où les portes s'écartaient, la laissant avec une sensation de vulnérabilité plus forte que celle qu'elle avait ressentie depuis qu'elle avait été découverte nue dans la chambre d'hôtel de Benson Winters.

Jurant entre ses dents, Gabe se plaça vivement devant Kat pour la dissimuler au regard inquisiteur de la dame âgée debout près de l'ascenseur et sur le point d'y entrer. Aucune des deux femmes n'avait reconnu l'autre. Avec un peu de chance, les quelques secondes qu'il procurait à Kat lui permettraient de retrouver une contenance.

— Matilda, en voilà une surprise !

Il s'adossa aux portes pour les bloquer, masquant de ses larges épaules l'intérieur de la cabine. Dans son dos, il perçut un petit cri horrifié.

— Si vous êtes venue pour me voir, vous tombez à pic, ajouta-t-il.

Comme toujours, Matilda était d'une élégance parfaite.

Son écharpe de soie au bleu intense accentuait la nuance turquoise de ses yeux, cependant que son tailleur en laine blanche mettait en valeur une chevelure de la même teinte.

— Je suis ici pour vérifier si les rumeurs qui me sont parvenues sont vraies. J'ai peine à croire que oui.

— Tout dépend de ce que vous avez entendu.

Il avait donné à Kat autant de temps qu'il le pouvait. Pivotant sur ses talons, il ramassa son manteau sur le sol de l'ascenseur, posa une main dans le creux de son dos puis la fit sortir, prenant soin de constituer un solide rempart entre les deux femmes.

— Katerina !

A en juger par le regard stupéfait de Matilda, elle n'avait pas remarqué la présence de sa petite-fille jusqu'à cet instant. Simultanément, elle venait de prendre conscience de ce qu'ils faisaient dans l'ascenseur. Elle fit un pas chancelant en arrière, et Gabe la saisit par le bras pour l'aider à garder son équilibre. Elle les observa tour à tour, avec une expression intense, quasi désespérée.

— Alors c'est vrai ? Tous deux, vous vous fréquentez ?

Plus poignante encore que la réaction de Matilda fut celle qu'il lut sur le visage de Kat. La peine avec laquelle elle regardait sa grand-mère le bouleversa.

— Gam, murmura-t-elle, et il entendit presque son cœur se briser tandis qu'elle prononçait ce simple mot.

Une fois de plus, ils se trouvaient au centre de l'attention. Son personnel n'en perdait pas une miette.

— Et si nous poursuivions cette discussion dans mon bureau ? suggéra-t-il.

Dès qu'ils furent réfugiés derrière la lourde porte de chêne, il aida Matilda à s'asseoir dans un fauteuil du coin salon.

— J'ai du cognac, annonça-t-il, indiquant le bar d'un discret signe de tête à Kat. Dans la carafe sur la gauche. Vous voulez bien servir un petit verre à votre grand-mère ?

— Merci, souffla Matilda. Volontiers.

Kat hésita.

— Ton médecin serait d'accord ? C'est prudent que tu boives de l'alcool ?

Matilda se raidit et, à la surprise de Gabe, elle aussi hésita. Son regard dévia vers la fenêtre, se fixa sur le ciel hivernal, chargé de lourds et sombres nuages de pluie.

— A ce stade, ça n'a guère d'importance, répondit-elle avec un frisson. Je sens le froid jusque dans mes os. Pour être honnête, une gorgée de cognac me fera le plus grand bien.

Gabe s'assit en face d'elle et l'examina attentivement, en quête de changements survenus depuis la dernière fois où il l'avait croisée, six mois plus tôt, lors d'une exposition d'art. Elle paraissait plus fatiguée que ce jour-là, un peu plus fragile peut-être. Néanmoins, son regard brillait toujours d'une intensité qui défiait les faiblesses de la vieillesse. Elle pétillait d'intelligence, tandis que force et expérience de la vie mettaient en valeur un visage plus joli que beau. Pourtant, il y discernait une certaine vulnérabilité, semblable à celle qu'il voyait chez sa petite-fille.

— Je suis navré d'apprendre que vous avez eu quelques soucis de santé, assura-t-il.

— Quelle façon polie d'exprimer les choses !

— C'est sérieux, alors.

Elle haussa une épaule désinvolte et lui adressa un sourire tranquille.

— Quelle importance ? Après tout, la vie n'est qu'une maladie incurable, n'est-ce pas ? Dès l'instant de notre naissance, on marche inexorablement vers la mort. Toute la question est le moment auquel celle-ci survient.

Des bruits de cristal entrechoqué se firent entendre.

— Pardon, murmura Kat. Je suis d'une maladresse aujourd'hui ! Ça doit être le froid.

Elle s'approcha et tendit à sa grand-mère un verre ballon empli de liqueur ambrée.

L'espace d'un instant, leurs regards se croisèrent, et Gabe

perçut la tension entre elles. Il perçut les mots réprimés, refoulés, des mots qui n'osaient pas être prononcés, de crainte de ce qui pourrait en advenir. Le risque de ce qui pourrait être dit, ou le risque plus grand encore de ce qui resterait non dit. Pourtant, ces mots planaient entre elles, assombrissant l'air de sentiments douloureux, de malentendus non résolus. D'accusations et de déclarations. De regrets et de reproches.

Mais ce qui prédominait était l'attente impuissante, désespérée de Kat. Sa façon d'offrir le cognac à sa grand-mère était un geste aussi intime qu'une caresse. Et il vit quelque chose de similaire dans l'expression de Matilda, dans la manière douce dont elle saisit le verre, le frôlement de leurs mains durant l'échange. Leur tentative à toutes les deux de donner une allure pragmatique et détachée au contact persistant de leurs doigts, alors que tout en elles exprimait l'émotion et la tendresse.

Puis cet instant passa, et les mots restèrent tus, les sentiments, bridés. Matilda sirota son cognac, Kat retourna au bar remplir deux autres verres. Il remarqua qu'elle se servait une double dose. Elle lui tendit le sien. Pas de frôlement de doigts avec lui. Ni de regard chargé d'émotions. Délibérément, il la saisit par la main, la fit asseoir près de lui avant de reporter son attention sur la vieille dame.

— Alors, Matilda, qu'est-ce qui vous amène ici par un jour aussi glacial et venteux ?

Elle ne répondit pas tout de suite, se contenta de les observer par-dessus le bord de son verre ballon, assimilant la façon dont il tenait la main de Kat.

— Je vous l'ai dit, je suis venue découvrir la vérité. A présent, je vois de mes propres yeux que vous sortez ensemble.

— Gam, s'il te plaît, murmura Kat.

Il ne savait pas très bien si elle quémandait sa permission ou son approbation, à moins qu'elle ne lui présente des excuses. Mais Matilda l'ignora, gardant les yeux fixés sur lui.

— C'est sérieux ? demanda-t-elle.

— Nous sommes fiancés, répondit-il doucement.

— Voilà qui semble plutôt soudain.

— En effet. Mais on le sait, quand on a trouvé la bonne personne.

Elle jeta un regard à Kat, et il comprit pourquoi elle l'avait ignorée jusqu'alors. Elle avait peur. Peur de craquer si elle s'adressait directement à elle. C'est un regard vacillant qu'elle reposa ensuite sur lui.

— Fiancés, malgré ce qui s'est passé il y a cinq ans ? Malgré ce qu'elle a fait à Jessa ?

— Jessa et moi ne nous serions jamais mariés si ce n'était pas arrivé, répliqua Gabe après une pause. Elle aurait épousé Benson Winters.

— Peut-être.

Matilda le surprit avec ce mot prononcé d'une voix très basse, empreinte d'un doute profond. Ses doigts se raidirent autour du verre ballon.

— Je dois vous dire que j'ai toujours espéré que vous épouseriez ma petite-fille. J'ai même envisagé de jouer les marieuses. Cela aurait constitué un pendant si harmonieux au Heart's Desire. Mais… le destin en a décidé autrement.

Gabe était intrigué.

— Vous envisagiez de jouer les marieuses entre Jessa et moi ?

— Non, pas Jessa. Kat. C'est à elle que j'ai toujours eu l'intention d'offrir le collier.

Kat sursauta de surprise, tandis que Gabe choisissait sa réponse avec soin.

— Eh bien, il se trouve que vous aviez raison, sans avoir besoin de jouer les marieuses.

Une ombre de sourire se dessina sur les lèvres de Matilda.

— Oui, je vois ça. En définitive, tout s'est arrangé tout seul. Je suis soulagée, car Kat a adoré le Heart's Desire dès le jour où elle a posé les yeux dessus.

Son regard s'arrêta sur sa petite-fille, se riva à elle un instant, puis revint à Gabe.

— Je pense qu'il constitue une part intrinsèque de qui elle est, et aussi une part intrinsèque de qui elle est devenue.

La remarque de Matilda le fit tressaillir. Le collier constituait également une part intrinsèque de qui il était et de qui il était devenu, et il ne put s'empêcher de se demander en quoi l'essence de sa vie était comparable à celle de Kat.

— Pourquoi ne pas tout simplement me vendre le Heart's Desire ?

Elle sembla sur la défensive.

— J'ai mes raisons. De plus, maintenant que vous êtes fiancés, la question ne se pose plus. Vous aurez le collier bien assez tôt. Du moins, votre femme l'aura.

— Gam, le collier appartient à Gabe, intervint Kat. Je n'ai aucune objection à ce que tu le lui vendes. Comme tu dis, une fois que nous serons mariés, ça n'aura pas d'importance, n'est-ce pas ?

— Je ne vendrai pas le Heart's Desire, rétorqua Matilda. Je ne veux ni n'ai besoin d'argent. J'ai promis de te le léguer après ma mort, Katerina, et je le ferai. J'honore mes promesses, comme je t'ai enseigné à le faire. Ce que tu choisiras ensuite de faire du collier te regarde.

Kat se jeta à genoux devant sa grand-mère et osa prendre une de ses vieilles mains noueuses dans les siennes.

— Oh ! Gam ! Je ne veux pas ce collier. C'est toi que je veux. Je n'ai jamais rien voulu d'autre.

Des larmes brillèrent dans les yeux de Matilda.

— J'ai mes raisons pour faire ce que je fais, répéta-t-elle, caressant tendrement la joue de sa petite-fille avant de laisser retomber sa main. Mais peut-être… Oui, il y a peut-être un meilleur moyen. Au lieu de te léguer le collier par testament, pourquoi ne pas te l'offrir comme cadeau de mariage ?

Gabe dut faire appel à tout son sang-froid pour ne pas jurer tout haut, tandis que Kat lui jetait un coup d'œil paniqué par-dessus son épaule.

— Matilda…, souffla-t-il, soupçonnant néanmoins qu'il était trop tard.

De fait, sans lui laisser le temps de dire un mot de plus, elle posa son verre de cognac sur la table avec une détermination qui fit tinter le cristal.

— Oui, c'est une solution alternative parfaite. Et bien plus joyeuse qu'un legs post mortem.

Puis elle se leva, cala son sac sous un bras et ajusta son écharpe de soie.

— Quand aura lieu le mariage ?

Kat se leva à son tour.

— Nous n'avons pas…

— Bientôt, la coupa Gabe. Très bientôt.

— Formidable. Le plus tôt sera le mieux, tout bien considéré.

Matilda s'interrompit, et pour la seconde fois une vulnérabilité bouleversante émana d'elle.

— Vous… m'inviterez, la date une fois fixée ?

Kat décocha un regard désespéré à Gabe avant d'acquiescer.

— Bien sûr. Je n'imaginerais jamais me marier sans toi à mes côtés, Gam.

Matilda hocha la tête. Elle fit un pas en direction de Kat, puis se ravisa, mais Gabe vit qu'elle se faisait violence, luttant contre une envie folle de se réconcilier avec sa seule petite-fille encore vivante. Le menton de Kat trembla, puis prit un angle extraordinairement similaire à celui de sa grand-mère. D'un pas déterminé, elle s'avança vers Matilda et l'enlaça étroitement. Gabe vit la même angoisse reflétée sur le visage des deux femmes. Puis l'étreinte prit fin, et Matilda quitta le bureau, le dos raide.

Kat se tourna vers lui. Elle mit un moment à assimiler ce qui venait de se dire et prit une profonde inspiration.

— Oh ! Gabe ! Si elle ne nous offre pas le collier avant notre mariage, qu'est-ce qu'on va faire ?

Il éclata de rire, mais un rire sans joie.

— Vous le savez fort bien. On va se marier.

- 5 -

Affolée, Kat secoua la tête.

— Non, c'est… impossible, balbutia-t-elle. On ne peut pas se marier. Je vais parler à Gam. La convaincre plutôt de nous offrir le collier comme cadeau de fiançailles.

— Vous croyez qu'elle acceptera ? demanda Gabe, sceptique.

Elle hésita avant de répondre :

— Probablement pas, admit-elle enfin. Mais ça vaut le coup d'essayer. Je ne comprends pas du tout pourquoi elle tient tant à l'offrir au lieu de le vendre.

— Un autre point sur lequel l'interroger. Et qu'elle pourra refuser d'expliquer.

— Je suis désolée, Gabe. Vous savez que je n'ai jamais eu l'intention que les choses nous échappent à ce point. On n'a pas besoin de se marier. On peut faire traîner nos fiançailles jusqu'à… — sa voix se brisa, sa respiration s'accéléra — jusqu'à la mort de Gam.

— Elle paraît singulièrement vive pour une mourante.

Kat tressaillit.

— Je vous en prie…

Il l'examina, pensif, pendant un instant.

— Vous étiez sérieuse sur la raison pour laquelle vous m'avez proposé ce marché grotesque. Il s'agit vraiment de Matilda, n'est-ce pas ?

Une lueur flamboya dans ses beaux yeux vert pâle.

— Oui. Je vous l'ai dit je ferais n'importe quoi pour me réconcilier avec elle et je suis sincère.

— Même aller jusqu'à m'épouser ?

— S'il n'y a pas d'autre solution, oui. J'en déduis que vous êtes tout aussi déterminé à récupérer le Heart's Desire ?

— Je ferai tout ce qu'il faudra, en effet.

Puis il s'avança pour la prendre dans ses bras, savourant la chaleur désarmée de son corps contre le sien.

— Kat, il symbolise l'amour, un amour qui s'est épouvantablement trompé. Un amour déclenché par un seul contact.

— L'Inferno ?

— L'Inferno !

Elle fronça les sourcils, posa les mains à plat sur son torse.

— Vous deviez me l'expliquer. Allez-y, dites-moi ce qu'est l'Inferno, et comment ça marche.

— Ce sera plus clair si je le démontre.

Il s'exécuta.

Les lèvres de Kat étaient aussi douces que de la soie, légèrement hésitantes. Pour une raison obscure, cette indécision le grisa, lui donna envie de briser sa réserve et de la faire abdiquer. Qu'elle se donne à lui sans retenue, tout entière. Il ne voulait pas bousculer ses défenses comme il l'avait fait dans l'ascenseur. Non, cette fois, il voulait qu'elle choisisse, qu'elle accepte le désir irrépressible qui les liait l'un à l'autre dans le tourbillon incendiaire de l'Inferno. C'était la seule façon de lui faire comprendre ce qui se passait entre eux.

Il la sentit chanceler, trembler, sur le point de tout lâcher. Il suffisait d'un rien pour qu'elle bascule. Il mordilla ses lèvres pulpeuses, les écarta délicatement. Elle poussa un petit gémissement, s'abandonna. Pourtant, il se contint, exigeant en silence qu'elle décide. Elle pouvait admettre qu'elle le désirait, ou faire marche arrière. Mais il refusait de la forcer, refusait qu'elle lui reproche plus tard d'avoir profité de la passion qui embrasait leurs sens et réduisait à néant toute prudence.

Il l'entourait de ses bras, mais sans la serrer, afin qu'elle soit libre de battre en retraite. Au lieu de s'écarter, elle se blottit plus près, pressant ses courbes affolantes contre lui. Ses mains glissèrent de son torse à son cou, fourragèrent dans ses cheveux. Il ne savait pas s'il tiendrait encore longtemps, tant l'intensité de son désir devenait douloureuse.

— Gabe, s'il vous plaît.

Trois petits mots, à peine audibles, et cependant emplis de convoitise. Puis il sentit l'abandon de son corps, la douce reddition d'années de défenses. Il la plaqua contre lui, comme pour la fondre en lui, et s'empara de sa bouche. Ils ne précipitèrent rien. Au contraire, ils savourèrent l'instant, cette promesse de fusion. Cédèrent lentement à ce délice sensuel, au lieu de s'y jeter à corps perdu.

Non que cela fasse la moindre différence. Le désir s'intensifia, comme chaque fois depuis leur premier contact. Bientôt, il les submergerait.

Or, cette fois, ce n'était pas ce qu'il voulait. Il voulait simplement se laisser porter avec elle par le courant, découvrir ce qui la rendait si exquise, si différente, si unique. Si particulière.

Faite pour lui.

L'expression le heurta de plein fouet, lourde de signification, aussi puissante que la pulsion qui lui intimait de la faire sienne, de toutes les manières possibles. Il adoucit leur baiser, y mit fin avec une tendresse infinie avant de poser son front sur le sien.

Pourquoi elle ? Parmi toutes les femmes avec qui il aurait pu partager ce lien immédiat, pourquoi fallait-il que cela tombe sur Katerina Malloy ? C'était comme trahir tout ce à quoi croyait. Tout ce qu'il chérissait. Trahir la mémoire de Jessa. Trahir les lignes claires et nettes qu'il avait établies pour surmonter son passé et se couper de son géniteur, afin de ne pas être contaminé par l'hérédité des Dante. Or, cette hérédité le liait justement à la dernière femme qu'il aurait choisie et déchaînait en lui des émotions inédites.

Elle n'était pas son âme sœur. Il ne voulait pas qu'elle le soit. Quant à l'Inferno… Il refusait d'admettre les propos de son grand-père et, se trouver uni à cette femme, corps et âme, pour le restant de ses jours. Il contrôlait son destin, décidait quelle direction prendre. Choisissait comment mener ses affaires, tant personnelles que professionnelles. Qui il laissait entrer dans sa vie et combien de temps. Et, même s'il avait permis à Kat d'y entrer, ce n'était certainement pas pour toujours ! Pas après la façon dont elle avait trahi Jessa. Le simple fait de la tenir dans ses bras, de la désirer, ce besoin irrépressible de la posséder ressemblait à une trahison supplémentaire, de la pire sorte. Pourtant…

Il était incapable de résister à cette femme.

Elle leva vers lui un regard perplexe.

— Vous avez arrêté. Comment avez-vous pu arrêter quand moi je…

Ne le pouvais pas ? Etait-ce ce qu'elle essayait de dire ? Elle avait le souffle un peu trop rapide et les joues un peu trop empourprées. Il lui fallut quelques secondes pour recouvrer ses esprits.

— Vous m'embrouillez complètement.

— Vous m'avez demandé de vous expliquer l'Inferno. J'ai pensé qu'une démonstration serait plus éloquente que tous les longs discours.

Il la lâcha et recula d'un pas, profitant de ce répit pour apaiser le feu primaire qui couvait entre eux. Il n'y parvint qu'à moitié. Ce fut plus fort que lui, il la toucha de nouveau, effleurant du dos de la main la courbe douce de sa joue. Elle frissonna. Et il la désira. Non. Le mot était trop faible. Il ne la désirait pas, il brûlait d'envie de la posséder. Chaque fibre de son être exigeait qu'il la prenne afin d'assouvir ce désir irrépressible qui ne lui laissait pas le moindre répit. Il tentait pourtant d'y résister de toutes les fibres de son être, tout en sachant que c'était peine perdue. Cette femme serait sienne. Ce n'était qu'une question de temps.

Sa main s'attarda sur sa peau veloutée, traça une ligne brûlante le long de sa joue.

— Ça… ça, c'est l'Inferno, murmura-t-il. Du moins, je présume.

Elle appuya sa joue contre sa paume, comme si ce contact la réconfortait.

— J'ai entendu bien des termes pour le qualifier, mais *Inferno*, c'est la première fois.

Gabe continua de peindre son visage du bout des doigts, gravant dans sa mémoire chacune de ses courbes.

— C'est ainsi que l'appellent les Dante.

Elle se figea, et son expression se ferma. Cette fois, elle s'écarta de lui.

— Les Dante. Vous les avez déjà mentionnés. Vous parlez des Dante qui ont créé le collier de votre mère ? Les joailliers pour qui j'espère travailler un jour ?

— Oui. J'ai des liens avec eux.

Il ne voyait pas comment continuer à lui cacher cet élément.

Elle se détourna. Aussitôt, elle lui manqua, et il faillit tendre le bras vers elle.

— Je n'avais pas fait le rapprochement, murmura-t-elle.

— Très peu de gens sont au courant. Ce n'est pas quelque chose que j'évoque souvent.

Elle noua ses bras autour de sa taille.

— Je suis perdue. Pourquoi garder ce lien secret ?

— Parce que ça ne m'intéresse pas de le reconnaître.

Comme elle restait silencieuse, il devina qu'elle attendait qu'il décide d'en dire davantage. Curieusement, il éprouva le besoin de s'en expliquer.

— Ma mère a eu une liaison avec Dominic Dante. Au moment de ma conception. Un Dominic Dante marié.

Elle fronça les sourcils. Il se demanda si son statut d'enfant illégitime la gênait et la ferait changer d'avis au sujet du mariage. Mais elle s'adoucit et fit un pas dans sa direction.

— La famille ne vous a jamais accepté ? Gabe, j'en suis navrée. C'est honteux, tout simplement, honteux.

Une fois de plus, il l'avait mal jugée. Sa compassion était évidente. Il la lisait dans ses yeux, l'entendait dans sa voix, la sentait dans la pression spontanée de sa main sur son bras.

— Jusqu'à récemment, les Dante ignoraient notre existence, à ma sœur et à moi. Pour être honnête, ils ne savent toujours rien de ma sœur.

Elle leva vers lui un regard confus.

— Votre sœur ? Vous avez une sœur ?

— Lucia. Ma sœur jumelle.

Etait-ce de la peine qu'il surprit dans son expression ? Pourquoi ? Parce qu'il ne lui avait jamais parlé de Lucia ? Après tout, ils n'étaient pas si proches que ça. Il n'y avait que dans les bras l'un de l'autre qu'ils connaissaient une sorte de proximité.

— Il n'y a aucune raison pour que vous le sachiez, Kat, poursuivit-il. Vous étiez à l'étranger quand Jessa et moi nous sommes mariés, ce qui était la seule occasion où vous auriez pu rencontrer Lucia. Et, ces trois dernières semaines, vous et moi avons pris soin d'éviter toute conversation intime, au cas où elle nous conduirait vers une autre forme d'intimité. Même si j'espère que cela changera dans un avenir proche.

Avec un léger soupir, elle écarta des mèches de son visage, et il réprima un sourire devant sa mine agacée. Elle se composait toujours une façade de sang-froid et de calme, qu'elle arborait comme une armure. Il aimait l'idée de la débarrasser de cette armure, pièce après pièce, pour découvrir ce qu'il y avait en dessous.

— Et moi qui croyais garder mon jardin secret. Si vous commenciez par le début ?

— Ma mère était créatrice de bijoux chez Dante. Elle a eu une histoire d'amour avec Dominic. Quand il a épousé une autre femme, elle est partie travailler dans la filiale de New York. Ils se sont retrouvés des années plus tard et ont passé une nuit ensemble, au cours de laquelle Lucia et moi avons été conçus. En découvrant qu'elle était enceinte, elle a quitté Dante pour Charleston, un concurrent, avant de s'installer à Seattle à notre naissance.

— Dominic savait que votre mère était enceinte ?

— Non, pas à l'époque. Il a fini par retrouver sa trace et apprendre notre existence, à Lucia et moi. C'était juste avant notre seizième anniversaire.

Le souvenir de son père envahit son esprit, une version plus âgée de lui-même, doté d'un charme qui le rendait irrésistible. Du moins, irrésistible aux yeux de deux membres de la famille. Après avoir vu sa mère se languir de Dominic pendant tant d'années, Gabe n'était guère enchanté de l'arrivée du « prince » Dante. Mais sa sœur…

— Lucia était folle de joie, reprit-il. Elle avait l'impression d'assister à un conte de fées. Le prince allait épouser la princesse et nous emmener dans son château de San Francisco où nous formerions une seule et grande famille heureuse.

— Puisque vous portez le nom de Moretti, je suppose que ce n'est jamais arrivé.

Il acquiesça.

— Qui sait si ça aurait pu. Quelques mois plus tard, mon père est décédé dans un accident de voile, avec sa femme. Sa mort a détruit ma mère.

— Et Lucia ?

Une réelle compassion perçait dans la question de Kat, compassion qu'il avait très envie de rejeter.

— Ça a laissé des cicatrices. Certaines ne sont pas encore refermées.

Il repensa au travail actuel de sa jumelle auprès de Primo, son envie désespérée de nouer un lien avec lui.

— Mais vous, vous n'avez jamais cru au conte de fées, n'est-ce pas ?

Astucieuse, elle avait deviné juste.

— Non. Je ne suis pas un Dante. Je ne serai jamais un Dante.

— Sauf pour un petit détail.

— Lequel ?

— L'Inferno. Vous ne cessez de dire que cette histoire d'Inferno vient des Dante. Alors de quoi s'agit-il, exactement ?

Une pointe d'exaspération était perceptible dans ses paroles.

Les voilà revenus à la case départ, constata-t-il, non sans ironie. Il contempla sa paume, la frotta avec le pouce. Le picotement était toujours là, cette démangeaison qui n'avait cessé depuis la première fois qu'il avait touché Kat. Curieusement, il avait l'impression qu'elle exacerbait le désir qui le taraudait sans relâche, tenace, implacable, exigeant d'être assouvi.

— L'Inferno est une infection. Ou une malédiction, allez savoir. Ou encore, un conte de fées de plus.

— Dois-je vraiment vous en débarrasser ? grommela Kat.

Il inspira à fond et décida d'aller droit au but.

— D'après mon grand-père…

Soudain, il se rendit compte du mot qu'il venait de prononcer et du haussement de sourcil qu'il provoqua chez Kat.

— Techniquement parlant, précisa-t-il, il est mon grand-père.

— Je n'ai rien dit.

— Vous n'en pensez pas moins. Bref, d'après Primo,

les Dante peuvent reconnaître leur âme sœur d'un seul toucher.

Elle leva la main, paume en avant.

— Avec ça ? Ce qui brûle ma paume ?

— Oui. Ils l'appellent l'Inferno.

Elle plissa le front. Comment lui en vouloir ?

— Et ça dure longtemps ? demanda-t-elle.

Il la regarda un instant, puis formula la terrible réponse.

— L'éternité.

— L'éternité ? répéta Kat en s'effondrant sur un siège. Vous plaisantez, j'espère.

— Je n'ai pas dit que c'était réel. Je vous rapporte juste les propos de mon grand-p… de Primo. Une simple légende familiale. Et, comme je ne suis pas un Dante, elle ne s'applique pas. D'ailleurs, même si j'étais un Dante, elle ne s'appliquerait pas non plus. Bon sang, Kat, rien de tout cela n'est réel, d'accord ? insista-t-il, frustré.

Elle lui jeta un regard enflammé.

— Une légende ? Une histoire transmise de génération en génération ? En général, les légendes qui perdurent ont un fond de réalité.

— Exact, un fond de réalité, riposta-t-il avec un cynisme non dissimulé. Alors examinons la réalité de cette légende particulière. Deux inconnus se touchent pour la première fois et ils savent instantanément qu'ils s'appartiennent pour le restant de leurs vies. Est-ce la réalité que vous avez envie que j'accepte ?

— Cette réalité ou une version approchante, dit-elle. Plutôt une version, d'ailleurs. Il pourrait s'agir d'une réaction chimique qui se produit quand un Dante touche une femme qui l'attire. Peut-être que les Dante ont une peau plus acide, ou plus basique, ou que leur peau contient trop de je ne sais quel élément que les autres gens n'ont pas d'ordinaire. Comment voulez-vous que je sache ? Bon, sérieusement. Combien de temps dure cette chose ?

— Je vous l'ai dit. Selon Primo, toute l'éternité.

— Et selon vous ?

— Quelques mois, le temps que notre système nerveux l'évacue, j'imagine.

Il lui adressa un sourire détaché, à l'opposé de son bouillonnement intérieur.

— Mettons, la longueur de notre mariage, ajouta-t-il. A supposer que nous poursuivions avec ce pacte du diable.

Il surprit de nouveau en elle cette vulnérabilité qu'il avait déjà perçue lors de leur première rencontre. Aujourd'hui comme ce jour-là, il en fut profondément ébranlé. Il doutait de son authenticité. Kat avait eu une liaison avec le fiancé de sa cousine, et sa mère avait couché avec un homme marié. Pourtant, il n'avait jamais blâmé sa mère pour cela, comprenant qu'elle avait été incapable de résister à Dominic. Kat avait-elle éprouvé le même genre de sentiments pour Benson Winters ? Alors, pourquoi condamnait-il l'une et pas l'autre ?

— Vous croyez que, si on couche ensemble, cet Inferno se consumera de lui-même ? demanda-t-elle, la pointe de vulnérabilité continuant de vriller quelque chose d'enfoui en lui.

— Oui.

— Et si cela ne marche pas ? insista-t-elle, ses longs cils baissés sur ses joues soyeuses.

— Cela marchera. Ne pensez pas un instant que cette chose qui nous arrive, Inferno ou réaction chimique, nous mène quelque part. C'est du désir, Kat. De la pure concupiscence. Une histoire d'hormones et de phéromones. Vous avez envie de moi, et j'ai envie de vous. Point final.

Puis il la souleva de son siège et la prit dans ses bras. A ce moment, il comprit qu'il se fichait comme d'une guigne de son passé. Seul l'intéressait son futur immédiat. Qui lui apprenait qu'il était le fils de son père bien plus qu'il ne voulait bien l'admettre.

— Une démangeaison ? lança-t-elle.

— Exactement. On la gratte, et au bout d'un moment elle disparaît.

— Comme ça, tout simplement.

Il ne put s'empêcher de sourire en remarquant la sécheresse de son ton.

— Vous êtes vexée.

— Sans doute un peu, admit-elle en levant vers lui un regard déterminé. Etre comparée à une démangeaison n'est pas très flatteur. Ni à une plaie venimeuse. Mais surtout, mettez-vous en tête que je n'ai aucune intention de coucher avec vous pour régler votre petit problème.

— Vous avez envie de moi.

A sa grande surprise, elle acquiesça, ne reculant pas devant la vérité.

— Je mentirais en disant le contraire. Mais ça ne suffit pas. Cela n'a jamais suffi. Je ne suis pas comme ça.

— Alors, vous étiez amoureuse de Benson Winters ?

L'idée le révulsait.

— Pas du tout, répondit-elle.

Il la fixa, les yeux plissés.

— C'était un moment d'égarement ? Ou êtes-vous en train de m'expliquer que votre liaison vous a changée ? Que vous avez compris la leçon et que vous ne vous laisserez plus embarquer dans une histoire pour assouvir une simple envie ?

Un éclat de colère illumina son visage.

— Je ne vous dois aucune explication à propos de ce qui s'est passé avec Benson. Ça ne vous regarde pas.

— Ça me regarde si on se marie.

Le dos très droit, elle s'écarta de lui.

— Non, Gabe. Vous et moi avons passé un simple marché, rien d'autre. Pour une raison obscure, nous avons permis au désir physique de nous en dévier. Or, pour commencer, je n'ai pas l'intention de refaire cette bêtise. Il ne s'agit pas de concupiscence, ni de sexe ni même d'Inferno. Notre relation concerne le Heart's Desire et ma réconciliation avec ma grand-mère. Point final.

— Et comment comptez-vous empêcher que cela se reproduise ?

— Je ne compte pas l'empêcher, je compte l'ignorer, répondit-elle d'un ton tranquille.

Jusqu'ici, sa stratégie n'avait pas très bien fonctionné.

— Et je vous ai déjà expliqué pourquoi c'est impossible, rétorqua-t-il. Vous voulez rétablir votre réputation afin que votre grand-mère vous accepte. Je veux le Heart's Desire. Pour que chacun de nous obtienne ce qu'il veut, nous allons devoir nous faire à l'idée de fiançailles à long terme, voire d'un mariage. Il paraît déjà étrange que je veuille vous épouser, vous et pas une autre, après ce qui s'est passé entre vous, Winters et Jessa. Autant éviter de donner à quiconque des raisons supplémentaires de soulever le tapis et de regarder ce qu'il y a dessous, surtout à votre grand-mère.

— Vous souhaitez que tout le monde nous croie amants ? Parfait. Alors on fera de notre mieux pour faire semblant. Merci pour le déjeuner, poursuivit-elle en prenant son sac. C'était… intéressant. Je vous contacte demain. On essaiera de coordonner nos agendas pour d'autres déjeuners, dîners et ce genre de choses. Des rendez-vous. Des rendez-vous publics, donc, dans des endroits publics. Là où il ne sera pas nécessaire de se retrouver seuls. Jamais.

Elle se dirigea vers la sortie, mais il la retint.

— Attendez. Une dernière chose avant que vous ne partiez, vous voulez bien ?

Elle s'immobilisa, haussant ses élégants sourcils.

— Oui ?

— Juste ça…

Sans la prévenir, il l'attira à lui. Attendit qu'elle ouvre la bouche pour protester et s'empara aussitôt de ses lèvres. Avec passion, il mêla leurs langues, lui prouvant que son projet de mariage chaste n'avait aucune chance de réussir. Elle objecta en silence durant une bonne dizaine de secondes avant d'accepter sa défaite.

Elle s'abandonna à son étreinte. Ou plutôt, elle passa à l'offensive, donna autant qu'elle prenait. Sa langue s'enroula autour de la sienne, la défia, l'affronta. Il se délecta de sa saveur, tout aussi délicieuse qu'auparavant. Elle mordilla sa lèvre inférieure puis l'apaisa d'une caresse.

Pendant ce temps, ses mains l'exploraient avec gourmandise, parcouraient son torse, son dos. Elle l'enveloppait de son corps, ses seins ronds plaqués contre lui, son bassin dessinant de petits cercles pressés, qui le rendaient fou de désir. Ses mains impatientes continuaient de voltiger, de palper, finissant par revenir à son torse, avant de descendre et de se poser sur son sexe en érection.

Elle s'y immobilisa, comme si elle était un peu étonnée. Soit ! A son tour de partir en exploration. Il trouva la fermeture Eclair de sa robe rouge et la baissa, puis fit courir ses doigts le long de sa colonne vertébrale jusqu'au creux tendre de ses reins. Il glissa un index sous l'élastique de sa culotte en dentelle et la sentit frémir malgré elle.

— Gabe, s'il vous plaît, gémit-elle.

— S'il vous plaît, arrêtez ? Ou Gabe, si vous arrêtez, je vous frappe.

— La seconde option.

Il éclata de rire, un rire dense, intime, empli de promesses.

— C'est bien ce que je pensais.

Il n'avait qu'une envie, la débarrasser du reste de ses vêtements et entrer en elle, tout de suite. Mais la porte de son bureau ne constituait qu'une mince barrière entre eux et le monde extérieur, aussi n'osa-t-il pas. Sans compter qu'il n'avait pas de préservatif sur place. Il lui donna un autre baiser, juste pour garder la saveur de sa bouche avant de la lâcher. Mais celui-ci s'approfondit, se prolongea, et l'instant fit de même. S'il ne trouvait pas un moyen de l'emmener dans l'appartement au-dessus de son bureau — et rapidement — il ne pourrait plus résister et la ferait sienne dans le bureau, sur la moquette.

S'obligeant à interrompre le baiser — un effort héroïque, considérant l'acharnement qu'elle mettait à le poursuivre —, il la prit par la taille et la poussa vers un escalier situé au fond du coin salon. La montée parut interminable. En haut des marches, elle hésita, étudiant le vaste appartement. Des baies vitrées allant du sol au plafond offraient une vue spectaculaire sur Seattle et la baie. Un peu plus loin, le sommet enneigé du mont Rainier dominait la ville, magnifiquement découpé contre l'horizon de décembre.

Soudain, elle recula d'un pas, hochant la tête, resserrant sa robe relâchée sur sa poitrine.

— Non, pas ici.

Ce brusque revirement le déconcerta.

— Qu'est-ce qui ne va pas, Kat ?

— Pas ici, répéta-t-elle. Pas où Jessa…

Alors il comprit.

— Jessa n'a jamais mis un pied dans cet appartement. Cet immeuble ne m'appartenait même pas quand on s'est mariés. Je l'ai acheté plus d'un an après sa mort.

Soulagée, elle ferma les yeux, lâchant un petit rire.

— Vous me trouvez ridicule, j'imagine.

— Pas du tout, répliqua-t-il, mû par un besoin étrange de la rassurer. J'utilise cet endroit uniquement quand j'ai travaillé tard et que je n'ai pas envie de faire la route jusqu'à Medina. Et, si ça vous aide à vous sentir mieux, je n'ai jamais fait l'amour à aucune femme ici avant.

— Bien séparer le personnel du professionnel, n'est-ce pas ?

Elle laissa la question en suspens entre eux et vint se camper dans un flot de soleil déversé par les fenêtres sur le parquet blond. Elle se frotta les bras, comme si elle avait froid. Peut-être à cause de sa robe ouverte dans le dos, qui exposait ses adorables épaules, une longue étendue de peau parfaite s'incurvant autour d'une taille si fine qu'il pouvait l'encercler de ses mains, avant de s'évaser en admirables hanches. Il s'étonnait toujours qu'elle soit si menue, sans doute parce qu'elle avait une si forte personnalité. Sans compter les talons vertigineux sur lesquels elle se juchait tout le temps. Il s'approcha et, par-derrière, l'enveloppa de ses bras, la plaquant contre la chaleur de son corps.

Elle se détendit, la tête nichée au creux de son épaule.

— Je suppose, puisque techniquement parlant, je tombe sous la rubrique professionnelle, que les deux sont toujours séparés, n'est-ce pas ?

Il effleura sa tempe de ses lèvres.

— Que les choses soient claires. J'ai conduit des centaines de transactions au cours de ma carrière. Aucune n'impliquait ce que nous sommes sur le point de faire.

— Quel soulagement ! s'exclama-t-elle avec un petit rire.

Puis, se retournant, elle posa les mains sur sa poitrine.

— Gabe…

La vulnérabilité était revenue, cette incertitude qui lui vrillait le ventre, faisait remonter jusqu'au dernier des instincts de protection qu'il possédait. Il avait toujours été le protecteur de la famille, celui qui se campait devant sa mère ou sa sœur et tentait de parer les coups lancés dans leur direction. Sans toujours réussir. Mais au moins était-il là pour elles. Kat aussi, il devrait la protéger. Il l'aurait peut-être fait, si le désir ne surpassait pas tout le reste, le poussant à les unir tous les deux de la manière la plus élémentaire, celle qui unissait les hommes et les femmes depuis la nuit des temps.

— Ne reculez pas, supplia-t-il. Pas maintenant. Pas quand vous savez pertinemment que ce que nous allons faire est inévitable. Que ça se passe aujourd'hui, demain, la semaine prochaine ou dans un mois, cela aura lieu.

— On ne se connaît que depuis quelques semaines. Autant dire pas du tout.

— Si notre arrangement était normal, je serais d'accord avec vous. Mais ce n'est pas le cas. Non seulement les circonstances sont étranges, mais notre réaction à l'un et à l'autre l'est aussi.

Il saisit son menton, sa courbe douce directement posée au centre de sa paume, sur la brûlure de l'Inferno.

— Dites-moi la vérité, Kat, reprit-il. Vous avez déjà ressenti quelque chose de semblable auparavant ?

— Ni même d'approchant, répondit-elle sans la moindre hésitation. Mais cela ne signifie pas qu'on doive sauter dans le feu.

— Trop tard. Le feu a déjà sauté en nous. Tout ce qu'on peut faire, c'est le laisser nous consumer.

Il le vit d'abord dans ses yeux au vert cristallin. Un consentement muet.

— Ce n'est pas ce que j'avais prévu, plaida-t-elle.

— Je sais. Moi non plus.

— Je sais aussi, poursuivit-elle, sans que son regard ne flanche, que si vous aviez voulu expérimenter l'Inferno avec quelqu'un je suis la dernière personne que vous auriez choisie.

Comment le nier ?

— Pour être honnête l'un envers l'autre, je soupçonne qu'on aurait tous les deux choisi quelqu'un d'autre. Mais ça ne change rien au fait que c'est arrivé quand même. On peut le nier. Ou essayer de l'ignorer. Le combattre. Pourtant, nous nous retrouvons ici, incapables de ne pas le suivre.

— Maudit Inferno, murmura Kat.

— Sur ce point, nous sommes tout à fait d'accord, répliqua-t-il en riant, avant de reprendre son sérieux. Bon, votre décision, Kat ? Vous continuez à le refuser, à l'ignorer ? Ou acceptez-vous de vous livrer à ses flammes ?

Elle eut un sourire doux-amer.

— La décision a déjà été prise, vous ne croyez pas ?

— Vous me tuez, Kat. Je vous ai à peine touchée. Du moins, pas encore vraiment, pas comme j'en ai l'intention. Et vous exprimez déjà des regrets.

— Uniquement parce que ça va tout changer.

— Certes. Mais rien n'est simple dans cette situation.

Il s'attendait à des larmes, mais n'en vit pas la moindre trace. De fait, elle avait assuré ne jamais pleurer, il s'en souvenait. Pourtant, du chagrin se lisait dans ses beaux yeux verts. Etrangement, il en fut considérablement peiné. Il avait beau ne pas devoir, ne pas vouloir en tenir compte, à cet instant, s'il avait pu réparer le mal dont elle souffrait, il l'aurait fait.

— D'après ma grand-mère, les Chatsworth sont les champions de la difficulté, déclara-t-elle avec une fausse désinvolture. J'espère que notre association sera l'exception qui confirme la règle.

— Je ne suis pas facile. Vous non plus. Et notre histoire ne fait qu'ajouter des remous à une relation déjà tumultueuse.

— Coucher ensemble ne la rendra pas moins tumultueuse.

— Je pense que l'Inferno l'a déjà confirmé.

Elle hocha la tête, et ce simple geste lui indiqua qu'elle s'était décidée. Elle s'approcha, tandis que le soleil jouait avec les étincelles enfouies dans le jais de ses cheveux et intensifiait le rouge éclatant de sa robe. Elle fit un mouvement gracieux des épaules, et la robe glissa dans un bruissement soyeux jusqu'à ses hanches. Il s'attendait à ce qu'elle porte de nouveau des sous-vêtements noirs. Or, ceux-là étaient d'un blanc nacré, virginal, délicats et délicieusement féminins, à l'opposé absolu de sa robe sophistiquée et sexy.

Elle ondula des hanches, et la robe tomba lentement à ses pieds. Elle enjamba le tissu soyeux, quitta ses escarpins et s'avança vers lui. Quand était-elle devenue si menue ? Et quand son apparence avait-elle changé, devenant délicate, virginale et délicieusement féminine ? Ça devait être une illusion. Mais une illusion qui l'emplissait d'un désir ardent. Le désir de la prendre. D'imprimer sa marque en elle. De la désigner comme sienne à la face du monde. D'être son homme. Le premier, le dernier. Le seul. Il s'abandonna à ce fantasme, sans en être dupe. Un simple fantasme. La réalité reprendrait ses droits le moment venu. D'ici là…

Il lui tendit les mains, mais elle les repoussa. Elle ne voulait pas qu'il la touche ? Très bien. Il jouerait selon ses règles. Pour l'instant, en tout cas. Elle s'approcha et défit le nœud de sa cravate, avant de la faire glisser de son col et de la jeter par terre. Puis elle entreprit de déboutonner sa chemise. Ses mains parcouraient son torse, sculptaient sa peau chaude, sa légère toison, traçaient des cercles affolants sur ses muscles. Elle eut tôt fait de déboucler sa ceinture et de baisser la fermeture Eclair du pantalon. Puis elle le déshabilla, ne lui laissant que son boxer.

Elle pivota alors sur ses talons, jeta un regard circulaire à l'appartement, repéra la porte de la chambre. Elle en prit la direction, son slip échancré dévoilant des fesses rondes, exquises et aussi appétissantes que des pêches blanches. Elle s'arrêta sur le seuil pour lui décocher un coup d'œil par-dessus son épaule. Sa chevelure léchait son dos crémeux comme des flammes sombres, encerclait la courbe parfaite de ses seins. Elle incarnait la déesse de la tentation personnifiée. Il ne put s'empêcher de se rappeler qu'Até était aussi la déesse de la folie et de l'égarement dans la mythologie grecque, qu'elle avait causé la chute de nombreux hommes, le plus souvent par leur orgueil démesuré.

— Tu viens ? lança alors Kat d'une voix si lourde de promesses que ses genoux faillirent le trahir.

- 6 -

Il n'en fallut pas plus. Juste ces deux mots.

« Tu viens ? »

Comment résister à une invitation aussi sensuelle ? Il n'en avait nullement l'intention. Il laissa échapper un grognement qui sembla venu de très loin, du plus profond de lui.

Il la suivit d'un pas précipité. Sans ralentir, il la souleva dans ses bras et entra dans la chambre. En moins de deux secondes, il la déposa sur le lit, son corps pâle et soyeux étalé sur la couette couleur bronze. Ses cheveux encadraient son visage, où ses adorables traits fins luttaient pour paraître impassibles. Ils révélaient cependant leurs secrets pour qui prenait la peine de regarder — de regarder vraiment. Une vulnérabilité tapie dans les ombres drapées de ses yeux verts. De l'hésitation adoucissant la ligne de son menton déterminé, en total désaccord avec l'impatience que trahissaient ses pommettes tendues.

Il vint s'allonger près d'elle, effleura sa bouche, ses paupières, ses joues.

— Que de conflits là-dessous.

— C'est ce que tu vois ? chuchota-t-elle. C'est tout ce que tu vois ?

— Tu as envie de moi.

— C'est vrai.

— Mais tu ne veux pas avoir envie de moi.

Un sourire trembla sur sa bouche.

— Egalement vrai.

— Voilà qui définit plutôt bien notre relation, je suppose.

Elle ferma les yeux et poussa un léger soupir.

— Tu essaies de me faire changer d'avis ?

Non, sûrement pas. Encore que…

— Je ne veux pas de regrets ensuite. Pas de récriminations pour ne pas avoir attendu que tu aies la bague au doigt, répondit-il, surpris de sa soudaine douceur, qualité que, curieusement, elle suscitait en lui. J'essaie simplement de me montrer honnête, Kat.

Ses longs cils se relevèrent, et elle lui adressa un regard franc et calme.

— Pas ici. Pas maintenant.

— Tu veux que je te mente ? demanda-t-il, surpris.

— Je voudrais te dire oui, mens-moi. Mais je crains que ce soit une erreur.

Il ne pouvait la blâmer de l'avoir néanmoins envisagé. Après tout, lui aussi préférait le fantasme à la réalité.

— Tu sais quoi ? Pourquoi ne pas nous concentrer sur ce qu'on veut au lieu de ce qu'on ne veut pas ?

— J'aimerais beaucoup. Et si on passait aussi un marché ?

Il grogna, hésitant entre rire ou l'étrangler.

— Un *autre* marché ?

— Un tout petit, assura-t-elle. Le seul point sur lequel on est d'accord, c'est ce désir qu'on éprouve l'un pour l'autre. Comme tu l'as dit, on a tenté de le combattre, mais aucun de nous deux n'est capable de résister à cette attirance physique.

— Je suis d'accord.

— Alors, allons plus loin. Au lieu de mentir sur ce qu'on veut, si on décidait que le lit est le seul endroit où l'on sera toujours honnête l'un envers l'autre ? Le seul endroit où l'on ne se mentira jamais, peu importe ce que cela nous coûte ?

— La vérité nue.

— Oui. Comme nous. Nus dans tous les sens du terme.

Il ouvrit le tiroir de la table de chevet, en sortit un des préservatifs qu'il n'avait rangés là que depuis trois semaines. Avait-il espéré ou… prévu que ce moment arriverait ? Il n'aurait su le dire. Puis, sans un mot, il prit le visage de Kat entre ses mains et l'embrassa, exprimant sans la moindre équivoque combien il la voulait, et combien ce qu'il ne voulait pas pesait peu dans la balance. Elle écarta les lèvres, et leurs langues entamèrent un duo sensuel. Ses baisers étaient divins, à la fois langoureux et taquins.

Mais cela ne suffisait plus.

Il voulait tellement plus d'elle. Et voulait aussi lui offrir tellement plus. Un besoin désespéré, quasi incontrôlable, d'arracher ces petits bouts de soie et de dentelle qui la recouvraient encore et d'unir leurs corps de toute urgence l'envahit. Quelque chose le retint pourtant. Peut-être ces bribes de blancheur innocente, ornées de minuscules nœuds si féminins sur le décolleté échancré de son soutien-gorge. D'autres nœuds semblables paraient le galbe de ses hanches, adorables sur une femme qui illustrait parfaitement la sophistication européenne. Le contraste l'arrêta, tout comme la tension nerveuse qui émanait d'elle.

Après un instant de réflexion, il décida de suivre son impulsion. C'était leur première fois. Ils auraient plein d'autres occasions d'aller vite, de laisser libre cours à l'exubérance. Mais, cet après-midi, il prendrait son temps. La conduirait au plaisir suprême, caresse après caresse, douceur après douceur. Embrasserait chaque centimètre de son corps délicieux. Et il commencerait par le doux et tendre centre. Toujours un exquis point de départ.

Baissant la tête, il déposa une pluie de baisers sur son ventre tiède, inhalant son parfum féminin. Elle frémit de surprise, se cambra un peu. Il sourit contre sa peau, ravi de la prendre au dépourvu. Il avait l'intention de continuer dans ce sens. Elle aimait garder le contrôle ?

Eh bien, pas ici. Pas maintenant. Il voulait anéantir toutes ses défenses et qu'elle se livre totalement. En perdant tout son contrôle.

Il caressa ses hanches, tira sur les petits nœuds de sa culotte. Sentit la légère vibration de son ventre sous sa bouche, la brève contraction anticipant la suite logique : qu'il lui enlève sa culotte. Mais il remonta le long de son torse, suivant les contours de son soutien-gorge. De nouveau, elle frémit, mélange d'incertitude et de confusion.

— Gabe, qu'est-ce que tu fais ?

— Je joue. J'ai du mal à décider sur quel manège je veux monter en premier.

Elle fronça les sourcils. La légèreté qu'il affichait semblait la décontenancer. Manifestement, le sexe avait toujours été une affaire sérieuse pour elle. Quelle tristesse, alors que cela pouvait être si amusant ! Puis elle se détendit et, avec un gloussement enchanté, elle commença à laisser courir ses mains sur son abdomen.

— Tu joues, hein ? Moi, je crois que je vais commencer par le grand huit.

Il pressa ses seins l'un contre l'autre à l'intérieur des bonnets du soutien-gorge.

— J'ai toujours eu un faible pour les autos tamponneuses.

Baissant le regard, elle le posa sur la bosse révélatrice qui gonflait son boxer.

— Marrant, je pensais que tu choisirais la chenille. Je parie que tu tires la cloche chaque fois.

Il tripota le petit triangle qui couvrait son sexe.

— Pour toi, je ferai de mon mieux. On commence par le tunnel de l'amour, ou c'est là qu'on finit ?

Elle noua les bras autour de son cou et l'attira à elle. Leurs corps s'emboîtaient et se complétaient parfaitement.

— Peu importe, tant que tu sonnes ma cloche tout du long, je suis prête à tester tous les manèges.

Il sourit en constatant que leur badinage idiot l'avait

mise en confiance. Qu'elle se blottissait confortablement contre lui. Les teintes rosées du soleil de l'après-midi la paraient d'insouciance. Les inquiétudes qui la rongeaient s'étaient estompées, et elle se laissait aller, en sécurité dans ses bras, dans son lit et dans leur ravissement croissant. Il lisait le plaisir dans ses yeux verts, dans le tremblement joyeux de sa bouche, dans le rire devenu partie prenante de leur premier rapport sexuel. Tout cela l'enchantait, éloignait l'obscurité en même temps que le passé. Lesquels n'avaient aucune importance. Pas ici. Pas maintenant.

Ils jouèrent à se débarrasser du reste de leurs vêtements, à explorer le corps de l'autre. Il y avait de la tendresse dans leurs jeux, une douceur omniprésente dans leurs voix, paroles et toucher. Et pourtant la tension grandissait, le désir était tapi sous la gaieté et exploserait bientôt entre eux, les consumant dans sa traînée de poudre. Cependant, ils furent pris au dépourvu quand cela arriva.

Il s'immobilisa, tandis que son rire mourait sur ses lèvres. Un rayon de soleil vint lécher le corps de Kat. L'hiver conférait à la lumière une suavité rare, qui l'enveloppait de douceur et tentait de la nimber de mystère, de la rendre distante et inaccessible. Sans y parvenir toutefois. Elle possédait trop de vitalité, ses couleurs tiraient davantage vers le vif de la passion que le pastel de la pudeur.

Dieu qu'elle était belle ! Du feu crépitait dans ses cheveux et semblait se prendre dans le vert flamboyant de ses yeux. Un sourire planait sur ses lèvres, mi-amusé, mi-provocateur. Une Eve en devenir. Elle posa une main sur sa joue, et il sentit le léger tremblement de ses doigts. Tournant le visage au creux de sa paume, il pressa les lèvres à l'endroit où brûlait l'Inferno.

A présent, quand il dessinait son corps, il le faisait délibérément, mettant en pratique ce qu'il avait appris en jouant. Ses seins étaient très sensibles, surtout autour des mamelons, aussi s'y attarda-t-il jusqu'à ce qu'elle frémisse entre ses bras, haletante. Il découvrit aussi qu'elle frissonnait d'extase lorsque ses doigts dansaient à l'arrière de ses cuisses, que le désir s'écoulait d'elle et qu'elle s'ouvrait instinctivement quand il la touchait là. Lorsqu'il mordillait sa lèvre inférieure, elle butinait sa bouche avec une fougue frénétique. Si elle considérait ses fesses comme trop généreuses, lui les trouvait parfaites et adorait embrasser les taches de rousseur ornant ces rondeurs affolantes.

Il explorait son corps sublime tout entier, centimètre après centimètre, déterminé à alimenter le brasier et à la mener à un incendie plus intense que ce qu'elle avait pu connaître auparavant. Il ne cessait de travailler à son plaisir jusqu'au moment où il prit conscience que lui aussi se trouvait à deux doigts d'y succomber.

D'un geste impatient, il s'empara du préservatif qu'il lui tendit.

— Mets-le-moi. J'ai envie de sentir tes mains sur moi.

Elle dut s'y reprendre à trois fois pour ouvrir l'étui. Et joua avec ses nerfs en mettant un temps infini à s'acquitter de sa tâche. D'abord, elle feignit de le dérouler dans le mauvais sens, puis prétendit quand même l'enfiler à l'envers avant de recommencer avec une lenteur exaspérante qui le rendit fou.

Enfin, il se positionna au-dessus d'elle, prêt pour sa moiteur brûlante. Mais soudain elle poussa sur ses épaules.

— Attends, Gabe. Je ne suis pas sûre de l'avoir bien mis.

— On arrête de jouer, maintenant. Je ne peux plus attendre.

— Mais…

Il coupa court à ses protestations d'un baiser passionné et entra en elle, en même temps qu'il glissait sa langue dans sa bouche. Elle se raidit, ondulant sous lui de telle manière qu'il faillit finir avant même d'avoir commencé. Il se ressaisit à grand-peine, décidé à lui procurer autant de plaisir qu'elle lui en procurait. Lentement, il se retira puis la pénétra de nouveau, aussi profondément que possible. Là, il cessa de bouger, malgré ce qu'il lui en coûtait, attendant qu'elle se fasse à sa présence. Sans pour autant négliger de la caresser là où elle aimait. Elle se détendit, resserra les bras autour de lui, s'offrit davantage, le bassin en avant, cherchant un rythme.

Il s'amusa du fait qu'il leur fallut autant de temps pour être synchronisés. Il aurait pensé que deux personnes plutôt expérimentées se seraient adaptées l'une à l'autre un peu plus vite. Peut-être était-ce la faute de l'Inferno. Peut-être la violente pulsion qui les guidait, qui menaçait de les submerger, était-elle si intense qu'elle annihilait toute expérience, ne laissant la place qu'à un plaisir primaire. Puis un mouvement s'imposa, s'amplifia, se mua en quelque chose qu'il n'avait jamais vécu auparavant, quelque chose qui les emplissait et les reliait à un niveau dont il ne soupçonnait même pas l'existence. Cela transcendait toute expérience précédente, chantait le moment présent et les promesses à venir. Il vit, reflété dans les yeux de Kat, bourgeonner ce qui avait été planté, vit la même connexion.

Ensuite, quelque chose changea.

Elle leva la tête vers lui, riva son regard au sien, bouleversé et incrédule. Empli de ravissement.

— Qu'est-ce que tu m'as fait ?

Les mots s'échappèrent dans un infime murmure. Puis des larmes emplirent ses yeux, des larmes qu'elle niait avoir. Elles coulèrent sur ses tempes, s'enfouirent dans la braise sombre de sa chevelure, aussi brillantes et pures que les diamants de feu.

Puis elle s'abandonna à son orgasme. Lequel l'emporta lui aussi jusqu'au point de non-retour. Et il succomba à son tour.

Succomba à l'innocence.

Gabe se détourna de la fenêtre pour regarder Kat. Le soleil de fin d'après-midi éclaboussait sa silhouette endormie. Une autre image se superposa dans son esprit, l'image de Kat dans le lit d'hôtel de Benson Winters. Mais cette image-là ne collait pas. Elle bascula. Se fendilla. Eclata en mille morceaux qui jamais ne se recolleraient. Elle n'avait pas été la Belle au bois dormant réveillée par le baiser du prince. La Belle au bois dormant d'il y a cinq ans n'avait jamais connu le baiser du prince… ni rien d'autre.

Ce qui expliquait énormément de choses, y compris sa maladresse avec le préservatif. Elle ne s'était pas amusée à prolonger le moment, de manière à attiser son plaisir. Elle manquait d'expérience et avait tenté de le lui cacher. Cela expliquait également pourquoi elle souhaitait attendre qu'ils soient mariés, ce dont il avait refusé de tenir compte.

C'est lui qui avait poussé, insisté pour qu'ils fassent l'amour ici et maintenant. Le souvenir de son regard, de son adhésion silencieuse, lui fit très mal, tout comme celui de son sourire doux-amer. D'autres images lui revinrent, qui lui firent encore plus mal. Sa réaction quand elle pensait qu'il l'avait attirée dans un lit qu'il aurait partagé avec Jessa. Cette fichue lingerie virginale. Même sa surprise devant son attitude ludique au lit. Pourquoi n'avait-il rien vu, rien compris ? Pourquoi ne l'avait-il pas protégée, au moins de lui-même ? C'est lui qui l'avait réveillée et, à présent qu'il savait quoi chercher, il voyait la différence. Il la percevait.

Ce sur quoi il avait fantasmé s'avérait la réalité. Il était son premier amant. Ce qui signifiait que la vérité… n'était pas du tout ce qu'il avait supposé.

Tout était remis en question.

Mais cela n'expliquait pas comment elle avait fini dans cette chambre d'hôtel cinq ans plus tôt. Winters avait-il dit vrai ? Kat avait-elle tenté de le séduire ce soir-là ?

Non, ça ne tenait pas debout. Sauf à avoir été complice dans ce piège de séduction, il ne l'aurait jamais saluée aussi chaleureusement au restaurant, tout à l'heure.

Il réfléchit, s'efforçant d'utiliser la logique froide qui l'avait aidé toute sa vie. Mais, d'une certaine façon, il ne pouvait se détacher de ses émotions. Pas cette fois. Pas à propos de Kat.

Il existait de nombreuses explications à sa virginité, y compris… Une image surgit dans son esprit, celle de Jessa arrivant en larmes sur le pas de sa porte, le suppliant de l'accompagner dans une chambre d'hôtel où, d'après ce qu'on lui avait dit, elle trouverait son fiancé au lit avec une autre femme. A l'époque, il n'était qu'un ami. Après qu'ils avaient découvert Kat, sa relation avec Jessa avait rapidement évolué. Il chassa le souvenir, réticent à étudier de plus près cette nouvelle possibilité, bien trop perturbante. Ce qui le ramena à la femme partageant son lit.

Il y avait au moins une chose dont il était certain. Son lit était le seul que Kat ait jamais partagé. Et le seul qu'elle partagerait encore longtemps. Gagnant le salon, il sortit son téléphone de sa poche de pantalon. La série de coups de fil ne prit pas longtemps. Celui à Primo fut accueilli avec un plaisir et une approbation immédiats, celui à Matilda, avec le même enthousiasme ravi. Ensuite, il dut régler un certain nombre de détails pratiques — organiser le vol, réserver la chambre d'hôtel, demander la licence requise. Etonnant ce que l'argent et l'entregent permettaient d'accomplir en un temps record. Une fois qu'il eut terminé, il retourna dans la chambre.

Il s'allongea près d'elle, la réchauffant de son corps, la maintenant blottie dans l'étreinte sécurisante de ses bras. Tandis qu'elle dormait, ses barrières n'existaient plus, sa vulnérabilité était dévoilée, à nu sur chaque parcelle de son être. Il écarta une mèche de son visage et se pencha pour la réveiller d'un long baiser passionné. Elle gémit doucement, encore dans un demi-sommeil, s'ouvrant à lui. Se donnant sans réserve ni hésitation. Se donnant tout entière.

Ses longs cils battirent, et elle ouvrit les yeux, assombris et voilés de passion.

— C'est le matin ? demanda-t-elle d'une voix rauque.

— Non. Le crépuscule.

Elle rit doucement.

— Je ne vais jamais dormir cette nuit.

Il caressa gentiment sa joue.

— J'ai quelques idées de ce qu'on pourrait faire à la place.

— Je n'en doute pas.

Ah, c'était toujours là ! La bravade ombrageuse, l'ironie acerbe. Alors qu'elle n'était pas encore tout à fait réveillée.

— Il faut qu'on parle.

Elle se raidit, le regarda avec cette méfiance familière.

— De quoi ?

— Voyons voir. De la vie. De la mort. Du fait que tu sois vierge. Explique-moi ça, Kat.

Il devait lui rendre justice. Malgré le rouge qui colora ses joues, elle continua à le fixer sans ciller.

— Je préférerais ne rien expliquer du tout.

— Pourtant, j'y tiens. A vrai dire, j'insiste, même. D'ailleurs, c'est toi qui as demandé qu'on soit honnêtes au lit.

— L'honnêteté au lit était censée jouer en ma faveur, pas en la tienne.

Il aurait ri si la question n'avait pas été si sérieuse.

— Oui. Pas de chance pour toi.

La saisissant par le menton, il tourna son visage dans la lumière déclinante, qui le lavait de tout artifice, le laissait nu.

— Comment as-tu pu avoir une liaison avec Winters et cependant arriver intacte dans mon lit ?

— Un miracle ? suggéra-t-elle sans le quitter des yeux.

— Ou alors, tu n'avais pas de liaison avec Winters.

— C'est une autre possibilité, en effet. Souviens-toi, c'est ce que j'ai dit à tout le monde à l'époque.

Elle conservait une attitude de défi, qui transparaissait dans chacune de ses expressions, chaque nuance de sa voix et dans la tension rigide de son corps.

— Et personne ne t'a crue.

Il luttait autant contre les répercussions de ce fait qui bouleversait tout ce qu'il avait cru savoir qu'avec sa propre culpabilité. Ce qui n'était pas chose aisée, vu qu'il avait largement contribué à la condamner.

— Les preuves étaient plutôt accablantes, admit-elle.

— Winters a prétendu que tu avais essayé de le séduire.

— Oui.

— Mais, si c'était le cas, pourquoi s'est-il montré si amical envers toi au restaurant ?

Ce point ne cessait de le tarauder.

— Il a peut-être compris que j'avais été piégée.

— Par qui ?

Sa mâchoire se contracta, tandis qu'un flot d'émotions traversait son visage. Colère. Trahison. Déception. Souffrance.

— Tu sais qui m'a piégée, Gabe. Simplement, tu ne veux pas le croire. Personne n'a voulu le croire, même pas ma grand-mère.

Soudain, il se rendit compte que pas une seule fois Jessa ne s'était immiscée dans les moments qu'il venait de partager avec Kat. Ni comme regret ni comme comparaison. Ni même pour piquer sa culpabilité. Mais voilà qu'elle faisait irruption entre eux, comme un implacable vent glacé les balayant de sa morsure.

— Elle n'était pas ta femme à ce moment-là, reprit Kat. Et je ne te demande pas de me croire. Je me fiche qu'on me croie ou pas. Je sais ce qui s'est passé. Cela fait cinq ans que je vis avec ça. Que je vis condamnée. Qu'on me traite de traînée. Qu'on m'accuse d'avoir tenté de voler le fiancé de ma cousine. D'avoir ruiné la réputation de Benson, sans parler de ses espoirs d'obtenir un siège au Sénat.

— Il y a quelque chose que je ne comprends pas, Kat. Pourquoi Jessa vous aurait-elle piégés, tous les deux ? Ça n'a aucun sens.

— Quelle importance, Gabe ? Elle ne peut plus nous le dire. Et n'importe quelle explication que je pourrais avancer relèverait de la pure spéculation. D'ailleurs, ce ne sont pas tes affaires.

— Ce sont mes affaires si Jessa est impliquée, rétorqua-t-il avant d'ajouter d'une voix plus grave : tout comme ce sont mes affaires si tu es impliquée. Parce qu'à partir de maintenant je le suis aussi.

Elle se libéra de son étreinte et quitta le lit, puis balaya la pièce d'un air déconcerté, se demandant sans doute où elle avait laissé ses vêtements. Elle se dirigea alors vers un placard dont elle sortit un peignoir couleur chocolat. Elle l'enfila, noua la ceinture. Le peignoir était dix fois trop grand, la faisant paraître encore plus vulnérable que quand elle était nue.

— Je n'ai plus envie d'en parler, déclara-t-elle.

— Ou plutôt, tu n'as pas envie de me dire la vérité. Raison pour laquelle tu as quitté le lit.

Elle lui jeta un regard furieux.

— D'accord, je ne veux pas te dire la vérité, non qu'il y ait quoi que ce soit d'autre à révéler. De plus, ce n'est pas comme si on était mariés.

— Ce qui va bientôt changer.

Elle lui jeta un regard méfiant.

— Qu'est-ce que tu racontes ?

A son tour, il quitta le lit. Il s'approcha d'elle, ajusta le col du peignoir et l'emmitoufla dedans.

— Je me suis organisé pour qu'on parte pour San Francisco. En avion, demain matin. On prendra Matilda au passage, tout est déjà arrangé. On peut aussi faire un saut à ton hôtel, afin que tu fasses tes bagages. Dans deux jours, tu seras ma femme. Ensuite, on retournera au lit, et tu me diras ce que je veux savoir. Dans le moindre détail, en toute honnêteté. Même si cela signifie te garder là jusqu'à ce que tu le fasses, ajouta-t-il, penchant ses lèvres tout près des siennes.

Puis il scella sa promesse — ou était-ce une menace ? — d'un baiser qui déclencha l'Inferno, les consuma telle une éruption volcanique.

Confortablement assise dans un siège du jet privé de Gabe, Kat regardait par le hublot tandis qu'ils volaient vers San Francisco. Gabe s'était montré plein de sollicitude envers Matilda, l'installant dès l'embarquement dans la petite chambre à bord afin que le voyage ne la fatigue pas trop.

Une pensée dominait toutes les autres. Comment avait-il su qu'elle était vierge ? Les seules possibilités qui lui venaient à l'esprit étaient l'amateurisme et le manque d'expérience dont elle avait dû faire preuve durant l'amour. Quelle honte ! Surtout si elle considérait combien il s'était refermé à la suite de cet ultime baiser torride.

Elle avait espéré que leur relation s'améliorerait une fois qu'il aurait appris la vérité au sujet de Benson Winters et elle. En fait, le contraire s'était produit. Disparu, l'homme taquin qui l'avait attirée dans son lit. Disparu, l'amant passionné qui l'avait faite sienne. Disparu aussi, l'accord provisoire qu'ils avaient conclu pour atteindre leurs objectifs mutuels. Elle se retrouvait face à un homme qu'elle ne connaissait pas, un homme si barricadé en lui-même qu'elle ne savait comment percer pour atteindre celui qui avait rendu sa première expérience sexuelle aussi bouleversante.

Même si son intuition la poussait à protester contre la rapidité de leur mariage, elle n'osait pas. Après tout, c'était ce que tous deux souhaitaient. Aussi était-ce si grave si cela arrivait un peu trop vite ? Elle lui adressa un regard en coin. Il était plongé dans le travail, le visage tendu. Quelque chose clochait, quelque chose d'autre que la promptitude de leur mariage imminent. Pour une raison quelconque, il avait mis le cap sur une direction et refusait d'en dévier.

Qu'est-ce qui s'était passé pour que cette dureté fataliste s'empare de lui ? Etait-ce simplement parce qu'elle était vierge ? Non, c'était impossible. Certes, son histoire le prédisposait à se conduire en protecteur. Mais cela n'expliquait pas sa précipitation. Pas vraiment, en tout cas.

Elle remua dans son siège. Bien. S'il n'était pas disposé à fournir l'information de lui-même, elle poserait la question. Et, si cela ne marchait pas, elle exigerait une réponse. Et, si cette approche ne donnait pas non plus les résultats escomptés, elle lui extirperait la réponse par la ruse et la séduction. Elle l'attirerait dans le premier lit venu et userait de leur marché « Honnêteté au lit » pour l'obliger à dire la vérité.

Qu'elle espère devoir en arriver à cette dernière extrémité faisait-il d'elle une perverse ?

— Gabe, j'aimerais que tu reconsidères cette idée de nous marier si vite, dit-elle enfin. Personne n'y croira. Et je ne veux pas que Gam soupçonne que c'est à cause du collier.

— Elle ne le soupçonne pas. Matilda et les Dante croient déjà à la sincérité de ce mariage. Et bientôt tout le monde en fera autant.

— Je ne comprends pas. Pourquoi sont-ils soudain si pressés de l'accepter ? Et pourquoi tous les autres le croiront-ils aussi ? Qu'est-ce qui a changé ?

Il hésita si longtemps qu'elle crut qu'il ne répondrait pas. Puis, un tic nerveux agitant sa mâchoire, il avoua :

— Ce qui a changé, c'est qui je suis. Une fois que les médias découvriront que je suis… un Dante, et que nous avons été frappés par l'Inferno, ils n'auront plus d'autre choix que de le croire. Surtout si la famille de mon père soutient officiellement notre union.

Elle n'en revenait pas.

— Tu vas tout dire ? Je pensais que tu ne voulais pas qu'on apprenne ton lien avec eux. Je pensais que tu méprisais les Dante.

Pourquoi l'idée qu'il révèle leur parenté au reste du monde l'emplissait-elle d'appréhension ?

Il leva les yeux vers elle, le regard voilé d'amertume.

— Je les méprise. Mais ça expliquera la rapidité de notre mariage.

Elle n'aimait pas son plan. Ni l'impact qu'il avait sur lui. Il était trop touché.

— Je ne comprends toujours pas, insista-t-elle, mal à l'aise. En quoi annoncer ta relation avec eux explique-t-elle cette hâte à nous marier et comment rendra-t-elle ce mariage acceptable ? Cette légende d'Inferno a-t-elle tellement d'importance ? Et surtout, pourquoi doit-on précipiter ce mariage au lieu d'attendre quelques mois, comme prévu ?

Avec un soupir, il écarta ses dossiers.

— J'oublie toujours que tu étais à l'étranger ces cinq dernières années.

Perplexe, elle le dévisagea.

— Que s'est-il passé pendant ces années ?

— L'Inferno, voilà ce qui s'est passé. Cette absurdité est devenue publique il y a quelques années quand un des fils de mon père, Marco, a monté une sorte d'événement médiatique pour prouver que sa femme pouvait le distinguer de son jumeau, même les yeux bandés, grâce à l'Inferno. A peu près toutes les feuilles de chou des environs en ont parlé, et même certains journaux respectables. Si j'annonce publiquement que je suis un Dante et que j'admets que l'Inferno nous a frappés lors de notre première rencontre, personne ne mettra en doute la rapidité ni le bien-fondé de notre mariage, surtout si nous sommes épaulés par les Dante.

— Les Dante vont nous soutenir ?

Si c'était le cas, cela ne pouvait signifier qu'une chose : il les avait approchés. Il leur avait demandé un service.

— Oui, répondit-il. C'est pour cette raison qu'on se marie à San Francisco. Pour que les Dante puissent peser du poids de leur nom.

Elle comprit alors ce que cela avait dû lui coûter. Elle mesura aussi toute l'étendue de sa propre responsabilité. C'est elle qui lui avait proposé ce pacte insensé. Et c'est sa grand-mère qui avait mis un mariage potentiel sur la table en promettant de leur offrir le Heart's Desire en cadeau de noces. Ses actes, ainsi que ceux de Matilda, l'avaient acculé à cette décision, et elle en avait le cœur brisé. Il s'était sacrifié pour elle. Pour leur mariage. Et elle avait l'étrange sentiment que ce n'était pas uniquement pour le Heart's Desire. Pour une raison obscure, sa décision de précipiter leur mariage et d'impliquer les Dante avait un rapport avec ce qui s'était passé entre eux au lit la veille. Elle devait à tout prix découvrir la raison de cette hâte.

— Oh ! Gabe, murmura-t-elle. Tu n'as pas fait ça. Tu n'as pas sollicité les Dante ?

— C'était le seul moyen, répliqua-t-il, la bouche dure.

— Non. Ce n'est pas le seul moyen. On peut attendre, comme on l'avait prévu. Attendre de voir si Gam change d'avis. Gabe, s'il te plaît, ne fais pas ça, sauf si tu t'en sers de prétexte pour entamer une sorte de réconciliation avec la famille de ton père.

Il retourna à ses papiers, même s'il les feuilletait bien trop rapidement pour être réellement absorbé par ce qu'il lisait.

— C'est fait, Kat, déclara-t-il d'un ton définitif. Et il n'y a rien de terrible à cela. Je me suis simplement arrangé pour que les Dante soutiennent notre mariage.

Mieux, ils s'en chargent. Primo s'occupe pratiquement de toute l'organisation à notre place.

— Est-ce que ton grand-père sera présent à la cérémonie ? demanda-t-elle, s'efforçant de ne pas chanceler devant sa froide indifférence.

Il laissa échapper un rire dur.

— Pas que lui ! La famille tout entière assistera à notre mariage. Tu vas rencontrer les Dante au grand complet, tous ceux qui ont nié mon existence depuis le jour de ma naissance. Et tu vas savoir qui je suis, ce que je suis. D'où je viens. Ce que je rejette. Et surtout, ajouta-t-il avec un regard farouche, ce que je suis heureux de ne jamais être devenu.

Elle laissa ces paroles la submerger comme une vague glacée, puis reculer, consciente qu'il était déterminé à suivre cette ligne de conduite, que rien de ce qu'elle dirait ne l'en dévierait. D'une voix la plus sereine possible, elle demanda alors :

— Et Lucia, elle sera là aussi ? C'est celle que j'ai le plus envie de connaître.

L'indifférence de Gabe disparut, remplacée par un sourire empli de tendre affection.

— Oui. Tu vas rencontrer Lucia.

Puis son sourire disparut.

— Mais je te préviens, elle travaille pour Primo sous une autre identité. Il ignore qui elle est, et je tiens à ce que ça reste le cas. Je ne veux pas qu'elle souffre de nouveau. Elle a suffisamment souffert pour toute une vie.

Voilà qu'il reprenait son rôle de protecteur. En fait, ce rôle était une seconde nature dès qu'il mentionnait sa mère ou sa sœur. Il se comportait même parfois comme cela envers elle.

— Elle travaille pour Primo ? Cela m'étonne, surtout après ce que tu m'as raconté de votre passé.

— Moi aussi, cela m'a étonné. Je ne l'ai découvert que récemment, admit Gabe en haussant les épaules.

Elle réfléchit un instant, puis l'explication s'imposa à elle.

— Elle voulait apprendre à connaître son grand-père, n'est-ce pas ?

C'est alors qu'elle la vit. La blessure. La douleur de ce qu'il considérait comme une trahison. Sa volonté de la dissimuler. Il était comme un lion avec une épine dans la patte — une épine qu'elle pourrait peut-être contribuer à ôter.

— Elle ne partage pas tes sentiments à l'égard des Dante, j'imagine, poursuivit-elle d'un ton léger.

Evidemment, il lut dans son jeu.

— Laisse tomber, Kat.

Elle pressa un peu plus fort sur l'épine, se rendant compte à quel point elle était profondément fichée.

— Ça a dû te faire mal de l'apprendre. Tu as dû le ressentir comme une forme de trahison.

— Qu'est-ce que tu ne comprends pas dans « laisse tomber », Kat ?

Mais il était impossible pour elle d'obtempérer.

— Gabe, je suis sûre que Lucia n'avait pas l'intention de te heurter. Ni de donner l'impression que tu ne lui suffisais pas. C'est naturel qu'elle soit curieuse de connaître sa famille.

L'épine sortit d'un coup, provoquant un rugissement chez le lion, qui l'attaqua, toutes griffes dehors.

— Voyons si ceci te fait taire !

Se levant de son siège, il s'approcha, la prit dans ses bras puis s'empara de sa bouche avec fougue. Une fougue qui libéra toute sa colère. S'il pensait l'intimider ainsi, il se trompait. Elle lui rendit baiser sur baiser. Seigneur, comme elle le désirait ! Elle le désirait au moins autant qu'avant qu'ils fassent l'amour. Peut-être plus, puisqu'elle savait désormais à quoi s'attendre, en comprenait enfin l'effet. L'effet que cela avait sur eux deux.

— Gabe, s'il te plaît, gémit-elle en semant des baisers frénétiques le long de sa mâchoire.

— Tu veux que j'arrête ? grommela-t-il en retour. Je ne crois pas en être capable.

— Je ne veux pas que tu arrêtes. Je veux que tu me fasses l'amour.

— L'amour, répéta-t-il, fermant les yeux avant de la serrer contre lui, sans plus l'embrasser. N'emploie pas ce terme. Sans vouloir te faire de peine, il n'est pas question que tu transformes ce qui se passe entre nous en quelque chose qui n'en est pas. Il ne s'agit pas d'amour mais de sexe.

— Ou de l'Inferno ?

A sa grande surprise, il ne répliqua pas immédiatement. Mais poussa un soupir.

— Quelle importance ? Je sais seulement que ça ne durera pas. Il faut que tu le comprennes.

— Quel rapport avec la rapidité de notre mariage ?

Il baissa les yeux vers elle, et pour la première fois elle vit ses défenses se fissurer.

— Parce que je n'ai pas arrêté quand tu me l'as demandé, répondit-il de manière plutôt énigmatique.

Déconcertée, elle fronça les sourcils.

— Je ne t'ai pas demandé d'arrêter.

Son expression s'adoucit, et il replaça une boucle de ses cheveux derrière son oreille.

— Le préservatif, lui rappela-t-il. Il s'est enlevé, mon ange. Tu m'as dit que tu ne l'avais pas bien mis et tu as essayé de m'arrêter. Je croyais que tu plaisantais. Mais ce n'était pas le cas.

Sa confusion laissa place à l'horreur.

— Tu penses, tu…, bégaya-t-elle, cherchant son souffle. Tu penses que je suis enceinte ?

- 7 -

Gabe hocha la tête.

— Il est en effet tout à fait possible que tu sois enceinte. Alors autant se marier sans trop attendre, surtout si tu veux te réconcilier avec ta grand-mère. Tu commences tout juste à renouer avec elle. Mieux vaut qu'elle pense qu'on se marie à cause de l'Inferno plutôt qu'elle soupçonne un mariage forcé.

C'est à peine si elle l'entendait. L'éventualité d'une grossesse annihilait toute pensée dans son esprit, sauf une. *Enceinte. Un bébé. Le bébé de Gabe.* La simple pensée qu'elle puisse porter son enfant lui donnait le vertige. Des images surgirent. Un fils aux cheveux de jais et aux yeux dorés. Un bébé tétant son sein. Gabe berçant un enfant qu'ils avaient créé. Gabe, l'Inferno consumé, pris dans un piège qu'elle-même avait ourdi.

Non, elle ne pouvait pas lui faire ça.

Elle se dégagea de son étreinte.

— Non, c'est impossible. Je ne suis pas enceinte. Pas après une unique fois.

Il se contenta de hausser un sourcil devant l'absurdité de sa remarque.

— Bon, d'accord, admit-elle. C'est une possibilité. Mais infime, n'est-ce pas ?

Malgré elle, ses mains fourragèrent dans ses cheveux, détruisant la torsade sur sa nuque, finissant ce que Gabe avait commencé.

— Si tu le dis, répliqua-t-il. Mais je n'ai pas envie de prendre le risque. On doit se marier de toute façon, si je veux récupérer le Heart's Desire. Cela nous contraint simplement à mettre un terme à nos fiançailles un peu plus tôt que prévu.

— On n'est même pas fiancés officiellement. Et puis tu ne m'as même pas demandée en mariage. Pas vraiment. En fait, c'est moi qui ai fait toutes les propositions.

Consciente que sa voix montait dans les aigus, elle inspira profondément, s'efforçant de recouvrer son sang-froid.

— Oh ! Gabe ! Qu'est-ce qu'on va faire ?

— Y aller étape par étape.

Le calme qu'il affichait l'aida à se ressaisir.

— La première étant de se marier, souffla-t-elle.

Il éclata de rire, un rire sans humour.

— Faux. La première étape, c'est gérer les Dante et la préparation de notre mariage.

— Et c'est désagréable ? demanda-t-elle nerveusement.

Il hésita un instant.

— Disons que c'est compliqué.

Elle découvrit très vite ce à quoi il faisait allusion, une fois à l'aéroport, où les attendait une limousine avec Primo à son bord. Il tirait sur un cigare odorant, rejetant des volutes de fumée qui vrillaient les nerfs.

Après avoir été présenté à Matilda, il se tourna vers Kat. Sa ressemblance avec Gabe était étonnante, songea celle-ci. Mais elle n'eut guère le temps d'y réfléchir davantage, prise de court par l'accueil enthousiaste qu'il lui réserva. Heureusement, ses années passées en Italie l'avaient habituée à l'exubérance de ses habitants, et elle retourna l'accolade avec une générosité naturelle.

— C'est un plaisir de vous rencontrer, assura-t-elle.

— Le plaisir est réciproque, s'exclama-t-il avant de la tenir à bout de bras afin de bien la regarder. Alors, tu es l'âme sœur que l'Inferno a désignée pour mon petit-fils

Gabriel. L'Inferno s'est montré extrêmement généreux dans son choix.

Elle ne put s'empêcher de rougir.

— Merci.

Puis le vieil homme adressa à Gabe un large sourire.

— Tu ne salues pas ton *nonno* ?

A la surprise de Kat, Gabe s'approcha pour serrer son grand-père dans ses bras. Elle vit presque la nervosité de Primo s'évaporer sous l'accolade.

— Merci de nous accueillir. Et de vous occuper de l'organisation du mariage.

— C'est un plaisir de le faire pour vous. Je suis heureux d'en avoir l'occasion. Allez, poursuivit Primo en claquant dans le dos de Gabe. Viens faire la connaissance de Nonna.

Complication numéro un, comprit Kat. Ils furent poussés vers la voiture. Primo insista pour que Matilda s'asseye près de lui et Gabe et Kat en face d'eux. Elle fut impressionnée par la gentillesse qu'il témoignait à sa grand-mère, plaisantant mais toujours très respectueux, en dépit du fait qu'ils avaient sensiblement le même âge. Peut-être Gabe l'avait-il prévenu de sa santé fragile. Matilda insista pour qu'on la dépose à leur hôtel, Le Premier. Après l'avoir installée dans sa chambre, ils continuèrent à travers les rues bondées en direction du Golden Gate Bridge et de la maison de Primo, à Sausalito.

— Qui sera là-bas ? demanda soudain Gabe.

— Juste Nonna, pour le moment, dit aussitôt Primo pour le rassurer. On ne va pas t'infliger tes innombrables frères, cousins, cousines, neveux et nièces avant la cérémonie. Mais je te préviens, ta grand-mère ne se réjouit pas de cette rencontre. Contrairement à ton Primo, qui est ravi que tu retrouves la famille dont tu fais partie. Elle est davantage comme toi, Gabriel. Pas convaincue de la nécessité de reconnaître ce lien.

— Pourquoi la forcer, alors ?

La voix de Gabe était empreinte de fierté.

— Parce que tu es le fils de mon fils, répondit simplement Primo. Donc le fils de son fils. Elle le verra dès qu'elle posera les yeux sur toi. Elle verra son fils réincarné en toi, et ses réserves se dissiperont aussi vite que la brume matinale.

— Je ne suis pas comme Dominic. Et je ne deviendrai pas non plus une sorte de substitut de lui.

— Non, admit Primo avec une pointe de tristesse. Tu ne le remplaceras jamais.

Puis il changea de sujet, offrant à Kat une visite guidée de la ville qu'ils traversaient. Finalement, ils atteignirent le port et ses boutiques branchées, et suivirent une route qui serpentait à flanc de colline. La voiture les laissa devant le grand portail de bois d'une vaste maison donnant sur Angel Island et le Belvédère. Primo ouvrit le portail, puis les fit entrer dans un immense jardin en hibernation. Kat vit néanmoins qu'il serait spectaculaire au printemps. Pour remplacer les fleurs, on l'avait décoré de guirlandes électriques, de houx, de couronnes et de boules de Noël. C'était ravissant.

— Bienvenue chez moi, dit Primo. Le soir, c'est très beau. Ni trop ni pas assez. Juste ce qu'il faut, *capito ?*

La fierté faisait chanter l'accent toscan dans sa voix. Comme Gabe gardait le silence, Kat répondit pour eux deux.

— Je suis sûre que c'est magnifique.

Elle décocha un regard à l'homme qui serait bientôt son mari, tentée de lui donner un petit coup de coude, et se rendit compte de son erreur. Ce n'était pas l'impolitesse qui le rendait silencieux mais le respect. Il fixait toute son attention sur une femme assise devant une table en fer forgé, à l'abri d'un vieux chêne. Leur échange muet en disait long, et la tension devint palpable.

Sans paraître prendre conscience de la tension qui régnait, Primo sourit d'allégresse.

— Ah, voici Nonna, qui nous attend avec du chocolat chaud ! Regarde, mon garçon. N'est-elle pas la plus belle femme du monde ? Je n'ai jamais rencontré personne qui illumine mon cœur et le fasse danser aussi joyeusement. Mais j'imagine que c'est ce que tu as découvert avec ta Katerina, pas vrai ?

Il répondit en prenant la main de Kat dans la sienne.

— Votre femme est superbe, Primo.

Puis il baissa les yeux vers Kat.

— Elle paraît aussi terrorisée, murmura-t-il d'un air inquiet. Du moins, quand elle ne me regarde pas.

— Je suis certaine que tu sauras l'apprivoiser, répliqua Kat à voix basse. La rassurer. La protéger contre la douleur.

La main de Gabe tressaillit dans la sienne.

— La protéger ? répéta-t-il.

Elle ne put retenir un sourire.

— N'est-ce pas ce que tu fais ? N'est-ce pas ce que tu as toujours fait ?

— Je m'y efforce, mais…

— Elle est en colère contre son fils, pas contre toi, chuchota Kat. Et elle a peur, parce qu'elle ne sait pas comment maîtriser cette situation. Elle a peur que tu fasses du mal à sa famille. Elle a juste besoin de savoir que tu n'as aucune intention de les heurter. Ce qui est vrai, n'est-ce pas ?

— Ça dépend.

— Gabe. Je sais ce que ça fait de perdre sa famille, d'être à la dérive et seul. De n'avoir personne. Absolument personne. Je donnerais n'importe quoi pour que ma grand-mère revienne dans ma vie. Tu as cette chance, ici et maintenant. Je t'en supplie, ne la laisse pas passer.

Elle avait l'impression que les mots lui étaient arrachés, chargés d'une intense douleur.

Ils n'eurent pas le loisir de continuer la discussion. Primo les poussa en avant. Il avait remarqué la tension entre sa femme et son petit-fils, et il tirait nerveusement sur son cigare. Devant le regard désapprobateur de Nonna, il le retira de sa bouche en grognant et l'enfouit dans la terre grasse.

— Comment ai-je pu oublier ? grommela-t-il. Je dois être aussi inquiet que ma Nonna semble l'être.

— On en reparlera plus tard, mon bonhomme, l'avertit sèchement Nonna. Quand on sera seuls et que je ne te déshonorerai pas devant…

Elle s'interrompit, sans doute incapable de les définir. Famille ? Amis ? Plus vraisemblablement, ennemis.

— Voici Gabriel, déclara vivement Primo. Et sa future femme, Katerina Malloy.

Nonna inclina avec grâce sa tête neigeuse, toujours hostile, tout en les inspectant de ses yeux noisette. Ils contenaient de la colère, mais également du rejet. Pourtant, Kat y lut aussi un étonnant désarroi, un chagrin qui creusait les lignes de son visage aux traits fins, lequel lui conférait une beauté qu'elle garderait indubitablement jusqu'à sa mort. Puis Nonna tourna toute la puissance de ce regard vers Gabe, et sa bouche se serra, mais pas sous l'effet de la colère, comme le comprit Kat. Au contraire, elle essayait d'empêcher ses lèvres de trembler. Et, comme pour le confirmer, des larmes embuèrent ses yeux avant de rouler lentement sur ses joues.

C'en était trop pour Gabe. S'écartant de Kat, il se jeta à genoux devant sa grand-mère et prit délicatement ses mains dans les siennes.

— Ne pleurez pas, murmura-t-il. Si ma présence vous cause autant de peine, je m'en vais. J'ai eu tort de venir. De vous demander cette faveur.

— Chut, *nipote*…

Nonna libéra ses mains pour prendre le visage de Gabe et le lever vers elle. Puis elle l'embrassa.

— Pardonne une vieille femme stupide qui croyait que, puisque Dominic a mal agi, ce qu'il a créé serait mauvais aussi. Si j'avais regardé avec mon cœur et non avec ma tête, je l'aurais vu, car j'ai toujours su voir. Voir ce que les autres ne peuvent pas ou ne veulent pas voir.

Gabe ferma les yeux, luttant de toutes ses forces contre l'émotion qui le submergeait. Mais c'était peine perdue. Ses barrières tombaient sous le regard compatissant de sa grand-mère.

— Vous devez savoir que je le méprise pour ce qu'il a fait à ma mère, confessa-t-il. A ma propre famille et…

— Chut ! répéta-t-elle. Comment aurais-tu pu éprouver autre chose, quand tu n'as jamais eu l'occasion de le connaître comme un fils doit connaître son père ? Mais maintenant tu nous as trouvés. Enfin, tu es venu pour devenir un des nôtres. Un Dante.

Il secoua la tête.

— Non. Je ne le suis pas. Je ne serai jamais un Dante.

Elle éclata de rire, un rire chaleureux, lumineux, qui éloignait le froid vif et âpre de l'hiver.

— Tu es tellement illogique. Comment peux-tu ne pas être ce que tu as toujours été ?

— Je suis un Moretti, affirma Gabe d'un ton ferme. Et je suis la personne la plus logique de la Terre.

— Pff ! fit Nonna. Et ces Moretti, t'ont-ils accueilli au sein de leur famille ? Ils ont subvenu à tes besoins à la place des Dante ?

Il ne répondit pas tout de suite, pas avant qu'elle lui pince la joue, lui donnant l'impression d'être un gamin.

— Non, admit-il. La famille de ma mère l'a reniée en apprenant qu'elle était enceinte sans être mariée.

De nouvelles larmes perlèrent au coin des yeux de la vieille dame, et sa voix se teinta d'une détermination farouche.

— Mon pauvre enfant. Peu importe. Après toutes ces années, nous t'avons enfin trouvé, Gabriel. Et jamais nous ne renierons ce qui fait partie de nous.

Il se raidit. Elle venait de toucher le seul point qu'il estimait impardonnable.

— Faux. Vous nous avez tourné le dos après la mort de Dominic. Vous étiez au courant de notre existence, mais vous avez refusé de nous reconnaître. Vous ne nous avez peut-être pas reniés, mais vous nous avez rejetés.

Nonna jeta un regard alarmé en direction de Primo.

— C'est vrai ? Tu savais pour Gabriel depuis la mort de notre Dominic ?

— Quoi ? protesta-t-il en s'approchant de Gabe. De quoi parles-tu ? Tu penses qu'on vous a tourné le dos ? Qui t'a raconté pareil mensonge ?

Gabe hésita, peu désireux d'envenimer encore leur échange. Il jeta un coup d'œil à Kat, qui l'encouragea d'un signe de tête. L'heure de l'honnêteté était venue.

— Il nous a dit que vous saviez. Mon… mon père. Et que vous ne vouliez rien avoir à faire avec nous.

Il fallut un instant pour que ses propos fassent leur chemin. Puis Nonna se pencha en avant, les joues baignées de larmes.

— Oh ! Dominic, qu'as-tu fait ? Pourquoi nous l'avoir caché ? Ton fils était innocent. Il avait besoin de sa Nonna et de son Primo, et tu ne nous as jamais parlé de lui !

Incapable de se retenir, Gabe prit sa grand-mère dans ses bras et la tint contre lui, sans un mot. Puis il sentit les bras de son grand-père les entourer tous les deux avec force. Ce n'était plus la peine de se demander s'il *devait* ou non être des leurs. A cet instant, il sut la vérité. Il *était* l'un d'eux.

Une seule personne restait en dehors du cercle. Il se tourna vers Kat, lui tendit la main. Elle tenta d'échapper à son étreinte, et il comprenait pourquoi. Elle se considérait comme une étrangère. Mais il n'en était pas question. Elle avait autant besoin d'une famille que lui. Aussi, outrepassant son refus muet, il l'attira à eux. Le cercle s'agrandit, se compléta. Ils étaient liés d'une manière inexplicable, unis dans le chagrin et la perte, et pourtant trouvés. Acceptés. Aimés.

Lorsqu'ils se séparèrent, ce fut sans la moindre gêne. Pour ses grands-parents, tout cela était naturel.

— Bon, fit Primo. Voilà, c'est fait. Tu es des nôtres.

Gabe les regarda tous les deux avec intensité.

— Vous n'étiez vraiment pas au courant de mon existence ?

— Je ne l'ai apprise que très récemment. Ta cousine Gianna m'a dit être tombée sur toi quand elle se trouvait à Seattle, et qu'elle a été frappée par ta ressemblance avec Severo. On savait que Dominic avait eu une liaison avec ta mère, mais on n'a jamais pensé qu'elle ait pu être enceinte. J'ai commencé à faire des recherches quand Gianna m'a parlé de votre rencontre.

— La famille compte plus que tout pour nous, renchérit Nonna. Jamais on ne t'aurait tourné le dos si Dominic nous avait parlé de toi.

Gabe sut qu'elle disait vrai et hocha la tête.

— Merci.

Primo vint se placer près de sa femme. Ils offraient tous les deux un front uni.

— La voiture va te conduire auprès de mon assistante. Lucia s'est portée volontaire pour organiser votre mariage. Elle t'aidera à obtenir la licence, puis emmènera ta fiancée choisir une robe de mariée. Quant à Sev, il a accepté de te retrouver à la boutique Dante Exclusive pour les alliances. Ça te convient ? ajouta-t-il avec un sourire hésitant.

— Sev va me rencontrer ?

Malgré sa furieuse envie de refuser, il ne le pouvait pas. Pas sous le regard anxieux de sa grand-mère. Ils faisaient leur possible pour lui tendre les bras. Le minimum était qu'il fasse lui aussi sa part du chemin. D'autant que c'était lui qui les avait contactés.

— Bien sûr. Pas de problème. On était amenés à se retrouver un jour en face à face.

— Ce ne sera facile pour aucun de vous deux, déclara

Primo. Mais il est plus que temps que vous vous rencontriez comme frères. Essaie de te souvenir que, comme toi, il est une victime. Et qu'il ressent la trahison de Dominic envers sa mère aussi vivement que toi envers la tienne.

Gabe saisit la main de Kat, et le contact de ses doigts fins et tièdes lui procura un réconfort inattendu.

— Il y a pourtant une différence, objecta-t-il. Depuis le jour de sa naissance, il porte le nom de Dante. Pas moi.

Kat fut enthousiasmée par Lucia dès qu'elle la vit. Alors que son frère dissimulait ses émotions sous un calme froid — exception faite d'explosions volcaniques occasionnelles —, Lucia était incapable de cacher ses pensées et ses sentiments : on lisait sur son visage comme dans un livre ouvert.

Elle fut touchée de les voir ensemble, de mesurer leur complicité, comme lorsqu'ils firent leur geste de ralliement secret.

— C'était notre signe de ralliement, expliqua Lucia par la suite. Une sorte de code muet pour indiquer qu'on est là et qu'on s'aime. Qu'on se soutient mutuellement.

Obtenir la licence de mariage fut une simple formalité, même s'il apparut bientôt que Primo avait fait jouer ses relations de manière à accélérer les choses. Le seul moment délicat se produisit lorsque Gabe lut l'état civil de Kat.

— C'est ta date de naissance ? demanda-t-il d'une drôle de voix.

— Oui. J'aurai vingt-cinq ans dans deux mois. Pourquoi ?

— Tu n'avais que vingt ans quand...

Elle apprécia qu'il ne termine pas sa phrase devant Lucia, qui avait dressé l'oreille.

— J'en avais dix-neuf. Qu'est-ce que tu imaginais ?

— Je ne m'étais pas rendu compte que Jessa était à ce point plus âgée que toi.

Elle lui décocha un regard en coin.

— Elle était bien plus âgée que nous deux.

Il secoua aussitôt la tête.

— Ça ne tient pas debout. Elle m'a dit que… On devrait remettre cette discussion à plus tard.

— Quel est le problème ? Après tout, ça ne change rien.

Pour une fois, il n'avait pas de réponse. Lorsqu'ils en eurent terminé avec la paperasse, ils se séparèrent, Gabe en direction de Dante Exclusive, tandis que Lucia prenait la tête de leur expédition shopping. Son exubérance naturelle avait disparu, et Kat se demanda si elle avait fini par comprendre qui son frère épousait — ou plutôt, ce dont elle avait été accusée cinq ans auparavant.

Bien entendu, la jeune femme aborda le sujet, d'un ton sec.

— Tu es la cousine de Jessa, n'est-ce pas ?

— Oui.

Kat ne prit pas la peine de développer. Toute explication semblait inutile. Lucia se mordit la lèvre inférieure, hésitant visiblement à exprimer le fond de sa pensée.

— Vas-y, lança-t-elle. Dis ce que tu as sur le cœur.

Prenant une grande inspiration, Lucia se jeta à l'eau.

— D'accord. Je détestais ta cousine. Je sais qu'il ne faut pas dire du mal des morts, mais j'ai toujours pensé qu'elle ne convenait pas du tout à Gabe. Si elle n'était pas décédée dans cet accident de voiture, ils auraient divorcé. Je le garantis.

— Ah !

Ce fut tout ce que Kat parvint à articuler avant que Lucia se lance dans un grand discours.

— Et elle aurait mis mon frère sur la paille avant d'en finir avec lui. Encore qu'elle n'aurait même pas eu besoin de le faire. Il lui aurait sûrement donné tout ce qu'elle réclamait pour se débarrasser d'elle. Bon, reprit-elle avec une grimace. Peut-être pas tout. Il aurait fait n'importe quoi en son pouvoir pour récupérer le collier de maman, à supposer que Jessa en hérite. Qu'elle n'aurait d'ailleurs pas lâché facilement. Telle que je la connaissais, elle se serait servie du Heart's Desire pour obtenir ce que son cœur à elle désirait, à savoir la fortune de Gabe. Seigneur, j'espère que tu n'es pas comme elle ! ajouta-t-elle avec un regard féroce. Parce que si c'est le cas, cette fois, je ne me retiendrai pas.

Il fallut à Kat un moment pour digérer le flot d'informations.

— Gabe et moi, déclara-t-elle, nous nous marions afin qu'il puisse avoir le Heart's Desire et que je puisse me réconcilier avec ma grand-mère. C'est un mariage temporaire.

— Oh ! fit Lucia en haussant un sourcil. Dans ce cas, vous faites fausse route tous les deux.

— Comment ça ?

— Tu ne vois pas ? Comment peut-il s'agir d'un arrangement quand il est évident que vous êtes fous l'un de l'autre ?

Lucia ponctua son propos d'un immense sourire. Elle et Kat devinrent alors les meilleures amies du monde. C'était tout à la fois étrange et bon. Jamais personne ne l'avait traitée avec une affection aussi immédiate et spontanée. Auparavant, pour Kat, il y avait toujours eu des barrières, même durant son séjour en Italie. Des barrières qu'elle avait édifiées elle-même. Après le scandale, elle s'était montrée d'une prudence extrême, refusant de se confier à qui que ce soit, de crainte qu'on la blesse comme Jessa l'avait fait. Mais Lucia savait balayer toutes ses craintes et la mettre en confiance. Et Kat ne doutait pas une seconde que Lucia saurait garder ses secrets.

— On a du pain sur la planche, déclara Lucia dans la première boutique, énumérant sur ses doigts. La robe de mariée, bien sûr. Le voile. La lingerie. Des chaussures. Une petite chose sexy pour ta nuit de noces. Et quelques tenues supplémentaires en prime, pour la peine.

— Je n'ai pas besoin de tenues supplémentaires.

Lucia jeta un coup d'œil admiratif à sa robe.

— Probablement pas, mais on ne va pas s'en priver ? Et, une fois qu'on aura choisi ta robe de mariée, je saurai quelles fleurs je dois commander.

— J'entends déjà gémir ma carte de crédit.

— Ne sois pas ridicule, protesta Lucia. Les Dante paient tout.

— Ah non, sûrement pas ! Je ne le permettrai pas. Et Gabe non plus, je le garantis.

— Impossible de refuser. Tu briserais le cœur de Primo.

— J'ai bien peur qu'il doive vivre avec un cœur brisé, rétorqua Kat d'un ton sans réplique. Qui guérira, d'ailleurs.

Mais sa fermeté laissa Lucia de marbre. Elle balaya ses propos d'un revers de la main.

— Tu ne comprends pas. Il ne sera pas déçu, il sera offensé. Et si tu offenses Primo tu offenses tous les Dante. C'est culturel, ajouta-t-elle avec un haussement d'épaule désinvolte. En Italie, si tu offenses quelqu'un, tu offenses toute sa famille.

Après cinq ans en Italie, voilà quelque chose qu'elle aurait dû anticiper !

— Ça ne plaira pas à Gabe.

— Gabe devra apprendre à vivre avec son déplaisir, surtout compte tenu de son prochain rendez-vous. Sa rencontre avec Sev ne sera pas facile. Mon demi-frère a un problème avec ma mère, et avec Gabe en particulier.

— Pourquoi Gabe en particulier ?

Lucia hésita, tandis qu'une profonde tristesse se lisait sur son visage.

— Je suppose qu'il en aurait avec nous deux s'il connaissait mon existence.

Puis elle feignit d'accorder toute son attention au présentoir de robes de mariées.

— Lucia ? insista gentiment Kat.

— Je crois que c'est à cause de l'Inferno, confessa-t-elle.

— Je crains de ne pas comprendre…

Lucia la regarda, ses yeux pervenche assombris d'une infinie douleur.

— Si Cara Moretti était l'âme sœur de Dominic désignée par l'Inferno…

Il ne fallut que quelques secondes à Kat pour tirer la conclusion logique qui s'imposait.

— Quel était alors le statut de la mère de Severo ?

— Exact. Elle n'était pas l'âme sœur de Dominic. Raison pour laquelle je ne pourrai jamais avoir de relation constructive avec mes demi-frères. Comment dépasser le fait que Dominic n'ait jamais aimé leur mère d'un amour sincère ?

Le chauffeur de Primo déposa Gabe près de l'Embarcadère, au cœur du quartier financier. Il s'avança vers une porte de verre gravée des initiales DE, s'annonça à l'Interphone. La porte s'ouvrit, et il entra chez Dante Exclusive.

Si l'extérieur semblait modeste, ce n'était pas le cas de l'intérieur. Un luxe raffiné s'affichait dès la réception, et ce raffinement se déclinait jusque dans le costume de l'employé qui l'accueillit. L'homme eut un mouvement de surprise en voyant Gabe, sans doute en raison de sa ressemblance avec Sev. Puis il le salua poliment et l'escorta vers un ascenseur qui le mena directement au dernier étage.

Il était attendu. Ses pieds foulèrent l'épaisse moquette gris tourterelle d'une pièce très vaste, à l'atmosphère à la fois opulente et intime.

L'employé désigna un bar au fond de la pièce.

— Puis-je vous offrir un verre ?

— Non, merci, répondit Gabe.

Pourtant, il aurait tué pour en avoir un. Mais qu'il soit damné s'il acceptait quoi que ce soit de plus des Dante.

— Monsieur Dante sera là dans un instant, l'avertit l'employé avant de le laisser seul.

Gabe arpenta les lieux, auxquels plantes vertes et bouquets sophistiqués donnaient une touche de chaleur. Dans la pièce, des divans recouverts de tissu rayé gris et blanc, ainsi que des chaises à l'assise de soie rouge rubis, faisaient face à des tables basses de verre. Les tables étaient un peu plus hautes que la normale et surmontées de spots qui projetaient sur chacune des cercles de lumière éblouissante, laissant les sièges dans une ombre douce. Elles avaient sûrement été spécialement dessinées pour mettre en valeur les fabuleux bijoux que Dante proposait à sa clientèle la plus exclusive.

Une porte s'ouvrit, et un homme entra dans la pièce. Gabe sut immédiatement qu'il s'agissait de Severo Dante. D'après la réaction de Gianna lorsqu'elle l'avait rencontré, ainsi que celle de l'employé quelques instants plus tôt, il s'attendait à ce que tous deux se ressemblent assez. Mais pas au point d'avoir l'impression de se trouver face à son jumeau. Sev posa sur lui un regard tout aussi médusé, puis se dirigea vers le bar, où il remplit deux verres d'un liquide ambré. Il s'approcha en lui en tendant un.

— M'est avis que tu as autant besoin de ça que moi ! déclara-t-il.

— Effectivement, avoua Gabe.

Tous deux burent une généreuse gorgée de whisky, tout en continuant de s'observer avec une antipathie non dissimulée.

— Alors, qui tire le premier ? demanda enfin Sev.

La question contenait une indéniable inflexion de défi, que Gabe n'hésita pas à relever.

— Moi. Pour commencer, sache que si j'avais eu le choix j'aurais préféré ne jamais rencontrer aucun de vous. Je ne veux rien de vous.

— Pourtant, te voilà, attendant de nous que l'on te reconnaisse, riposta Sev. Drôle de façon de ne rien vouloir.

Gabe serra les dents.

— D'accord. Je veux quelque chose.

— Et, pour ta gouverne, sache que si Primo n'avait pas insisté sur la nécessité de ma présence ici moi aussi j'aurais préféré ne jamais te rencontrer. En outre, poursuivit Sev avec un semblant de sourire, pour que tout soit parfaitement clair entre nous, je peux t'affirmer que non seulement je ne veux rien de toi mais je n'accepterais rien non plus quand bien même je serais sur mon lit de mort et que mon seul espoir de salut serait entre tes mains.

Gabe lui jeta un regard fier.

— Tu vois, c'est là qu'on diffère. Moi, je l'accepterais. Mais en m'assurant de trouver le moyen de te faire souffrir de ta générosité.

— Excellente idée, rétorqua Sev d'un ton provocateur. Etant donné que c'est toi qui as besoin de ce que j'ai, voyons si je peux te faire souffrir avant de te le donner.

Un silence hostile s'installa entre eux, rompu par Gabe.

— D'accord. Je n'ai pas compris un mot de ce qu'on vient de se dire.

— Moi non plus, avoua Sev. Mais, à mon avis, on essayait tous les deux d'exprimer notre mépris mutuel et notre envie de nuire à l'autre. C'est un bon résumé ?

Ah, parfait ! Une négociation. Ce terrain familier l'aida à reprendre contenance.

— Je crois qu'on sait désormais ce qu'on pense l'un de l'autre. Alors entrons dans le vif du sujet, si tu veux bien.

— Un autre verre ?

— Volontiers.

Sev remplit leur verre, tout en étudiant Gabe.

— Puisque nous étions tous satisfaits de ne pas avoir à nous préoccuper de l'existence de l'autre, pourquoi cette démarche aujourd'hui ? Qu'est-ce qui a changé ?

Gabe frotta le creux de sa paume.

— Sans ce maudit Inferno, je ne serai pas ici. Mais si je veux protéger Kat, je n'ai pas le choix.

— Ta future femme ? Vous avez expérimenté l'Inferno la première fois que vous vous êtes touchés ? demanda Sev, une lueur ironique dans les yeux.

— Oui.

— Et en quoi cela t'aidera que les Dante reconnaissent le… lien ?

— Faute d'un meilleur terme, dit platement Gabe.

— Tu en préfères un autre ? Parfait. Qu'est-ce que tu penses de *bâtard* ? C'est mieux ?

Gabe haussa les épaules. Il l'avait si souvent entendu à son propos que le mot n'avait plus le pouvoir de le blesser. Depuis bien des années, il avait appris à assumer ce qu'il était. A accepter son illégitimité, contrairement à sa mère et à sa sœur.

— Tu crois que me traiter de bâtard change quoi que ce soit ? Apprends, mon cher Sev, que je *suis* un bâtard. Et tu sais pourquoi ? Car c'est ce que notre père a fait de moi.

— Comme si je ne le savais pas, riposta Sev. Pas un jour ne se passe sans que je sois conscient de ton existence et de ce qu'elle implique.

— Oh ! navré pour toi, mon pauvre vieux. Devoir vivre avec le fait que tu as un frère bâtard. Mets-toi un peu à ma place, juste une fois.

— Ça suffit ! C'est toi qui fais irruption sur le territoire des Dante. C'est toi qui attends quelque chose de nous…

Gabe vit rouge. Pivotant sur les talons, il lança son verre contre le mur le plus proche. Le verre explosa dans un cliquetis, projetant éclats de cristal et liquide ambré sur les murs et le sol immaculés. Le whisky coula lentement, comme s'il pleurait des larmes amères.

Gabe inspira profondément, estomaqué d'avoir perdu son sang-froid. Il bouillait de rage, plus près du bord de l'abîme qu'il ne se souvenait l'avoir jamais été, où il savait qu'un seul mot funeste suffirait à le faire basculer.

Il se tourna vers Severo.

— Je ne suis pas ici pour moi. Je ne veux rien de toi, de vous. Je suis ici pour Kat. Pour la protéger. En ce qui me concerne, tu peux garder ton nom et te le mettre où je pense.

— Jaloux ?

- 8 -

Cette simple raillerie pulvérisa des années de déni. Comment Sev y était-il parvenu ? Il ne lui avait fallu que deux minutes dans la même pièce que lui pour découvrir son unique faiblesse, transpercer la façade d'acier et atteindre ce qu'elle recouvrait. Ce qu'il s'était acharné à dissimuler. En vain.

Sev avait mis le doigt sur la seule vulnérabilité de Gabe, qu'il avait passé sa vie entière à tenter de nier. Inspirant à fond, il s'obligea à ouvrir cette porte verrouillée et à regarder ce qu'il avait caché derrière. A affronter la réalité d'un point de vue d'adulte, la réalité qu'un enfant avait enfouie tant d'années plus tôt dans son besoin désespéré de la dissimuler au monde entier. Les poings serrés, il regarda Sev droit dans les yeux, laissant libre cours à sa haine. Tout compte fait, que lui importait ce que cet homme pensait de lui, tant qu'il protégeait Kat ? Il lui devait bien ça, après l'avoir condamnée cinq ans plus tôt.

— Oui, je suis jaloux, murmura-t-il, incapable de retenir plus longtemps la douleur qui lui déchirait les entrailles. Tu possèdes ce que ma mère et ma sœur auraient donné n'importe quoi pour avoir. Tu as vécu une vie que nous ne connaîtrons jamais. Tu me reproches de tourner le dos à ce qui m'a été refusé ? De mépriser un homme qui nous a créés, puis laissés tomber ?

— Une sœur ? répéta Sev, désarçonné. Tu as une sœur ?

Il était trop tard pour faire machine arrière.

— Une jumelle, avoua-t-il à contrecœur.

— Primo le sait ?

— Non, pas encore, et je préfère qu'il l'ignore jusqu'à ce qu'elle se sente prête à le lui dire elle-même.

— Est-ce qu'elle… est-ce qu'elle…

Sev s'interrompit en hochant la tête.

Etait-ce bien de la sollicitude qu'il entendait dans la voix de Sev ? Un ton presque protecteur ? Pourquoi Sev éprouverait-il le moindre désir de protection à l'égard de Lucia ? A moins… à moins qu'ils ne se ressemblent tous deux davantage qu'il veuille bien l'admettre.

— Est-ce qu'elle… quoi ? demanda-t-il, méfiant.

— Je veux dire, elle va bien ? Mais bien sûr que non, soupira Sev. Aucun de nous ne peut aller bien dans cette histoire.

— Elle a longtemps été mal, confessa Gabe malgré lui. Mais… elle s'en sort, à sa manière.

Severo garda le silence, puis reprit, avec une grimace :

— J'ai découvert la liaison de papa juste après sa mort. Il y avait des lettres. Jusqu'à récemment je ne savais pas que cette liaison avait donné des enfants.

— Et si tu l'avais su ?

Il n'hésita pas une seconde.

— J'en aurais aussitôt informé Primo. Nonna et lui nous ont emmenés vivre chez eux après la mort de nos parents. Certes, j'étais en fac à l'époque, mais mes frères… Tel que je connais Primo, ajouta-t-il avec un petit sourire, il vous aurait pris aussi, ta sœur et toi. Nous aurait tous élevés comme une grande famille. Et avait cogné nos têtes les unes contre les autres jusqu'à ce qu'on s'accepte mutuellement.

Gabe lui rendit son sourire, étonné que cela semble si naturel.

— Pour le peu que je connais notre grand-père, je crois que tu as raison.

La mâchoire de Sev se crispa.

— Papa l'adorait, tu sais. Ta mère. Il l'aimait comme jamais il n'a aimé ma mère.

L'aveu sortit presque aussi brutalement que celui de Gabe admettant sa jalousie envers Sev et ses frères.

— Maintenant que tu connais l'Inferno, poursuivit-il, tu comprends peut-être mieux. Mes frères et moi sommes le produit de son mariage. Mais nous n'avons jamais été le produit de son cœur.

— N'empêche qu'il vous a donné son nom, grommela Gabe.

— Exact. Mais son cœur vous appartenait, à toi, à ta sœur et à ta mère. Il semble donc que nous soyons chacun jaloux de ce que l'autre possède, conclut Sev, le regard amer.

Voilà qui remettait étrangement en perspective la façon dont Gabe voyait sa famille, lui-même et les Dante.

— Bon. Qu'est-ce qu'on fait, à présent ?

— Peut-être pourrait-on accepter ce qui ne peut être changé et passer à autre chose. Voir ce qu'on peut modifier à l'avenir.

Sev lui laissa le temps de bien assimiler ses paroles, puis changea délibérément de sujet.

— Dis-moi comment notre nom protégera ta future épouse. Kat, c'est ça ?

— J'ai besoin que les Dante reconnaissent notre parenté pour qu'elle ne soit pas calomniée dans la presse.

— Pourquoi le serait-elle ?

— Elle a été injustement accusée d'avoir une liaison avec le fiancé de sa cousine, Benson Winters. Il était candidat au Sénat à l'époque, précisa Gabe tandis que Sev acquiesçait en entendant ce nom. Elle a été surprise au lit avec lui.

L'expression de Sev se ferma.

— Surprise au lit avec cet homme, mais innocente ? Tu en es certain ?

Malgré la neutralité de son ton, le doute transperçait dans chaque mot.

— Difficile d'avoir une liaison avec un homme quand on n'a jamais couché avec personne.

A la surprise de Gabe, Sev passa illico du doute à l'acceptation.

— Qui l'a accusée ? Et pourquoi l'a-t-il fait ? Et surtout, pourquoi l'as-tu laissé faire ?

Ses yeux étincelaient de colère, accompagnée de cette lueur protectrice qu'il ne connaissait que trop bien. Cette similitude de plus entre eux le déconcerta.

— Parce que le salaud qui l'a accusée c'est moi.

— Toi ?

Les yeux de Sev se plissèrent et, l'espace d'un instant, Gabe eut l'impression qu'il était sur le point de lui administrer la correction qu'il venait de recommander. Apparemment, le côté protecteur venait du côté Dante de la famille.

— Pourquoi ? Pourquoi tu as fait ça ?s'écria-t-il.

— Parce que je l'ai trouvée dans le lit de Winters. Je n'ai pas encore tous les éléments sur ce qui s'est passé. Je ne cherche pas seulement à réparer un tort. C'est plus compliqué. Il existe des raisons — que je n'ai pas envie d'exposer — à notre besoin que tout le monde accepte notre mariage et le croie authentique.

Sev termina son verre.

— Ce qu'il est, j'imagine. Du moins, si vous avez été touchés par l'Inferno.

Gabe ne prit pas la peine de rectifier. Les Dante découvriraient la vérité sur ce point dès que Kat et lui divorceraient. D'ici là, peut-être obtiendrait-il une explication plus réaliste de ce maudit phénomène.

— Puisque tu mets le sujet sur le tapis…

— Tu t'interroges sur l'Inferno, ajouta Serge Sev en riant.

— J'ai posé la question à Primo, mais…

— Notre grand-père a un avis tranché sur la chose.

— Un avis que je déduis que tu ne partages pas. Pourquoi te prêtes-tu à son jeu ? Pour lui faire plaisir ?

Il était soulagé que Sev ne croie pas à cet absurde conte de fées.

— Tu veux que je te dise que l'Inferno n'est pas réel.

— Il n'est pas réel.

De nouveau, Sev éclata d'un rire franc.

— C'est ce que je pensais jusqu'à ce qu'il me frappe la première fois que Francesca et moi nous sommes touchés. C'est ce que mes frères pensaient jusqu'à ce que ça leur arrive aussi. Comme c'est arrivé à tous nos cousins. Nous l'avons presque tous combattu. Et nous avons tous perdu la bataille. Admets-le, Gabe. Si tu es un Dante, tu es coincé par l'Inferno.

— Je ne suis pas un Dante !

— C'était ce que j'avais prévu de te dire. Et avec les poings. Mais regarde comme on se trompait tous les deux, ajouta Sev d'un ton amer. Tu es un Dante, que ça te plaise ou non. Que ça *nous* plaise ou non.

— Ecoute, peu importe comment tu m'appelles. Une fois que Kat et moi serons mariés, on sortira de vos vies.

— Désolé, mais ce n'est pas si simple. Tu ne peux pas être un Dante par intermittence. C'est tout ou rien. Primo et Nonna ne le permettront pas. J'ai beau détester devoir l'admettre… il semblerait que nous soyons frères.

Alors, Severo lui tendit la main. Gabe la considéra durant d'interminables secondes. Son intuition lui disait que s'il l'acceptait tout changerait. Sa vie ne serait plus jamais la même. Il deviendrait une personne différente. Ce serait accepter ce qu'il avait passé toute son existence à nier. Il n'y aurait plus de retour en arrière possible.

Il regarda dans les yeux de Sev et se vit lui-même. Vit les mêmes yeux mordorés transmis de père en fils depuis des générations. Vit la même passion, la même détermination farouche. Le même désir de protection. Vit des traits sculptés par une vie pleinement vécue, emplie autant de joies que de peines. Il se vit lui-même, dans le bon comme le mauvais.

De nouveau, il regarda la main qui lui était offerte. L'accepter le transformerait à jamais. Il cesserait d'être un Moretti et deviendrait un Dante. Alors, il sut ce qu'il voulait, ce qu'il avait toujours voulu, s'il avait été honnête avec lui-même.

Sans plus hésiter, il prit la main de son frère.

A son réveil le jour de ses noces, Kat découvrit un ciel plombé battu par un vent violent et déversant des trombes d'eau. Debout devant la fenêtre de la suite cinq étoiles que Primo avait insisté pour réserver au Premier, elle lutta contre la déception. La pluie lui faisait penser à des larmes. Et, bien qu'elle prétende ne jamais, jamais pleurer — hormis l'aberrante exception quand Gabe lui avait fait l'amour pour la première fois —, elle en avait pourtant envie en observant le rideau gris et trempé qui recouvrait San Francisco.

Sa grand-mère la rejoignit.

— Il pleuvait aussi le jour de mon mariage.

— Et ça t'a porté malheur ?

Matilda éclata de rire et, pour la première fois depuis cinq ans, il s'accompagna d'une harmonie familière.

— Pas le moins du monde. Ton grand-père et moi ressemblions à deux rats noyés à la fin de la cérémonie. Mais ça s'est terminé… ma foi, par une nuit de noces formidable.

— Gam, je suis désolée. Désolée du mal que je te fais.

— Chut, mon enfant ! Ce n'est pas toi qui devrais t'excuser, mais moi. Tu n'as pas cessé de m'écrire tout le temps où tu as été partie, tu as gardé le contact, alors que j'ai laissé ma fierté prendre le dessus. Je t'ai tenue à l'écart pendant cinq longues années de solitude, au lieu de suivre mon cœur et d'accepter que tu étais jeune, écervelée, et que tu avais commis une terrible erreur. Pardonne-moi s'il me faut un peu de temps pour être la grand-mère que tu mérites. En tout cas, ajouta-t-elle en serrant Kat dans ses bras, souviens-toi toujours que je t'aime, Katerina.

— Moi aussi, je t'aime, Gam. Je ne veux pas te perdre. Pas après t'avoir enfin retrouvée.

Elle enfouit le visage dans le cou de la femme qui avait été sa mère, sa grand-mère et sa confidente, inhala sa senteur familière, un parfum poudré souligné de rose. C'était comme revenir à la maison, même si tout avait changé. Même si elles n'avaient plus jamais la relation qu'elles partageaient autrefois.

Matilda l'embrassa une dernière fois.

— Il reste du temps. J'ai apporté le Heart's Desire. Je pensais que tu pourrais le porter aujourd'hui.

Kat lui adressa un sourire radieux.

— J'adorerais le porter. Cela signifierait tant pour Gabe.

Traversant la pièce, Matilda prit un coffret de velours dans son sac. Une légère hésitation apparut sur son visage.

— Ce mariage… c'est arrivé si vite. Tu… tu aimes Gabriel ? C'est pour cette raison que vous vous mariez ?

Oh ! Seigneur ! Elle ne voulait pas mentir à sa grand-mère, mais n'osa pas lui révéler l'entière vérité.

— Je me rends bien compte que c'est rapide. Mais Gabe t'a expliqué son lien avec les Dante. Et il t'a expliqué ce qu'est l'Inferno ?

Elle ne put s'empêcher de rougir.

— J'avoue que je trouve ce phénomène terriblement romantique, répliqua Matilda en souriant. Eprouver cette sorte d'amour au premier contact… Et surtout, avec Gabe. Je l'adore, tu sais. Je l'ai toujours adoré.

Kat adressa à sa grand-mère son sourire le plus rassurant.

— Alors, tu peux lui faire confiance pour agir comme il le faut.

Matilda poussa un petit soupir de soulagement.

— Oui. Oui, bien sûr.

Mais elle n'avait pas remarqué que Kat avait éludé sa question. Elle lui tendit le coffret.

— Cela fait un moment que je n'ai pas vu le collier, je dois dire. Si j'avais su que le mariage aurait lieu si tôt, je l'aurais fait nettoyer.

Kat déposa le coffret sur une petite table nappée de lin et approcha une lampe du centre. Puis elle étala le collier sous son éclairage puissant. Les diamants brillèrent de mille feux.

— Il est vraiment spectaculaire, murmura-t-elle, avant de froncer les sourcils et de se pencher.

Pourtant, quelque chose n'allait pas. Elle étudia plus attentivement le bijou et se rendit compte que toutes les pierres n'avaient pas l'éclat qu'auraient dû avoir des diamants de feu, ou que, dans son souvenir, ils avaient cinq ans plus tôt. Elle fronça davantage les sourcils. Se pouvait-il que toutes ne soient pas des diamants de feu ? Elle les examina de plus près, regrettant de ne pas avoir de loupe. Ces diamants étaient-ils même vrais ? Le modèle original associait-il des pierres ordinaires à celles issues des mines des Dante ? Son ventre se noua. Tout était possible, n'est-ce pas ?

Possible, peut-être, mais hautement improbable.

Elle devait en avoir le cœur net, et vite. Elle n'osait pas porter le collier devant les Dante avant d'avoir découvert la vérité, chacun d'entre eux était capable de repérer un faux à des kilomètres. Et qu'adviendrait-il de son mariage avec Gabe ? Si le collier était faux — ou s'il manquait un nombre significatif de diamants d'origine — Gabe serait-il toujours aussi pressé de l'épouser ? Ou attendrait-il de vérifier la valeur du bijou… et si elle était enceinte ou non ?

Elle s'intima au calme. Le collier était ancien. Il était tout à fait possible que, trente ans plus tôt, Dante n'ait pas utilisé exclusivement des diamants de feu. Francesca ! Francesca saurait. Elle solliciterait l'opinion de la femme de Sev. En tant que principale créatrice de la maison, elle pourrait déterminer l'authenticité du collier comme des pierres. D'ici là…

Elle adressa un sourire forcé à sa grand-mère.

— Tu sais, je viens de penser que si je porte ce collier les Dante le reconnaîtront sûrement. Ce ne serait sans doute pas très diplomatique de porter un bijou que Dominic a offert à une autre femme que la sienne, même s'il s'agit de la mère de Gabe.

Matilda fronça les sourcils.

— Je n'y avais pas songé. Alors tu pourrais peut-être le lui offrir ce soir, en cadeau de noces ?

— Excellente idée, répondit-elle, soulagée. Ou même en cadeau de Noël. Qu'est-ce que tu en penses ?

— Qu'il apprécierait aussi. Si tu attends Noël, ça te laissera le temps de le faire nettoyer, déclara Matilda.

Une sonnette retentit, mettant un terme à leur discussion. Kat rangea rapidement le collier en lieu sûr, tandis que Matilda ouvrait la porte de la suite. Lucia entra, forte de son rôle d'organisatrice du mariage, suivie de toutes les femmes de la famille Dante, venues assister Kat dans ses préparatifs. Malheureusement, Francesca n'était pas présente, en charge du baby-sitting afin de libérer les autres.

La sœur de Gabe possédait le même sens du détail que lui, ainsi que ses capacités à organiser et diriger. En un clin d'œil, elle avait réparti habilement le travail entre tout le monde. L'espace d'un instant, Kat envisagea de fuir ce désordre ordonné afin de chercher Gabe et de lui faire part de ses soupçons à propos du collier. Mais Lucia la priva immédiatement de cette éventualité.

— Il n'est pas là, et ce n'est même pas la peine de demander où il est. Aucune de nous ne te le dira.

— Evidemment, renchérit Gianna avec un sourire

malicieux. Tu ne peux pas voir le marié avant la cérémonie. Ça porte malheur.

Les femmes éclatèrent de rire, puis l'une d'elles expliqua :

— Gianna avait un aveu à faire à son mari, Constantine, qui ne pouvait attendre après le mariage. Alors elle a fait irruption dans sa chambre, malgré les risques de malchance. C'est devenu une blague familiale.

— Je promets de ne pas entrer dans la chambre de Gabe, dit Kat, mais…

— Tu ne peux pas l'appeler non plus. Primo lui a pris son portable. A mon avis, lui seul était capable de convaincre Gabe de le lui remettre, chuchota Lucia, hilare. J'aurais bien voulu voir ça.

Voilà qui réduisait à néant son unique autre moyen de contact. Dépitée, elle regarda par la fenêtre.

— Le temps apporte le mauvais sort, on dirait.

— La pluie ne porte pas malheur, objecta Nonna. *E buona fortuna*. Elle porte chance. Elle lave tout le mauvais du passé. « Mariage pluvieux, mariage heureux. » La pluie est aussi signe de fertilité. Elle apporte les bébés.

— Elle va avoir des garçons ou des filles ? demanda Gianna, avant de sourire à Kat. Grand-mère a l'œil. Elle ne s'est encore jamais trompée. Alors, Nonna ? Filles, garçons ?

— Oui, répondit Nonna d'un ton placide.

Nouvel éclat de rire général. Puis les femmes retournèrent à leurs tâches, étaler robe de mariée et voile, préparer un poste de maquillage et de coiffure. Au bout de la chambre, Gianna et Matilda bavardaient. A en juger par les rires qui émaillaient leur conversation, elles se racontaient des histoires de mariage.

Nonna fit signe à Kat de s'approcher, attendant qu'elle soit assez près pour parler sans être entendue.

— Tu veux savoir ce que tu auras ?

Pourquoi pas ? songea Kat.

— Bien sûr.

Nonna lui toucha le ventre, juste sous la ceinture de son peignoir. Ses joues s'empourprèrent légèrement.

— Je préférais ne pas le dire devant les autres, car Gabriel et toi n'auriez pas dû faire ce bébé avant d'échanger vos vœux. Mais ce qui est fait est fait, soupira-t-elle d'un air résigné. Vous serez bientôt mariés, et votre fils, protégé de la vie que Gabriel a connue.

Kat sursauta.

— Je… je suis enceinte ? Vous voulez dire, *là* ?

Sa voix mourut, et elle tomba à genoux près de Nonna.

— C'est ce que je veux dire, oui. Tu l'es. L'écho est encore si minuscule que j'ai failli le rater. A peine un tressaillement. Mais fort. Têtu. Un battant.

— Un fils. Vous avez dit que ce sera un garçon.

Elle se débattait avec l'idée.

— Le premier, oui, annonça Nonna. Les deux bébés suivants seront des filles. Des jumelles. Avec les mêmes beaux cheveux noirs à reflets roux que toi, mais les yeux dorés de leur père. Ton fils, ses yeux auront la couleur des tiens. Tu ne me crois pas, je vois, ajouta la vieille dame en souriant.

— Je… ne sais pas quoi croire.

— Je ne me sens pas offensée. En temps voulu, tu verras que j'ai raison et tu ne douteras plus. Mais dis-moi, tu es bouleversée. Ça ne te rend pas heureuse ?

— Si, murmura Kat en baissant la tête. Très heureuse. Mais je ne suis pas certaine que Gabe le sera.

Nonna parut surprise.

— Pourquoi ne le serait-il pas ?

— Parce que cela signifie qu'il sera contraint de rester avec moi.

Nonna reporta un regard acéré sur Kat.

— Gabriel et toi, vous avez expérimenté l'Inferno, n'est-ce pas ? Alors ne t'inquiète de rien.

— Vous voulez dire que l'Inferno cessera ?

Nonna éclata de rire.

— Non. L'inferno ne cesse jamais. Mais cela n'a rien d'une malédiction. On se sent juste amoureux. C'est comme *il bambini*. Il lui faut du temps pour « devenir ». Tu épouses Gabriel et tu auras toutes les années que Dieu t'accordera pour devenir. *Capito ?*

Elle comprenait très bien. Elle n'était simplement pas certaine d'y croire. Mais les plans que Gabe avait mis en œuvre allaient trop vite pour être arrêtés. Sa main glissa sur son ventre, se posa sur le bébé qui dormait là, selon Nonna. Si elle était réellement enceinte, elle ne pouvait pas stopper le mariage, même si elle essayait. Même si le Heart's Desire était un faux. Si Gabe soupçonnait seulement qu'elle portait son bébé, il ne serait pas tranquille jusqu'à ce qu'il lui ait passé la bague au doigt afin de s'assurer que son enfant ne connaîtrait pas le traumatisme de grandir avec la même tare que lui. Néanmoins, elle détestait l'idée de le lier par un mariage qu'il pensait temporaire.

Pourtant, durant le reste de la matinée, elle se surprit à bercer l'étincelle de nouvelle vie que Gabe et elle avaient créée.

Un bébé.

Le mariage ressembla en tout point à ce dont Kat aurait pu rêver.

Elle portait une robe dont Lucia et elle étaient tombées folles à la seconde où elles l'avaient vue, mélange exquis d'élégance et de romantisme. Les femmes l'aidèrent à lacer le bustier de dentelle, s'extasiant qu'il lui fasse la taille si fine. Puis elles lissèrent la jupe qui s'évasait en longue traîne vaporeuse.

A sa stupéfaction ravie, Nonna lui apporta une tiare ancienne sertie de diamants de feu, appartenant à la collection personnelle des Dante. Accroché à la tiare, le tulle aux bords festonnés de dentelle flottait jusqu'à terre, la drapant dans un voile de douceur.

Le débat avait été vif parmi les femmes à propos de ses cheveux, mais elle avait tenu bon, insistant fermement pour les porter détachés. C'était ainsi que Gabe les préférait, et dès qu'elle l'eut expliqué elles discutèrent alors du style de coiffure qui conviendrait le mieux à la fois au voile et à la structure de son visage. Pour finir, elles ramenèrent le haut en arrière et bouclèrent les longueurs, qui retombaient en cascade sur ses épaules et son dos. Puis elles entremêlèrent aux mèches un fin ruban d'argent orné de perles, piqué de houx et de gui, rappel de l'imminence de Noël, dix jours plus tard.

Lorsqu'elles partirent pour la chapelle, la pluie avait cessé, et le soleil brillait à travers de gros nuages cotonneux. Le trajet depuis l'hôtel fut court, puis les femmes aidèrent Kat à protéger sa robe pendant la montée jusqu'au petit édifice de pierre perché au sommet de la colline. Elles la laissèrent attendre le début de la cérémonie dans le jardin adjacent, tandis qu'elles installaient Matilda à l'intérieur. Kat observa la vue sublime sur la baie et les îles, les arches rouges du Golden Gate Bridge, luttant pour rester calme et concentrée alors qu'elle avait les nerfs à vif.

Peut-être que si elle ne s'était pas aperçue que le collier pouvait être faux… Elle jeta un coup d'œil vers la chapelle, se demandant si elle pouvait s'y glisser en douce et parler à Gabe avant la cérémonie. L'avertir pour le collier et lui laisser l'opportunité de changer d'avis. Elle n'eut pas le temps de poursuivre sa réflexion, car Primo la rejoignit, tout fringant dans son smoking, tirant sur son éternel cigare.

— Merci de m'avoir offert de me conduire à l'autel, dit-elle après un dernier regard de regret à la chapelle.

— C'est un plaisir, ma chère petite. Tu es… tu es aussi radieuse qu'une mariée doit l'être le jour de ses noces.

Ses yeux brillaient d'émotion, et Kat sentit ses lèvres trembler et ses yeux s'embuer.

— Merci, répéta-t-elle, luttant pour retenir ses larmes.

Primo lui prit la main.

— Tu es nerveuse. C'est compréhensible, mais il ne faut pas. Tu le découvriras par toi-même avec le temps. Que vous en soyez conscients ou non, vous vous aimez, tous les deux.

Aussitôt, Kat secoua la tête.

— Non, pas après un délai si court. C'est impossible.

— C'est la peur qui vous empêche d'admettre la vérité. Gabriel a peur que tu le trahisses comme son père a trahi sa mère, en choisissant de se marier par appât financier au lieu de suivre son cœur. Ensuite, comme Dominic n'a jamais reconnu l'enfant qu'il avait conçu hors mariage, Gabe a perdu toute capacité de confiance. C'est pour ça qu'il continue de rester à distance de son Primo et sa Nonna. Mais toi… — il hésita, puis haussa les épaules. Je vois ta peur, mais je ne te connais pas assez bien pour en deviner la cause.

— Moi aussi, j'ai peur de faire confiance, avoua-t-elle. J'ai aussi été trahie par le passé.

— Tu crains que Gabriel te trahisse ?

A l'évidence, cette hypothèse le stupéfiait.

— Non, répondit-il vivement. Il veut juste me protéger.

— Ah ! Et tu ne veux pas qu'il confonde sentiment de protection et amour.

Les yeux dorés du vieil homme l'observaient avec un mélange de tendresse et de sagesse. Il avait parfaitement résumé la chose.

— Oui.

— Gabriel est un Dante. Il se sentira toujours poussé à protéger ceux qu'il aime. Ça fait partie du bois dont il est fait. Donc, poursuivit-il en se penchant pour l'embrasser sur le front, s'il te protège, c'est parce qu'il t'aime.

Elle aurait bien aimé le croire. Or, Gabe avait fait tout

ce qui était en son pouvoir pour protéger Jessa, y compris détruire la femme qu'il comptait épouser aujourd'hui. Aussi ses doutes étaient-ils justifiés. Malgré ce que prétendait son grand-père, il ne pouvait pas l'aimer, pas après si peu de temps. Par conséquent, il ne la protégeait pas par amour, mais pour un motif erroné. Peut-être ne l'épousait-il que par culpabilité, pour réparer un tort. Cette pensée la fit vaciller.

Les cloches de la chapelle retentirent, un appel joyeux qui annonçait le début de la cérémonie. D'un geste plein de délicatesse, Primo abaissa le voile sur son visage et lui offrit son bras, l'escortant vers un vestibule décoré de renoncules neigeuses et de roses rouges, d'étoiles de Noël et de guirlandes de sapin. Quelqu'un lui tendit un bouquet assorti au décor qui l'entourait, noué avec le même ruban d'argent orné de perles tressé dans ses cheveux. Lucia, probablement ? Puis les cloches se turent dans le froid hivernal, remplacées par le son mélodieux d'un quartet de violons, annonçant gaiement l'arrivée de la mariée.

L'espace d'un instant, elle fut saisie de panique. Seigneur, qu'est-ce qu'elle faisait ? Avait-elle perdu la raison ? Elle ne connaissait cet homme que depuis quelques semaines. Comment pouvait-elle envisager d'épouser un quasi-inconnu, malgré ce qui se passait entre eux dès qu'ils se touchaient ? Ce n'était pas bien. Ça allait à l'encontre de tout ce que représentait cette cérémonie.

C'était déjà lamentable d'avoir couché avec Gabe, de s'abandonner corps et âme dès qu'il la prenait dans ses bras. Mais aggraver cette erreur en l'épousant, surtout s'il croyait que cela lui procurerait le Heart's Desire ? Elle ne pouvait s'y résoudre.

Elle trouverait un autre moyen de se réconcilier avec Gam. D'ailleurs, c'était déjà à moitié fait. Quant au collier, elle insisterait pour que sa grand-mère l'offre à Gabe, surtout s'il se révélait faux ou s'il lui manquait une part des diamants d'origine. Elle n'en avait pas besoin et n'en voulait pas. Quant à l'éventualité d'être enceinte… Elle ferma les yeux, le souffle court. Pourquoi diable avait-elle choisi un bustier lacé qui l'empêchait de respirer ?

Primo la poussa en avant, et elle chancela sur le seuil de la chapelle, prête à fuir. L'allée s'étirait devant elle, un interminable tapis immaculé, parsemé de pétales de roses rouges, qui menait droit vers Gabe. Elle le regarda, consciente qu'il suffisait qu'il la regarde aussi de ses yeux mordorés et exigeants pour qu'elle se transforme en Cendrillon.

Il se tenait droit, dos à elle. Alors, comme s'il percevait son désespoir, il tourna la tête et leurs regards se croisèrent. Jamais elle ne pourrait expliquer ce qui se passa à ce moment-là. Alors qu'une voix intérieure lui intimait de prendre la fuite, un bourgeon, une toute petite pousse d'émotion venue de très loin se fraya un chemin en elle. Cette émotion frêle la retint captive, l'obligeant à regarder vraiment Gabe.

Elle perçut la même émotion dans ses yeux, comme s'il la voyait réellement pour la première fois. Ce n'était plus une froide détermination qui assombrissait ses yeux. Comme si le soleil se levait, doré, éclatant et empli d'une chaleur qui l'envahit et l'emplit à son tour. Elle lut dans ses yeux un puits sans fin de désir. Pas cette soif de l'autre qu'ils avaient partagée quand ils avaient fait l'amour. Quelque chose de plus respectueux, quelque chose qui fit vibrer le creux de sa paume.

Alors, il leva sa main contre le plastron noir de son smoking, la referma en poing serré, libérant son index en forme de crochet. Elle l'entendait presque formuler « Je suis là. Je te protège. Je te soutiens. » Ce simple geste la lia à lui. Toute trace de tension disparut, et elle avança vers lui sans hésitation. Le cœur empli d'espoir et d'une autre émotion. Une émotion qu'elle ne parvenait pas à identifier.

Et quand il prit sa main dans la sienne, leurs index

noués, la petite pousse fleurit, s'épanouit. Alors, elle la reconnut. Sa peur s'évapora, et elle saisit sa chance, s'ouvrit à l'émotion, lui permit de la remplir, puissante, intense, profonde, jusqu'à ce qu'elle devienne partie prenante de chaque fibre de son être.

L'amour.

A cet instant, elle comprit qu'elle aimait Gabriel Moretti et sut avec une certitude absolue qu'elle l'aimerait jusqu'à la fin de ses jours.

- 9 -

La séance de photos lui parut interminable, et elle crut qu'elle allait s'effondrer. Pourtant, elle avait surmonté la cérémonie avec sang-froid, hormis la petite crise de panique juste avant. Elle avait aussi affronté toute la famille Dante, réussissant même à assortir les noms aux visages… ou tout du moins aux surnoms dont elle les avait affublés, sur la base de ce qu'elle percevait d'eux.

Ainsi, il y avait Gabe 2 (Severo), Langue d'Argent (Marco), Spock (Lazzaro), Rambo (Nicolo). Puis venaient les cousins. Le Protecteur (Luciano), Le Loup (Rafaelo), Le Dragon (Draco). Bon, celui-ci était un peu facile, mais correspondait bien au personnage. Et, pour finir, La Princesse (Gianna), dotée de toutes les qualités, y compris la beauté. Elle avait un peu plus de mal à se souvenir du nom des épouses, hormis Francesca, créatrice de bijoux, avec qui elle espérait travailler un jour.

Elle réussit tout avec assurance. Mais le photographe eut raison de son sang-froid, d'abord à la chapelle, puis à l'hôtel, durant la réception. Finalement, Gabe intervint et d'un ton sec exigea une pause. Il guida Kat vers un sofa à l'écart, la fit asseoir, puis lui massa doucement les épaules par-dessus le dossier.

— Je crois que je vais craquer, murmura-t-elle.

— Tu t'en sors à merveille. Mieux que moi à ta place.

Elle pointa un pied chaussé d'un somptueux escarpin d'un blanc nacré, au talon vertigineux.

— Tu ne pourrais pas être à ma place. Pas avec des chaussures pareilles. Aucun homme ne le pourrait.

— Vu la hauteur de ces talons, dit Gabe, ça ne doit pas être facile de courir avec. Quand tu es entrée dans la chapelle, j'ai cru que tu allais prendre tes jambes à ton cou.

Elle tressaillit.

— Ah, tu as remarqué ?

— Un seul regard m'a suffi pour regretter de ne pas avoir posté des gardes à l'entrée. Bien sûr, ajouta-t-il, si tu t'étais sauvée, j'aurais été derrière toi dans les trois secondes.

Elle pencha la tête et lui sourit.

— Tu ne serais pas allé très loin, à mon avis. Les Dante t'auraient immédiatement plaqué au sol.

— Sans compter que j'aurais été bon pour une sacrée raclée, j'imagine.

La pointe d'humour de ses propos ne lui échappa pas.

— Les garçons restent des garçons, répliqua-t-elle avec philosophie.

Il contourna le sofa pour venir s'asseoir près d'elle.

— N'oublie pas, une fois qu'ils en auraient eu terminé avec moi, ils t'auraient couru après.

— Sans doute pour me féliciter d'avoir eu le bon goût de te plaquer devant l'autel, riposta-t-elle en riant.

Incapable de se retenir, elle lui saisit la main, éprouvant un besoin désespéré qu'il la rassure de son contact. Dès que leurs mains se touchèrent, l'incendie se déclencha. Gabe se pencha pour l'embrasser. Elle ferma les yeux, s'abandonna à son baiser, le laissa balayer raison et bon sens. S'engouffrer en elle et nourrir cette frêle pousse qui avait bourgeonné durant leur cérémonie de mariage.

Un flash crépita, et Gabe se raidit. Relevant la tête, il décocha un regard noir au photographe, qui s'enfuit sans demander son reste.

— Je devrais le poursuivre, mais quelque chose me dit que je vais vouloir un tirage de celle-là.

Un souvenir de leur mariage temporaire ? Elle sentit l'espoir l'envahir. Peut-être ne serait-il pas temporaire. Peut-être, avec le temps, Gabe découvrirait-il ce qu'elle avait découvert. Car, en dépit de tout ce qui les séparait, elle était tombée amoureuse de lui et elle savait du plus profond de son être qu'il était le bon. Le seul. L'homme de sa vie. Son âme sœur.

— J'ai quelque chose pour toi, reprit Gabe à voix basse. Je comptais te l'offrir pendant la cérémonie, mais ensuite j'ai décidé d'attendre ce soir. Pourtant, d'une certaine manière, maintenant me semble le bon moment.

— Qu'est-ce que c'est ?

— Une bague de fiançailles.

Il sortit de sa poche un écrin de velours noir frappé du logo DE.

— J'aurais dû te l'offrir avant le mariage, poursuivit-il avec un petit rire. Mais, comme tout le reste dans notre relation, ça aussi, on l'a fait à l'envers.

Otant la bague de l'écrin, il la glissa à l'annulaire de Kat, où elle prit sa place près de l'alliance. Le souffle coupé, elle contempla le splendide bijou, à l'évidence une création de Francesca : un impressionnant diamant de feu monté sur un filigrane de platine et encadré de chaque côté d'une arabesque de diamants plus petits à l'éclat presque rose, accentuant la couleur ardente des flammes qui faisaient la réputation des diamants Dante, uniques au monde.

— Oh ! Gabe. Elle est sublime.

— C'est un élément de la collection Dante's Eternity, expliqua-t-il, une étrange intensité dans la voix. Chacun a un nom, ce que j'ignorais quand je l'ai choisie. La femme de Sev, Francesca, a créé la collection.

— Oui, je reconnais bien son talent.

La bague avait aussi quelque chose de familier. Soudain, elle comprit, et un tourbillon d'émotions disparates, désir et culpabilité, espoir et honte, la submergea. Elle s'humecta les lèvres.

— Tu sais, déclara-t-elle, d'une certaine façon, elle me rappelle le Heart's Desire.

Gabe hésita.

— Il y a une raison à ça. D'après Sev, Francesca s'est inspirée de photos du Heart's Desire pour la créer.

Elle osa le regarder et lut dans ses yeux une émotion inédite. Autre que la passion.

— Comment s'appelle la bague ? demanda-t-elle.

— My Heart's Desire. Le désir de mon cœur.

— Presque comme le collier ? C'est pour ça que tu l'as choisie ?

Elle n'en revenait pas.

— Non. J'ai choisi la bague avant que Sev me dise son nom. Drôle de coïncidence, tu ne trouves pas ?

Elle devait lui dire la vérité. Maintenant. Certes, cela ne changerait rien au fait qu'elle avait concrétisé leur mariage sans lui donner l'opportunité de l'annuler. Mais au moins ils démarreraient leur union cartes sur table.

— Gabe…

Avant qu'elle puisse continuer, Francesca s'approcha. Elle se pencha pour embrasser Kat et adressa un sourire d'excuses à Gabe.

— Vous avez l'air si heureux loin des autres, je suis désolée de vous déranger. Mais Primo veut te parler. Je serais ravie de tenir compagnie à Kat pendant ce temps. On discutera joaillerie. Etonnant que ta mère ait été créatrice de bijoux et que tu en épouses une, tu ne trouves pas ? s'enquit-elle, ses yeux bruns pétillant de malice. La symétrie est jolie, tu n'es pas d'accord ?

Kat sentit la main de Gabe glisser sur son épaule. Trop tard, le moment était passé. Il se leva.

— En effet. Bon, je vais voir ce que me veut Primo.

Elle attendit qu'il se soit éloigné avant de se lancer.

— En fait, j'espérais te parler de quelque chose avant

qu'on reparte pour Seattle. J'aurais voulu que tu me donnes ton opinion.

Francesca se redressa, attentive.

— C'est en rapport avec les bijoux ?

— Il s'agit du Heart's Desire. J'aimerais que tu examines le collier.

— Tu l'as avec toi ? Je tuerais pour voir un exemple du travail de Cara Moretti. On a des photos de ses créations, mais aucune pièce en notre possession.

L'excitation illuminait le visage de Francesca.

— Tu serais disposée à y jeter un coup d'œil tout de suite ? Il se trouve dans ma suite.

Elle décocha un bref regard à Gabe, inquiète de constater qu'il semblait encore plus sombre qu'en les quittant. Il semblait bouleversé par ce que Primo était en train de lui dire.

— On a peut-être le temps de l'examiner avant de couper le gâteau, poursuivit-elle.

Les deux femmes s'éclipsèrent en direction de l'ascenseur. La suite avait été rangée et nettoyée, le désordre des préparatifs remplacé par des fleurs, des chocolats et un magnum de champagne dans un seau à glace. Une douce musique résonnait en fond sonore. L'ambiance parfaite pour une nuit de noces de rêve…

Francesca soupira.

— Que c'est beau ! Tu devrais laisser tomber la réception et faire venir Gabe directement ici.

— Très tentant, admit Kat.

Du moins, cela l'aurait été si elle n'avait pas vu la mine sombre de Gabe quand elle avait quitté le salon de l'hôtel.

Elle sortit le coffret de sa cachette et, une fois de plus, étala le collier sur la table éclairée par la lampe. Puis elle s'écarta afin que Francesca puisse l'étudier à l'aise.

D'interminables secondes s'étirèrent.

— Tu as une loupe ? demanda enfin Francesca d'une voix tendue et préoccupée.

— Non.

— Moi non plus. Mais tu le vois aussi, n'est-ce pas ? C'est pour ça que tu m'as demandé de regarder.

— Les diamants. Certains sont faux.

Sa gorge était si serrée qu'elle avait du mal à parler.

— Je ne saurai pas avec certitude avant de les avoir examinés de près. Mais oui, répondit Francesca, indiquant plusieurs pierres parmi les plus grosses. Ceux-là ne sont pas des diamants de feu. Je suis catégorique. A vrai dire, je doute même qu'il s'agisse de diamants.

Kat ferma les yeux. Comment était-ce possible ? Et qu'allait-elle faire ? Si le collier était faux, même partiellement, elle devrait l'avouer à Gabe. Et ensuite…

— Francesca, j'ai besoin de savoir. Tu es la mieux placée au monde pour me dire si… — les mots lui échappaient — j'ai besoin de savoir si ce collier est authentique. Est-ce seulement le collier de Cara Moretti ?

Francesca prit son temps pour inspecter la pièce. Son calme professionnel aida Kat à recouvrer son sang-froid. Puis, avec l'autorité que lui conféraient ses compétences, elle déclara :

— J'ai vu des photos du Heart's Desire. En soi, le collier paraît authentique. Mais certaines pierres ont été remplacées, c'est évident. Je ne pourrai pas affirmer avec certitude combien avant un examen plus approfondi.

— Il faut que je sache ce qui s'est passé, murmura Kat. Et surtout, quand les pierres ont été vendues, si possible.

— Bien sûr. Essaie de ne pas paniquer. Toutes nos pierres sont photographiées et gravées au laser avec un code, afin qu'on puisse garder leur trace. Je ne peux pas assurer que celles-ci aient été codées, mais si peu de diamants de feu sont mis sur le marché qu'on les retrouvera sans peine. Si les pierres vendues provenaient du collier, il y a de fortes chances qu'on obtienne tous les détails. On pourrait même contacter l'actuel propriétaire et les lui racheter. Alors ton collier sera comme neuf.

Kat acquiesça, s'efforçant de sourire.

— Merci, Francesca.

Mais le scénario de Francesca comportait un seul problème : elle ne pouvait pas se permettre de racheter les diamants d'origine. Elle ne voulait même pas imaginer combien cela coûterait. Remettant le collier dans le coffret, elle le tendit à Francesca.

— Appelle-moi dès que tu auras découvert ce qui s'est passé, s'il te plaît.

— Hé, arrête de t'inquiéter, d'accord ? Surtout aujourd'hui. Allez, viens. Tu as un gâteau à couper et une nuit de noces à vivre.

Le reste de la réception se déroula dans une sorte de brouillard. Par la suite, Kat se rappela vaguement avoir coupé le gâteau et donné une bouchée à Gabe. En revanche, elle se souvint parfaitement du moment où il la prit dans ses bras pour ouvrir le bal. De la puissance de son étreinte. La sensation de son corps fort, solide, qui bougeait avec le sien. La tendresse de son toucher. Mais, quand la dernière note mourut, c'est le baiser qu'il lui donna qui se grava à jamais dans sa mémoire, un baiser qui — si les circonstances avaient été différentes — aurait pu transformer en certitude son espoir de voir leur mariage temporaire devenir un mariage réel.

Mais comment le pourrait-il ? Comment Gabe pourrait-il ressentir autre chose que l'impression d'être piégé ? C'est elle qui l'avait entraîné dans ce pacte diabolique, sachant pertinemment qu'il ferait n'importe quoi pour se procurer le Heart's Desire. C'était à cause d'elle qu'il avait réclamé l'aide des Dante et avait été obligé de reconnaître ouvertement sa parenté avec eux — obligé d'admettre devant le monde entier qu'il était un fils illégitime. Et c'était elle qui lui avait cédé, qui lui avait caché son inexpérience sexuelle. Si elle avait été plus franche, peut-être aurait-il pris davantage de précautions et ne serait-elle pas…

Enceinte.

Si Nonna avait raison et qu'elle portait bel et bien le bébé de Gabe, tout allait changer, y compris leur relation. Et surtout, que se passerait-il quand il apprendrait la vérité au sujet du collier ? Elle ferma les yeux, luttant contre la panique qui l'assaillait.

— Qu'est-ce qui ne va pas ? Encore le trac de la jeune mariée ?

La voix de Gabe l'enveloppa, rauque et grave, pleine de sollicitude.

— Tout arrive si vite. On aurait peut-être dû attendre.

Elle cherchait son souffle, comme si son bustier avait été resserré.

— Je vois, répliqua-t-il. Je pense avoir la solution à ton problème.

L'orchestre attaqua un nouveau morceau, et Gabe l'entraîna hors de la piste, vers la sortie. Un bras autour de sa taille, il la poussa dans l'ascenseur. Les gens qu'ils croisèrent leur sourirent avec indulgence, certains leur adressèrent des vœux de bonheur.

Kat ouvrit la porte de la suite. Avant qu'elle puisse en franchir le seuil, Gabe la souleva dans ses bras et la porta à l'intérieur. Il embrassa du regard les douceurs mises à leur disposition, mais fila droit à la chambre sans ralentir. Ils tombèrent tous les deux sur le lit.

Bien que les rideaux soient ouverts, des persiennes filtraient la lumière de fin de journée, colorant la chambre de teintes pastel. Il lui sourit, posa une main sur sa joue et effleura sa lèvre du pouce.

— Je t'ai dit à quel point tu es belle ?

— Tu n'es pas mal non plus, répliqua-t-elle en s'efforçant de sourire à son tour.

— Bon, ça n'a pas marché. Alors éclaircissons certains points. On est au lit. Et tu connais les règles quand on y est.

Comment aurait-elle pu les oublier ?

— Je commence à détester ce pacte d'« Honnêteté au lit », grommela-t-elle.

— Tant pis pour toi. L'heure est venue d'une nouvelle conversation honnête. Encore que j'ai déjà quelques soupçons, ajouta-t-il, plissant les yeux.

Oh ! Seigneur ! Il savait. Il savait pour le collier. Il savait qu'elle l'aimait. Il savait qu'elle était enceinte et qu'il se trouvait piégé pour longtemps.

— Gabe…

Kat le regardait avec une telle panique que Gabe ne voulut pas rendre les choses encore plus difficiles pour elle.

— Tu veux travailler pour Dante, répondit-il à sa place. Ou plutôt, tu veux travailler avec Francesca. Voilà pourquoi vous avez quitté la réception, toutes les deux.

A la voir ciller, il devina qu'il l'avait prise au dépourvu. Il lui fallut une bonne seconde pour recouvrer ses esprits.

— La journée a été trop chargée pour qu'on ait l'occasion de discuter de mes aspirations professionnelles. Je suppose aussi que j'ai évité le sujet parce que…

— Parce que tu craignais que je pense que tu utilises mon lien avec les Dante pour t'aider à décrocher un poste chez eux, coupa-t-il.

— Maintenant que tu l'évoques, en effet, je n'aurais pas été étonnée que tu le penses. Voire que tu me soupçonnes de l'avoir manigancé dès le départ.

— Pas du tout.

— Pourquoi ?

— Parce que personne, ni même Jessa ou Matilda, ne savait que j'étais le fils de Dominic Dante. La plupart des Dante l'ignoraient jusqu'à très récemment ! Et j'ai fait très attention à ce que cette parenté reste secrète. A moins que tu l'aies découverte, d'une manière ou d'une autre ?

Les yeux rivés aux siens, elle répondit avec une franchise absolue.

— J'ignorais totalement que tu étais un Dante avant

que tu me le dises. Tout comme il n'est pas question que tu leur demandes un poste pour moi. Si Dante m'embauche, je veux que ce soit uniquement pour mes compétences.

— Nous sommes d'accord. Donc ce point est éclairci, n'est-ce pas ?

— Oui.

La fugacité de son sourire l'avertit qu'il n'avait abordé qu'une partie du problème. Dieu merci, leur petit marché d'honnêteté au lit lui permettait de poursuivre.

— Mais apparemment on n'a pas tout éclairci. Alors, quoi d'autre ?

— Nonna… Nonna prétend…, lâcha Kat avant de prendre son souffle et de se jeter à l'eau. Nonna dit que je suis enceinte.

Ce fut plus fort que lui. Il éclata de rire.

— Ah oui ? Ça fait, quoi ? Trois jours ? Après seulement trois jours, Nonna peut dire que tu es enceinte ?

— Ça paraît ridicule formulé de la sorte, admit Kat. Mais tout le monde assure qu'elle a l'œil.

— Je crois que tu as vécu trop longtemps en Italie.

— Gabe, sérieusement. Et si c'était vrai ?

— On en a discuté dans l'avion. On est mariés, non ?

— Ma foi, oui.

— Si tu es enceinte, on décidera comment élever au mieux notre bébé. Si cela signifie rester ensemble…, eh bien, on restera ensemble, conclut-il d'un ton sans appel. Je ne permettrai pas qu'un de mes enfants grandisse dans les mêmes conditions que Lucia et moi. Notre fils ou notre fille connaîtra ses deux parents. C'est clair ?

— C'est juste que tout nous arrive si vite. On n'a pas le temps de régler un problème que le suivant surgit déjà. Et il y a autre chose, poursuivit-elle, une pointe de désespoir dans la voix. Au sujet du Heart's Desire.

Mais il secoua la tête d'un air catégorique.

— Pour le moment, rien ne m'intéresse hormis toi et moi et le fait que ce soit notre nuit de noces. Tu comprends ?

Il fut surpris de découvrir que c'était l'absolue vérité. Rien n'avait d'importance à cet instant, pas même le collier de sa mère.

— Et ce qui s'est passé il y a cinq ans ? objecta Kat.

Il l'embrassa avec fougue.

— Stop ! Je sais où tu veux en venir et je n'en ai pas envie. Ce soir, il n'y aura que nous deux dans ce lit. Personne ne se mettra entre nous. Demain, on aura tout le temps de régler les autres problèmes. Mais pas maintenant. Pas ici. Laisse tomber, d'accord ?

Il l'embrassa de nouveau, l'amenant lentement en position assise, heureux de sentir la tension la quitter. Jusqu'ici, Jessa ne s'était pas immiscée entre eux, du moins, pas au lit. Et il avait l'intention que cela reste le cas. Quoi qu'il se soit passé le soir où il avait trouvé Kat dans le lit de Winters, la vérité lui échappait encore. Elle cachait quelque chose, quelque chose qui impliquait sa femme décédée. Il avait été si prompt à protéger Jessa qu'il n'avait pas cherché à approfondir l'histoire sur le moment. Il aurait fini par le faire, il le savait. Mais elle était morte deux courtes années après leur mariage, quand les premiers nuages commençaient à peine à poindre à l'horizon. Quand sa suspicion n'était encore qu'un embryon de doute.

Aujourd'hui, le passé entrait en collision avec le présent, le poussait dans une autre direction, une direction qui l'intriguait bien davantage que les souvenirs de son ancienne vie. Gabe chassa toute pensée autre que celle de Kat, à peine étonné de la facilité avec laquelle il y parvint. Comment en serait-il autrement quand il tenait la plus belle femme du monde dans ses bras ? Elle était son épouse à présent. Celle qu'il était tenu par l'honneur de protéger. Ce qu'il ne manquerait pas de faire.

D'un geste tendre, il délaça son bustier et le fit glisser sur ses épaules, exposant le plus ravissant soutien-gorge qu'il ait jamais vu, à peine un voile de dentelle. Sa peau crémeuse luisait doucement, ses seins ronds débordaient un peu des bonnets aériens, tandis que la jupe de mousseline et les jupons s'amoncelaient en corolle autour de sa taille. Il dégrafa son soutien-gorge. Elle lui sourit, image enchanteresse du mystère féminin, ressemblant à une sirène à demi nue lovée dans une mer mousseuse de soie et de tulle.

Le premier soir où ils avaient fait l'amour, elle l'avait déshabillé ; c'était à lui de le faire maintenant. Il prit son temps, ôtant un à un tous ses atours, jusqu'à ce qu'il ne reste que le voile bordé de dentelle. Il s'étalait en cascade autour d'elle, adoucissant sa nudité, la rendant belle à ravir.

— J'aimerais te photographier, murmura-t-il.

— N'y compte pas. J'ai eu mon comptant de photos aujourd'hui, merci.

— Pas comme celle-ci.

— Exact. Et il n'y en aura aucune de ce genre.

Sa réponse acerbe le fit sourire.

— Bon, je vais devoir compter sur ma mémoire, alors.

Puis son sourire s'effaça, et il sentit la puissance de l'Inferno, l'étrange certitude tenace qu'il conserverait cette image d'elle jusqu'à la fin de ses jours, avec la légende « Ma femme le soir de nos noces ». Il devina également que d'autres se fixeraient ainsi dans son esprit. Kat, le ventre arrondi par son enfant. Kat, leur enfant au sein. Kat, les yeux pleins de larmes, regardant leurs enfants partir pour leur premier jour d'école. Kat, fière devant ces mêmes enfants lors de leur remise de diplôme. Kat, berçant leur premier petit-fils. Kat, vieille dame à cheveux blancs mais toujours la plus belle femme du monde. Les images formaient un kaléidoscope dans sa tête, tourbillonnant jusqu'au vertige.

En silence, il enleva son smoking sous ses yeux merveilleux, couleur de jeune pousse. De recommencement. De nouvelle naissance. Il jeta le reste de ses vêtements et revint près d'elle, écartant les pans de voile qui la séparaient de lui. Là où auparavant il n'entrevoyait que des possibilités — un avenir nébuleux devant eux —, il voyait maintenant cette femme et elle seule, ainsi que cet instant de sa vie, cristallisé et parfait. Il s'immergea dedans, l'absorba, en savoura chaque seconde, chaque infime petite progression.

La première fois qu'il lui avait fait l'amour, leurs caresses avaient un goût de nouveauté teintée d'incertitude. Cette fois, quand il la prit dans ses bras, ce fut en homme sachant comment satisfaire au mieux sa femme. Il avait déjà découvert quelques-uns de ses infinis secrets, tout comme elle avait découvert les siens. Cela conféra une intimité plus profonde à chacune de leurs caresses. A leurs longs baisers ensorcelants. Aux endroits connus de lui seul et qui lui procureraient le plus immense plaisir.

— Gabe… Je sais ce que je veux cette fois.

Souriant contre sa peau, elle effleurait du bout de la langue ses mamelons plats, l'assaillant d'un désir insoutenable.

— Dis-moi que c'est la même chose que l'autre soir, murmura-t-il avec un petit rire.

Elle eut son regard de femme, celui qui attisait l'Inferno, le faisait vibrer et brûler, impérieux, exigeant.

— Ça également, oui. Mais j'aimerais aussi…

Sa bouche s'approcha de son oreille, et ce qu'elle lui chuchota lui coupa le souffle.

— On peut essayer ?

— Tout. Tout et n'importe quoi, promit-il.

— Ça risque de prendre un peu de temps.

— On a toute la nuit. Et toute la journée de demain, si c'est ce qu'il faut à ton bonheur.

— C'est probable, à mon avis.

Ils passèrent toute la journée du lendemain au lit, rarement éloignés des bras l'un de l'autre. C'était un temps à part, une parenthèse durant laquelle tous deux devinrent un. Un corps. Un cœur. Une âme.

Parfois, ils jouaient, comme la première fois. A d'autres moments, Gabe faisait l'amour à sa femme avec une sorte d'urgence déchirante, presque désespérée, comme pour retenir leur temps ensemble de plus en plus court, qui s'écoulait comme du sable entre les doigts. Tous deux pressentaient que quelque chose d'imminent allait modifier les termes de leur contrat avant qu'ils aient réglé les problèmes entre eux.

La dernière fois qu'ils jouirent ensemble, ce fut au cœur de la nuit, quand les fantômes se tapissaient dans l'ombre. Elle s'accrocha à lui, frémissante sous son toucher, l'atmosphère si saturée de désir qu'il pouvait presque la goûter. Mais c'est elle qu'il goûta. Il goûta sa saveur sucrée et piquante.

Il prit ses seins en coupe, trouvant le plus exquis des nectars sous sa langue. Son souffle et les battements de son cœur donnèrent une voix à sa saveur. Il laissa courir ses mains plus bas. Désormais, il *ressentait* sa saveur, tout comme il l'entendait et la goûtait. Il ressentait le miel de sa peau, qui coulait, fondait sous ses doigts. Puis il atteignit son sexe, où le sucré se mêlait à l'épicé, richesse corsée qui la définissait, elle et elle seule.

Alors, il se perdit là où se rejoignaient leurs sens. Devint vivant. Naquit, mourut et naquit de nouveau. Les cris de plaisir de Kat brisèrent l'obscurité, firent fuir les ombres et transformèrent la nuit en un éclat radieux. Puis il la reprit, mêla leurs corps, les unissant en un moment si parfait qu'il existerait à jamais en lui.

Puis quand tout fut fini elle se blottit contre lui. Il brûlait de dire ces mots qu'il n'avait encore jamais prononcés. Il faillit le faire. Mais il en était incapable. Comme si une ultime barrière le retenait. Mais cela ne changeait rien au fait qu'il savait, désormais. Il savait ce qu'il ressentait pour Kat. Savait que c'était réel, permanent et définitif.

Avec une infinie délicatesse, il prit sa main. Puis noua leurs index et laissa son cœur prononcer les mots qui refusaient de sortir.

Gabe, Kat et Matilda repartirent pour Seattle le lendemain. Compte tenu de l'appréhension qui gagnait son visage à mesure qu'ils s'éloignaient de San Francisco, il soupçonna que Kat éprouvait la même chose que lui. Elle attendait de perdre sa pantoufle de vair, attendait que le conte de fées vole en éclats et que la réalité fasse irruption dans ce qui avait été une merveilleuse parenthèse, mais qui ne pouvait durer.

Bien entendu, il n'imaginait pas que sa propre sœur arracherait la pantoufle de vair, qui plus est deux jours avant Noël.

La ligne privée de Gabe sonna, et il décrocha par réflexe, prenant juste le temps d'annoter le contrat sous ses yeux.

— Moretti.

— Gabe ? C'est toi ?

Une tension transperçait dans la voix de Lucia. Il fut aussitôt en alerte.

— Lucia ? Qu'est-ce qui ne va pas ?

Car, de toute évidence, quelque chose n'allait pas du tout.

— Je viens d'apprendre quelque chose à propos du collier de maman. Tu savais que les Dante l'avaient ?

Il se figea sous le coup de la nouvelle.

— Attends. Une seconde. Comment diable est-il tombé entre leurs mains ?

— Kat l'a donné à Francesca le jour de votre mariage. A ta réaction, j'en déduis que tu n'étais pas au courant.

— Non, je n'étais pas au courant. Bon sang, je ne savais même pas que Kat l'avait avec elle.

Encore que, maintenant qu'il y pensait, elle avait évoqué le collier le soir de leur nuit de noces. Peut-être avait-elle voulu lui en parler ?

— Bon sang, pourquoi ne me l'a-t-elle pas donné ?

Un long silence gêné suivit, puis Lucia lança :

— Peut-être parce que le collier est faux. Du moins, c'est ce que prétendent les Dante.

Gabe se sentit aussi glacé que la neige qui tombait derrière sa fenêtre.

— Faux, répéta-t-il, abasourdi.

— Bon, sans doute pas tout à fait. Mais, d'après Francesca, certains diamants ne sont pas authentiques.

— Ils l'étaient tous quand je l'ai vendu à Matilda, je l'affirme. On l'a fait estimer.

— Eh bien, ils ne le sont plus. Ecoute, ils ont mis un détective privé sur le coup, un dénommé Juice. D'après ce que j'ai entendu sur lui, il trouvera le fin mot de l'histoire.

— Est-ce que Kat savait que le collier était faux en le leur remettant ?

Il posa la question, les dents serrées. Comme sa sœur ne répondait pas sur-le-champ, il insista :

— Réponds-moi, tu veux ? Elle était consciente qu'il était faux quand elle le leur a donné ?

— Désolée, Gabe. Oui, elle en était consciente. Qu'est-ce que tu vas faire ? demanda Lucia d'une voix inquiète.

— Découvrir moi-même le fin mot de l'histoire.

— Ne fais pas de mal à Kat !

— Je ne lui ferai pas de mal, rétorqua-t-il. Enfin, pas trop.

Gabe raccrocha sans un mot de plus. Pivotant sur son siège, il laissa son regard vagabonder sur les buildings qui s'étendaient derrière le rideau de neige.

Il laissa échapper un juron. Bon sang, il avait été tout près. Si incroyablement près. Pour la première fois de sa vie, il avait accordé sa confiance inconditionnelle à quelqu'un. Il avait cru au conte de fées contre lequel il avait toujours mis Lucia en garde.

C'était à cause de ses yeux. Ses beaux yeux innocents, aussi ingénus et naturels que de jeunes feuilles printanières. Elle semblait si vraie. Si sincère. Elle paraissait succomber totalement à l'Inferno. Pire encore, elle aussi avait été blessée, autant que lui, partageant sa réserve, son incapacité à faire confiance. Et pourtant tous deux avaient cru l'un en l'autre. Malgré tout ce qui se dressait entre eux, ils s'étaient donnés, cœur et âme, à l'autre.

Pauvre imbécile. Elle s'était bien fichue de lui. Et, au lieu de deviner l'arnaque comme il l'aurait fait normalement, il était tombé dans le piège, avait laissé libre cours à ses pulsions. Il aurait dû exiger de voir le collier. De le faire examiner par un expert. Comment quelqu'un doté de son expérience avait-il pu négliger les procédures commerciales les plus élémentaires ?

Parce qu'il avait voulu y croire. Il avait voulu Kat, la poussant même à un mariage hâtif. Elle était à lui, maintenant. La vraie question était…

Qu'allait-il faire d'elle, à présent ?

La rue en contrebas scintillait des lumières de Noël, symboles joyeux d'une croyance profondément ancrée dans l'histoire de l'humanité. Une croyance qui encourageait l'espérance, la foi, la paix. Gabe posa la paume de sa main sur la vitre, sentit la vibration de l'Inferno, sentit la pulsation du lien puissant qui l'unissait à Kat. Il entendit une petite voix, au fond de son être, lui soufflant avec insistance qu'il se trompait. Qu'il devait y avoir une explication rationnelle.

Une voix qui lui soufflait avec insistance de se fier à la femme qu'il aimait.

Il ferma les yeux, combattit la peine et les désillusions qui avaient façonné sa vie en une existence de prudence et de méfiance. Et soudain il comprit qu'il avait le choix.

Il pouvait faire confiance et avancer. Ou faire un pas en arrière et retourner à la sécurité de son univers avant que Kat n'y fasse irruption.

Il ouvrit les yeux et prit sa décision.

- 10 -

Le téléphone de Kat sonna. Elle le sortit de sa poche, non sans mal en raison des gants qui la gênaient. Le nom de Francesca s'afficha sur l'écran, et elle sentit ses nerfs se crisper.

— Joyeux Noël, s'exclama-t-elle, à la fois pleine d'espoir et de crainte. Tu es prête pour le grand jour ?

— Presque. Encore un ou deux cadeaux de dernière minute à empaqueter et…

La voix de Francesca égalait la sienne. Elle tentait de masquer sa détresse sous un enthousiasme un peu forcé. Puis elle soupira :

— Oh ! Kat ! Je suis désolée. J'ai de mauvaises nouvelles. Pas entièrement mauvaises mais pas bonnes non plus.

Kat continua de marcher, remontant le col de son manteau pour se protéger de la neige qui dégringolait d'un ciel de plomb. Mettre un pied devant l'autre demandait soudain un effort considérable.

— Mauvaises comment ?

— J'irai droit au but. Tu avais raison. Certaines pierres sont fausses. Mais voilà la bonne nouvelle. Le collier lui-même est authentique. Ainsi que la plupart des diamants.

— Combien sont faux ?

— Six. Les plus importants, hélas.

Six ? Tant que ça ? Ebranlée, elle s'efforça de formuler sa question de manière cohérente.

— Vous avez pu retrouver leur trace ?

— Oui. Restaurer le collier ne posera aucun problème. Pendant qu'on parle, Primo est en train de s'arranger pour racheter les diamants.

La gorge serrée, elle demanda :

— Pour quelle somme ? Tu ne peux pas me donner le montant exact, je sais. Mais une fourchette, peut-être ?

Le chiffre manqua la faire défaillir. Les jambes flageolantes, elle s'arrêta devant une vitrine et considéra le décor de Noël d'un œil vague. Une minuscule partie de son cerveau encore en état de fonctionner nota la fausse neige tombant sur une scène de livre pour enfants, un train électrique tournant joyeusement autour d'un sapin orné de boules et de guirlandes, planté au milieu de peluches et d'autres jouets. Au-dessus de sa tête, des flocons de neige tourbillonnaient vers le sol, comme dans la vitrine. Ils léchèrent sa peau, et elle frissonna à leur contact glacé. La météo prévoyait un Noël blanc.

— Kat ? Tu es toujours là ?

— Oui, Francesca. Merci de m'avoir informée. Tiens-moi au courant, tu veux bien ?

Quelque chose dans sa voix devait trahir son angoisse, car Francesca insista :

— Tâche de ne pas t'inquiéter, d'accord ? Je suis sûre que Primo trouvera une solution vis-à-vis de Gabe.

— Non, c'est mon problème. *Je* vais trouver une solution vis-à-vis de Gabe.

— Comme tu voudras. Passe un bon Noël, répliqua gentiment Francesca.

— Merci. Toi aussi.

Elle jeta un regard mélancolique à la devanture et au rêve qui y était représenté. Pas étonnant que sa grand-mère n'ait pas voulu vendre le collier à Gabe. Comment aurait-elle pu, après s'être défaite d'une partie des diamants ? Mais pourquoi ? A cause de sa maladie ? Ou bien avait-elle perdu de l'argent au cours de ces dernières années, crise économique oblige ? Qu'est-ce qui l'avait poussée à monnayer certaines des pierres ? Et, dans ce cas, pourquoi ne pas avoir contacté Gabe pour lui vendre le collier, intact ? Il aurait payé la somme qu'elle demandait. Il n'en avait jamais fait mystère.

Il n'y avait qu'un seul moyen de savoir, même si cela ne changeait plus rien. Elle aurait dû faire part de ses soupçons à Gabe. Lui dire avant leur mariage qu'elle se doutait que des diamants du Heart's Desire avaient été remplacés. Ne pas l'avoir fait la rendait très, très suspecte.

Mais comment réagirait-il ? Son silence ruinerait-il toute la confiance qu'il avait en elle ?

Elle reprit son téléphone, appela Gabe, qui décrocha aussitôt, comme s'il attendait son coup de fil.

— Il y a une chance que tu puisses quitter le bureau plus tôt et me retrouver chez ma grand-mère ?

— Je pense. Un problème ?

— Je ne sais pas encore, soupira-t-elle. Je suis en route.

Il ne perdit pas de temps en bavardage inutile.

— Je te retrouve dans vingt minutes.

Elle remit l'appareil dans sa poche. La neige continuait de virevolter autour d'elle, plus épaisse qu'auparavant. Bien que ce ne soit que le milieu de l'après-midi, le rideau ouaté donnait l'impression qu'il était plus tard et assourdissait les sons. Dans la vitrine, elle vit son reflet fantomatique, ainsi que le paysage urbain derrière elle. Un instant, elle se sentit comme enfermée dans un globe de verre, hors du temps, isolée entre deux mondes — la vie qu'elle menait avant que Jessa ait choisi de la détruire, et celle qu'elle construisait avec Gabe. A présent, ces deux mondes entraient en collision, l'ancien brisant le nouveau, sans qu'elle puisse rien faire pour l'éviter… à moins d'un miracle.

Pourtant, malgré le peu de probabilité, une graine d'optimisme prit racine. Noël était la saison des miracles…

Peut-être parviendrait-elle à tout arranger. Peut-être ne perdrait-elle pas Gabe dans l'histoire.

Dans la vitrine scintillaient en miroir les lumières de Noël, symboles joyeux d'une croyance profondément ancrée dans l'histoire de l'humanité. Une croyance qui encourageait l'espérance, la foi, la paix. Elle posa la paume de sa main sur la vitre, sentit la vibration de l'Inferno, sentit la pulsation du lien puissant qui l'unissait à Gabe. Elle entendit une petite voix, au fond de son être, la pressant d'aller lui parler. De tout lui dire.

Une voix qui lui soufflait avec insistance de se confier à l'homme qu'elle aimait.

Elle ferma les yeux, combattit la peur qui avait façonné les cinq dernières années de sa vie en une existence de prudence et de méfiance. Et soudain elle comprit qu'elle avait le choix. Elle pouvait accorder sa confiance à Gabe et avancer. Ou faire un pas en arrière et retourner à la sécurité de son univers d'avant. Avant la première fois qu'il la touche.

Elle ouvrit les yeux et décida résolument de s'en remettre à ce que lui dictait son cœur.

Gabe entra dans le salon de Matilda comme un ange vengeur, son manteau noir maculé de neige battant ses flancs. Il suffit à Kat d'un seul regard pour comprendre que le miracle qu'elle espérait pour Noël ne se produirait pas. Elle ne savait pas quand ni comment, mais il était au courant pour le Heart's Desire. Et il ne subsistait aucun doute dans son esprit que l'apprendre mettrait un terme rapide et douloureux à leur mariage.

Lâchant la main de sa grand-mère, elle se leva.

— Gabe…

Il posa brièvement les yeux sur Matilda, avant de les tourner dans sa direction. Il la fixa, son regard doré assombri.

— Je suppose que tu as quelque chose à me dire.

Elle acquiesça, incapable de détourner les yeux, prise au piège de son regard.

— D'abord, tu dois savoir que j'ai remis le collier de ta mère à Francesca pour qu'elle l'examine.

— Quand ?

La sécheresse de son ton la fit flancher.

— Le jour de notre mariage.

— Pourquoi ?

Elle décocha un coup d'œil anxieux à sa grand-mère.

— Gam m'a offert le Heart's Desire le matin de nos noces en suggérant que je te fasse la surprise de le porter.

— Mais tu ne l'as pas porté, répliqua-t-il avec un sourire aussi froid que la température extérieure. Je l'aurais remarqué.

Elle déglutit, puis répondit franchement.

— Quelques-unes des pierres ne me paraissaient pas vraies, alors j'ai dit à Gam que, compte tenu de son histoire, porter le collier devant les Dante risquait de ne pas être très diplomatique.

— Astucieux.

L'adjectif n'avait rien d'un compliment.

— Ensuite, durant la réception, j'ai demandé à Francesca d'examiner le collier. Elle... elle était d'accord avec moi. Plusieurs pierres n'étaient pas des diamants de feu.

— Tu veux dire que le Heart's Desire est faux ? intervint Matilda d'une voix choquée. C'est impossible.

Kat s'agenouilla à ses pieds, soulagée d'échapper au regard implacable de son mari.

— Le collier lui-même n'est pas faux, déclara-t-elle vivement pour la rassurer. Mais certains diamants ne sont pas authentiques.

— Ils l'étaient quand j'ai vendu le collier à ta grand-mère, affirma Gabe, les bras croisés sur sa poitrine. Il a été certifié par un expert. Donc, s'il y a un problème aujourd'hui, ça s'est produit depuis la vente.

— Mais je vous répète que c'est tout simplement impossible, protesta Matilda. A part le faire nettoyer et réévaluer il y a quelques années, je n'ai pas touché au collier.

Kate serra ses mains l'une contre l'autre. La bague de fiançailles offerte par Gabe pendant la réception mordit sa peau, provoquant une douleur aiguë qui n'était que les prémices de ce qu'elle connaîtrait bientôt, son mariage une fois terminé. Pourquoi sa grand-mère n'admettait-elle pas la vérité ? Après tout, le collier lui appartenait. Si elle avait choisi de le revendre par petits bouts, c'était son droit.

— Gam… Tu dois savoir que six diamants ont été remplacés.

Gabe s'avança, ôta son manteau d'un mouvement d'épaules avant de le jeter sur un accoudoir.

— Mais vous l'ignoriez, n'est-ce pas, Matilda ?

La vieille dame secoua la tête sans un mot, les lèvres tremblantes.

Kat étudia sa grand-mère, abasourdie.

— Une seconde. Je supposais que… Mais, si tu n'as pas revendu de diamant, alors qui… ?

— Il y a — il y *avait* — trois possibilités logiques, répondit Gabe. Moi aussi, j'ai supposé que Matilda était responsable, ce qui aurait expliqué sa réticence à me vendre le collier ces dernières années. Ce scénario pose deux problèmes.

— Lesquels ? demanda Matilda, levant le menton en un geste de fierté.

— Pourquoi vous défaire des diamants un par un, sachant que j'aurais payé une fortune pour le collier entier ?

Son raisonnement collait à celui de Kat.

— Et l'autre raison ?

Il lui sourit avec une gentillesse surprenante.

— Il me suffit de vous regarder pour savoir que le choc que vous éprouvez n'est pas feint. Vous ignoriez que certains diamants étaient faux. Sinon, vous n'auriez jamais osé le remettre à votre petite-fille pour qu'elle le porte à notre mariage. Ça aurait été bien trop risqué devant tant d'experts en joaillerie, n'importe quel Dante aurait repéré les faux diamants.

Lentement, Kat fit face à son mari.

— Tu as évoqué trois scénarios. Si ce n'était pas Gam, qui d'autre en ce cas ? Moi, j'imagine, lâcha-t-elle, glacée.

— Oh ! toi, sans aucun doute, mon amour.

Matilda se raidit.

— Non, Gabe. Elle n'aurait pas pu…

Il lui jeta un regard attristé, puis reporta les yeux sur Kat, sans cesser de s'adresser à Matilda.

— La seule possibilité qui reste, c'est Jessa. Ce sont les deux seules options logiques. Vous m'avez dit que Kat adorait le Heart's Desire. Que le collier l'avait aidée à faire d'elle ce qu'elle est devenue. Peut-être l'a-t-il aidée plus que vous ne le pensez.

— C'est ce que tu crois ? demanda Kat.

— Explique-moi, ma chère épouse, avec quoi tu vivais en Italie ? Comment as-tu pu te payer des tenues de grands couturiers ? Peut-être, quand tu as compris que tu allais tout perdre face à Jessa, as-tu décidé de te servir des plus belles pierres ? Quel parfait parallèle, non ? Utiliser les diamants de feu pour payer ta formation en joaillerie ? Les vendre un par un afin de financer tes études. Pour payer tes dépenses quotidiennes, ainsi que quelques articles de luxe sans lesquels tu ne pourrais vivre, comme ces ravissants escarpins que tu portes en permanence.

— J'ai travaillé pour avoir tout ce que je possède, riposta-t-elle, furieuse. Je cumulais trois emplois, tous les jours, toute la journée, sans aucune aide extérieure. Tout ce que j'ai accompli ces cinq dernières années, je ne le dois qu'à moi seule !

— Si tu le dis.

— Je te le dis.

Gabe haussa les épaules.

— Alors, il ne nous reste qu'à considérer l'option numéro trois. Jessa.

Son prénom flotta dans l'air entre eux. Matilda parut se recroqueviller sur elle-même.

— Jessa ? répéta-t-elle d'un ton plaintif.

— C'est la seule autre option possible. Qui d'autre avait accès au collier ?

— Personne, murmura Matilda.

— Donc c'est soit Kat, soit Jessa, et à mon avis la question ne se pose même pas.

Il attendit que ces mots fassent mouche avant de continuer.

— Après tout, c'est Kat qui a tenté de séduire Benson Winters. Kat qui a trahi sa cousine. Kat qui adorait le Heart's Desire. Kat qui ne supportait pas l'idée qu'il aille à Jessa.

Elle s'interposa entre lui et sa grand-mère.

— Ça suffit, Gabe. Laisse-la tranquille. Si tu veux m'attaquer en tête à tête, pas de problème. Je suis prête. Mais je ne te laisserai pas blesser Gam.

— J'essaie juste d'inciter ta grand-mère à considérer la situation avec logique. A établir ce que je sais déjà.

— Et qu'est-ce que tu sais ? demanda-t-elle, luttant contre les larmes. Ou plutôt, qu'est-ce que tu *penses* savoir ?

Il pencha la tête.

— En fait, il m'a fallu du temps pour penser les choses. Et comprendre.

Totalement désorientée, elle le dévisagea.

— Là, je suis perdue.

— J'espère bien que non.

Puis il la regarda. Un simple regard. Durant un instant, elle ne parvint à interpréter ni son regard ni ses paroles. Logique et raison ne concordaient pas avec ce que lui soufflait son cœur. Gabe lui disait quelque chose. Quelque chose qu'elle ne comprenait pas, mais qui fit palpiter sa paume. Elle frotta la brûlure, sentit le brasier de l'Inferno se réveiller. Elle hésita, glissa une main sur son ventre, berçant l'étincelle de vie qu'elle devinait sous sa paume. C'est alors que la certitude l'étreignit.

Elle ignorait pourquoi il la peignait avec les couleurs de la culpabilité. Elle savait simplement qu'il n'y croyait pas une seconde. Il continuait de la regarder, une expression implacable sur le visage, et elle prit conscience qu'il n'avait aucune intention de s'expliquer. Ni de la rassurer. A elle de lui faire confiance ou pas. Elle le fit attendre durant trente interminables secondes. Cruel de sa part, certes. Mais il le méritait bien, après ce qu'il lui avait fait vivre !

Enfin, elle s'approcha de lui. Sa main reposait toujours sur son ventre, sur le bébé qui dormait là, et elle forma lentement un poing fermé. Puis elle replia son index en crochet.

Gabe ferma les paupières. Elle sentit littéralement la tension le submerger comme un raz-de-marée, avant de disparaître. Tout aussi lentement, il serra le poing et joignit son index au sien. L'Inferno vibra entre eux et courut dans ses veines comme le plus exquis des nectars.

— Je vous rembourserai les diamants, déclara Matilda. A condition que cette affaire en reste là.

Kat retourna auprès de sa grand-mère et prit ses mains noueuses entre les siennes.

— Tout va bien, Gam. Nc t'inquiète pas.

— Non, objecta Gabe. Tout ne va pas bien. Soit tu es coupable, soit c'est Jessa. Je veux que Matilda me dise laquelle des deux. Je pense qu'elle le sait. Je pense qu'au fond de son cœur elle se rend compte qu'elle a commis une terrible erreur, il y a cinq ans. C'est pour ça qu'elle t'a demandé de rentrer. Pour ça qu'elle a prétendu être en train de mourir.

— Je suis en train de mourir, protesta Matilda. Bon, j'ai peut-être exagéré sur l'échéance. Mais, comme je vous l'ai dit, la vie n'est qu'une marche vers la mort, et je suis bien plus près de la fin que du début.

— Oh ! Gam, pourquoi ? s'exclama Kat, bouleversée. Pourquoi faire une chose pareille ? Tu peux imaginer à quel point j'ai paniqué à l'idée de te perdre ?

Les yeux de Matilda s'emplirent de larmes. L'une d'elles s'échappa, roula le long d'une ride que le temps avait creusée sur son visage.

— J'avais peur que tu refuses de revenir si tu ne pensais pas que j'allais mourir. Et, même là, je n'étais pas certaine que tu viendrais.

— Ne sois pas ridicule, dit Kat en l'étreignant. Bien sûr que je serais rentrée. Je t'aime. Tu es la seule famille qui me reste. Pourquoi crois-tu que j'ai continué à t'écrire, toutes ces années ?

Le menton de Matilda trembla un peu, le temps qu'elle recouvre son sang-froid. Puis elle regarda Gabe droit dans les yeux.

— Kat n'aurait jamais abîmé le Heart's Desire. Jamais. Elle a toujours chéri ce collier, l'a toujours considéré comme la plus belle chose au monde. Elle se serait coupé un bras plutôt que de faire quoi que ce soit qui lui ôte de sa valeur.

— C'est pour ça que vous avez toujours refusé de me le vendre, n'est-ce pas ? Parce que Kat l'aimait tant.

Elle acquiesça, tandis que de nouvelles larmes coulaient sur ses joues.

— C'était mon dernier lien avec elle.

— Et Jessa ? demanda-t-il à voix basse.

Matilda soupira avant de répondre :

— Elle est venue me voir le jour de sa mort. Elle était furieuse parce que je lui avais annoncé que j'avais toujours l'intention de donner le collier à Kat. Je me demandais… je me demandais si elle pensait, en vous épousant, que je finirais par changer d'avis et le lui léguer.

Gabe parut interloqué.

— Jamais je ne me suis attendu à ce que vous le donniez. J'ai toujours espéré vous le racheter.

Elle balaya la remarque d'un geste.

— Jessa avait d'autres plans.

Une ombre de culpabilité passa sur son visage, et elle poursuivit d'une voix hésitante :

— J'ai un aveu à faire à propos du jour de sa mort. Je… je me suis toujours reproché son accident. Peut-être que si on ne s'était pas disputées pour le collier elle n'aurait pas conduit avec autant d'imprudence.

Gabe l'arrêta tout de suite.

— C'était son choix de rouler aussi vite. Et elle a payé le prix fort de cette décision.

C'est alors que Kat comprit qu'il n'éprouvait plus aucun sentiment de protection à l'égard de Jessa. Qu'à un moment donné il avait cessé de croire en son ex-femme… et commencé à croire en elle. Que l'amour qu'il avait eu pour Jessa s'était évaporé, en même temps que sa loyauté envers elle, et ce définitivement. La lumière attrapa l'éclat des diamants de feu ornant sa bague, allumant les flammes qu'ils contenaient. Ces dernières jaillirent en un arc de couleur étincelante, comme pour confirmer que sa prière d'un miracle de Noël serait peut-être exaucée, après tout.

Elle dut laisser échapper un petit cri, car il lui lança un coup d'œil interrogateur avant de poursuivre :

— En tout cas, je peux vous affirmer avec certitude que c'est Jessa qui a vendu les diamants.

— Comment le sais-tu ? s'exclama Kat.

— J'ai appelé Primo en venant. Pour lui demander quand les pierres avaient été vendues et si on pouvait identifier la personne. C'était elle, aucun doute là-dessus.

Matilda en resta bouche bée.

— Vous le saviez en entrant ici ?

— Oui. Mais il fallait que vous l'établissiez par vous-même, afin de comprendre que Kat était innocente.

— Ma foi, je ne peux pas dire que j'approuve vos

méthodes, déclara-t-elle d'un ton amer. Même si j'admets qu'elles sont efficaces.

— Je vous présente mes excuses, mais ça semblait le meilleur moyen pour obliger les choses à éclater au grand jour. Maintenant, ajouta-t-il en se penchant pour embrasser sa joue parcheminée, je vais ramener ma femme à la maison. A elle aussi, je dois des excuses.

— Compte là-dessus, murmura Kat.

Gabe lui jeta un bref sourire avant de revenir à Matilda.

— Demain soir, c'est le réveillon. Si on passait vous prendre ? Vous pourriez dormir chez nous et célébrer le jour de Noël avec nous.

Elle lui rendit son sourire, en plus timide.

— Merci. Ça me ferait un immense plaisir.

— Et ne vous inquiétez pas pour les diamants. Tout ce que vous avez à faire à présent, c'est rester en bonne santé. Kat aimerait profiter longtemps de sa grand-mère. Assez longtemps pour qu'elle devienne arrière-grand-mère un certain nombre de fois, conclut-il avec un sourire coquin.

Le trajet jusqu'à Medina prit le double du temps habituel en raison des conditions météorologiques. Il parut d'autant plus interminable à Kat qu'elle et Gabe avaient encore de nombreux points à régler, mais dont elle ne voulait pas discuter dans la voiture. Lorsqu'ils arrivèrent enfin, la nuit était tombée, et la maison comme le jardin étaient recouverts d'une épaisse couche de neige. Ils entrèrent dans le vestibule silencieux, puis Gabe l'entraîna vers le petit salon. Que le dénouement se déroule à l'endroit même où ils avaient découvert qu'ils étaient liés par l'Inferno créait une impression étrange de symétrie.

La pièce était éclairée par un feu de cheminée. Devant la baie vitrée, un sapin de Noël clignotait gaiement, décor romantique sans aucun doute dû à Dennis, l'intendant de Gabe, avant son départ pour la nuit. Gabe prit quelques coussins sur le canapé et les jeta sur le sol devant le sapin, de manière qu'ils voient le feu tout en discutant. Il fit asseoir Kat, l'entoura de ses bras et l'attira à lui. Puis il l'embrassa, baiser auquel elle répondit avec passion.

De longues minutes s'écoulèrent dans un silence palpitant. Puis Gabe s'écarta légèrement et la fixa.

— L'heure de vérité, annonça-t-il.

— Honnêteté au lit ?

— Puisque j'ai l'intention de te faire l'amour ici même, on peut dire que ces coussins feront office de lit. Raconte-moi ce qui s'est passé avec Jessa, qu'on referme enfin cette porte.

— Il y a une part de spéculation, et une autre fondée sur ce que Benson m'a dit, avertit-elle. Il m'a appelée il y a deux jours pour s'excuser de m'avoir mal jugée. Il lui a fallu du temps, a-t-il avoué, mais il a fini par comprendre que j'avais été piégée comme il l'avait été, lui.

— J'aimerais quand même entendre ta version.

Elle soupira.

— Tout d'abord, tu dois savoir que Jessa et moi n'étions pas très proches. En partie à cause de notre différence d'âge. Mais aussi à cause de sa rancœur vis-à-vis du lien que j'avais avec Gam. Quoi qu'il en soit, Jessa et moi avions une relation cordiale mais distante. Puis est arrivé Benson.

— Je sais qu'elle l'a rencontré quand elle travaillait sur sa campagne.

— Oui. Ils ont annoncé leurs fiançailles juste après qu'il a présenté sa candidature. Ses chiffres ont fait un joli bond en avant. Il commençait à avoir une vraie chance de gagner.

Gabe fronça les sourcils.

— Qu'est-ce qui a mal tourné, alors ? Le livre de révélations écrit par son ex n'est sorti qu'après le scandale.

— J'ai interrogé Benson à ce sujet. Il m'a dit que le directeur de sa campagne avait été averti de la parution du livre et avait mis Jessa en garde. Les révélations compromettraient sérieusement ses chances de victoire. D'après lui, elle l'a très mal pris.

— Elle a alors décidé qu'il était temps d'arrêter les frais et de poursuivre sa route ?

Kat hocha la tête.

— Ça expliquerait beaucoup de choses. Une semaine plus tard, elle m'a téléphoné, disant qu'elle voulait qu'on se rapproche, qu'on soit plus comme des sœurs que des cousines, d'autant qu'on n'avait pas d'autre famille que Gam. Elle a proposé une soirée entre filles. Elle a loué une suite où on aurait un dîner, du vin, des massages…

— Même si tu n'avais pas l'âge légal ?

— Oui. Je pense que ça faisait partie de la tentation. L'aspect désobéissance. Souviens-toi, j'ai été élevée par une grand-mère très stricte.

Elle ferma les yeux. Son ton détaché était en totale contradiction avec la douleur qui la traversait.

— Comme une idiote, j'y suis allée, conclut-elle dans un murmure.

Gabe resserra son bras autour d'elle.

— C'est fini. Ça ne te fera plus de mal, dit-il, effleurant sa tempe de ses lèvres. Je suppose que Jessa t'a droguée ? Et qu'elle s'est arrangée pour que Benson débarque dans la suite ?

— Oui, répondit-elle avec un frisson. Je me suis réveillée dans le lit, nue. Tu étais là. Benson était là. Et les médias sont arrivés tout de suite après.

Son menton tremblait, elle mit un moment à recouvrer son calme.

— Ces choses que je t'ai dites…, lâcha Gabe. Je ne pourrai jamais assez m'en excuser. Jessa assurait que tu avais toujours été jalouse d'elle, que tu avais cherché à séduire son fiancé. Je l'ai crue, tellement certain qu'elle était la victime. Alors qu'elle avait décidé de nuire à Winters.

— Elle ne pouvait pas simplement le quitter. D'autant qu'elle avait déjà des vues sur un remplaçant pour Benson. A l'époque, tout marchait très fort pour toi. Alors elle a misé sur ton instinct de protection en jouant le rôle de la victime.

— Pourquoi se servir de toi ?

— Parce que j'étais assez jeune et stupide pour ne pas m'interroger sur ses motifs, admit-elle avec honnêteté. Et parce que j'étais l'obstacle entre elle et Gam, ou plutôt, l'argent de Gam. Et plus important, entre elle et le Heart's Desire.

Saisissant son menton, il la força à le regarder. Des larmes emplissaient ses yeux, qu'elle tentait vainement de contrôler.

— Dis-le, Kat. Tu peux enfin le dire. Tu peux enfin prononcer les mots. Cette fois, quelqu'un te croira.

Les larmes s'échappèrent et roulèrent sur ses joues. Elle dut s'y prendre à trois fois pour réussir à les exprimer.

— Ce n'était pas moi.

Fermant les yeux, elle céda aux larmes. Rouvrit la blessure qui la tourmentait depuis cinq ans. Libéra enfin toute la douleur et toute l'amertume emmagasinées depuis si longtemps.

— Ce n'était pas moi. Je suis innocente.

Il se contenta de la tenir dans ses bras pendant qu'elle pleurait. Il la tint contre lui comme si jamais plus il ne la lâcherait. Lorsque les larmes se tarirent, il essuya son visage.

— Voilà qui est mieux, dit-il d'un ton satisfait.

Et c'était vrai.

— Un problème réglé ? demanda-t-elle avec un sourire timide.

— Ce n'était pas un problème, juste une question dont il me fallait la réponse afin de démarrer notre mariage sur de bonnes bases, sans que le fantôme de Jessa ne plane au-dessus de nous. Je ne pourrai jamais m'excuser assez de mon rôle dans ce qui s'est passé à l'époque, Kat. Pour ne pas avoir compris que Jessa t'avait piégée.

— Tu ne pouvais pas le deviner. Elle a toujours été très forte pour manipuler les gens.

Gabe leva le bras et fit tinter une clochette dorée suspendue dans l'arbre de Noël. Son carillon joyeux rappelait les cloches qui avaient résonné le jour de leur mariage.

— On passe au point suivant ? Pourquoi tu ne m'as rien dit quand tu as eu des doutes à propos du collier ?

— Ce n'était que quelques heures avant la cérémonie, et ta famille est arrivée dans les minutes qui ont suivi cette découverte. Tout le monde m'a dit que Primo t'avait confisqué ton portable. Je n'avais aucun moyen de te joindre. En plus, j'espérais m'être trompée. Hélas, non…

— Quand as-tu su avec certitude ?

— Quand j'ai emmené Francesca dans notre suite, pendant la réception. Tu discutais avec Primo, tu te souviens ?

— Parfaitement.

— Elle a confirmé mes soupçons. J'aurais dû arrêter le mariage et te parler du problème, ajouta-t-elle, mal à l'aise. Ce n'est pas faute de l'avoir envisagé, tu sais.

— A mon avis, ce que tu envisageais, c'était de fuir à toutes jambes, répliqua-t-il.

Elle éclata de rire, un rire encore voilé de ses larmes récentes. Puis elle le regarda droit dans les yeux.

— Bon, et maintenant qu'est-ce qu'on fait ? Tu m'as épousée pour récupérer le collier de ta mère. Mais rien ne s'est passé comme tu t'y attendais.

Il posa la main sur sa joue, caressa ses lèvres du pouce.

— C'est vrai. J'ai bien peur que notre contrat initial ne puisse être honoré tant que tu n'as pas remplacé les diamants.

— Tu as une idée de ce qu'ils valent ? protesta-t-elle. Jamais je n'aurai les moyens !

Une fois de plus, son expression se fit indéchiffrable.

— Pour tout te dire, j'y compte bien.

— Je ne comprends pas, Gabe.

— J'ai calculé qu'il te faudrait au bas mot cinquante ou soixante ans pour me rembourser ce que tu me dois pour ces diamants.

L'espoir fleurit au fond de son cœur, une lueur brillante et heureuse.

— Tu crois que ça suffira ? demanda-t-elle, mutine.

— Probablement pas, surtout si j'ajoute les intérêts.

— Donc, me voilà coincée avec toi ?

Il lui sourit. Cette fois, elle fut tout à fait capable de déchiffrer son expression.

— Tu n'as pas le choix, je le crains. Tu es coincée. Au moins jusqu'à l'expiration de notre contrat.

— Dans cinquante ou soixante ans ?

— Voire plus, comme tu l'as dit.

Lentement, elle ferma son poing et courba son index. Il l'imita, joignit leurs doigts.

— Je t'aime, Gabriel Moretti, murmura-t-elle.

Il effleura ses lèvres.

— Je t'aime aussi, Katerina Moretti. Consens-tu à mes requêtes ?

Paupières closes, elle approfondit leur baiser.

— Sans l'ombre d'un doute, répondit-elle.

Puis il s'écarta et lui lança un sourire aguicheur.

— Maintenant, notre dernier problème.

— Lequel ?

Il caressa son ventre.

— Le nom à donner à notre bébé.

Elle glissa sa main sur la sienne, entremêlant leurs doigts.

— Tu crois vraiment que je suis enceinte ?

— D'après les Dante, c'est plus que probable.

— Alors, comment veux-tu l'appeler ? Nonna dit que c'est un garçon, précisa-t-elle vivement.

Soudain très sérieux, Gabe hésita.

— Primo a fait une suggestion le jour de notre mariage.

Kat mit un moment à faire le rapprochement.

— Ah ! La discussion que vous aviez pendant que Francesca et moi étions montées ?

— Oui.

— Quel nom aimerait-il qu'on lui donne ?

— Dante.

L'espace d'une seconde, il eut du mal à poursuivre. Sa voix lui fit défaut.

— Sauf qu'il ne le suggérait pas comme prénom, reprit-il ensuite. Mais comme nom de famille. Il m'a demandé de réfléchir à l'idée de prendre son nom, soit en le modifiant légalement, soit via l'adoption.

— Oh ! Gabe…

Elle sentit son cœur se serrer. A une époque de sa vie, il aurait donné n'importe quoi pour que son père fasse cela pour lui, elle le savait.

— Qu'as-tu répondu ?

Une lueur joyeuse illumina les yeux de Gabe. Il joignit leurs mains, paume contre paume, Inferno contre Inferno. Le brasier déferla en eux, mélange de joie et de douceur qui éclipsa tout ce qui les avait menés à cet instant.

— J'ai supposé que tu n'y verrais pas d'objection, déclara-t-il, aussi ai-je répondu que nous serions heureux de devenir des Dante.

Elle lui donna un nouveau baiser passionné.

— Tu ne deviendras pas un Dante en changeant simplement ton nom. Tu es né Dante, Gabe. Tu l'as toujours été et tu le seras toujours. Tout comme tu as toujours été et tu seras toujours mon âme sœur désignée par l'Inferno.

Il l'attira contre lui, la serra fort dans ses bras.

— Tout comme tu as toujours été et tu seras toujours mon Heart's Desire, le désir de mon cœur.

Dehors, la neige tombait sans relâche, couverture de pureté enveloppant un cœur de chaleur et d'amour. Noël était arrivé en avance. Son miracle, c'était le retour de la foi et d'une confiance inébranlable. Qui les avait conduits l'un vers l'autre. Vers la famille qu'ils avaient toujours désespérément désirée. Vers un futur flamboyant, lumineux, avec la promesse d'un fils. Un fils qui n'ignorerait rien de sa filiation et qui porterait le nom de Dante dès le jour de sa naissance.

Cela avait commencé par une infime étincelle vacillante, laquelle avait pris, tenu bon, était devenue un brasier, un Inferno. Mais qui, tout au fond, était devenue bien plus.

Devenue Dante.

SARAH M. ANDERSON

Libre d'aimer

Traduction française de
MURIEL LEVET

PASSIONS

HARLEQUIN

Titre original :
WHAT A RANCHER WANTS

Ce roman a déjà été publié en 2014.

- 1 -

— *Dios mío!* souffla Gabriella del Toro.

Du sang se mit à couler de la coupure qu'elle venait de se faire au doigt. Agacée, elle reposa l'ouvre-boîtes en soupirant. Elle n'avait vraiment pas besoin de cela.

Joaquin, son garde du corps, releva les yeux de sa tablette et la regarda d'un air inquiet.

— Je vais bien, le rassura-t-elle. Je me suis juste coupée.

Machinalement, elle baissa les yeux vers sa blessure. Jamais elle n'aurait pensé qu'ouvrir une boîte de soupe puisse être si compliqué. Cela étant dit, rien n'était vraiment simple depuis qu'elle était arrivée dans la maison de son frère, au Texas. Au Mexique, dans le domaine ancestral des del Toro, Las Cruces, la cuisine, c'était la cuisinière qui s'en chargeait. A en croire son père, il ne s'agissait pas d'une activité convenable pour une jeune fille de bonne famille.

Tout en s'enveloppant le doigt dans une serviette, elle eut un sourire amer en songeant à l'image qu'elle devait renvoyer. Elle était la fille de Rodrigo del Toro, l'un des hommes d'affaires les plus puissants du Mexique. Elle comptait parmi les créatrices de bijoux les plus prisées de Mexico. Elle avait un véritable don pour transformer des cailloux et des morceaux de métal brut en magnifiques bijoux d'inspiration maya.

Mais, en cet instant, elle était le parfait cliché de la riche héritière. Pas même capable d'ouvrir une boîte de soupe.

Piteuse, elle quitta la cuisine pour aller chercher un pansement. Dans le couloir, elle entendit derrière elle les pas de Joaquin, homme robuste et silencieux qui la quittait rarement des yeux depuis que son père l'avait engagé pour la protéger quand elle avait treize ans. Elle en avait maintenant vingt-sept. Joaquin, qui en avait près de quarante, était en pleine force de l'âge. Elle espérait secrètement qu'il le resterait très longtemps. Son garde du corps se souciait bien plus de son bonheur que son père, ou même son frère. Et, surtout, il n'avait jamais laissé personne lui faire du mal. Sa présence avait donc quelque chose de rassurant. Même si elle rendait sa vie affective pour le moins difficile.

Tout en se reprochant mentalement sa maladresse, elle gagna la salle de bains, où elle finit par trouver une boîte de pansements. Elle s'était coupée à l'extrémité de l'index, ce qui risquait fort de l'empêcher pendant un certain temps de se servir de ses pinces pour travailler.

Ses pinces ? Elle secoua la tête pour se reprendre. Ses pinces n'étaient pas ici, pas plus que ses autres outils de joaillerie. Car, d'une part, il lui aurait été difficile de faire transporter tous ces instruments. Et, d'autre part, quand elle avait fait ses bagages, elle avait pensé qu'elle ne resterait aux Etats-Unis que le temps de venir chercher son frère…

Pauvre, pauvre Alejandro. Et pauvre, pauvre *papá*. Quand il avait décidé d'envoyer son fils aux Texas pour « enquêter » sur cette entreprise énergétique qu'il souhaitait acquérir, il avait pourtant insisté pour qu'il se fasse escorter par Carlos, son garde du corps. Mais Alejandro avait catégoriquement refusé. Les kidnappings contre rançons n'étaient pas aussi fréquents aux Etats-Unis qu'au Mexique, avait-il argué. Et bien que la famille del Toro soit hantée par le spectre des enlèvements, leur père avait fini par céder.

Elle n'arrivait toujours pas à croire qu'il ait laissé son

frère vivre sans garde du corps, comme un véritable Américain. Et pourtant, un peu plus de deux ans auparavant, c'était bien seul qu'Alejandro, sous le pseudonyme d'Alex Santiago, avait traversé la frontière.

Le départ de son frère n'avait pas manqué de susciter en elle une petite pointe de jalousie. Car, naturellement, elle ne rêvait que d'aller et venir à sa guise. Mais son père refusait de la laisser libre de ses mouvements, et elle avait dû rester à Las Cruces, sous la surveillance constante de Joaquin.

Une petite pointe de jalousie, donc. Jusqu'à ce qu'Alejandro ne se fasse enlever. Mais les kidnappeurs n'avaient pas demandé de rançon, comme c'était généralement le cas. Et quelques semaines après sa disparition, son frère avait fini par être retrouvé dans un camion de passeurs, rempli d'immigrants clandestins. Alejandro, le fils de Rodrigo del Toro, avait été jeté sans ménagement au milieu de pauvres gens désespérés, désireux de commencer une nouvelle vie aux Etats-Unis.

Et, surtout, il avait été maltraité. Ses blessures étaient en cours de guérison, mais il n'avait plus aucun souvenir de son agression, et par conséquent aucune information à donner aux inspecteurs de police qui venaient régulièrement lui rendre visite. L'enquête avait donc été ajournée. Alejandro avait fini par regagner sa maison de Royal, au Texas. Mais elle avait le sentiment que, maintenant que ses jours n'étaient plus en danger, les enquêteurs étaient un peu moins déterminés à trouver les criminels qui l'avaient enlevé. Néanmoins, ils lui avaient demandé de rester aux Etats-Unis. De toute façon, Alejandro n'avait pas l'air pressé de rentrer au Mexique. Il passait toutes ses journées dans sa chambre, à dormir ou à regarder à la télé des matches de football.

Le problème était qu'il ne semblait plus se souvenir ni d'elle ni de leur père. Du reste, la seule réaction qu'ils avaient obtenue de lui, en dehors des quelques mots de remerciements qu'il marmonnait quand ils lui apportaient ses repas, s'était produite quand leur père avait annoncé qu'ils allaient repartir à Las Cruces dans les jours prochains. Alejandro était alors brutalement « revenu à la vie », en affirmant qu'il n'irait nulle part. Puis il s'était enfermé dans sa chambre.

Leur père avait donc décidé d'installer provisoirement ses quartiers dans l'une des ailes de la demeure d'Alejandro, où il partageait son temps entre la gestion de Del Toro Energy et la mise à profit de ses vastes ressources pour la recherche des agresseurs de son fils.

Elle n'avait donc aucun moyen de savoir combien de temps sa famille resterait comme assignée à résidence dans cette maison.

Si elle avait pu caresser l'espoir de jouir un jour du genre de liberté dont son frère avait bénéficié pendant ces deux dernières années, elle avait désormais perdu toutes ses illusions. Son père ne la laisserait jamais sans surveillance. Pas après ce qui était arrivé à son fils.

Mais il fallait aussi considérer l'aspect positif des choses : elle était désormais aux Etats-Unis. Bien que, pour l'instant, elle n'ait pu voir de ce pays que le petit aéroport privé où le jet familial avait atterri, le ciel noir de la nuit et l'intérieur de la maison d'Alejandro.

Depuis qu'elle était arrivée ici, les journées s'écoulaient avec une telle monotonie qu'elle ne rêvait plus que de fuir le silence frustrant de son frère et les violents accès de colère de son père. Jamais elle n'aurait cru que cela arriverait, mais Las Cruces lui manquait. Là-bas, certes, elle n'était pas autorisée à quitter la propriété familiale, mais au sein de ses frontières bien gardées force lui était de reconnaître qu'elle avait bien plus de liberté qu'elle n'en avait ici. Elle pouvait bavarder avec les femmes de chambre et la cuisinière. Se rendre à son atelier pour travailler sur ses bijoux. Monter Ixchel, son cheval aztèque, et, avec Joaquin, se promener à sa guise sur les vastes terres de la propriété.

Bien sûr, tout cela n'était qu'un pâle ersatz de liberté. Mais c'était tout de même mieux, bien mieux que de rester enfermée avec un frère amnésique, un père irascible et un garde du corps, qui, en dépit de ses nombreuses qualités, n'avait jamais été très doué pour faire la conversation. Jusqu'ici, la monotonie des journées n'avait été rompue que par les brèves apparitions de Maria, la femme de ménage d'Alejandro, de Nathan Battle, le shérif du comté, et de Bailey Collins, l'inspecteur du FBI chargé de l'enquête.

Et elle commençait vraiment, mais alors vraiment, à se demander combien de temps encore elle allait pouvoir tenir.

Lasse, elle enroula le pansement autour de son index. A cet instant, la sonnette de la porte d'entrée retentit, la tirant brutalement de ses mornes pensées.

Peut-être était-ce Maria qui revenait ? Gabriella aimait bien parler avec elle. C'était pour elle un véritable soulagement que d'avoir une conversation avec une autre femme, même s'il ne s'agissait que de petites discussions sur la pluie et le beau temps. Tout était bon pour rompre la monotonie de ses journées.

Un sourire aux lèvres, elle se précipita donc dans le couloir, suivie de près par Joaquin. Elle s'était mise d'accord avec son père pour ne pas engager davantage de personnel afin de ne pas perturber Alejandro. Aussi s'était-elle vu accorder le droit d'ouvrir la porte, à condition, naturellement, que Joaquin soit avec elle pour monter la garde.

La sonnette retentit de nouveau. Ce ne pouvait pas être Maria ; elle ne se serait jamais montrée aussi insistante. Il devait donc s'agir du shérif ou de l'agent du FBI. Ce qui signifiait que son père allait passer la plus grande partie de l'après-midi à pester contre la justice américaine.

Résignée, elle s'arrêta quelques instants pour reprendre

son souffle. Elle était, jusqu'à nouvel ordre, la maîtresse de maison. Son rôle était donc de faire de son mieux pour présenter la famille del Toro sous un jour positif. D'autant que Maria avait laissé entendre que certains voisins les regardaient d'un œil suspicieux. Après s'être brièvement regardée dans le miroir du hall, elle s'efforça donc d'afficher un visage souriant. Elle avait très souvent joué les hôtesses lors des dîners d'affaires de son père. Elle connaissait bien son rôle.

Mais, à sa grande surprise, la silhouette qui apparut devant elle quand elle ouvrit la porte n'était ni celle du shérif Battle ni celle de l'agent Collins… mais celle d'un cow-boy. Un grand et beau cow-boy vêtu d'une veste en cuir, d'une chemise anthracite et d'un jean bleu foncé dissimulant en partie ses bottes. En la voyant, il retira son chapeau de feutre marron et le plaça contre sa poitrine.

Dios mío ! Ces yeux ! Jamais elle n'en avait vu d'aussi verts. D'aussi beaux. Ils étaient de la même couleur que l'herbe de Las Cruces au printemps. Et l'espace d'un instant, à les regarder, elle eut l'impression d'être chez elle. Jamais elle n'avait ressenti d'émotion aussi forte en regardant les yeux de quelqu'un.

— Mademoiselle, fit-il pour la saluer.

Sa voix était rauque, comme s'il avait passé beaucoup de temps dans l'air froid de ce mois de février. Mais le sourire qu'il affichait était radieux.

— Je souhaiterais parler à Alex.

Il fallait qu'elle dise quelque chose. Mais pourquoi ne parvenait-elle pas à lui répondre ? Parce qu'il y avait un certain temps qu'elle n'avait pas vu d'étranger ? Oui, mais il y avait autre chose : la façon dont il la regardait… la troublait, il n'y avait pas d'autre mot.

— Chance McDaniel, dit-il, sans cesser de sourire. Je ne crois pas avoir le plaisir de vous connaître, mademoiselle… ?

Son humeur changea brutalement. Chance McDaniel ?

Elle ne savait que peu de choses de cet homme, mais les maigres informations dont elle disposait ne jouaient pas en sa faveur. En effet, à en croire le shérif Battle et l'agent Collins, ce M. McDaniel avait été un ami proche d'Alejandro, ou plutôt d'Alex Santiago. Mais aussi l'un des principaux suspects de l'enlèvement dont il avait été victime.

Que faisait-il ici ? Mais, surtout, qu'allait-elle faire de lui ?

Derrière elle, elle sentit Joaquin passer sa main sous sa veste. Elle fit de son mieux pour se ressaisir. Elle ne pouvait imaginer ce qui avait pu conduire le suspect principal d'un enlèvement à demander à parler à sa victime, mais elle ne pouvait pas non plus laisser son garde du corps pointer une arme sur lui.

Après avoir jeté à Joaquin un rapide coup d'œil d'avertissement, elle se força à reprendre son sourire accueillant.

— Bonjour, monsieur McDaniel. Voulez-vous vous donner la peine d'entrer ?

Evitant soigneusement la main qu'il venait de lui tendre, elle fit un pas en arrière et lui fit signe d'avancer.

Le jeune homme resta quelques instants la main tendue avant d'entrer. Mais sa démarche et son attitude étaient confiantes. Ce qui n'étonna guère Gabriella. Au vu de la position dans laquelle il se trouvait, il lui fallait tout de même une certaine assurance pour demander à parler à son frère.

— *Señor*, fit-il en passant devant Joaquin.

Le garde du corps ne répondit rien et resta complètement immobile, le regard fixé sur l'intrus.

Ce qui ne sembla pas déstabiliser M. McDaniel qui, de toute évidence, connaissait la maison : il se dirigea droit vers le séjour puis, semblant se raviser, se retourna vers elle.

— Je suis navré, mais je n'ai pas bien saisi votre nom, mademoiselle… ?

Il la détailla de la tête aux pieds. Elle le vit passer en revue son chemisier blanc immaculé (qui, fort heureusement, n'avait pas souffert de sa piètre tentative de préparer le déjeuner) et son slim noir en partie dissimulé par sa veste trois-quarts, dont la couleur corail contrastait parfaitement avec ses boucles d'oreilles et son collier de turquoises et d'argent. *Il cherche à savoir qui je suis*, comprit-elle. *Il doit se demander si je suis une employée de maison ou une invitée d'Alejandro.*

Si cet homme n'avait pas été le principal suspect de l'enlèvement de son frère, elle se serait hâtée de se présenter pour le mettre à l'aise. Mais, compte tenu de sa position, elle décida de ne pas répondre à sa question. De le laisser attendre. Parce qu'elle avait elle-même dû attendre longtemps pour savoir si son frère était encore en vie.

— Puis-je vous offrir un verre de thé glacé ? finit-elle par lui proposer, d'une voix aimable.

A son grand étonnement, M. McDaniel ne parut ni irrité ni embarrassé. Il se contenta de lui adresser un sourire. Le genre de sourire qui devait lui faire gagner le cœur de la plupart des femmes à qui il l'adressait.

Bien. Mais ce monsieur allait devoir apprendre qu'elle n'était pas la plupart des femmes. Même si elle se sentait tout à coup un peu déstabilisée par la chaleur qu'elle voyait briller dans ses yeux…

— Oui. Je vous remercie, finit-il par répondre.

Après lui avoir fait signe de s'installer dans le salon, elle se dirigea lentement vers la cuisine. Elle avait préparé un pichet de thé glacé le matin même. Il ne lui fallut que quelques minutes pour en servir deux verres et les poser sur un plateau avec une assiette de biscuits. Ce faisant, elle tendit l'oreille pour écouter les bruits de la maison. Si Alejandro avait entendu la sonnette tinter, il ne semblait pas s'être décidé à descendre pour voir qui était venu. De même que leur père, d'ailleurs.

Parfait. C'était probablement mieux ainsi. Si M. McDaniel avait quelque chose à voir avec la disparition d'Alejandro, elle serait certainement en mesure de le convaincre « gentiment » de les laisser en paix. Ayant été élevée dans l'optique de devenir une excellente maîtresse de maison, elle était versée dans l'art de la conversation. Elle pouvait très bien prendre en main la situation. Mais si leur père débarquait comme un fou dans la pièce en lançant des accusations…

En approchant de la porte du salon, elle s'aperçut que M. McDaniel s'était assis dans un fauteuil. Joaquin, debout devant lui, ne le lâchait pas du regard.

— Je vous remercie, dit-il quand il la vit arriver.

Elle posa le plateau sur la table et observa attentivement son visiteur. Quel genre d'homme était-il ? Prompt à se lier d'amitié avec un étranger ou susceptible d'attaquer une personne désarmée ?

N'ayant aucun moyen de répondre à cette question, elle s'assit sur le canapé de cuir qui se trouvait en face de celui dans lequel il s'était installé. Joaquin se déplaça légèrement pour aller se poster derrière son dossier. Le message était clair : si M. McDaniel tentait quoi que ce soit, il n'aurait pas le temps de le regretter.

Sans la quitter des yeux et sans sembler prêter attention à la manœuvre du garde du corps, l'homme reprit place sur son siège.

Une fois encore, elle remarqua que sa présence avait tendance à la déstabiliser. Comme il venait de poser son chapeau sur le rebord de la table, elle prit quelques instants pour observer ses cheveux blond foncé. Ils étaient coupés court, mais ondulaient un peu sur les côtés.

Quelques secondes s'écoulèrent. Il se mit à remuer nerveusement dans son fauteuil. Elle ne pouvait plus le faire attendre davantage. Courir le risque de laisser son père débarquer dans la pièce.

— Je suis ravie de faire votre connaissance, monsieur

McDaniel. Alejandro m'avait parlé de vous. Je suis Gabriella del Toro. La sœur d'Alejandro.

Il y eut un silence pesant au cours duquel le visiteur la regarda d'un air songeur.

— J'ignorais qu'Alex avait une sœur, finit-il par dire, au bout de quelques secondes, d'une voix un peu triste. Mais il y a sans doute beaucoup d'autres choses que j'ignore à son sujet. A commencer par le fait que son véritable prénom était Alejandro.

Il leva les yeux vers Joaquin.

— Vous êtes son frère ?

— Joaquin ? Non, rétorqua-t-elle en riant doucement. C'est mon garde du corps. Vous comprendrez aisément, monsieur McDaniel, que la famille del Toro se doit de prendre des mesures pour assurer sa protection.

M. McDaniel hocha la tête.

— Comment va Alex ? demanda-t-il en passant une main dans ses beaux cheveux. J'espérais lui parler. Si cela ne le dérange pas, bien sûr.

Rien, dans sa posture ou le ton de sa voix, ne suggérait qu'il n'était pas honnête.

— Alejandro ne s'est pas encore remis de l'épreuve qu'il a subie, lui répondit-elle.

Elle se tourna vers Joaquin et, pour plus de discrétion, décida de lui demander, dans sa langue maternelle :

— *A qui devrions-nous dire en premier qu'il est ici, Alejandro ou papá ?*

Elle était tellement certaine que le cow-boy texan ne comprendrait pas qu'elle resta muette d'étonnement quand il répondit, avec un accent prononcé, mais néanmoins intelligible :

— *Je le sais, moi.*

Il lui fallut quelques instants pour se remettre de sa surprise.

— Vous parlez notre langue, monsieur McDaniel ? finit-elle par lui demander.

Il lui adressa un large sourire, et elle se surprit à se pencher vers lui, pour mieux observer son beau visage.

— Pas aussi bien que vous, mais j'ai étudié cette jolie langue pendant deux ans, à l'université.

Il lui fit un petit clin d'œil, avant d'ajouter :

— Mais mon italien est bien meilleur.

— Ah, murmura-t-elle.

Il l'avait eue. Et elle était impressionnée. Cet homme parlait trois langues, avait fait des études supérieures, avait le sens de l'humour et, qui plus est, savait faire des compliments. Elle comprenait mieux pourquoi son frère s'était lié d'amitié avec lui. Mais… quel genre de cow-boy était donc Chance McDaniel ? Savait-il monter à cheval ? Elle regarda ses mains. Propres, mais calleuses. Les mains d'un homme habitué aux travaux pénibles.

Elle sentit un frisson lui parcourir le dos et fit de son mieux pour le dissimuler à son visiteur. Mais, soudain, le regard de celui-ci changea. Se fit plus intense. Plus profond.

Et, à cet instant, elle comprit que Chance McDaniel était bel et bien une menace. Peut-être pas pour son frère, mais pour elle, assurément. Parce qu'elle ne s'était pas préparée à la façon dont cet homme la regardait, lui aussi, et qu'elle ne se sentait pas la force de s'en protéger.

- 2 -

Ainsi donc, Alex avait une sœur. Encore un mensonge. Un de plus.

Chance aurait dû être furieux contre l'homme qu'il croyait être son ami. Et, pourtant, il ne ressentait aucune colère au fond de lui, car il était perdu dans les profondeurs obscures des yeux de Gabriella.

Gabriella del Toro. Il avait envie de prononcer son nom à voix haute, de sentir les syllabes rouler sur sa langue comme du whisky pur malt.

Mais il ne pouvait pas le faire. Pas encore.

Il fallait qu'il en vienne aux faits. Il savait que la famille del Toro résidait chez Alex depuis quelques semaines déjà ; le shérif Battle le lui avait confié au pub de la ville. Mais aucune autre information n'était parvenue à ses oreilles. Nathan n'avait rien voulu lui dire sur l'avancée de l'enquête, bien qu'il lui ait expliqué que, de son point de vue à lui, il était exempt de tout soupçon.

Affirmation dont il avait déduit que l'agent du FBI le considérait toujours comme un suspect.

De même que la famille del Toro, manifestement. Il devait bien reconnaître qu'il ne se sentait pas vraiment à son aise, ici. Sous ses airs de jeune fille de bonne famille, Gabriella del Toro semblait avoir un véritable don pour déstabiliser ses adversaires. Et il espérait qu'elle n'avait pas remarqué à quel point il se sentait embarrassé, notamment par son garde du corps, qui mettait un point d'honneur à le « fusiller » du regard.

De toute façon, la situation lui échappait depuis un petit moment déjà. Alex était de retour, sain et sauf, mais il ne savait plus qui il était et ne se souvenait de personne à Royal. Et une sorte de psychose collective régnait toujours dans le village, et tous les habitants continuaient de s'interroger sur les personnes qui auraient pu en vouloir à Alex Santiago. Dont lui-même, manifestement.

— Alors comme ça, votre garde du corps parle anglais ?

Il ne voyait vraiment pas ce qu'il pouvait dire d'autre. Il avait envie de parler à Alex pour découvrir s'il se souvenait de quoi que ce soit. Cela ne lui plaisait pas de l'admettre, mais il y avait de fortes chances pour que le coupable soit en effet un habitant de Royal.

— Naturellement, répondit-elle, comme si toutes les armoires à glace de la terre étaient polyglottes. Comme il m'accompagnait à mes cours, il était tout à fait naturel qu'il apprenne avec moi et le reste des enfants de la maison.

— Vous avez d'autres frères et sœurs ?

Comment avait-il pu croire qu'il connaissait Alex ? Cet homme qu'il considérait comme son ami n'avait fait que lui mentir dès le moment où il était arrivé à Royal. Chance s'était pris d'affection pour lui. Il était même allé jusqu'à lui laisser le champ libre quand il avait commencé à s'intéresser à la belle Cara Windsor, qui lui plaisait pourtant beaucoup. Mais il se pouvait aussi que tout cela ait fait partie d'un plan machiavélique. Car, si Alex avait voulu détruire sa vie, il ne s'y serait sans doute pas pris autrement…

Tandis qu'il se faisait cette réflexion, elle s'était mise à rire. Un rire doux et délicat, qui lui fit penser à un papillon se posant rapidement sur une fleur avant de s'élancer dans les airs pour aller en butiner une autre.

— Oh non, monsieur McDaniel. C'est simplement que, quand nos professeurs particuliers faisaient leurs cours, ils le faisaient pour tous les enfants de la maison, y compris ceux des membres de notre personnel. Et je vous assure qu'il y en avait presque assez pour remplir une véritable classe.

Elle prit un air nostalgique.

— Ma mère pensait qu'il était de notre devoir d'éduquer les enfants de ceux qui nous servaient.

Alex n'avait jamais parlé de sa mère. Mais, ceci dit, il n'avait jamais parlé de sa sœur non plus.

— Ç'a dû être dur, pour votre mère, quand Alex a disparu.

Une ombre passa sur son beau visage, voilant la luminosité de son sourire.

— Elle est décédée il y a vingt-trois ans, monsieur McDaniel.

Ah ! Alex avait donc une bonne raison de ne pas en avoir parlé.

— Je vous présente mes excuses. Je l'ignorais.

Comme pour marquer son appréciation, elle inclina la tête sur le côté. Puis l'ombre disparut de son visage. Son comportement était raffiné, ses manières impeccables. Même quand elle semblait prendre un malin plaisir à le mettre mal à l'aise, elle le faisait de façon tout à fait distinguée.

Tout à coup, il fut pris d'une envie impérieuse et incongrue de lui demander si elle montait à cheval. Son frère était venu parcourir les pâturages de son domaine, les Acres, à de très nombreuses occasions. Et il lui avait parlé de ses écuries et de la sensation de liberté que conférait la pratique de l'équitation.

Cara n'avait jamais beaucoup aimé se promener à cheval avec lui. Elle n'aimait pas l'odeur des écuries, n'était pas très douée pour l'équitation et avait même un peu peur des chevaux.

Quant à lui, il avait cessé de courir les filles plusieurs années auparavant. Depuis lors, il s'était attaché à faire du domaine familial une terre fructueuse. Certes, il aurait aimé avoir quelqu'un avec qui parcourir les pâturages, partager ses repas et, naturellement, son lit. Mais le travail lui prenait beaucoup de temps, et il y avait peu de femmes à Royal susceptibles de s'accommoder de son mode de vie. Le ranch avait beau avoir été transformé, pour part, en ferme éducative et, pour part, en hôtel cinq étoiles où les citadins payaient de petites fortunes pour jouer les cow-boys pendant une semaine, la vie n'en demeurait pas moins difficile, rythmée par des réveils très matinaux l'été et des nuits très froides l'hiver.

— Vous montez à cheval ? Alex venait parfois faire des promenades avec moi, au ranch.

Il crut voir l'ombre d'un sourire se dessiner sur ses lèvres pleines.

— Oui.

Ce simple mot avait suffi à faire grimper d'un ou deux degrés la température de son corps.

— Vous devriez venir à mon ranch, un jour. Nous avons la chance de vivre dans l'une des plus belles régions du Texas. Et il me semble que le cheval constitue le meilleur moyen de la découvrir.

S'il ne pouvait pas parler à Alex et savoir comment il allait vraiment, la meilleure chose qu'il pouvait espérer était de passer un peu de temps avec sa ravissante sœur. Oui, l'idée lui paraissait très séduisante. Parce que cette jeune femme était charmante. Mais aussi parce qu'il espérait pouvoir ainsi lui soutirer d'autres informations sur son frère. Et déterminer sur combien d'autres choses il lui avait menti.

— Je regrette, mais ça ne sera pas possible.

Ses joues ayant légèrement rougi, elle avait pris un air innocent. Ses pensées à lui étaient loin d'être innocentes.

— Je ne me déplace jamais sans Joaquin.

L'armoire à glace acquiesça en poussant un grognement. Il était donc capable d'émettre des sons…

Mais peu importait. Il fallait qu'il prenne une décision :

— Il peut venir avec nous. J'ai une mule qui devrait pouvoir supporter son poids. Plus on est de fous, plus on rit.

L'idée de se coltiner le garde du corps ne lui plaisait pas vraiment. Mais s'il n'y avait pas d'autre solution pour convaincre Gabriella…

— Combien d'hectares fait votre ranch ? demanda-t-elle en se penchant vers lui, lui laissant ainsi entrevoir le haut de sa généreuse poitrine.

— Environ cent cinquante hectares. Nous avons des vaches, mais aussi des poules et des moutons. Et quelques alpagas. Les enfants les adorent. Et des chevaux, bien sûr. J'ai transformé le bâtiment principal en ferme éducative et en hôtel, répondit-il en espérant que ces affirmations le feraient passer pour un homme d'affaires respectable, et non un adolescent cherchant à obtenir un rendez-vous amoureux. Je serai ravi de vous montrer tout ça.

C'était la pure vérité. Mais d'un autre côté, en ce milieu de février, le sol était encore gelé et le vent pouvait se montrer mauvais. Alors, pourquoi faisait-il tant d'efforts pour la convaincre de venir visiter ses terres ?

Parce qu'il voulait en apprendre davantage sur Alex, rien de plus.

Il espérait qu'elle accepterait. Qu'elle saurait se débrouiller sur un cheval. Et que son garde du corps saurait se montrer discret.

Instinctivement, il baissa les yeux pour observer ses mains. En dépit de son allure sophistiquée, ses ongles étaient coupés court et dépourvus de vernis. Ses doigts étaient longs et délicats, et… elle avait un pansement sur son index droit.

— Vous vous êtes blessée ?

De nouveau, ses joues s'empourprèrent. Elle baissa les yeux vers ses mains puis les releva vers lui.

— Ce n'est rien. Je me suis juste un peu coupée en essayant de préparer de la soupe pour Alejandro.

En essayant ?

— Après cette balade à cheval au ranch, dit-il en souriant, vous dînerez avec moi. Franny Peterson, ma cuisinière, est un véritable cordon-bleu. Je suis certain qu'elle serait ravie de rencontrer la sœur d'Alex. Elle s'est toujours très bien entendue avec lui.

Elle prit un air surpris.

— Alejandro venait souvent chez vous ?

— Oui.

— Etait-il… ?

Elle baissa les yeux vers ses mains, mais, manifestement très émue, ne termina pas sa phrase. Cela devait être dur pour elle. Mais il fallait qu'il se souvienne qu'il n'était pas venu ici pour flirter avec la sœur d'Alex, aussi séduisante que cette perspective puisse paraître. Il avait un objectif, et il devait l'atteindre.

— Son état s'est-il amélioré ? demanda-t-il.

Et, soudain, tout ce qu'il y avait de chaleureux et de lumineux en elle disparut. Elle n'avait pas bougé d'un pouce, mais c'était comme si un mur s'était dressé entre eux.

— Son état est stationnaire, répondit-elle d'une voix qui se voulait sans doute neutre, mais qui laissait néanmoins transparaître la tristesse qu'il y avait en elle.

Elle semblait avoir beaucoup d'affection pour son frère. Ce qui, pour une raison qu'il ne parvenait pas à définir, la rendait plus attirante encore à ses yeux.

— Puis-je le voir ?

— Je ne pense pas que ce soit une bonne idée, monsieur McDaniel. Il est toujours convalescent. Les médecins ont dit qu'il avait besoin de calme et d'obscurité pour que son cerveau se remette du traumatisme qu'il a subi.

— M. McDaniel est mon père. Appelez-moi Chance, comme tout le monde le fait. Y compris Alex.

Elle le regarda droit dans les yeux.

— Je ne pense pas que ce soit une bonne idée, monsieur McDaniel.

Très bien. Il était apparemment allé trop loin, même s'il ne pouvait pas dire exactement quelle erreur il avait commise : lui avoir proposé de l'appeler par son prénom ou avoir appelé Alex par son nom américain ? Peu importait. Il était en train de la perdre.

— Je me disais juste que… le fait de me voir pourrait peut-être l'aider à recouvrer la mémoire. Qu'il me reconnaîtrait peut-être…

Quand il était plus jeune, beaucoup de femmes lui avaient confié leurs peines. Il était le genre d'homme avec qui les filles se sentaient suffisamment à l'aise pour épancher leurs cœurs. Mais, quand Gabriella del Toro leva les yeux vers lui, il dut admettre que jamais il n'avait vu de femme aussi triste de toute sa vie.

— C'est exactement ce que je m'étais dit en arrivant ici.

Cela n'aurait pas dû autant l'affecter ; après tout, il ne la connaissait que depuis quelques minutes. Mais la souffrance qu'il y avait dans sa voix le toucha droit au cœur, et il ressentit la même chose que quand il avait appris la disparition d'Alex : une douleur physique, comme un grand vide douloureux dans sa poitrine.

Il eut envie de se lever pour la prendre dans ses bras. Il eut envie de lui expliquer que, malgré tout ce qu'elle avait pu entendre, il n'avait rien à voir avec la disparition de son frère, qui était son ami, et qu'il ne voulait rien d'autre que son bonheur. Et celui de sa famille.

Mais il n'avait pas envie de s'attirer les foudres du garde du corps et de se retrouver blessé. Aussi jugea-t-il préférable de sortir son portefeuille de sa poche pour y chercher une carte de visite, qu'il tendit à Gabriella.

— Si les choses évoluent, si vous avez besoin de moi pour quelque raison que ce soit, n'hésitez pas à m'appeler. Je serai là dans l'instant, si Alex a besoin de moi.

Il déglutit avec peine et jeta un coup d'œil nerveux en direction du garde du corps.

— Ou si vous avez besoin de moi.

Elle se leva. L'espace d'un instant, il crut qu'elle allait une fois encore lui dire qu'elle ne croyait pas que ce soit une bonne idée. Mais elle prit la carte qu'il lui tendait. Ses doigts effleurèrent les siens. Et il eut envie de sourire.

— Merci.

Au même instant, une voix tonitruante retentit derrière eux :

— Qui êtes-vous ?

La voix répéta aussitôt la même question en espagnol.

— *Quién es ?*

Elle prit un air apeuré. Il se retourna vivement. Un homme grand et musclé se trouvait dans l'embrasure de la porte de la cuisine, les jambes légèrement écartées, les mains sur les hanches, le torse bombé. Et sans les rides qui striaient son front, on aurait presque pu le prendre pour le jumeau d'Alex. Mêmes cheveux noirs, mêmes traits réguliers. Mais si Alex arborait presque toujours un air jovial et accueillant, cet homme quant à lui avait une expression des plus menaçantes.

El señor del Toro.

Alex lui avait dit que son père était une force de la nature. Il n'avait pas menti.

— *Papá*, dit Gabriella d'une voix douce et apaisante. Voici Chance McDaniel, l'ami d'Alejandro.

Il lui fut reconnaissant de l'avoir présenté ainsi. Et non comme le principal suspect de l'enlèvement de son frère. Mais, en observant le visage de l'homme, il comprit que ses efforts ne serviraient à rien. Au moment même où elle avait prononcé son nom, son regard était devenu haineux.

— *Qué está haciendo aquí ?* demanda-t-il à Gabriella.

Chance n'eut aucun mal à comprendre la question. Manifestement, M. del Toro n'était pas aussi perspicace que sa fille, laquelle avait tout de suite soupçonné qu'il comprenait l'espagnol.

Quoi qu'il en soit, il décida de le saluer dans sa langue et d'essayer de lui dire que son fils lui avait parlé de lui en bien :

— *Holá, señor del Toro. Alex hablaba bien de usted.*

Il espérait ne pas avoir commis d'erreur, mais il n'était pas tout à fait sûr de lui. Car, contrairement à Gabriella, il n'avait pas eu de professeur particulier d'espagnol. Il avait appris sur le tas, avec les employés du ranch.

Comme personne ne lui répondit, il ajouta de sa voix la plus courtoise qu'il était venu voir Alex. Le garde du corps vint se poster derrière lui. Il s'efforça de ne pas se retourner et de conserver une expression calme et impassible. Il était hors de question qu'il se laisse impressionner.

— Vous n'êtes pas le bienvenu dans cette maison, finit par répondre M. del Toro en anglais, avec un accent assez prononcé.

— *Papá!* s'exclama Gabriella d'un air de reproche, en s'approchant de son père.

Elle posa sa main sur son bras. Il la repoussa vivement, avant de se retourner vers lui.

— Vous n'êtes pas le bienvenu dans cette maison, répéta-t-il, un peu plus fort.

Ce fut la goutte d'eau qui fit déborder le vase. Il pouvait comprendre que M. del Toro n'ait pas envie de le voir. Mais pas qu'il traite sa fille de cette façon.

— Aux dernières nouvelles, cette maison était toujours celle d'Alex, et je suis certain d'y avoir passé plus de temps que vous. Je suis le bienvenu ici, tant qu'Alex n'aura pas dit le contraire.

Sentant que le garde du corps était sur le point de l'attraper par le col, il se pencha pour reprendre son chapeau.

— Monsieur del Toro, ce fut un plaisir de vous rencontrer. Joaquin, ajouta-t-il en se tournant brièvement vers l'armoire à glace.

Il s'éloigna alors en direction du vestibule et fut assez surpris de voir Gabriella le rattraper pour lui ouvrir la porte.

— Je dirai à Alejandro que vous êtes passé, lui dit-elle en le regardant d'un air confus.

Il jeta un coup d'œil par-dessus son épaule. Le garde du corps se trouvait à deux ou trois mètres d'eux. Pour un homme aussi imposant, il avait vraiment l'art de se déplacer comme un chat. M. del Toro, quant à lui, n'avait pas bougé de l'endroit où il se trouvait. Il avait les bras croisés et le regard braqué sur lui. Sachant parfaitement que cela aurait pour effet de l'énerver davantage, il baissa son chapeau pour le saluer.

Puis il se tourna vers Gabriella.

— J'espère qu'il ne sera pas trop en colère, chuchota-t-il.

Elle lui répondit par un sourire inquiet, qui lui permit d'imaginer dans quelle humeur serait M. del Toro après son départ.

— Appelez-moi, si vous avez besoin de quoi que ce soit. Et ma proposition de balade à cheval tient toujours.

Elle baissa les yeux et rougit légèrement.

— Gabriella ! hurla son père.

— Au revoir, monsieur McDaniel, se contenta-t-elle de lui répondre en refermant la porte derrière lui.

Mais il avait le sentiment qu'il allait la revoir. Peut-être pas aujourd'hui, ni demain. Mais bientôt. La façon dont ses yeux s'étaient illuminés quand il lui avait parlé de monter à cheval… Oui, elle allait l'appeler, c'était certain. Et puis, il ne fallait pas oublier qu'elle était coincée dans cette maison avec ce gorille muet et son père, qui semblait pour le moins irascible. Sans parler du fait que son frère ne se souvenait pas d'elle.

D'autre part, il espérait qu'elle tiendrait parole et expliquerait à Alex qu'il était passé. Si elle le faisait, en tout cas, cela la rendrait plus digne d'estime à ses yeux que ne l'était son frère. Car plus le temps passait, plus il s'apercevait que son ami n'était pas un homme de parole.

- 3 -

Chance dut attendre trois jours pour recevoir le coup de fil tant espéré. Il venait tout juste d'arriver à l'écurie quand la sonnerie d'Alex retentit. Après avoir confié son cheval à Marty, il sortit son téléphone de sa poche. L'espace d'un instant, il crut que son ami avait recouvré la mémoire, qu'il allait tout lui raconter. Notamment au sujet de sa famille et de sa sœur.

— Allô ?

— Monsieur McDaniel ? fit une voix qui résonna comme une douce musique à ses oreilles.

Il reconnut aussitôt ces intonations mélodieuses. Et se sentit à la fois déçu que ce ne soit pas Alex et ravi qu'elle ait enfin appelé.

— Je vous répète que vous pouvez m'appeler Chance, Gabriella.

Il y eut un silence gênant. Et il n'eut aucun mal à l'imaginer en train d'essayer de décider de ce qu'elle allait faire. Quoi qu'il en soit, il avait très envie d'entendre ce que son accent donnerait sur son nom.

Néanmoins, comme elle ne répondait rien, il décida de changer de sujet de conversation :

— Alex va mieux ?

— Non. Il se… repose toujours.

Elle semblait fatiguée, angoissée, et surtout déçue. Elle faisait de son mieux pour le dissimuler, mais le son de sa voix la trahissait.

— Votre père est-il toujours en colère contre moi ?

— *Papá* ne s'intéresse qu'au bien-être d'Alejandro, répondit-elle sans hésiter, presque comme si elle avait répété.

Il prit ça pour un oui. Et sourit.

— Alors, vous avez besoin de vous évader un peu de cette maison… Et je m'en réjouis. J'ai un quarter horse nommé Nightingale que vous allez adorer monter.

Il l'entendit pousser un faible soupir de soulagement.

Bien. Il la tenait.

Des images lui vinrent aussitôt à l'esprit : ses lèvres pleines et rouges légèrement écartées pour pousser ce soupir. Ses beaux yeux sombres brillant de joie à l'idée de cette promenade à cheval. Son corps souple et mince chevauchant… le sien.

Il secoua la tête et s'efforça de se reprendre.

— Vous m'avez dit que vous aviez une mule pour Joaquin ?

— Tout à fait, répondit-il en s'approchant du box de Beast.

Beast était une immense mule issue du croisement d'un âne et d'un cheval de trait qu'il avait achetée pour permettre à ses clients les plus corpulents de monter.

— Cette petite bestiole peut supporter un poids de cent cinquante kilos. Il ne devrait donc pas y avoir de problème. A condition, bien sûr, que Joaquin prenne un petit déjeuner léger.

Elle se mit à rire, et de nouveau l'image d'un papillon butinant des fleurs d'été lui vint à l'esprit.

— Je ne manquerai pas de le lui dire.

— Quand voudriez-vous venir ?

Nous étions jeudi. Et le week-end paraissait loin.

— Quand êtes-vous disponible ?

Tout de suite, fut-il tenté de répondre. Mais, au même moment, Marty s'approcha de lui et lui murmura à l'oreille :

— N'oublie pas le mariage, samedi.

Le mariage ? Il fronça les sourcils.

— Nous organisons un mariage, samedi, pour un couple de Houston. Que diriez-vous de…

Il fit fonctionner son cerveau à toute allure.

— … dimanche après-midi ?

— Je crains que ce ne soit impossible.

Il ne manqua pas de remarquer qu'elle n'avait pas ajouté « monsieur McDaniel ». Certes, elle n'avait pas dit « Chance », non plus. Mais tout de même. On avançait.

— Pas le dimanche, voyons.

Ah ! Il n'y avait pas pensé. Elle faisait donc partie de ces personnes qui allaient à l'église le dimanche. Etait-elle pour autant plus honnête que son frère ou seulement plus torturée par les conséquences de ses mensonges ?

Mais qu'importe, il fallait qu'il réagisse rapidement. Jamais M. del Toro ne le laisserait remettre les pieds chez Alex. En d'autres termes, il s'agissait là de sa seule et unique opportunité de découvrir la vérité.

— Et demain matin ? Nous serons en plein préparatifs du mariage, mais j'ai beaucoup de personnel pour m'aider. Nous pourrions nous retrouver à… disons, 10 heures ? Puis déjeuner ensemble ?

Dis oui. S'il te plaît, dis oui.

Il avait très envie de savoir si elle savait monter, ou si elle était juste le genre de fille qui considérait que les chevaux étaient « mignons ».

Il y eut un silence. Puis, dans le lointain, il entendit la voix de M. del Toro crier le nom de sa fille. Ce rappel à l'ordre fut suivi d'une phrase ou deux en espagnol, dont il ne parvint pas à saisir le sens.

— Demain, 10 heures, finit-elle par dire.

Et ce fut tout. Elle avait raccroché.

Il regarda son téléphone en souriant. Il savait qu'il allait devoir rester en alerte et ne pas baisser sa garde. Alex lui avait fait énormément de mal, et si, globalement, les Acres continuaient de bien fonctionner, ses affaires n'étaient plus aussi fructueuses qu'auparavant, compte tenu des rumeurs qui couraient à son sujet.

Il fallait qu'il détermine ce dont Alex se souvenait. Ce serait le premier objectif qu'il devrait atteindre le lendemain. Le premier et le seul. Ce rendez-vous n'avait rien à voir avec son envie d'entendre la langue de Gabriella glisser sur son nom, rien à voir avec l'envie qu'il avait d'explorer son corps de sa langue. Il s'agissait de se blanchir. Rien de plus, rien de moins.

Le lendemain matin, Gabriella se réveilla tôt. Elle se levait généralement à 6 h 30, mais, ce jour-là, elle ouvrit les yeux à 4 h 45.

Elle aurait aimé boire son café sans réveiller Joaquin. Néanmoins, comme il dormait dans le séjour (la pièce la plus proche de la porte d'entrée), elle n'eut pas d'autre choix que de le saluer en passant :

— *Buenos días, Joaquin.*

Le garde du corps n'aimait pas qu'elle essaie d'échapper à sa surveillance. La première fois qu'elle avait essayé (alors âgée de quinze ans, elle mourait d'envie de faire le mur), il l'avait saisie si brutalement par le poignet qu'elle en avait gardé des bleus pendant des semaines. Il s'était naturellement confondu en excuses : étant profondément endormi, il l'avait prise pour un intrus.

Sans hésiter une seule seconde, Joaquin se redressa sur le canapé et balaya la pièce du regard.

— Je me suis réveillée tôt, lui expliqua-t-elle en le regardant sortir son pistolet de sous l'oreiller pour le glisser dans son étui. Ne t'inquiète pas ; tout va bien. Café ?

Il hocha la tête et se passa une main sur le visage. Un instant plus tard, il était debout et commençait son rituel matinal : vérifier chaque recoin de la maison, ainsi que les serrures et les fenêtres.

Pendant ce temps, elle entreprit de préparer du café

bien fort. Elle ne s'était pas sentie aussi enthousiaste depuis qu'elle avait réussi à convaincre son père de l'accompagner aux Etats-Unis.

Enfin, elle allait pouvoir voir du Texas autre chose que le joli panorama qu'offraient les fenêtres de la maison de son frère. Et à dos de cheval, qui plus est ! A Las Cruces, elle montait presque tous les jours. Mais depuis qu'elle était arrivée ici, elle n'avait pas même eu l'occasion de voir un seul cheval.

Alors qu'elle se faisait cette réflexion, Joaquin vint s'asseoir à la table de la cuisine et s'empara aussitôt de sa tablette. Il lisait les journaux tous les matins, cherchant toutes les informations susceptibles de constituer une menace pour la famille del Toro.

Néanmoins, cette fois-ci, il n'alluma pas l'appareil, mais se mit à la dévisager d'un air pensif.

Elle connaissait ce regard. Certes, Joaquin était plutôt du genre taciturne, mais ils étaient « ensemble » depuis si longtemps qu'il avait rarement besoin d'ouvrir la bouche pour lui communiquer ses sentiments. Et, en cet instant, il se demandait s'il devait ou non la laisser sortir avec Chance McDaniel.

— Maria doit revenir aujourd'hui, lui dit-elle d'une voix ferme et déterminée. Elle va préparer les repas pour la semaine. Si Alejandro a besoin de moi, il sait comment me joindre. Et, de toute façon, *papá* sera là. Alejandro ne sera pas tout seul.

Joaquin haussa un sourcil. Il n'était pas convaincu.

— Tu as entendu ce que M. McDaniel a dit : il a plus de cent cinquante hectares de terrain. Ça nous donnera l'occasion de voir s'il n'y aurait pas dans son ranch un endroit où il aurait pu cacher Alejandro pendant plusieurs semaines. Comme un hangar ou une cabane isolée, par exemple.

Ces arguments lui valurent un regard plus sceptique encore. Elle le connaissait bien : il devait se dire que la police locale avait dû passer le terrain au crible, sans rien trouver d'intéressant.

Irritée, elle soupira. Si elle ne pouvait pas convaincre Joaquin, elle ne réussirait pas à convaincre son père.

— Nous resterons déjeuner, poursuivit-elle en faisant de son mieux pour avoir moins l'air d'une adolescente qui cherchait à contourner les règles de sécurité que d'une enquêtrice froide et détachée. Je pourrais m'entretenir avec son personnel, voir si quelqu'un peut me dire quelque chose sur lui ou sur Alejandro.

Comme pour lui montrer à quel point il la trouvait pitoyable, il secoua la tête.

Bien. Plan B :

— Si tu ne me laisses pas sortir de la maison, ne serait-ce que pour une matinée, je promets de te faire vivre un véritable enfer. Je vais commencer par t'obliger à m'aider à organiser mon dressing. Puis j'irai sur des sites de shopping en ligne et te demanderai ton avis. Ensuite, j'essaierai des pantalons et je te demanderai s'ils ne me font pas de grosses fesses. Et, pour finir, je ferai quelques expériences culinaires et je te demanderai de goûter à tous mes plats. C'est ça que tu veux ?

Il était rare qu'elle profère de telles menaces. Elle n'était plus l'adolescente de treize ans qui se rebellait dès que l'occasion se présentait. Elle avait accepté son sort, le cocon dans lequel elle était enfermée, pour sa sécurité, à la demande de son père.

Mais il n'en demeurait pas moins que son bonheur dépendait de ces quelques heures passées loin de sa famille.

Elle s'accouda à la table et attendit. Ils savaient l'un comme l'autre que ses essais en cuisine s'achevaient généralement par la sonnerie des détecteurs de fumée. Et comme tous les hommes, il détestait qu'on le force à donner son opinion sur des vêtements.

— Je pourrais peut-être réessayer de faire des

pancakes ? renchérit-elle. Ils n'étaient pas si mauvais que ça, la dernière fois, non ?

Bien sûr, elle les avait complètement ratés. Même les chiens n'en avaient pas voulu. Joaquin, qui avait gentiment accepté de les goûter, avait été malade pendant deux jours.

Tout en se massant la poitrine, il lui jeta un regard mauvais. Manifestement, il n'avait pas oublié.

— S'il te touche, je le tue, finit-il par dire de sa voix que le réveil prématuré avait rendue rauque.

Elle ne put réprimer un sourire. Elle avait gagné. Ce qui n'était pas une mince affaire. Joaquin avait été formé pour résister à la torture. Mais aucune technique de survie ne pourrait jamais l'immuniser contre ses expériences culinaires.

— Bien sûr, acquiesça-t-elle en s'efforçant de cacher sa joie.

Quelques instants plus tard, elle regagna sa chambre pour prendre sa douche. Son cœur battait à tout rompre quand elle s'habilla et tressa ses longs cheveux.

Elle avait envie de partir le plus tôt possible pour les Acres, mais avant il y avait une chose qu'elle devait faire.

Elle disposa sur un plateau un bol de céréales, un verre de jus d'orange et une tasse de café, et elle alla frapper à la porte de la chambre de son frère.

— Alejandro ? C'est moi, Gabriella.

La porte s'ouvrit. Son frère, vêtu d'un T-shirt blanc et un pantalon de pyjama rayé, la regarda comme s'il ne la connaissait pas. Comme elle espérait le retrouver un jour !

— Je t'ai apporté ton petit déjeuner, annonça-t-elle en levant un peu le plateau. Tu as faim ?

Il la regarda fixement quelques instants, l'air absent.

— Merci, finit-il par marmonner en se poussant un peu pour la laisser entrer.

Il régnait dans la pièce un désordre incroyable : les draps étaient roulés en boule par terre et des chaussettes jonchaient le sol. On aurait dit qu'il n'avait pas quitté sa chambre depuis des semaines. Ce qui était d'ailleurs le cas.

— Ta femme de ménage, Maria, doit venir ce matin. Elle te préparera à déjeuner et nettoiera ta chambre. Elle fera aussi ta lessive.

Sans rien répondre, il s'assit sur son lit et fixa l'écran noir de la télé.

Attristée, elle déposa le plateau sur la table et entreprit de rassembler les restes de son dîner de la veille. L'état de son frère l'affectait terriblement. Elle avait été au comble de la joie quand elle avait appris qu'on l'avait retrouvé. Mais sans sa mémoire, c'était presque comme s'il était toujours perdu.

— Quant à moi, aujourd'hui, je vais aller rendre visite à ton ami Chance McDaniel, dit-elle en luttant pour retenir ses larmes.

Et, à sa grande surprise, ces mots semblèrent provoquer en lui une réaction : il se redressa soudainement et la fixa. Elle en resta bouche bée. Pour la première fois depuis des semaines, elle avait l'impression qu'il savait qui elle était. Ou, au moins, qu'il savait qui était Chance McDaniel.

Se pouvait-il qu'il se soit brutalement souvenu de quelque chose en rapport avec McDaniel ? Et avec son enlèvement ?

Elle commençait tout juste à espérer quand…

— Tout le monde n'a que ce nom à la bouche, mais je ne me souviens pas de lui.

Puis il haussa les épaules et se retourna vers la télé.

Disait-il la vérité ? Elle en doutait. Son regard avait été trop direct. Trop conscient.

— Il m'a invitée à faire une balade à cheval, dans son ranch, poursuivit-elle en commençant à ramasser les vêtements qui traînaient, mais en prenant soin de ne pas le quitter des yeux. Joaquin, naturellement, viendra avec moi.

Il arborait désormais un air pensif. Et extrêmement conscient.

— *Papá* est d'accord, reprit-elle en tapotant son oreiller. Il pense que cela pourrait me donner l'occasion de découvrir s'il n'existe pas sur les terres de M. McDaniel un endroit où une personne aurait pu être retenue pendant un certain temps.

Du coin de l'œil, elle le vit secouer la tête comme s'il pensait qu'il s'agissait d'une idée complètement stupide.

N'y tenant plus, elle s'agenouilla devant lui et prit ses mains dans les siennes.

— Si tu pouvais me dire quelque chose… quelque chose dont tu te souviens, un bruit, une odeur, n'importe quoi… je pourrais t'aider.

Son visage redevint vide et impassible.

— Tu ne me fais pas confiance, *hermano* ?

Elle crut d'abord qu'il n'allait pas répondre. Mais, soudain, il retira ses mains des siennes et lui tapota doucement la joue.

— Tu es…

Elle sentit son cœur se serrer. Se souvenait-il enfin d'elle ?

— Tu es une fille bien. Passe un bon moment, dans ce ranch.

Et ce fut tout. Il se tourna vers le lit pour récupérer la télécommande. Un instant plus tard, elle entendit des cris de supporters et des noms de footballeurs égrenés par des commentateurs sportifs.

Luttant de toutes ses forces pour retenir ses larmes, elle se leva. S'il était vraiment revenu à lui (et, pour la première fois depuis des jours, elle en avait eu l'impression), une chose était certaine : il n'avait pas confiance en elle.

Après avoir refermé la porte derrière elle, elle prit quelques instants pour se remettre de ses émotions. Alejandro, après tout, lui avait parlé. S'il avait soupçonné

M. McDaniel d'avoir joué un rôle quelconque dans son enlèvement, il l'aurait sûrement mise en garde contre lui.

Mais il ne l'avait pas fait. Il lui avait simplement dit de passer un bon moment.

Et c'était exactement ce qu'elle comptait faire.

- 4 -

Gabriella fut conduite par Joaquin aux Acres, où elle arriva cinq minutes avant 10 heures. Ils passèrent sous un porche rustique, puis empruntèrent une longue allée sinueuse.

A l'arrière, le regard rivé à la vitre, elle s'efforçait de prendre la mesure du vaste domaine qu'ils traversaient.

Des collines surgissaient dans toutes les directions. Des bouquets d'arbres bordaient ce qui devait être un arroyo ou une crique. Mais en lieu et place des forêts ancestrales qui entouraient Las Cruces, une végétation basse, dominée par les célèbres amarantes, constituait le paysage.

A quoi ressembleraient les collines dans quelques mois ? Les terres seraient-elles couvertes de gentianes du Texas, s'épanouissant dans une explosion de couleurs ? Ou bien simplement d'herbe fraîche et verte, de la même couleur que les yeux de Chance McDaniel ?

Perdue dans ses pensées, elle se redressa sur son siège pour observer la silhouette silencieuse de Joaquin. Elle n'était pas là pour penser aux yeux de Chance McDaniel, pas plus qu'elle n'assisterait, dans quelques mois, à la naissance du printemps. Elle serait rentrée à Las Cruces, où elle monterait ses chevaux, façonnerait ses bijoux et ne se lancerait plus dans la confection de pancakes, sous quelque circonstance que ce soit. Alejandro serait en sécurité, et les choses retourneraient à la normale.

N'était-ce pas, d'ailleurs, ce qu'elle souhaitait ? Que les choses reviennent à la normale ?

Le regard toujours fixé sur Joaquin, elle repensa à la conversation qu'elle venait d'avoir avec son frère. Elle ne l'avait pas vu aussi vif depuis… depuis que leur père lui avait dit qu'ils rentreraient tous à Las Cruces dès qu'il serait sorti de l'hôpital. L'espace d'un bref instant, Alejandro était revenu à la vie pour affirmer qu'il n'était pas question qu'il quitte sa maison de Royal. Puis il était retombé dans son néant silencieux.

Et si Alejandro ne voulait pas que les choses reviennent à la normale ? Et si, en dépit de son enlèvement, il souhaitait rester aux Etats-Unis ?

Cette hypothèse semblait fort probable. Mais pourquoi ? C'était une question à laquelle elle avait peu d'espoir de répondre seule.

Seule ? Elle sourit. Aujourd'hui, elle n'était pas seule. Aujourd'hui, avec la bénédiction de son frère, elle allait monter à cheval avec Chance McDaniel. Et elle s'efforcerait d'en apprendre le plus possible sur la vie d'Alejandro au Texas. Et sur Chance McDaniel.

Joaquin ralentit à l'approche d'un carrefour. Un panneau pointant vers l'ouest indiquait « Hôtel », « Piscine » et « Livraisons ». Sur un autre, pointant vers le nord, on pouvait lire « Ecuries ». Joaquin continua vers le nord.

En tournant son regard vers l'ouest, elle aperçut un vaste bâtiment en rondins de bois. Il disposait de deux étages et d'une vaste véranda. Malgré la distance, elle pouvait discerner plusieurs personnes occupées à accrocher des guirlandes aux poutres. Ce devait être pour le mariage, songea-t-elle. Puis elle se dit que, si elle avait dû se marier ici, elle aurait certainement attendu le printemps.

Alors qu'ils continuaient de s'enfoncer dans les terres, un ensemble de bâtiments apparut devant eux. Un instant plus tard, ils se garaient devant une imposante écurie dont la couleur rouge vif se détachait nettement sur le ciel gris.

Le bâtiment principal était entouré de plusieurs petites dépendances. Quelques chevaux gambadaient librement dans le paddock, d'autres étaient attachés à des poteaux. Tous avaient cet aspect un peu ébouriffé qu'ont toujours les animaux à la fin de l'hiver.

Joaquin vint lui ouvrir la portière. Aussitôt descendue, elle s'approcha d'un cheval palomino qui se frottait la tête contre un poteau.

— Câlin ? demanda-t-elle.

L'animal posa sa tête entre ses mains. Elle sourit et se mit à le caresser. Des poils restèrent collés sur sa peau, mais elle ne s'en soucia guère. Comme ses chevaux lui manquaient !

— Il en a de la chance, lui, fit une belle voix rauque derrière elle.

Elle se retourna. Chance McDaniel attachait une jument à un poteau. Ses doigts remuaient avec agilité, mais son regard était fixé sur elle.

Elle s'efforça de dissimuler sa surprise. Certes, l'homme qui était venu chez elle quelques jours plus tôt ressemblait à un cow-boy, mais il avait quelque chose de presque élégant ; en revanche, l'homme qui se tenait devant elle aujourd'hui était un pur cow-boy. Il portait une chemise en jean sous une canadienne marron, et son jean était dissimulé par des jambières de cuir usées. Son chapeau fut la seule chose qu'elle reconnut.

A l'exception de ses yeux. Dont la couleur verte était aussi vive que dans ses souvenirs. Et la façon dont il la regardait... si différente de celle des autres hommes, qui avaient toujours l'air de la voir déjà sacrifiée sur l'autel de la fortune de son père, dans une alliance qui lierait non les cœurs, mais les profits.

Non, elle ne voyait pas de cupidité dans ses yeux. Mais il y avait autre chose. Quelque chose qui ressemblait à... de la joie. Oui, il avait l'air ravi de la voir. Et, curieusement, malgré la brise fraîche qui soufflait dans l'air, elle sentit la température de son corps monter de quelques degrés.

— Monsieur McDaniel, dit-elle, sans pouvoir réprimer un sourire.

Il fronça les sourcils.

— Quand allez-vous vous décider à m'appeler Chance, Gabriella ?

Son prénom semblait différent quand il le prononçait. Les consonnes étaient plus fluides, les voyelles plus nasales. Personne ne le prononçait de cette façon. Et cela lui plaisait.

Mais elle n'eut pas le temps de répondre à sa question. Au même moment, Joaquin était venu se placer entre elle et lui.

— Joaquin, dit-il, d'une voix naturelle comme s'il n'était pas le moins du monde gêné par cette manœuvre d'intimidation. Je vais aller vous chercher Beast.

Il tapota le cou de la magnifique jument quarter horse rouanne qu'il venait d'attacher.

— Je vous présente Nightingale, ajouta-t-il alors en se tournant vers elle. J'espère qu'elle vous plaira.

Il tourna les talons et se dirigea vers l'écurie.

Joaquin lui adressa un regard perplexe. Elle haussa les épaules en guise de réponse, puis tira de sa poche le petit sachet de carottes qu'elle avait prises dans la cuisine la veille au soir. Sans prêter davantage d'attention à Joaquin, elle tendit un bout de carotte à Nightingale, qui l'engloutit sur-le-champ.

— Bonjour, dit-elle à la jument, quand elle se mit à flairer ses cheveux. Tu en veux encore ?

Elle sortit un autre bout de carotte, que la jument avala avec le même empressement.

Elle entendit alors un puissant bruit de sabots sur le pavé. Elle leva les yeux. Chance l'observait. Une vague de chaleur se diffusa dans tout son corps.

— On fait ami-ami ? lui demanda-t-il.

Elle sentit ses joues s'empourprer.

— Et ça marche, répondit-elle, alors que Nightingale recommençait à la flairer.

Elle leva les yeux vers l'animal qu'il tenait par le licol. Nightingale devait faire environ 1,65 m au garrot, mais à côté de la mule elle avait l'air d'un petit poney. Beast était un véritable monstre.

Elle dut avoir un air effrayé, car Chance McDaniel la regarda en souriant et lui dit :

— Ne craignez rien, elle est douce comme un agneau.

Il tapota la joue de la mule, avant de tourner son regard vers elle.

— Vous devriez aussi faire ami-ami avec elle.

D'un pas hésitant, elle avança vers l'animal.

— *Holá*, Beast, dit-elle en lui présentant un bout de carotte sur la paume de sa main.

La mule l'ingurgita goulûment, lui chatouillant la paume de la main avec sa bouche.

Elle se prit à rire.

— Tu es une brave bête, finit-elle par dire.

— Très brave, acquiesça Chance McDaniel.

Beast fit claquer l'un de ses immenses sabots sur le sol. Elle sursauta. Chance se mit à rire.

— Elle vous aime bien, on dirait.

— Comment le savez-vous ?

— Si ce n'était pas le cas, elle aurait reculé. Elle est très prévisible.

Il tendit alors le licol à Joaquin et lui indiqua une direction.

— Il y a un montoir, là-bas, lui dit-il avant de se retourner vers elle.

Ses yeux étaient toujours aussi brillants de joie.

— Je vais vous aider, murmura-t-il.

Il vint s'accroupir près de Nightingale en joignant ses mains pour lui faire la courte échelle. Elle hésita quelques secondes : elle pouvait très bien monter seule, mais si elle voulait obtenir quelques informations de lui elle devait se montrer agréable. Elle posa le pied dans ses mains et le laissa la hisser sur le cheval. Lorsqu'elle fut en selle, il posa sa main sur son mollet, juste au-dessus de sa botte, et guida son pied vers les étriers.

Surprise, elle retint son souffle. Elle connaissait à peine cet homme et n'avait toujours pas déterminé avec certitude s'il constituait ou non un danger pour Alejandro et elle. Mais la sensation de sa poigne ferme et assurée contre sa jambe ne lui était pas apparue comme une menace. Ce geste, bien au contraire, lui avait semblé agréable et rassurant. Ce qui était somme toute assez curieux, puisqu'elle n'avait nullement besoin de son aide pour monter. Alors qu'il contournait le cheval, elle se hâta néanmoins de glisser son pied libre dans l'étrier.

— Je reviens tout de suite, dit-il en lui tendant les rênes.

Et il disparut, la laissant dans un état de confusion auquel elle était peu habituée.

D'ordinaire, personne ne se risquait jamais à la toucher. De crainte, bien sûr, de s'attirer les foudres de Joaquin. Mais Chance McDaniel avait posé ses mains sur elle comme s'il s'agissait là dc la chose la plus naturelle du monde.

Instinctivement, elle tourna son cheval vers Joaquin, qui s'était entre-temps installé sur sa monture.

— Ça va ? lui demanda-t-il.

— Oui, lui répondit-elle, un peu confuse. Et toi ?

Il hocha la tête.

— Tout va bien, là-haut ? demanda alors Chance, qui venait de sortir de l'écurie sur le dos d'un hongre pommelé.

Comme Joaquin hochait la tête, il ajouta :

— Quel genre de bête montez-vous, d'habitude ?

— Joaquin monte une pure race espagnole, mais je préfère mon cheval aztèque, Ixchel.

— Je n'ai jamais entendu parler de chevaux aztèques.

Il commença à s'éloigner de la grange. Elle lui emboîta le pas, suivie de près par Joaquin.

— Ce sont des chevaux nés de pures races espagnoles, de quarter horses et de criollos mexicains. Ixchel est une jument pie. Elle est très bien entraînée. J'ai toujours rêvé de faire des concours avec elle, mais…

Cela avait été une autre source de conflit quand elle avait quatorze ou quinze ans. La plupart de ses amies participaient régulièrement à des concours, aux quatre coins du pays. Mais, naturellement, son père avait toujours refusé de la laisser s'éloigner de la maison pour quelque raison que ce soit.

— Pourquoi ne l'avez-vous pas fait ?

Il avait le regard toujours fixé sur le lointain et paraissait détendu, mais quelque chose dans le ton de sa voix lui laissait entendre qu'il ne s'agissait pas d'une simple question de politesse.

— *Papá* a toujours estimé que c'était trop dangereux et qu'il ne pourrait pas garantir ma sécurité si je participais à des compétitions.

— Je vous demande pardon ? fit-il d'un air surpris.

— Joaquin est un excellent garde du corps, mais dans un hippodrome bondé il ne pourrait pas contrôler la situation comme il le fait dans notre domaine, Las Cruces.

— Attendez… vous voulez dire que si vous avez un garde du corps, ce n'est pas à cause de ce qui est arrivé à Alex ?

Que devait-elle penser de la confusion manifeste que dénotait le son de sa voix ? D'un côté, elle laissait entendre qu'il était sincèrement surpris, ce qui était une bonne chose, dans la mesure où elle pouvait en déduire qu'il n'avait pas effectué de recherches sur la famille del Toro. Mais, d'un autre côté, elle sous-entendait que ce besoin constant de sécurité lui paraissait excessif, voire choquant.

— Joaquin est avec moi depuis quatorze ans, dit-elle, sachant parfaitement que cela ne ferait qu'attiser sa curiosité.

— Vous êtes sérieuse ?

— Bien sûr. Mexico n'est pas un endroit sûr pour les gens fortunés. Les enlèvements contre rançons y sont très fréquents. C'est un véritable « business ».

Il sembla réfléchir quelques instants.

— Et cela vous paraît normal, d'avoir un garde du corps depuis plus de dix ans ? finit-il par demander en continuant de s'éloigner des bâtiments.

— Depuis plus de dix ans ? Depuis que je suis née ! *Papá* a engagé Joaquin après avoir renvoyé son prédécesseur.

Peut-être en avait-elle trop dit ? Après tout, c'était le genre d'information qui pouvait facilement être utilisé pour fomenter un enlèvement. Mais elle n'avait pas la sensation de lui dire des choses qu'il avait envie d'entendre. Il paraissait sincèrement surpris.

— Que voulez-vous dire par « renvoyé » ? s'enquit-il.

Il paraissait presque choqué.

— Tous les gardes du corps de notre famille doivent régulièrement passer des tests visant à évaluer leurs aptitudes à assurer notre sécurité. S'ils échouent, ils sont remplacés.

Il arrêta brusquement son cheval.

— Vous voulez dire que votre famille organise de faux enlèvements ? demanda-t-il en fronçant les sourcils.

Elle baissa les yeux.

— Ça ne vous fait pas peur ?

— En général, les tentatives ne sont pas vraiment sérieuses.

— Mais elles le sont parfois ?

— Parfois, répondit-elle d'une voix douce.

La dernière fois, les prétendus kidnappeurs avaient pris leur mission un peu trop au sérieux. Elle était allée en voiture à Mexico pour rencontrer le propriétaire d'une galerie d'art qui envisageait d'exposer ses bijoux, quand…

Naturellement, sa voiture était entièrement blindée. Elle n'avait donc pas couru de réel danger. Ou du moins était-ce ce dont elle avait cherché à se persuader.

La voix de Chance, basse et rauque, la tira de cet affreux souvenir :

— Et ces « tests », comme vous dites, ils sont fréquents ?

Elle plongea son regard dans le sien et, de nouveau, ressentit cette étrange impression de familiarité. Elle était… chez elle.

— Environ une fois par an.

Il laissa échapper un chapelet de jurons, une explosion de sons brutale et soudaine qui aurait dû lui paraître alarmante. Et pourtant… pourtant, elle se surprit à sourire, et même à rire. Machinalement, elle jeta un coup d'œil en direction de Joaquin, qui était aussi impassible que de coutume.

— Comment un père en arrive-t-il à faire subir cela à sa fille ? finit par lui demander Chance.

— Ces tests ne sont pas réservés à Joaquin. Le garde du corps de mon père et celui d'Alejandro les passent aussi.

Cette affirmation ne sembla pas apaiser son accès de colère.

— Vous vous moquez de moi, c'est ça ? Mais, enfin, pourquoi ?

Il l'ignorait. Et, curieusement, cette prise de conscience lui parut rassurante. Plus elle passait de temps avec lui, moins elle le soupçonnait d'avoir eu un lien quelconque avec la disparition de son frère. Ou plutôt, moins elle le soupçonnait d'avoir ciblé la famille del Toro pour sa fortune. Il se pouvait qu'il ait joué un rôle dans l'enlèvement d'Alejandro, mais rien ne laissait penser qu'il ait pu savoir qu'Alex Santiago était en réalité Alejandro del Toro.

Elle ouvrit la bouche pour répondre à sa question, mais les mots refusèrent de sortir. Malgré les vingt-trois années écoulées, ces souvenirs étaient encore trop douloureux pour être facilement évoqués. Dans l'incapacité de parler, elle lança son cheval au petit trot.

Mais Chance ne semblait pas disposé à la laisser le fuir. Quelques secondes à peine plus tard, il l'avait rattrapée.

— Qui ? lui demanda-t-il d'une voix douce en plaçant son cheval à côté du sien.

— Notre mère, finit-elle par lâcher, sans oser tourner son regard vers lui. D'après la police, elle a été tuée après avoir essayé de s'évader.

Une issue peu courante à un enlèvement. Car seuls les vivants constituent une monnaie d'échange. Mais Elena del Toro ne s'était pas comportée en victime passive.

— Elle s'est battue.

Elle, sa fille, en avait toujours tiré une certaine fierté. Sans toutefois pouvoir s'empêcher d'en vouloir un peu à sa mère. Car si elle ne s'était pas défendue, sans doute aurait-elle été encore en vie auprès d'elle. Une mère en chair et en os, en lieu et place de quelques vagues souvenirs.

— Quand ?

— J'avais quatre ans. Alejandro en avait huit.

Elle avait toujours été jalouse de son frère, qui gardait de leur mère des souvenirs qu'elle ne pourrait jamais avoir. Ainsi, il se rappelait les anniversaires, les réveillons de Noël, les visites chez leur tante, les messes à l'église. En revanche, elle n'avait de sa mère que de vagues images, la plus marquante étant les perles qu'elles choisissaient ensemble pour les chapelets qu'Elena fabriquait et offrait aux employés de maison à Noël.

D'ailleurs, le jour de son enlèvement, elle s'était rendue en voiture dans une boutique de perles. Et cet acte de bonté lui avait valu la mort.

— Il ne me l'a jamais dit, murmura-t-il d'une voix peinée.

— Il…

Elle aspira une bouffée d'air frais. Au moins, elle n'était pas enfermée chez elle. Et elle montait à cheval.

— Il s'en souvient mieux que moi. C'est très difficile, pour nous.

— Bien sûr.

Un silence s'installa. Ils continuèrent d'avancer. Bien vite, il n'y eut plus autour d'eux que la nature sauvage. Les arbres commençaient tout juste à bourgeonner. On pouvait voir de minuscules pousses rouges sur les branches nues.

Soudain, elle décida d'écarter sa mère de ses pensées. Après tout, ce n'était pas si difficile. Et elle en avait l'habitude, malheureusement.

— Nous n'avons pas d'hiver dans la région de Mexico. C'est très différent d'ici.

— Vous voyez cette colline, là-bas ? dit-il en pointant du doigt l'horizon. Au printemps, elle est couverte de gentianes.

— J'adorerais les voir.

Au printemps, serait-elle toujours barricadée dans la maison d'Alejandro, à attendre qu'il recouvre la mémoire ?

— Si vous êtes encore là, vous les verrez.

Il fit une petite pause et ajouta :

— Vous savez si vous serez encore là ?

Elle secoua la tête.

— Alejandro ne veut pas rentrer avec nous.

Elle avait toujours un peu de mal à comprendre pourquoi. Mais maintenant qu'elle était sortie de la maison et qu'elle parcourait la campagne texane à dos de cheval…

— Comment allait-il, aujourd'hui ? lui demanda Chance, coupant court à ses pensées.

— Comme hier.

Elle ne jugeait pas opportun de lui dire que l'évocation de son nom avait déclenché en lui une sorte d'éclair de conscience. Plus tard, peut-être.

Il poursuivit la visite de ses terres, tandis qu'elle continuait d'imaginer à quoi elles ressembleraient une fois qu'elles auraient revêtu leur manteau de printemps.

— Est-ce très différent de votre ranch ? lui demanda-t-il soudain.

Ils étaient toujours côte à côte, avec Joaquin derrière eux. Et, pour la première fois depuis bien longtemps, elle ressentait une sorte d'illusion de liberté. Elle parcourait à cheval des terres qui n'étaient ni cernées de hautes clôtures ni gardées par des hommes armés. Partout où elle regardait, il n'y avait que la nature sauvage. Pas le moindre signe de civilisation.

— Oui, finit-elle par répondre. Nous avons beaucoup plus d'arbres. Et l'hiver n'existe pas vraiment en tant que saison. A de rares exceptions près, les températures ne descendent jamais en dessous de 0 °C. En ce moment, le temps est sec.

Le ranch avait dû revêtir ses jolies nuances de brun.

— J'avais espéré voir de la neige.

— Il ne neige pas très souvent, par ici. Mais, quand cela arrive, c'est vraiment très joli. C'est comme si la terre était neuve.

Elle l'observa pendant quelques instants. Il avait posé négligemment sa main sur sa cuisse musclée. Grand et fort, il semblait parfaitement à l'aise sur son cheval. Un vrai cow-boy, songea-t-elle en souriant.

Au même instant, il tourna la tête vers elle et surprit son expression amusée.

— Qu'est-ce qu'il y a ?

Comme elle sentait ses joues s'empourprer, elle se hâta de trouver une diversion.

— Vous m'avez dit qu'Alejandro venait souvent faire du cheval ici avec vous…

— Tout à fait, dit-il en plissant les yeux. Il aimait beaucoup faire la course avec moi. Franny, ma cuisinière, nous préparait un pique-nique, et c'était à celui qui arriverait le premier dans cet endroit ombragé, là-bas, vers la crique.

Le ton de sa voix ne laissait aucun doute sur le fait

que l'évocation de ce souvenir lui était particulièrement douloureux.

Instinctivement, elle se rapprocha de lui et posa la main sur son bras.

— Il reviendra à nous, murmura-t-elle.

Il plongea son regard dans le sien.

— Qui ? Votre frère ou mon ami ? Je vous le demande, parce que, plus vous parlez de lui, moins j'ai l'impression qu'il s'agisse de la même personne.

Il jeta alors un coup d'œil par-dessus son épaule, et elle l'imita. Joaquin n'était qu'à quelques mètres derrière eux.

Elle poussa un profond soupir de déception.

Une illusion de liberté. Mais rien qu'une illusion.

- 5 -

Gabriella était-elle sérieuse ou se moquait-elle simplement de lui ? Comment savoir ?

Après tout, il avait pensé qu'Alex Santiago était un homme honnête, et voilà où cela l'avait mené : il était devenu le principal suspect de son enlèvement.

Mais Gabriella… non, elle était différente. Il n'arrivait pas à croire qu'elle ait pu lui mentir, et notamment au sujet de sa mère. La souffrance qu'il avait lue dans ses yeux était bien trop intense pour être feinte.

Il en était quasiment sûr. Mais, ces derniers temps, il s'était beaucoup trompé dans ses jugements.

Et puis, il avait toujours du mal à saisir toute la portée de ce qu'elle lui avait confié. Il pouvait comprendre qu'elle ait besoin d'un garde du corps : après tout, Alex avait bien été kidnappé, et si sa famille était aussi riche qu'elle le prétendait, il semblait normal qu'elle bénéficie d'une protection rapprochée.

Mais que sa mère ait été kidnappée quand elle avait quatre ans, et assassinée ? Que son père, depuis, l'ait placée sous surveillance constante et organise des simulations d'enlèvements ?

Lors de leur première rencontre, l'homme ne lui avait pas vraiment fait bonne impression. Et maintenant… il avait tout simplement envie de lui mettre son poing dans la figure. Faire vivre cela à sa propre fille… c'était aussi stupide que cruel.

Il jeta un bref coup d'œil à Gabriella, qui conduisait toujours son cheval à côté du sien. Elle ne semblait pas au bord des larmes, ce qui avait tout de même quelque chose de réconfortant. Elle avait les épaules droites, la tête haute. Au lieu d'un jean et de bottes de cow-boy, elle portait un pantalon d'équitation couleur daim qui lui allait merveilleusement bien, ainsi que des bottes de style anglais. Son pull, bien ajusté, était en partie dissimulé par une veste noire cintrée.

Elle était magnifique. Naturellement, il l'avait déjà remarqué la dernière fois, mais la veste trois-quarts qu'elle portait alors dissimulait en partie ses courbes, désormais sublimées. Elle avait un corps somptueux. Et plus il la regardait, plus il avait envie de poser les mains sur ses hanches et de la serrer contre lui.

Elle avait vraiment quelque chose de spécial. Elle paraissait bien dans sa peau, sûre d'elle. Ce qui, somme toute, était assez étrange. Et si les confidences qu'elle venait de lui faire ne l'affectaient pas véritablement ? Et si elle avait menti, comme son frère ?

— Puis-je... Puis-je voir l'endroit où vous piqueniquiez ?

Sa voix avait un peu tremblé, comme si elle s'était efforcée de maîtriser ses émotions.

— Vous voulez faire la course ?

Il ne savait pas quoi lui dire d'autre. L'histoire qu'elle venait de lui raconter lui paraissait totalement extravagante, mais en fin de compte, malgré l'assurance qu'elle affectait, elle semblait sincèrement peinée.

Elle lui adressa un petit sourire entendu.

— Ça me plairait beaucoup, mais je doute que Beast soit en mesure de suivre vos quarter horses, et je ne suis pas sûre que Joaquin apprécierait d'être laissé de côté.

Le garde du corps. Voilà pourquoi son histoire lui paraissait si peu crédible.

— Si votre père est si obsédé par la sécurité de sa

famille, comment se fait-il qu'Alex n'ait pas eu de garde du corps, ici ?

Ses joues s'empourprèrent, et il oublia sur-le-champ la question qu'il venait de poser. Vraiment, il ne se souvenait pas avoir jamais vu une femme aussi belle sur un cheval. Bien qu'elle se soit montrée un peu craintive vis-à-vis de Beast, elle semblait désormais parfaitement à l'aise. En totale harmonie avec Nightingale.

Cara n'avait jamais été aussi à l'aise sur un cheval que le semblait Gabriella. Et c'était quelque chose qui ne pouvait pas être feint.

Sa jolie voix coupa court à ses pensées :

— Vous serez sans doute ravie de savoir, monsieur McDaniel…

— Chance.

Elle se retourna pour le regarder, un large sourire aux lèvres.

— Chance.

La façon dont elle prononça son nom, comme si elle savourait un vin rare et délicat, provoqua en lui une sensation étrange et douce. Comme une vague de chaleur se diffusant dans son corps. Et soudain, tous ses soucis disparurent. Il se moquait bien que son frère soit un menteur ou que son père soit un sadique ivre de pouvoir. Il se moquait bien qu'elle ait inventé des histoires émouvantes pour tenter de le déstabiliser. Tout ce qui lui importait était de savoir si elle lui rendrait son baiser. Car il mourait d'envie de l'embrasser.

— Vous serez sans doute ravi de savoir, reprit-elle, sans cesser de sourire, qu'Alejandro et moi n'avons pas toujours apprécié la protection constante sous laquelle notre père nous a placés.

— Crise d'adolescence ?

Elle hocha la tête en continuant de diriger son cheval vers la crique.

— Quand Alejandro a commencé à travailler à Del

Toro Energy après avoir terminé ses études, il s'est installé dans un appartement à Mexico. Il avait toujours un garde du corps, mais il pouvait aller et venir comme bon lui semblait. Il fréquentait les clubs et les dîners en ville et était très populaire.

Il y avait dans le ton de sa voix comme une note de tristesse qui laissait entendre qu'elle n'avait jamais été autorisée à faire de même. Un sentiment de colère, violent et intense, s'empara de lui. Comment M. del Toro avait-il pu contraindre sa fille à vivre dans une prison dorée pendant toute sa vie ?

— Il était très populaire, ici aussi. C'est un type vraiment génial.

Ou du moins, c'était.

— Je suis heureuse de vous l'entendre dire, répondit-elle en hochant vivement la tête. Quand *papá* a voulu l'envoyer ici, il a dit qu'il n'accepterait qu'à la seule et unique condition de ne pas être accompagné par Carlos, son garde du corps. Il disait que les Américains ne vivaient pas comme ça.

Il voulait se faire passer pour un Américain, et non pour un Mexicain, songea-t-il. En d'autres termes, pour quelqu'un qu'il n'était pas.

— Mais naturellement, poursuivit-elle, il s'est fait enlever. Si bien que je me demande toujours s'il a eu raison.

— On y est, dit-il en lui indiquant un petit sentier sur le côté.

Pour chaque question à laquelle elle répondait, il en avait trois nouvelles qui lui venaient à l'esprit. Elle lui avait expliqué pourquoi son frère n'avait pas eu de garde du corps au Texas, mais désormais il se demandait pourquoi son père l'y avait envoyé. Qui plus est sous un faux nom.

Y avait-il eu quelque chose de vrai dans ses relations avec Alex Santiago, ou bien toutes ces soirées au pub et tous ces pique-niques dans la crique n'avaient été que des stratagèmes s'inscrivant dans un plan plus large ?

Et quel en était l'objectif ? Et si tout cela avait été faux, pouvait-il se fier à Gabriella ? Plus il la regardait, plus il se disait qu'elle avait des airs d'aristocrate. Elle rougissait facilement, mais ne perdait jamais son sang-froid. Elle parlait de sa vie avec mesure et réserve, mais sans jamais chercher ouvertement à attirer la compassion.

Il ne savait pas ce qu'il devait déduire de son comportement.

Perdu dans ses pensées, il finit par constater qu'ils étaient arrivés à la crique et descendit de son cheval.

— Besoin d'aide ? demanda-t-il.

Mais avant qu'il ait eu le temps de terminer sa phrase, elle avait sauté à terre. Tout en caressant la tête de Nightingale, elle se retourna vers lui pour lui adresser un large sourire. Bien. Elle pouvait se débrouiller toute seule.

Un peu déstabilisé, il se sentit obligé de se retourner vers Joaquin.

— Et vous ?

Sur sa grande monture, l'homme de haute stature secoua la tête.

— Il préfère rester où il est, traduisit Gabriella. Il se sent plus à même de contrôler la situation à dos de cheval.

— Et puis il n'y a pas de montoir, ajouta-t-il.

— Tout à fait, dit-elle, et Joaquin hocha la tête.

Il n'avait aucun mal à croire qu'elle ait vécu dans l'ombre de cet homme pendant plus de dix ans. Il y avait entre eux le genre de compréhension tacite qui ne s'acquiert qu'après des années de proximité. Quel âge pouvait bien avoir Joaquin ? Etait-il trop vieux pour elle ? Oui, certainement. Et, de toute façon, M. del Toro n'était pas le genre d'homme à tolérer que sa fille fréquente ce qu'il devait certainement considérer comme un « vulgaire employé ».

L'aire de pique-nique était située dans une clairière, au bord de la petite crique. Les chevaux pouvaient y brouter librement, et l'été, l'ombre des hauts arbres était une protection bienvenue au soleil texan.

— Vous avez vécu ici toute votre vie ? lui demanda-t-elle en commençant à avancer.

Il regretta de ne pas avoir demandé à Franny de leur préparer un déjeuner. Il n'avait pas envie de rentrer à l'écurie, pas envie que quelqu'un puisse les entendre.

— Oui, répondit-il en pointant du doigt une branche basse suspendue au-dessus de la crique. Vous voyez cette branche ? Je l'utilisais pour me balancer dans l'eau de la crique, quand j'étais gamin. Cela me faisait une super piscine avec plongeoir.

Une image lui vint brutalement à l'esprit : Gabriella sortant gracieusement des eaux dans un minuscule Bikini.

— Vous savez nager ? demanda-t-il sans réfléchir.

Elle tourna son regard vers la crique.

— Nous avons une piscine, dans notre domaine, dit-elle sans vraiment répondre à sa question.

— J'en ai fait construire une aussi, pour l'hôtel. Nous la rouvrirons dans quelques mois.

Mais serait-elle encore là ? Plus il en apprenait sur M. del Toro, plus il se disait qu'il devait avoir hâte de rapatrier sa petite famille dans un endroit « sûr ».

Elle pouvait facilement jouer la carte de la pauvre petite fille de riche, maintenant : enfermée dans une prison dorée par un père tyrannique, qui ne l'autorisait pas à sortir et encore moins à mener une vie normale. Elle pouvait essayer de susciter en lui de la compassion, de lui mettre en tête l'idée qu'il pourrait devenir son sauveur…

En tout cas, si elle essayait de le manipuler ainsi, il risquait fort de tomber dans le panneau.

Alors qu'il se faisait ces réflexions, elle se tourna vers lui et lui adressa un sourire lumineux.

— Quand avez-vous ouvert cet hôtel ?

— Il y a deux ans. Ces terres sont importantes pour moi. Elles sont dans ma famille depuis plus d'un siècle.

Mais j'ai failli les perdre, faute de revenus suffisants. C'est pour cette raison que j'ai fait transformer le corps de ferme en hôtel. Je voulais absolument garder le ranch familial.

Elle resta quelques instants à le regarder d'un air pensif puis, sans dire un mot, se rapprocha de Nightingale, et remonta en selle avec une grâce et une agilité incroyables. Il la regarda avec intérêt et se sentit un peu stupide de l'avoir aidée devant l'écurie. Il était évident qu'elle n'avait pas besoin de lui. Mais il avait eu envie de la toucher, de voir comment elle allait réagir. Et elle n'avait pas protesté. Elle s'était contentée de baisser les yeux vers lui et de le regarder d'un air surpris et presque innocent. Ce qui n'avait fait que renforcer le désir qu'il éprouvait pour elle.

Désir ?

Il jeta un coup d'œil nerveux en direction du garde du corps. Il fallait qu'il se contrôle. Sans quoi, il risquait fort de ne pas terminer la journée. C'était déjà un miracle qu'il n'ait pas réagi quand il l'avait touchée.

— Oui, allons-y, finit-il par dire en remontant à son tour sur son cheval. Franny doit nous attendre pour le déjeuner.

— Et si vous m'en disiez un peu plus sur la vie que menait Alejandro ici ?

Le ton de sa voix était devenu presque inquisiteur.

Elle avait raison. Ils n'étaient pas là pour flirter. Chacun cherchait à obtenir des informations de l'autre. Et il devait se montrer prudent et mesuré dans tout ce qu'il disait et faisait. Après tout, elle était en contact avec la seule et unique personne qui pouvait le laver de tout soupçon. Mais qui ne se souvenait malheureusement plus de rien. Enfin, à en croire ce qu'elle disait.

Peu importe l'attirance qu'il ressentait pour elle, qu'il se soit senti si touché par son histoire, ou qu'elle sache si bien monter à cheval. La seule chose qui comptait était de blanchir son nom. Et, si possible, d'en apprendre un peu plus sur celui qu'il croyait être son ami.

— Que voulez-vous savoir ? finit-il par demander d'une voix prudente.

— Vous m'avez dit qu'il était populaire ici…

— Tout à fait. Quand il est arrivé ici, il s'est mis à distribuer de l'argent à gauche et à droite. Du coup, beaucoup de gens qui s'étaient d'abord montrés soupçonneux se sont laissé convaincre.

— Je vois.

— Dites-moi, où avez-vous appris à parler anglais ?

— Vous trouvez que je ne parle pas bien votre langue ? demanda-t-elle en rougissant un peu.

— Pas du tout, répondit-il, confus. C'est juste que vous avez un accent particulier. Ni mexicain ni américain. Mais je le trouve très joli.

Ravie par ce compliment, elle leva ses beaux yeux vers lui.

— *Papá* n'a jamais aimé l'accent américain. Je n'ai eu que des professeurs britanniques.

Manifestement, ce bon vieux *papá* n'aimait pas beaucoup les Etats-Unis. Ce qui, une fois encore, ramenait à la question essentielle : pourquoi y avait-il envoyé son fils, qui, pour sa part, parlait avec un accent tout à fait américain ?

— Et les professeurs d'Alex ? Ils étaient britanniques, eux aussi ?

Ses joues s'empourprèrent encore, et elle baissa les yeux.

— *Papá* jugeait important qu'Alejandro se familiarise avec la langue américaine.

Que devait-il déduire de ces propos ? Que M. del Toro avait élevé son fils dans l'optique d'en faire un… espion ? Pour infiltrer le milieu des affaires du village de Royal ?

Ce qui était sûr, c'était qu'il avait élevé sa fille dans une optique toute différente. Comme un oiseau dans une cage dorée.

Quoi qu'il en soit, il détestait les hommes dans son genre : ceux qui utilisent les membres de leur famille comme des pions et, pis encore, dissimulent leurs manœuvres sous des dehors de tendresse et d'amour. Ses parents à lui n'avaient peut-être pas été très doués en affaires, notamment pour gérer le ranch, mais au moins ils l'avaient aimé de tout leur cœur et n'avaient jamais cherché à se servir de lui.

Mais il était hors de question qu'il livre le fond de sa pensée à la femme qui se trouvait à côté de lui en cet instant, car il était évident que, malgré tout, elle aimait cet homme qui était son père.

Aussi décida-t-il de se taire.

- 6 -

Une fois arrivés à l'écurie, ils descendirent de leurs chevaux.

— Où dois-je mettre la selle ? lui demanda Gabriella, alors que Marty s'approchait d'eux.

Il regarda par-dessus son épaule. Elle avait déjà dessellé Nightingale, et on aurait dit qu'elle envisageait de le bouchonner elle-même.

— Marty va s'occuper d'elle.

— Ça ne me gêne pas de le faire. C'est toujours moi qui étrille ma jument à la maison.

Derrière elle, Joaquin hocha la tête. Il était lui aussi descendu et s'affairait à desseller Beast.

Elle avait beau être gâtée, elle n'était pas pourrie.

— Marty va s'en occuper, répéta-t-il.

Elle le regarda d'un air de défi.

— Fran doit nous attendre pour le déjeuner, s'empressa-t-il d'ajouter.

Cet argument sembla la convaincre.

— Bien sûr, dit-elle d'un air confus. J'avais oublié. J'ai tellement l'habitude de m'occuper d'Ixchel.

Elle tendit la selle à Marty, qui semblait vaguement amusé à l'idée qu'une invitée puisse insister pour travailler. Ils se dirigèrent alors vers le corps de ferme.

Quand ils arrivèrent devant le bâtiment, il lui tint la porte pour la laisser entrer, mais Joaquin, qui était resté derrière eux jusqu'ici, insista pour qu'il passe en premier.

— Oh ! murmura-t-elle d'une voix admirative, au moment où elle entra dans l'entrée.

— Ce n'est pas le corps de ferme d'origine, expliqua-t-il alors qu'elle levait les yeux vers l'immense escalier de bois qui s'élevait sur l'un des côtés de la grande entrée décorée de meubles tapissés de cuir et d'épais tapis navajos. L'ancien tombait en ruine ; c'est pour cela que j'ai fait construire ce bâtiment. Mais comme Marty aimait beaucoup la ferme, je l'ai tout de même fait restaurer.

Il la conduisit dans le séjour, une pièce gigantesque surplombée par un immense lustre en fer forgé et dominée par une impressionnante cheminée de pierres.

— J'ai fait faire la cheminée en grès rouge du pays, lui dit-il en constatant qu'elle l'observait d'un air admiratif.

— Magnifique, commenta-t-elle en faisant un tour sur elle-même pour mieux observer le reste de la pièce. Vous vivez ici ?

— Non. J'habite un peu plus loin dans le ranch, dans la maison où j'ai grandi.

— Oh ! Vous vivez avec vos parents ?

Si elle avait été américaine, le ton de sa voix aurait été marqué par la surprise que lui aurait inspirée l'idée qu'un homme adulte puisse vivre avec ses parents. Mais Gabriella, bien au contraire, semblait admirative. On aurait dit qu'elle était ravie de leur avoir découvert un point commun.

— Ils sont décédés, finit-il par dire. A l'époque où j'étais à l'université. Je suis le dernier des McDaniel.

Mais peut-être n'aurait-il pas dû le formuler ainsi, car elle parut tout à coup bouleversée. Ses grands yeux s'emplirent de larmes et, posant pour la deuxième fois de la journée sa main sur son bras, elle balbutia :

— Je vous présente toutes mes excuses. Je l'ignorais.

Il fut pris d'une irrésistible envie de la toucher à son tour. De poser sa main sur la sienne, de sentir sa peau contre la sienne.

Mais soudain, alors qu'elle venait de pencher très légèrement la tête sur le côté, la lumière du lustre se refléta sur quelque chose de métallique, qui se mit à briller à son cou. Ce fut alors qu'il remarqua son collier : une simple croix d'argent remplaçait les rangs de turquoises qu'elle portait chez Alex.

Instinctivement, il se pencha vers elle pour mieux observer le bijou. Sa surface était ornée de gravures, mais si fines et si subtiles qu'il fallait s'approcher pour bien les distinguer. Au centre de la croix, une émeraude parfaite, petite mais magnifiquement ciselée, se détachait sur le métal blanc.

S'étant aperçu qu'il l'observait, elle releva légèrement la tête.

— Les boucles d'oreilles sont assorties.

Il leva les yeux vers son oreille droite, d'où pendait une croix d'argent similaire à celle du collier, et ornée d'une petite émeraude.

— Magnifique, murmura-t-il.

— Merci, répondit-elle en rougissant.

Innocente. Douce et innocente. Mais néanmoins fière.

A moins, bien sûr, que tout cela ne soit qu'un leurre.

— C'est vous qui les avez confectionnés ?

— Oui. C'est mon métier.

Il resta quelques instants à l'observer, les yeux grands ouverts. Il était très impressionné. C'était un travail fin et artistique.

— Vous… vous créez des bijoux ?

— Oui.

Elle retira une boucle d'oreille, puis l'autre. Puis, avec une grâce qu'il ne manqua pas d'admirer, elle releva ses cheveux pour détacher le collier. Il s'immobilisa et sentit les battements de son cœur s'accélérer. La situation lui paraissait intime. Sans doute parce qu'il n'avait pu s'empêcher d'associer ce geste au prélude d'un moment érotique.

Alors qu'il continuait de l'observer sans bouger, elle avait posé les bijoux sur la grande table de bois.

S'efforçant de se ressaisir, il se pencha pour mieux les regarder.

— Les trois croix, expliqua-t-elle en souriant. *Tres cruces.* C'est le nom de ma marque.

— Je n'aurais jamais imaginé que vous étiez si talentueuse, balbutia-t-il.

Mais, comprenant qu'il s'agissait d'un compliment mal formulé, il se hâta de se reprendre :

— Je veux dire que j'ignorais que vous travailliez le métal. J'ai tout de suite compris que vous étiez talentueuse. Dès le moment où je vous ai entendue vous exprimer si joliment dans notre langue.

Elle se mit à rire, comme pour se moquer un peu de lui, et il se sentit à la fois gêné… et ravi.

— Bon, dit-il en souriant, je vais me taire, maintenant, pour éviter de m'enfoncer davantage. Et si vous me parliez un peu de votre métier ?

La conversation, malheureusement, fut interrompue par Carlotta, la réceptionniste de l'hôtel, qui entra dans la pièce.

— *Buenos días, señor McDaniel.*

— *Buenos días, Carlotta*, répondit-il en s'efforçant de s'écarter un peu de Gabriella, de crainte que Joaquin ne se charge de son cas, et, surtout, que son employée ne s'empresse de tirer des conclusions de sa proximité avec la jolie jeune femme.

Il n'était pas intéressé par les aventures d'un soir. Il ne voulait pas être le dernier des McDaniel, mais, jusqu'ici, il n'avait pas trouvé de femme désireuse d'accepter son mode de vie. Cara Windsor n'aurait pu s'y adapter. Même s'il avait caressé l'espoir qu'elle accepte de faire quelques compromis. A une certaine époque. C'est-à-dire avant qu'Alex Santiago n'arrive et ne bouleverse totalement sa vie.

— Carlotta, pouvez-vous dire à Fran que nous sommes ici ?

— *Sí, señor*, répondit la jeune femme, non sans avoir jeté un coup d'œil curieux à Gabriella.

Tout en la regardant s'éloigner, il se demanda à quelle vitesse la nouvelle de l'arrivée de Gabriella allait se répandre parmi son personnel. Et, surtout, si quelqu'un allait croire qu'il ne cherchait pas à la séduire.

Embarrassé, il poussa un profond soupir. Encore une histoire sordide dans la vie de ce personnage de fiction nommé Chance McDaniel. Tout d'abord, il avait kidnappé son meilleur ami et l'avait ramené au sud de la frontière. Et maintenant, il allait dîner avec sa sœur, qu'il chercherait sans aucun doute à enivrer pour mieux corrompre son innocence. Quel dessein abject lui prêterait-on ensuite ? Torturer le maire du village, organiser sur ses terres des rituels sataniques ? Il commençait vraiment à être las de toutes ces rumeurs. Il avait espéré que les choses s'arrangeraient quand Alex serait retrouvé, mais, comme il avait perdu la mémoire, il n'avait pu prouver jusqu'ici qu'il n'avait rien à voir avec sa disparition.

Secouant la tête, il se força à revenir au présent.

— Le restaurant est par ici, dit-il à Gabriella.

Toujours suivi de Joaquin, il la conduisit vers la grande porte encadrée de rondins de bois qui menait à la salle à manger. Le restaurant ne disposait que d'une vingtaine de tables. Mais, grâce à Franny, il marchait merveilleusement bien.

Il l'accompagna jusqu'à une petite table située dans un coin. L'ambiance, ce jour-là, était calme. Pour la plupart, les invités du mariage n'étaient pas encore arrivés. Ils avaient la salle quasiment pour eux tout seuls.

— Les tables sont petites ; c'est mignon, commenta Gabriella, un joli sourire aux lèvres.

— Oui. Nous avons voulu donner au restaurant une ambiance plutôt chaleureuse.

Il se tourna vers le garde du corps.

— Vous pouvez vous installer là, Joaquin, lui dit-il en pointant du doigt l'une des tables.

Cette armoire à glace était sûrement un type bien, mais Chance n'avait aucune envie de le voir tenir la chandelle pendant qu'il discuterait avec Gabriella.

— De cette façon, vous serez dos au mur et vous pourrez observer toute la pièce, poursuivit-il. Si vous pouviez vous abstenir de tuer quelqu'un, ça m'arrangerait.

Le garde du corps, en guise de réponse, lui jeta un regard noir.

Au même instant, Franny arriva, en s'essuyant les mains sur son tablier. La cuisinière était une femme grande d'une cinquantaine d'années qui vivait à Houston. Ses enfants, devenus adultes, avaient quitté le foyer. Aussi s'était-elle investie de la mission de veiller sur lui. Certains jours, son affection lui paraissait un peu étouffante, mais, la plupart du temps, il était content de la savoir à son côté. Et surtout de son côté.

Car Franny ne croyait pas aux rumeurs qui couraient sur lui et aurait pu assommer à coup de cuillère de bois toute personne se risquant à les formuler devant elle.

— Tu es en retard, lui dit-elle en agitant son doigt devant lui. Je commençais à me dire que j'allais devoir manger le poulet toute seule.

Puis elle se tourna vers Gabriella, et son masque de mère furieuse disparut aussitôt, laissant place à un large sourire chaleureux.

— Vous êtes la sœur d'Alex, je suppose ?

Gabriella tourna son regard vers lui. Et il comprit que cette question l'avait mise mal à l'aise. Franny, pour sa part, ne sembla rien remarquer.

— Bonjour. Oui, c'est exact. Je suis, euh… la sœur d'Alex. Gabriella del Toro, finit-elle par répondre en lui tendant la main.

Mais Franny, ignorant cette main tendue, la prit brusquement dans ses bras pour la serrer contre elle. Gabriella laissa échapper un petit cri de surprise.

— Je suis tellement contente de vous rencontrer ! s'exclama la cuisinière. Nous nous sommes fait tellement de souci pour Alex. Il fait quasiment partie de la famille, vous savez ?

Elle relâcha Gabriella pour s'essuyer les yeux d'un revers de main.

— J'ai eu tellement peur qu'il ne se soit fait kidnapper par des trafiquants de drogue, ou je ne sais quoi. Et ensuite, tout le monde a essayé de mettre ça sur le dos de Chance. Tout ça à cause d'une femme. Non mais, vous vous rendez compte ?

— Eh bien, répondit Gabriella d'une voix douce, nous ne pensons pas que son enlèvement soit lié à la drogue.

Il prit quelques instants pour méditer sur sa réponse. Pour sa part, il n'avait lui-même jamais cru qu'il s'agissait d'un kidnapping lié à la drogue ou à une quelconque mafia. Mais, d'un autre côté, il avait toujours pensé qu'Alex était un homme honnête…

Que pensait réellement Gabriella ? Elle devait avoir entendu des rumeurs. Et l'agent fédéral qui enquêtait toujours sur l'affaire lui avait sûrement confié qu'il faisait partie de la liste des suspects. Avait-elle cru ce qu'on lui avait dit ?

Quoi qu'il en soit, si Alex Santiago, ou plutôt Alejandro del Toro, s'était montré honnête dès le départ, rien de tout cela ne serait jamais arrivé. Et tant qu'il ne recouvrait pas la mémoire, Chance ne pourrait pas reprendre le cours normal de sa vie.

La voix de Franny mit un terme à sa réflexion.

— Et qui est ce beau garçon ? s'exclama-t-elle en se tournant vers Joaquin.

Elle s'approcha de lui et se mit à lui tâter le biceps.

— Mon Dieu, mon Dieu… Bonjour, je m'appelle Fran.

Joaquin devint écarlate, et Gabriella se mit à glousser.

— Ravi de vous rencontrer, balbutia le garde du corps.

— Bien, maintenant, asseyez-vous et laissez-moi m'occuper du déjeuner.

Elle fit un clin d'œil à Chance, avant de disparaître par la porte de la cuisine.

Chance tira une chaise pour Gabriella et s'assit en face d'elle. Il sentait qu'elle ne le quittait pas des yeux. Et ce qu'il lut dans son regard lui parut étrange. Il ne s'agissait pas de méfiance, non, mais... manifestement, Franny avait dit quelque chose qui lui avait déplu.

Néanmoins, elle attendit que la cuisinière ait servi la salade et le thé glacé pour poser la question qui, de toute évidence, lui brûlait les lèvres :

— Que voulait dire Franny par « et tout ça à cause d'une femme » ?

Il prit quelques instants pour réfléchir.

— Alex avait une petite amie, finit-il par répondre.

— Voulez-vous parler de Cara Windsor, cette jeune femme dont le père dirige Windsor Energy ?

C'était donc cela... Il avait entendu des rumeurs à ce sujet : plusieurs personnes, dans le village, murmuraient que l'arrivée d'Alex aux Etats-Unis était en lien direct avec Windsor Energy, ce qui, avec le recul, paraissait cohérent. Avec ce qu'il savait désormais de lui, il n'avait aucun mal à imaginer que M. del Toro ait décidé d'envoyer son fils au nord de la frontière pour évaluer ses concurrents. Ou les espionner.

Mais était-ce en raison de cet espionnage industriel qu'Alex lui avait volé Cara ? Alors qu'il se posait cette question, il sentit un goût étrange s'installer au fond de sa gorge. Une amertume que le délicieux thé glacé de Franny ne parvint pas à dissiper. Cara avait semblé complètement fascinée par Alex, et inversement. Tant et si bien qu'il avait fini par conclure que le plus honorable était de se retirer de la course et de laisser le champ libre à son ami. Mais si Alex lui avait également menti à ce sujet...

— Je n'ai rien à voir avec la disparition d'Alex, s'entendit-il dire.

— Mais vous avez été vu en compagnie de Cara Windsor, répondit-elle à voix basse, comme si elle ne voulait pas que Joaquin l'entende.

— Nous sommes sortis ensemble, en effet. Mais elle était folle de votre frère. Alors je me suis retiré de la course. Parce que j'avais de l'affection pour lui et pour elle, et parce que je pensais qu'ils seraient heureux ensemble.

Comme il s'était montré stupide !

Alejandro del Toro était un espion ; cela lui apparaissait désormais comme une évidence. Il l'avait fait entrer dans sa vie, dans ses terres. Pour lui, au nom de l'honneur et de l'amitié, il avait abandonné la femme qu'il aimait. Et qui s'était sans doute fait avoir, tout comme lui.

La jolie voix de Gabriella coupa court à ses pensées.

— Vous êtes en colère, dit-elle d'un ton plat et factuel.

— Naturellement que je suis en colère ! Je pensais avoir un ami, mais il s'agissait en réalité d'un personnage imaginaire nommé Alex Santiago. Et le jour où il a disparu, tout le monde a commencé à me montrer du doigt en prétendant que j'avais essayé de le faire disparaître parce que je lui en voulais pour Cara. Eh bien, je vais vous dire une chose : il y a du vrai là-dedans. Je lui en veux pour Cara. Parce que j'ai de l'affection pour elle, et parce que je me rends compte désormais qu'il l'a trompée. Tout comme moi, d'ailleurs.

Il regretta aussitôt ce qu'il venait de dire. Mais il n'avait pas pu s'en empêcher. Cela faisait trop longtemps qu'il luttait pour garder son sang-froid. L'explosion était inévitable.

Il attendit la réaction de Gabriella, qui tarda à venir. Qu'allait-elle dire ? Nier, chercher à défendre son frère blessé, lui dire qu'il n'y avait pas de fumée sans feu et qu'il devait certainement être coupable ?

Au fond de lui, il avait très envie qu'elle se comporte

ainsi : qu'elle lui donne une bonne raison de la détester, de détester l'ensemble de la famille del Toro. Il était à bout. Et vraiment las de se défendre, alors qu'il n'avait absolument rien à se reprocher.

Franny arriva avec les assiettes de poulet frit. Gabriella n'avait toujours pas ouvert la bouche.

— Comment ça se passe ? demanda la cuisinière en débarrassant les assiettes de salade auxquelles ils avaient à peine touché.

Elle avait adopté un ton léger et désinvolte, mais, la connaissant, il avait bien vu qu'elle s'était laissé gagner par la tension qui régnait désormais dans la salle.

Il fallait absolument qu'il se reprenne s'il ne voulait pas que Gabriella quitte le ranch et retourne chez elle pour raconter à tout le monde à quel point il était impoli et irascible.

— Beaucoup mieux depuis que je vois ce poulet, répondit-il en souriant à Franny.

— Bon appétit, alors, lui dit-elle simplement avant de se tourner vers Joaquin pour… flirter avec lui ?

Il regarda Gabriella, qui les observait d'un air vaguement amusé.

— En quatorze ans, je ne crois pas avoir jamais vu Joaquin aussi rouge, chuchota-t-elle.

Il était heureux qu'elle lui parle à voix basse. Il était heureux qu'elle ait envie de lui faire des confidences. Et rien qu'à la regarder sourire, il sentit sa bonne humeur renaître. Manifestement, elle ne comptait pas faire de commentaire sur son accès de colère. Et c'était certainement mieux ainsi.

— Et si vous me parliez un peu de Tres Cruces ? lui dit-il. Est-ce vous qui avez fabriqué le collier de turquoises que vous portiez lundi ?

Elle sembla ravie qu'il l'ait remarqué et s'en soit souvenu, et elle hocha la tête.

— J'étais vraiment très jeune quand ma mère est décédée, vous savez ?

L'espace d'un instant, il eut peur d'avoir dit quelque chose qu'il ne fallait pas dire. Mais, sans cesser de sourire, elle poursuivit :

— Je n'ai que très peu de souvenirs d'elle, mais s'il y a bien une chose qui m'a marquée, c'est qu'elle fabriquait des chapelets qu'elle offrait aux membres de son personnel à Noël. Elle me laissait choisir les perles et m'aidait à les enfiler. Et quand j'en renversais, ce qui arrivait très souvent, elle riait aux éclats, et nous jouions à celle qui en ramasserait le plus et le plus rapidement possible.

Sa voix était douce, légère. Comme celle d'une petite fille perdue dans une agréable rêverie.

— Je m'en souviens très bien.

En voyant son sourire, il comprit qu'il s'agissait probablement du plus précieux de tous ses souvenirs. Or, elle venait de le partager avec lui. Emu par cette idée, il fut pris d'une envie soudaine de lui toucher la main. Mais il se garda bien d'y céder. Cela aurait sûrement été malvenu.

— Alors, c'est pour cela que vous vous êtes lancée dans la création de bijoux ?

— En partie. J'ai fait des bijoux de perles pendant quelque temps, parce que de cette façon j'avais l'impression d'être plus proche d'elle. Mais je suis vite arrivée à court d'idée, alors j'ai décidé d'essayer autre chose. *Papá* m'a beaucoup encouragée. Il a même accepté que j'aille voir le gardien de notre ranch pour qu'il m'apprenne à souder. Je devais avoir une dizaine d'années.

— Vous avez appris à souder à dix ans… Je suis très impressionné.

— Alejandro n'arrêtait pas de me taquiner avec ça, lui répondit-elle, les yeux brillant de joie. J'avais toujours des marques de brûlures sur les mains et des trous dans mes vêtements.

Ils rirent, et la tension se dissipa totalement. Peut-être

allait-il falloir qu'il révise son opinion sur M. del Toro ? Après tout, rares étaient les pères qui laissaient leurs filles se lancer dans ce genre d'aventure à un âge où on attendait plutôt d'elles qu'elles jouent à la poupée.

— Alors cela fait des années que vous créez des bijoux ?

— Mais tous n'ont pas été une réussite, si vous voyez ce que je veux dire, lui répondit-elle en lui lançant un regard malicieux.

— Vous auriez dû voir la première clôture que j'ai érigée ! Pas une seule ligne droite sur des kilomètres.

Elle lui sourit. Plus ils faisaient connaissance, plus il la trouvait charmante. Elle était non seulement belle et intelligente, mais aussi talentueuse. Si les choses avaient été différentes, il ne se serait pas contenté de l'emmener faire une promenade à cheval et de lui servir du poulet frit. Non, il aurait plutôt imaginé un dîner aux chandelles dans un bon restaurant, suivi de…

Joaquin toussa. Il fallait absolument qu'il arrête de fantasmer. Les choses étaient ce qu'elles étaient. Et ils n'étaient pas seuls.

— Alors, vous faites tout à la main ?

Elle acquiesça, prenant une bouchée de poulet.

— J'expose dans une galerie d'art à Mexico. La plupart de mes pièces sont des créations uniques, et j'y consacre une grande partie de mon temps.

— Vous travaillez, depuis que vous êtes ici ?

— Non, répondit-elle d'une façon qui laissait clairement entendre qu'elle le regrettait. Je n'ai pas emporté mes outils. Je ne pensais pas que nous resterions si longtemps.

Rien d'étonnant, donc, à ce qu'elle paraisse si triste. S'il avait bien compris, chez elle, elle passait son temps à se promener à cheval et à créer des bijoux. Or, chez Alex, elle ne pouvait rien faire de tout cela.

— Si l'envie vous prend de revenir faire du cheval, n'hésitez pas à me le faire savoir.

— Merci, lui répondit-elle d'un air sincèrement reconnaissant, en le regardant de ses grands yeux. Je dois vous avouer que c'est la première fois que je suis autorisée à quitter la maison d'Alejandro depuis que je suis ici.

— Je pourrais vous faire visiter le coin, si vous le souhaitez ? Le village est petit, mais il y a beaucoup de choses à voir. Et puis, nous avons de très bons restaurants.

Elle garda le silence pendant quelques instants, se contentant de le regarder en souriant de ses lèvres pleines et sensuelles, auxquelles il aurait tant aimé goûter.

— Vous m'invitez à dîner ? finit-elle par demander.

Il en avait très envie, en effet. Mais pouvait-il se montrer aussi direct ?

— Je suis certain qu'Alex serait ravi d'apprendre que sa sœur a pu visiter une partie du Texas. Je ne vois pas l'intérêt de venir aux Etats-Unis si c'est pour rester enfermé dans une maison.

Manifestement convaincue par cet argument déguisé, elle lui adressa un regard qui n'avait plus rien d'innocent. Un regard brûlant.

— Joaquin nous accompagnera, naturellement.

— Naturellement, répondit-il, en faisant de son mieux pour ne pas sembler gêné par cette idée.

Un chaperon armé jusqu'aux dents. Grisant. Mais s'il fallait cela pour lui permettre de sortir de la maison d'Alex…

Son frère lui avait menti ; il ne pouvait pas lui faire confiance. Et il ne devait pas placer trop d'espoir en elle, car dès qu'Alex se souviendrait de l'identité de ses ravisseurs, elle retournerait au Mexique, où elle resterait enfermée à jamais dans sa prison dorée.

Mais elle avait dessellé son cheval. Elle soudait pour s'amuser. Elle parlait trois langues. Et, plus important encore, elle le regardait comme si elle avait très envie de sortir avec lui.

— Je serais ravie de venir dîner avec vous.

Sa voix était douce. Mais il y avait désormais quelque chose d'autre en elle. Il pouvait se tromper, mais…

Du désir. Oui, on aurait vraiment dit du désir.

- 7 -

A quand remontait son dernier rendez-vous galant ?

Tout en regardant le paysage défiler par la vitre de la voiture, Gabriella essayait tant bien que mal de répondre à cette question. A bien y réfléchir, plus jeune, elle n'était jamais à proprement parler sortie avec un garçon. Certes, il lui était arrivé une ou deux fois d'embrasser en secret l'un des jeunes palefreniers qui travaillaient à Las Cruces. Mais elle l'avait fait moins par plaisir que pour se rebeller contre son père et ses innombrables règles. Et elle n'était jamais allée plus loin qu'un simple baiser. Notamment parce que le palefrenier avait bien plus de raisons qu'elle de craindre les représailles de son père, si par malheur celui-ci venait à les surprendre.

Puis il y avait eu sa *quinceañera*, la grande fête organisée pour ses quinze ans. Tout avait été minutieusement planifié par son père, qui avait même choisi ses *chambelanes*, c'est-à-dire ses cavaliers. Parmi eux figurait Raul Viega, le fils de l'un de ses riches associés, avec qui elle devait ouvrir le bal.

Raul. Le seul garçon avec qui elle pouvait plus ou moins dire qu'elle était sortie.

Il était à peu près du même âge que son frère, qu'il avait côtoyé sur les bancs de l'université, bien que les deux garçons n'aient jamais été vraiment amis. Et il l'avait accompagnée plusieurs fois au cours de sa vie à des événements mondains, comme les dîners de gala organisés par del Toro Energy ou par la présidence de la République.

Naturellement, elle avait embrassé Raul. Parfois parce qu'elle en avait envie, souvent parce qu'il l'avait embrassée en premier. Mais surtout parce qu'elle considérait chacun de ces baisers comme un petit acte de rébellion.

Mais, en définitive, Raul avait fini par se lasser de ces simples baisers et de la présence de Joaquin, qui l'empêchait d'aller plus loin. Ainsi, petit à petit, il ne l'avait plus accompagnée que quand les convenances lui dictaient de le faire, et ses sorties avec lui étaient devenues de plus en plus rares. D'ailleurs, elle ne l'avait pas vu depuis le vernissage de sa dernière exposition de bijoux, huit mois plus tôt. Soirée à laquelle il était venu au bras d'une magnifique blonde.

Elle, pour sa part, était au bras de son père.

A le regarder, elle s'était sentie vraiment malheureuse. A cette époque déjà, Alejandro était au Texas. Sans garde du corps, sans surveillance. Elle, en revanche, était coincée là, à Las Cruces, entre Joaquin et son père. Et elle avait beau savoir qu'elle n'avait pas à se plaindre — elle n'avait jamais souffert de la faim et avait toujours été traitée comme une princesse —, après cette soirée, elle était tombée dans une profonde dépression. Sa solitude lui était devenue insupportable. Elle avait besoin de rencontrer des gens. De voir le monde.

Elle ne pouvait plus supporter les règles de son père, même si elle savait qu'elles étaient fondées sur les meilleures intentions du monde.

C'était pour toutes ces raisons qu'elle était vraiment heureuse de déjeuner avec Chance McDaniel. Pour la toute première fois de sa vie, elle avait l'impression que c'était elle qui édictait les règles.

Raul avait toujours paru irrité par la nécessaire présence de Joaquin, sur lequel il lui arrivait souvent de faire des remarques désobligeantes. Peut-être était-ce pour cette raison, d'ailleurs, que Joaquin ne les avait jamais laissés seuls suffisamment longtemps pour échanger autre chose que de simples baisers ?

Mais sur ce sujet, et bien d'autres, Chance était différent de Raul : même s'il appréciait peu la compagnie du garde du corps — son attitude était sans ambiguïté —, il avait tout fait pour que ce dernier ne se sente pas exclu.

Machinalement, elle leva les yeux vers Joaquin, lequel conduisait calmement la voiture qui la ramenait chez Alejandro.

Elle tendit l'oreille.

C'était bien ce qui lui semblait : il fredonnait tout doucement une chanson.

Elle tourna la tête et sourit. Il aurait certainement beaucoup de mal à l'admettre si elle lui posait la question, mais il s'était bien amusé aujourd'hui. Elle le connaissait suffisamment pour sentir ce genre de choses. Quel avait été son moment préféré ? La balade à cheval, le repas ou… Franny ?

Elle se réjouissait pour lui. Et par ailleurs… s'il avait passé un bon moment et considéré qu'elle n'avait couru aucun danger, il ne pourrait pas s'opposer à ce qu'elle retourne aux Acres pour une autre promenade à cheval.

Pour la première fois depuis qu'elle était arrivée au Texas, elle se sentit heureuse. Elle avait enfin l'occasion de faire ce qui lui tenait à cœur : sortir de la propriété, découvrir de nouvelles choses. Goûter à la liberté dont son frère avait joui pendant deux ans.

Joaquin immobilisa la voiture devant la propriété et descendit lui ouvrir la portière. Une fois dans la maison, elle ne remarqua rien de particulier. Mais, soudain, elle entendit la voix d'un homme. Une voix que le manque d'usage avait rendue rauque.

Elle se précipita vers la cuisine, d'où provenait la voix. Alejandro était assis à la table. Il s'était rasé et portait une chemise blanche et un jean propre. Il sirotait son café en bavardant avec Maria, la femme de ménage.

Au moment où elle entra dans la pièce, il leva les yeux vers elle et lui sourit.

Comme s'il l'avait reconnue.

— Alejandro ! s'exclama-t-elle.

Mais ce fut tout ce qu'elle parvint à articuler. Car elle sentit aussitôt sa gorge se serrer et ses yeux s'emplir de larmes. Il était de retour. Le frère qu'elle aimait. Et non l'étranger qui était revenu de l'hôpital.

Instinctivement, elle le prit dans ses bras et attendit un signe qui lui prouve qu'elle avait raison. Quelques secondes passèrent, et elle finit par perdre espoir. Elle s'était trompée : en réalité, rien n'avait changé. Il avait simplement quitté sa chambre. Rien de plus.

Mais tout à coup :

— Salut, frangine. Tu m'as manqué.

Et il la serra dans ses bras.

— Tu me reconnais ? demanda-t-elle, en faisant de son mieux pour garder son calme.

Mais il n'eut pas à répondre à cette question. Il se pencha vers elle et la regarda dans les yeux. Et, alors, elle n'eut plus de doute : son frère était de retour.

— Comment pourrais-je ne pas reconnaître ma petite sœur ?

Elle faillit fondre en larmes. Il était là. Alejandro.

— Je me suis tellement inquiétée, balbutia-t-elle en le serrant plus fort contre elle. Ecoute, il faut absolument que tu me dises ce dont tu te souviens. Tu dois me dire si Chance McDaniel a quelque chose à voir avec ton enlèvement.

Il se renfrogna et s'écarta doucement d'elle. Et, tout à coup, elle se souvint de la scène qui s'était produite le matin : le moment où ses yeux s'étaient allumés quand elle avait prononcé le nom de Chance. Elle avait cru qu'il ne lui faisait pas confiance, qu'il ne voulait pas lui dire la vérité.

Et si elle s'était trompée ? Si ce n'était pas d'elle qu'il se méfiait, mais de Chance ? Se pouvait-il qu'il ait peur de son ancien ami ?

La voix de son frère coupa court à ses réflexions :

— Tu es allée faire du cheval ?

— Oui.

Un peu déstabilisée, elle jugea préférable de s'asseoir à la table.

— Vous avez fait du cheval avec M. McDaniel ? demanda Maria en plaçant devant elle une tasse de café.

Elle hocha la tête. Jusqu'ici, Maria, la femme de ménage, avait été en quelque sorte sa meilleure amie au Texas. En tout cas, elle avait été la seule femme avec qui elle avait eu l'occasion de bavarder.

Mais, en cet instant, il fallait absolument qu'elle parle avec son frère. Et elle préférait que leur conversation reste aussi discrète que possible.

Fort heureusement, Maria sembla s'apercevoir d'elle-même qu'elle était de trop.

— Il faut que j'aille m'occuper du linge, marmonna-t-elle, avant de disparaître de la pièce.

Enfin seule ! Avec son frère.

Elle avait tellement de questions à lui poser, mais elle ne voulait pas le fatiguer. Et, surtout, elle ne voulait rien dire qui puisse le faire rentrer dans sa coquille. Aussi se contenta-t-elle de lui demander :

— Tu as parlé à *papá* ?

— Non, lui répondit-il en évitant son regard. Je crois qu'il est en rendez-vous.

Sa déception était presque palpable. Il avait décidé de revenir à lui, à eux. Et, quoi qu'il puisse en dire, elle était persuadée qu'il s'agissait d'une décision consciente. Mais leur père n'avait même pas pris le temps de venir l'accueillir.

— Il s'est fait beaucoup de souci pour toi, tenta-t-elle d'expliquer, mais cet argument sonnait creux même à ses propres oreilles. Comme nous tous, d'ailleurs.

— Je… Je suis désolé.

De nouveau, il semblait peser chacun de ses mots. Comme s'il s'interrogeait sur les informations qu'il devait ou non lui révéler.

— Je suis heureux que tu sois là.

Peut-être était-il gêné par la présence de Joaquin ? Naturellement, Alejandro savait que le garde du corps était une personne fiable et indispensable à sa sécurité. Mais les deux hommes n'avaient jamais passé beaucoup de temps ensemble. Joaquin était devenu son garde du corps à l'époque où Alejandro s'apprêtait à entrer à l'université.

— Joaquin, pourrais-tu aller dire à *papá* qu'Alejandro se sent mieux ?

Pendant ce qui lui parut être une éternité, personne ne bougea. Alejandro parut satisfait de sa requête, mais se garda de sourire. Joaquin, pour sa part, semblait hésiter.

— S'il te plaît, insista-t-elle. Je suis certaine que *papá* serait ravi de savoir qu'Alejandro est descendu.

Joaquin finit par acquiescer en hochant brièvement la tête, puis quitta la pièce. Alejandro et elle restèrent assis en silence pendant quelques instants. Mais elle ne pouvait pas laisser filer les précieuses minutes dont elle disposait :

— De quoi te souviens-tu ?

— De pas grand-chose, répondit-il en se passant la main sur le menton.

— Tu sais qui je suis ?

— Ma sœur, Gabriella.

— Tu sais qui est Joaquin ? Tu te souviens de *papá* ?

— Oui, répondit-il sans hésiter, en la regardant droit dans les yeux.

— Tu te rappelles notre entreprise ?

— Del Toro Energy.

Il avait dû jouer la comédie. Au moins ce matin. Et peut-être même depuis plus longtemps. Mais combien de temps ? Et s'il n'avait jamais perdu la mémoire ?

— Tu te souviens de Chance McDaniel ?

Il cilla, puis fit claquer ses mains devant son visage et se mit à les regarder d'un air absent.

— Pas vraiment, marmonna-t-il.

Mais, de nouveau, elle ressentit de la méfiance dans le ton de sa voix.

— Et de Cara Windsor ? De Windsor Energy ?

Il prit un air sombre, répondant à sa question bien mieux qu'il n'aurait sans doute pu le faire avec des mots.

— Parce que j'ai entendu dire, poursuivit-elle, que tu avais volé Cara Windsor à Chance, et que c'était pour cette raison qu'il t'avait enlevé et ramené au Mexique. Pour se venger. Est-ce vraiment ce qui s'est passé ?

Malheureusement, il n'eut pas le temps de répondre. Leur père venait d'entrer dans la cuisine, suivi de près par Joaquin.

— Alejandro ! s'exclama-t-il à son tour, avant de le prendre dans ses bras et de lui taper dans le dos. Nous allons appeler les médecins et la police. Nous allons retrouver les gens qui t'ont fait ça et nous leur ferons payer.

Son frère lui jeta un regard inquiet. Le message était clair : il avait répondu à ses questions, mais il n'avait pas envie de le faire une nouvelle fois. Et surtout pas en public.

— *Papá*, dit-elle en plaçant sa main sur son bras, Alejandro commence tout juste à se remettre. Peut-être vaudrait-il mieux le laisser se reposer encore pendant quelques jours avant de laisser la police l'interroger de nouveau ? Je pense qu'il est préférable de se montrer prudent.

Alejandro tourna vers elle un visage reconnaissant.

— Oui, bien sûr, tu as raison, marmonna leur père. Allez, assieds-toi, fiston. Prends un peu de café.

Quelques minutes plus tard, Maria était de retour dans

la pièce, où régnait un véritable brouhaha : leur père et la cuisinière enjoignaient Alejandro de leur raconter ce dont il se souvenait.

Mais Alejandro ne se montrait pas très loquace, se contentant de multiplier les « non, pas vraiment » et « je ne suis pas sûr », en regardant ses mains.

Ce ne fut que lorsque Maria fut partie et que leur père fut retourné téléphoner dans son bureau qu'elle put enfin poser à son frère la question qui lui avait brûlé les lèvres pendant tout l'après-midi.

— Alejandro, dit-elle en s'efforçant d'adopter un ton léger.

Joaquin était toujours dans la pièce, occupé à lire sur sa tablette, mais elle savait qu'il les écoutait.

— Je sais que tu ne te souviens pas de grand-chose, mais j'ai passé un très bon moment avec Chance McDaniel aujourd'hui. Il m'a montré l'endroit où vous alliez pique-niquer ensemble.

Elle le regarda attentivement. Il faisait la même tête que le jour où il l'avait surprise en train d'embrasser l'un des palefreniers. Mais rien de plus. Il paraissait se souvenir de l'aire de pique-nique. Et ne semblait pas vraiment ravi de savoir que Chance l'y avait emmenée. Tout comme il n'avait pas été ravi de savoir qu'elle s'était « abaissée » à se laisser embrasser par un simple employé.

— Chance m'a proposé de faire une nouvelle promenade et de m'emmener dîner. Avec Joaquin, naturellement.

— Ah oui ? répliqua-t-il sur le même ton pensif qu'il avait utilisé le matin.

Il ne semblait pas vouloir lui interdire de sortir avec Chance et ne paraissait pas inquiet de la savoir en sa compagnie. Cette perspective le laissait juste… pensif.

— Oui. Et tant que tu ne pourras pas me dire si Chance a joué un rôle quelconque dans ta disparition, je continuerai à le fréquenter. Parce que cela me fera une bonne occasion d'enquêter de mon côté, afin de déterminer s'il avait ou non des raisons de te vouloir du mal.

Il secoua doucement la tête, comme pour lui faire comprendre qu'il n'était pas d'accord avec cette partie du plan.

Au loin, elle entendit son père hurler. Apparemment, ce coup de téléphone professionnel ne s'était pas déroulé comme il l'avait espéré. Ce qui signifiait qu'elle n'aurait sans doute pas d'autre occasion de discuter en tête à tête avec son frère avant la fin de la journée.

Ennuyée, elle se leva et, sous couvert de prendre la tasse vide de son frère pour la remplir de nouveau, s'approcha de lui et murmura :

— Je sais garder un secret.

Il hocha brièvement la tête. Au même instant, leur père débarqua dans la pièce, pestant contre une affaire qui était apparemment sur le point de capoter.

Elle allait tenir sa promesse. Car si elle ne disait à personne qu'il se souvenait de bien plus de choses qu'il ne voulait l'admettre… il aurait une dette envers elle. Ce qui était toujours bon à prendre de la part d'un frère aîné.

Mais cela ne signifiait pas pour autant qu'elle ne chercherait pas à creuser un peu plus.

Et notamment à savoir si Chance McDaniel aurait pu faire usage de la violence pour récupérer Cara Windsor.

- 8 -

Chance regarda le grand SUV noir s'arrêter devant le paddock. Le mariage était terminé, et en ce lundi après-midi l'hôtel paraissait étrangement vide. Il allait enfin avoir un peu de temps libre.

Qu'il comptait bien passer avec Gabriella del Toro.

Mais il ne devait surtout pas se faire d'illusions. Si elle avait revenue au ranch, c'était sans doute sur ordre de son tyran de père, qui avait dû l'envoyer ici pour rechercher des « preuves » de sa culpabilité ou quelque chose de ce genre.

Néanmoins… il était impatient de se promener à cheval avec elle. Peut-être pourraient-ils faire un peu la course, cette fois-ci ? Et quoi qu'il en soit, ensuite, ils dîneraient ensemble. De crainte de l'effrayer, il avait prévu de l'emmener une fois encore au restaurant de l'hôtel. Franny leur avait mis de côté des filets de bœuf.

Joaquin descendit du SUV et ouvrit la portière arrière. Soudain, les longues jambes de Gabriella sortirent de la voiture. Et Chance ne tarda pas à s'apercevoir qu'elle avait troqué ses jodhpurs et ses bottes anglaises contre un jean sombre qui mettait merveilleusement en valeur ses courbes, des bottes de cow-boy gris anthracite et un chemisier en jean ajusté. Ses cheveux noirs et soyeux avaient été ramenés en un chignon bas, et elle était coiffée d'un chapeau de paille. Les trois croix brillaient à son cou et à ses oreilles.

Elle ressemblait à une princesse la dernière fois qu'il l'avait vue. Mais, aujourd'hui, on aurait vraiment dit une cow-girl. Elle tourna son regard vers l'écurie, et, quand elle l'aperçut, elle lui sourit. Un sourire qui illumina son visage. Et le paysage tout entier.

La situation s'annonçait délicate. Car, dépourvue de ses ornements raffinés, elle paraissait désormais plus encline à chevaucher Gale. Ou à chevaucher son corps…

— Cela vous a manqué, n'est-ce pas ? ne put-il s'empêcher de demander.

— C'est à Gale que j'ai manqué.

Elle s'approcha de lui. Un peu trop rapidement à son goût. Car il aurait aimé avoir plus de temps pour admirer la grâce avec laquelle elle se déplaçait.

— Je ne l'ai pas encore sellée.

Et il l'avait fait exprès. Car il était très curieux de découvrir comment elle allait se débrouiller avec Gale. De savoir si elle était une aussi bonne cavalière qu'elle le laissait entendre.

— Beast est prête, elle, ajouta-t-il à l'attention de Joaquin.

En revanche, il préférait ne pas prendre de risque avec le garde du corps.

— Allons-y, dit-elle en tournant la tête dans la direction de Gale.

Ils se dirigèrent ensemble vers la jument, si proches l'un de l'autre qu'il aurait pu jurer qu'il pouvait sentir la chaleur de ses mains. Il avait très envie de les effleurer. Mais Joaquin n'était qu'à quelques mètres derrière eux. Mieux valait ne pas tenter le diable.

Glissant les mains dans ses poches, il la conduisit donc vers le box de Gale. Sa selle était accrochée à la porte, ainsi qu'un seau et une étrille.

Soudain, il se trouva assailli par le doute. Avait-il bien fait d'imaginer ce petit test ? Il se pouvait parfaitement qu'elle ne soit habituée qu'aux selles anglaises. Vaguement inquiet, il tourna son regard vers elle. Elle s'était déjà emparée de l'étrille, avec laquelle elle s'était mise à frotter le dos de Gale tout en lui parlant doucement en espagnol.

Son accent anglais était britannique, mais son espagnol était pure poésie. Le pansage d'un cheval ne lui avait jamais paru aussi… sensuel.

Alors qu'il se faisait cette réflexion, elle s'était emparée du tapis de selle et l'avait mis sur le dos de la jument. Et soudain, comme si elle avait fait cela toute sa vie, elle fit passer l'étrivière par-dessus le pommeau de la selle, qu'elle installa délicatement sur le dos de Dale.

Puis elle se tourna vers lui et, comme si elle savait qu'elle avait dépassé toutes ses espérances, lui adressa un beau sourire victorieux.

Ses espérances ? Que pouvait-il espérer d'une femme comme elle au lit ? Ses mains fines se mouvant avec aisance sur sa peau, son corps répondant à chacun des défis qu'il lui lancerait…

Derrière lui, Joaquin se racla la gorge.

Evidemment, cela allait être un problème.

Mais Gabriella ne semblait pas se soucier de l'homme armé. Elle n'avait d'yeux que pour lui.

— Que comptez-vous me montrer, aujourd'hui, Chance ?

Il eut du mal à réprimer un cri de victoire. Enfin, elle avait prononcé son nom. L'excitation qu'il ressentit ne tarda pas à se manifester physiquement. Mais fort heureusement, avec son jean, ses jambières et sa canadienne, il y avait peu de chances pour que quelqu'un le remarque.

— J'ai une surprise pour vous, finit-il par répondre, en commençant à tirer Gale vers la porte de l'écurie.

Mais, soudain, il s'aperçut qu'elle ne l'avait pas suivi. Il se retourna. Elle était immobile, comme figée sur place. Joaquin, à côté d'elle, arborait désormais un air irrité.

Il aurait dû y penser. Ce n'étaient pas le genre de personnes à apprécier les surprises.

— Je vais vous montrer une autre partie du ranch, se hâta-t-il d'ajouter. Celle que les touristes ne visitent pas. En réalité, je voudrais vous présenter Slim.

— Slim ? répéta-t-elle. Est-ce un homme ou un animal ?

— Les deux, répondit-il en arrêtant Gale devant l'écurie et en lui faisant signe de monter. Je dirais un ours mal léché.

Elle se hissa avec agilité sur la selle, et il ne put détourner les yeux de ses fesses. Petites, rondes et moulées dans le jean qu'elle portait. Et, soudain, il fut pris d'un besoin presque impérieux : passer sa main dessus pour voir si elles étaient aussi fermes qu'elles n'en avaient l'air.

Mais il devait absolument se maîtriser. D'autant que ce genre de pensées scabreuses ne faisait rien pour améliorer son état.

— Je ne suis pas sûre de comprendre ce que vous voulez dire, dit-elle en riant. Le mieux, en effet, serait que vous me montriez.

Il y avait beaucoup d'autres choses qu'il avait envie de lui montrer. Ce qui n'était pas sans poser des problèmes. Des problèmes plus gros encore que Joaquin, qui s'était débrouillé pour hisser son corps imposant sur Beast.

Des problèmes tels que l'amnésie d'Alex. Ou encore le fait que la moitié du village croie qu'il avait essayé de le faire disparaître à cause d'une femme.

Alors qu'il était plongé dans ses pensées, Gabriella avait fait décrire à Gale un cercle parfait. Ses yeux brillaient d'une passion qu'il n'avait pas eu l'occasion de voir depuis bien longtemps dans le regard d'une femme.

— Prêt ? demanda-t-elle.

— Prêt.

Prêt à bien plus de choses qu'elle ne devait imaginer.

Il glissait sur une pente dangereuse, il le savait parfaitement. Mais, maintenant qu'il était lancé, il était hors de question qu'il s'arrête.

Son cheval à côté de celui de Chance, Gabriella souriait, tant elle se sentait heureuse. La légère brise qui soufflait dans l'air avait quelque chose de printanier. Tout semblait plus vert.

Y compris les yeux de Chance.

Ils prirent un chemin différent de celui qui menait à l'aire de pique-nique. Mais la piste était bien délimitée, assez large, et les empreintes de sabots indiquaient qu'elle était assez fréquentée.

Elle en déduisit que le lieu où il l'emmenait n'était pas un endroit complètement isolé. Ce qui ne manqua pas de la rassurer.

La belle voix grave de Chance coupa court à ses pensées :

— Comment va Alex aujourd'hui ?

La question semblait innocente, et sincère, mais elle hésita. Leur père avait insisté pour qu'elle ne parle à personne de l'amélioration de l'état de santé d'Alejandro. Il craignait que, si la rumeur venait à courir qu'il avait recouvré la mémoire, ses agresseurs essaient de renouveler leur tentative.

— Aucun changement, mentit-elle.

Elle regrettait de ne pouvoir lui dire la vérité. Mais il sembla la croire et, plutôt que de creuser davantage, il l'encouragea à admirer un joli bosquet d'arbres qui se trouvait à l'est.

— Et là-bas, poursuivit-il en pointant du doigt une jolie bâtisse à deux étages dotée d'une grande véranda, c'est ma maison.

— Très jolie.

Les murs étaient peints en jaune vif et les volets en vert. Des jardinières vides étaient suspendues aux fenêtres. A quoi pouvait bien ressembler l'intérieur ? A Las Cruces, le devant de la maison était occupé par des salons où son père recevait. Leur décoration, somptueuse et imposante, était destinée à impressionner les visiteurs.

Mais le reste de la maison était beaucoup plus chaleureux et confortable. C'était dans cette partie-là qu'elle avait grandi… la cuisine où elle mangeait, la bibliothèque où elle prenait ses leçons avec les autres enfants du domaine. Et c'était ces pièces-là qui lui manquaient aujourd'hui.

Etait-ce la même chose pour Chance ? Le corps de ferme, qu'il appelait l'hôtel, était-il son salon de réception, une sorte de vitrine pour ses relations publiques ? Dans ce cas, à quoi pouvait bien ressembler l'intérieur de sa maison ?

— Puis-je la visiter ?

Il lui jeta un regard qu'elle eut du mal à déchiffrer. Il semblait ravi qu'elle lui manifeste de l'intérêt. Mais il y avait autre chose…

— Pas aujourd'hui. Ma femme de ménage passe une fois par semaine. Elle doit venir demain. C'est un peu le bazar, si vous voyez ce que je veux dire.

Il se pencha vers elle avant d'ajouter, en chuchotant :

— Par ailleurs, je ne suis pas sûr que Joaquin trouve que ce soit une bonne idée.

Elle soupira. Il avait raison. Il était peu probable que Joaquin accepte de la laisser y entrer sans s'être auparavant préparé à cette idée.

Mais, au moins, il n'avait pas dit non. Il lui avait laissé entendre qu'il la lui montrerait plus tard.

Ils passèrent devant la maison, puis devant une série de hangars en tôle ondulée.

— Qu'est-ce que c'est ? lui demanda-t-elle.

— L'atelier.

S'étant approché du premier bâtiment, il descendit de son cheval, qu'il attacha à un poteau.

— Venez. Je vais vous montrer.

S'attendant presque à ce qu'il la prenne dans ses bras pour l'aider à descendre, elle s'immobilisa et se prit à rêver de sentir ses mains calleuses autour de sa taille, la chaleur de ses doigts contre sa peau.

Mais à sa grande déception, craignant sans doute la réaction de Joaquin, il la laissa descendre seule, se contentant de lui tenir les rênes.

— C'est là qu'on entrepose les tondeuses et les tracteurs, expliqua-t-il en la faisant entrer dans le premier bâtiment.

— Ah… intéressant.

En réalité, elle ne voyait pas bien pourquoi il l'avait conduite dans cet endroit.

Un instant plus tard, ils passèrent dans le second bâtiment.

— Ici sont entreposés les plus gros tracteurs et les machines agricoles. Nous cultivons principalement de la luzerne. Et voici ma moissonneuse-lieuse, lui dit-il en pointant du doigt une grande machine carrée.

Peu intéressée, elle préféra s'abstenir de tout commentaire.

Il la conduisit ensuite vers une porte, à l'arrière du bâtiment. Il s'apprêtait à l'ouvrir quand Joaquin, craignant sans doute une embûche, se rapprocha d'eux. Soudain, un grincement du métal emplit leurs oreilles. Ils venaient d'entrer dans un atelier.

Emerveillée, elle regarda autour d'elle. Quel atelier ! A Las Cruces, elle avait naturellement un espace dédié à son art, mais le hangar où elle travaillait n'avait absolument rien à voir avec ce bâtiment, qui semblait avoir été construit à une tout autre échelle. Il y avait aux murs une quantité incroyable d'outils de toutes sortes et de toutes dimensions : pinces, serre-joints, tournevis… Et, au fond de la pièce, un immense four. Le genre de four que l'on utilise pour forger le fer.

Le grincement s'arrêta brusquement, laissant place à une voix un peu chevrotante :

— Ah ! Chance. Comment ça va, mon grand ?

La silhouette d'un vieil homme se détacha dans un coin sombre. L'individu portait à son cou un foulard assez sale, et ses vêtements étaient protégés par un tablier. Ses bottes de sécurité étaient si élimées que le métal n'était même plus recouvert par le cuir.

— Je voulais te présenter quelqu'un, lui dit Chance en se tournant vers elle. Gabriella, voici Daryl Slocum. Plus connu sous le nom de Slim.

Le vieil homme leva les yeux au ciel.

— Je n'ai jamais beaucoup aimé mon fichu surnom, marmonna-t-il.

— Slim, poursuivit Chance, je te présente Joaquin et Gabriella del Toro.

Le vieil homme se tourna vers le garde du corps et le dévisagea d'un œil curieux.

— La sœur d'Alex, précisa-t-il.

Irritée, elle serra les poings. Elle était la sœur d'« Alex », oui, elle ne pouvait pas le nier. Mais elle détestait qu'on la présente de cette façon. Elle était toujours la sœur d'Alejandro ou la fille de Rodrigo. Sauf, naturellement, quand elle créait ses bijoux. Il n'y avait que dans ses créations qu'elle était Gabriella. Et c'était l'une des raisons pour lesquelles elle aimait tant son art.

Le dénommé Slim la regardait d'un air respectueux.

— Mes hommages, mademoiselle. C'est un plaisir. Nous avons été ravis d'apprendre qu'Alex avait été retrouvé. J'ai beaucoup prié pour lui.

— Eh bien… je vous remercie, répondit-elle, un peu prise de court. Il va un peu mieux.

Chance lui adressa un regard surpris, si rapide, néanmoins, qu'elle se demanda si elle ne l'avait pas imaginé. Puis il reprit la parole :

— C'est Slim qui a fabriqué les lustres du corps de ferme.

— Vraiment ? Ils sont magnifiques !

Slim baissa les yeux et devint écarlate.

— Oh ! ce n'était rien du tout, balbutia-t-il.

— Je trouve qu'ils sont en totale harmonie avec

l'espace, dit-elle en toute sincérité. Vous avez vraiment fait du beau travail.

— Gabriella est une artiste, intervint Chance. Montrez-lui vos trucs.

Un peu agacée par le mot qu'il avait employé, elle détacha néanmoins ses bijoux, non sans avoir pris le temps de lui adresser un regard noir.

— C'est vous qui avez fait ça ? demanda Slim d'un air stupéfait, sans détacher son regard des bijoux posés dans sa main tendue.

Elle hocha la tête. Il poussa un long sifflement d'admiration.

— Gabriella va rester à Royal pendant quelque temps encore, expliqua Chance à Slim, qui caressait du doigt les trois croix. Alors, je m'étais dit que tu pourrais peut-être lui prêter quelques outils ?

Surprise, elle releva la tête vers lui. Lui prêter des outils ? Avait-elle bien entendu ?

— Bien sûr, répondit Slim en souriant. Je vais vous montrer ce que j'ai. En fait, vous savez, il y a un peu de tout…

Machinalement, elle emboîta le pas à Slim. Mais, malgré ses efforts, elle ne parvenait pas à se concentrer sur les outils qu'il lui montrait. En réalité, elle n'arrivait pas à détacher son regard de Chance.

Il allait lui prêter des outils. La seule et unique chose qu'elle regrettait de ne pas avoir emportée. Le travail du métal et l'équitation étaient les deux activités qui lui manquaient le plus depuis qu'elle avait quitté Las Cruces. Et Chance McDaniel allait lui permettre de les pratiquer.

Il avait compris qu'elle en avait besoin. Sans même qu'elle ait à le lui expliquer.

Slim continuait de lui montrer son atelier, mais elle gardait les yeux fixés sur Chance. Et quand son regard croisa le sien, elle fut de nouveau prise de cette étrange impression de familiarité. Si forte cette fois-ci que, vacillant légèrement, elle dut s'appuyer au mur pour éviter de tomber.

Naturellement, son père et son frère prenaient soin d'elle. Mais, pour eux, cette mission se limitait généralement à énoncer la liste des choses qui étaient trop dangereuses pour elle, comme les compétitions d'équitation, les études universitaires ou les rendez-vous galants. Pour eux, prendre soin d'elle signifiait l'enfermer et lui donner juste assez de choses à faire pour qu'elle oublie qu'elle était prisonnière de sa propre maison.

Mais Chance était différent. Il lui faisait découvrir des choses. Il la présentait aux personnes qui comptaient à ses yeux. Il ne cherchait pas à se placer au-dessus du personnel, comme le faisait son père. Il parlait à ses employés comme s'il s'agissait de membres de sa famille, et l'inverse valait également.

Mais peut-être n'était-ce là qu'une mise en scène visant à la tromper, comme il avait trompé son frère ? Oui, après tout, c'était parfaitement possible. Il devait rester sur ses gardes.

Mais quand Slim les fit passer entre deux établis, Chance posa sa main sur elle. Ce ne fut d'abord qu'un léger effleurement de l'épaule qu'elle prit comme une invitation polie à passer en premier. Néanmoins, quand elle s'exécuta, il ne retira pas sa main. Il la fit doucement glisser le long de son dos et la posa sur sa taille.

Ce contact ne ressemblait à aucun de ceux qu'elle avait connus jusqu'alors. Luis, le garçon d'écurie, la touchait toujours d'une main mal assurée et hésitante. Raul, quand il l'escortait à des événements publics, la prenait par le bras comme si elle lui appartenait déjà. Mais jamais il ne lui demandait son avis. Son père lui avait donné la permission de l'accompagner, et c'était tout ce dont il avait besoin.

Mais le contact physique que Chance venait d'établir

était tout différent. Confiant, mais modeste. Doux et… délicieusement agréable.

Ils finirent par sortir de l'espace étroit qui séparait les machines. Mais il laissa sa main s'attarder quelques instants encore sur sa taille avant de la retirer.

— Je travaille beaucoup le fer, déclara Slim.

Hochant distraitement la tête, elle se retourna vers Chance.

— Tout va bien ? lui demanda-t-il d'une voix aussi confiante que le contact qu'il venait d'établir avec elle.

— Je…

Elle se racla la gorge.

— Je suis surprise, c'est tout.

Prenant un air taquin, il haussa un sourcil.

— Et c'est une bonne surprise ?

— L'une des meilleures que l'on m'ait jamais faites.

Elle eut envie de faire quelque chose de complètement fou, comme jeter les bras à son cou pour lui montrer à quel point elle avait apprécié. Mais, apercevant du coin de l'œil la silhouette de Joaquin, elle se ravisa.

— Chaque fois que vous aurez envie de venir ici, n'hésitez pas à m'appeler. Slim travaille au ranch depuis près de cinquante ans. Il a tous les outils possibles et imaginables, murmura-t-il.

Et, sous le regard de Slim et de Joaquin, il fit langoureusement glisser sa main le long de son bras, avant de la retirer en reculant d'un pas.

Un délicieux frisson lui parcourut le dos. Elle n'avait rien décelé de possessif dans ce geste, qu'elle avait au contraire pris comme une question. Il lui avait demandé son avis.

Et, soudain, elle eut envie de lui répondre « oui ».

Machinalement, elle jeta un nouveau coup d'œil à Joaquin. Et l'expression qu'il arborait suffit à lui rappeler que répondre « oui » à Chance, ou même le remercier comme elle avait envie de le faire, n'était pas une possibilité à envisager. Comment allait-elle le convaincre d'accepter de l'accompagner ici régulièrement ? Le travail du métal n'avait rien à voir avec l'enquête sur la disparition d'Alejandro.

— Alors, fit Slim, sans sembler remarquer le conflit qui l'agitait intérieurement, vous en pensez quoi ?

— Je n'ai jamais travaillé le fer.

Elle ne voulait pas refuser les cadeaux de Chance. Et il ne s'agissait pas simplement de politesse. Non, elle se sentait vraiment très reconnaissante envers lui.

Grâce à lui, elle pouvait faire du cheval, elle pouvait travailler. Et, surtout, elle était libre de quitter la maison d'Alejandro.

Elle était là. Avec lui.

— Ne vous en faites pas, je vous apprendrai. Et puis, j'ai plein de tabliers. Euh… en revanche, je ne suis pas sûr d'en avoir d'assez grands pour votre mari.

— Joaquin n'est pas mon mari. C'est mon garde du corps.

— Ah ! Euh… désolé. J'imagine que vous êtes un peu stressée après ce qui est arrivé à Alex. Mais vous pouvez l'amener avec vous, pas de souci. Franny lui donnera à manger, s'il nous aide.

A l'évocation de ce nom, le visage de Joaquin devint cramoisi.

Elle mit une main devant sa bouche pour dissimuler son sourire. A bien y réfléchir, il ne serait peut-être pas si difficile que ça de convaincre Joaquin de l'accompagner régulièrement au ranch.

Elle leva les yeux vers Chance.

— Ma porte est toujours ouverte, lui dit-il, en s'efforçant d'adopter un ton qui laissait entendre qu'il s'agissait d'une invitation anodine.

Mais elle ne fut pas dupe et traduisit : « Ma porte est toujours ouverte pour vous. »

— Vous n'avez qu'à me demander, Gabriella. La réponse sera toujours oui.

Oui.

La réponse serait toujours oui.

- 9 -

Le regard de Gabriella valait vraiment le détour.

Quand, après avoir dit au revoir à Slim, ils retournèrent vers les chevaux, ses beaux yeux noirs restèrent fixés sur lui, et il pouvait lire en eux toutes sortes de choses : reconnaissance, bonheur, et même… émerveillement.

— Vous avez fait ça pour moi ? finit-elle par lui demander.

— Bien sûr.

Du coin de l'œil, il vit Joaquin remuer. Il tourna légèrement la tête vers lui. Il venait de s'emparer des rênes de Beast. Pas de son arme.

Mais Gabriella ne semblait pas se soucier de ce que faisait son garde du corps. Elle n'avait d'yeux que pour lui.

Et il en était absolument ravi.

Elle fit un pas dans sa direction. Elle était désormais si proche de lui qu'en tendant la main il aurait pu la toucher.

Mais il se garda bien de le faire.

Et, pourtant, Dieu sait qu'il avait envie de la prendre dans ses bras pour recevoir le baiser qu'elle avait tant l'air de vouloir lui donner.

— C'est la chose la plus prévenante qu'on ait jamais faite pour moi, dit-elle d'une voix douce.

Il lutta de toutes ses forces pour rester là où il se trouvait. Car il savait que, s'il se risquait à bouger, il prendrait ce qu'elle lui offrait. Et se ferait très certainement tuer.

— Je vous en prie, balbutia-t-il.

Elle le regarda intensément.

— Je voudrais que tu mettes tes mains dans tes poches. Comment ?

Un peu déstabilisé, il obtempéra néanmoins sans rien dire.

Elle tourna la tête vers Joaquin, qui devait sans nul doute être en train de les observer. Il ne le voyait pas. Mais il espérait que le canon de son revolver n'était pas braqué sur sa nuque.

— Comme tu peux le constater, il ne me touche pas, dit-elle d'une voix froide.

Et aussitôt, avant même qu'il n'ait eu le temps de réfléchir à ce qu'elle venait de dire, elle jeta les bras à son cou et l'embrassa avec passion. Ses dents effleuraient sa lèvre inférieure, et il avait désespérément envie d'incliner sa tête sur le côté pour mieux goûter à sa bouche, mais il ne pouvait pas bouger. Il n'osait pas.

Et, soudain, elle s'écarta de lui. Si rapidement qu'elle faillit tomber à la renverse. Et qu'il faillit retirer les mains de ses poches pour la soutenir.

Quand elle eut retrouvé l'équilibre, elle fit un pas en arrière et prit un air grave.

— Tu vois ? Il ne m'a pas touchée.

C'était à Joaquin qu'elle parlait, naturellement. Presque comme si elle avait quelque chose à prouver.

— J'ai envie de faire la course jusqu'à l'écurie, annonça-t-elle.

Ses joues étaient cramoisies.

Il savait que c'était à son garde du corps qu'elle avait parlé, et non pas à lui. Mais il répondit néanmoins :

— Tu n'as qu'à me demander. Tu sais que la réponse sera toujours oui.

Il eut du mal à se retenir de ne pas ajouter « ma belle ».

Ce sourire, cette volonté de faire la course, ce baiser…

Ils montèrent et partirent au grand galop. Le vent soufflait sur son visage, et il pouvait entendre le rire de

Gabriella par-dessus le claquement des sabots des chevaux. Et même par-dessus les jurons de Joaquin, intéressant mélange d'anglais et d'espagnol.

Etait-il vraiment un « enfoiré » ? Peut-être. Et peut-être était-ce pour cette raison qu'il ressentait le besoin de brider un peu Ranger pour laisser Gale prendre de l'avance. Il ne pouvait pas la toucher. Mais rien ne l'empêchait de la regarder.

Ses fesses étaient moulées dans la selle comme si celle-ci avait été faite sur mesure. Elle était complètement penchée en avant, tout contre l'encolure de Gale. Lui offrant une vision absolument exceptionnelle de son corps.

Elle aimait monter à cheval. Elle adorait monter à cheval. Elle s'intéressait au travail des métaux. Elle sellait son cheval. Et il était certain qu'elle ne serait pas effrayée à l'idée de nettoyer les écuries. Elle avait beau être élégante et raffinée, elle n'avait pas peur du dur travail qui lui prenait la plus grande partie de ces journées.

Il n'avait jamais rencontré une femme comme elle. Cara n'aimait pas se salir les mains. Cara avait peur de faire la course.

Gabriella poussa un petit cri de joie en gravissant une colline. Ils approchaient de l'écurie, mais il aurait pu passer la journée à la regarder chevaucher sa jument.

Et alors qu'il se faisait cette réflexion, une image lui vint à l'esprit. Gabriella, dans la position où elle était actuellement. Chevauchant non pas un cheval, mais son corps, dans son lit. Elle serait aussi douée pour cela que pour l'équitation. Après le baiser qu'elle venait de lui donner, il n'avait plus le moindre doute.

Bien trop vite, l'écurie se profila. Il ignorait si Joaquin se trouvait derrière eux, mais à dire vrai il s'en moquait éperdument. Il sentait son cœur palpiter dans sa poitrine, et il ne se souvenait pas d'avoir jamais été aussi heureux.

Gabriella fit passer Gale au trot, et il dut à regret arrêter d'admirer le mouvement de ses fesses pour se concentrer sur l'instant présent.

— C'était vraiment super ! s'exclama-t-elle. Est-ce qu'on pourra recommencer demain ?

— Tu connais déjà la réponse…

Elle lui lança un regard espiègle qui lui fit une fois encore oublier Joaquin et tout ce que son père pourrait dire ou faire s'il venait à apprendre qu'elle l'avait embrassé. Il regrettait amèrement de ne pas avoir accepté de la conduire chez lui quand elle le lui avait demandé. De ne pas avoir profité de cette occasion pour la mener jusqu'à son lit.

Elle était une brillante étoile au milieu de son sombre hiver texan, et il avait envie de se baigner dans sa lumière. De se baigner en elle.

Mais il ne voulait pas mourir. Aussi jugea-t-il préférable de se montrer prudent et de revenir à un sujet de conversation sûr :

— As-tu réussi à t'évader de la maison ? Je veux dire, en dehors de cette escapade d'aujourd'hui ?

La lumière qui brillait dans ses yeux disparut. Et il regretta aussitôt sa question.

— Je suis allée chez le coiffeur. Mais en dehors de cela…

— Tu sais quoi ? Après notre promenade à cheval, demain, je t'emmènerai faire un tour. Royal est une très jolie petite ville. Je suis sûr qu'elle te plaira.

— C'est vrai ?

Ses yeux brillaient de joie, mais ils ne tardèrent pas à s'assombrir de nouveau.

— Tu crois que *papá* sera d'accord ?

Il était quasi certain que la réponse serait non, mais il n'était pas d'humeur à se laisser décourager par une chose aussi ridicule qu'une autorisation parentale. Après tout, elle n'était plus mineure.

Mais qu'était-il censé répondre ? Malgré toute l'énergie qu'elle avait mise dans le baiser qu'elle lui avait donné, il avait l'impression qu'au fond d'elle il y avait toujours un peu de la petite fille couvée qu'elle avait été. Il ne devait pas précipiter les choses ; c'était trop risqué.

— Tu as envie d'y aller ?

Comme pour réfléchir à la question, elle inclina légèrement la tête sur le côté.

— Oui, répondit-elle sur un ton ferme et décidé, j'ai envie d'y aller.

Au même instant, Beast arriva. La mule était toute pantelante, et l'homme qui se trouvait sur son dos semblait furieux. Suffisamment, en tout cas, pour le torturer jusqu'à ce que mort s'ensuive.

Mais avant que Joaquin ait eu le temps de faire quoi que ce soit, Gabriella déclara :

— Chance m'emmène dîner à Royal demain soir, Joaquin.

Le garde du corps voulut protester, mais elle leva sa main pour lui intimer le silence.

— Je suis venue ici pour voir les Etats-Unis. Chance va simplement me faire visiter les lieux.

Ce ne serait pas aussi simple que cela. Pas après le baiser qu'elle venait de lui donner. Mais il ne voulait surtout pas se risquer à la contredire.

— Tout à fait. Vous viendrez avec nous ?

Il savait que, s'il essayait de l'écarter, il perdrait ses maigres chances d'obtenir ce rendez-vous avec elle.

Joaquin, qui ne cherchait pas à dissimuler sa fureur, les dominait de toute la hauteur de Beast, sur le dos de laquelle il était toujours juché.

Comme il ne répondait pas à sa question, Gabriella finit par intervenir.

— Mais je pourrais aussi passer la journée de demain à cuisiner ? dit-elle d'une voix dure, et presque cruelle. Tiens, je referais bien des lasagnes, par exemple. La dernière fois, je n'avais brûlé que les pâtes…

Chance, en regardant le visage de Joaquin, dut se

mordre les lèvres pour s'empêcher de rire. A en juger par la grimace qui venait de se dessiner sur son visage et par la façon dont sa main s'était soudainement posée sur son estomac, il fallait croire que Gabriella, malgré ses nombreux talents, n'était pas très douée pour la cuisine.

— On mange très bien au pub du village, dit-il à Gabriella d'une voix suffisamment forte pour que Joaquin puisse l'entendre.

Encore une fois, ce sourire. Celui qui lui donnait envie de la prendre dans ses bras pour la faire descendre de cheval et de l'embrasser jusqu'à ce qu'elle se mette à chevaucher son corps.

Il savait qu'il jouait avec le feu. Mais il avait aussi l'intuition que ce jeu en valait la chandelle.

Néanmoins, au moment où cette pensée lui traversa l'esprit, une autre lui vint aussitôt en tête. Un jeu ? Et si tout ceci n'était qu'une mise en scène : la triste histoire de sa mère, les sourires, le baiser… Et si elle se jouait de lui ?

Après tout, il avait bien considéré qu'Alex Santiago comptait parmi ses meilleurs amis, qu'il pouvait se fier totalement à lui. Et où tout cela l'avait-il mené ? Il avait perdu Cara. Il était devenu le suspect numéro un de l'affaire de l'enlèvement d'Alejandro del Toro. Et tout le monde, désormais, se méfiait de lui.

Alex Santiago, ou plutôt Alejandro del Toro, avait complètement bouleversé sa vie. Et même détruit sa vie.

Tout bien considéré, sa sœur n'avait pas mis longtemps à convaincre Joaquin de se plier à sa volonté. Il n'aurait jamais pensé qu'une femme puisse terroriser un homme en le menaçant de faire la cuisine. Et pourtant…

Et si elle essayait de le déstabiliser avec ses regards innocents, ses sourires radieux et ses baisers brûlants ? Et si elle essayait de se servir de lui ?

Possible. Mais dans quel but ? C'était là une question à laquelle il ne pouvait apporter de réponse. D'ailleurs, il ne savait toujours pas pourquoi Alex lui avait caché tant de choses. Tout ce qu'il savait, c'est qu'il s'était joué de lui.

Joaquin soupira bruyamment.

— Excellent, déclara-t-elle d'un air ravi. Je suis sûre que *papá* sera trop occupé par son travail pour remarquer mon absence.

Son père. Elle voulait se cacher de son père. C'était absurde.

Il avait envie de la protéger de cet homme qui semblait dangereux et irascible.

Mais lui, qui allait le protéger d'elle ?

Gabriella se prépara pour ce rendez-vous avec beaucoup de soin. Elle accorda une attention particulière à ses cheveux et à son maquillage, avant de chercher la tenue la plus adaptée à la soirée.

Jusqu'ici, la journée s'était merveilleusement bien déroulée. Elle avait retrouvé Chance au ranch à 9 heures le matin. Ils avaient mené leurs chevaux au pas à l'atelier de Slim, où Chance l'avait laissée en compagnie de Joaquin pendant trois heures. Et il était revenu la chercher à midi et quart.

Comme il faisait juste assez chaud pour manger dehors, ils avaient déjeuné à l'aire de pique-nique. Joaquin s'était un peu éloigné d'eux, leur laissant suffisamment d'intimité pour avoir une véritable conversation tout en savourant le poulet froid et la salade de pommes de terre qu'avait préparés Franny.

Cela avait été l'un des moments les plus romantiques de sa vie. Un déjeuner serein dans une petite clairière isolée. Elle avait tant apprécié qu'elle en était presque venue à oublier la présence de Joaquin.

Mais pas au point de se laisser aller une nouvelle fois à embrasser Chance. Bien qu'elle en ait eu vraiment très envie.

Après le dessert, ils avaient regagné l'atelier. En quelques heures à peine, grâce aux judicieux conseils de Slim, elle avait fait beaucoup de progrès dans l'apprentissage du travail du fer.

Chance était revenu la chercher à 15 heures. Après avoir admiré ses créations, il lui avait proposé de refaire la course jusqu'à l'écurie. Mais comme le travail l'avait un peu fatiguée, elle avait préféré repartir au pas, paisiblement.

— Je reviendrai te chercher ce soir. Vers 18 h 30, ça te va ?

— Très bien. Pour dîner en ville, c'est ça ?

Il lui avait adressé ce beau sourire qui lui donnait toujours l'impression de rentrer chez elle après un long et pénible voyage.

— Tout juste.

Et désormais elle était là, postée devant sa penderie à essayer de déterminer ce que les femmes portaient pour dîner au Texas. Sa jupe crayon noir et son haut de soie vert feraient-ils l'affaire ? Elle n'avait pas pensé à apporter de robe de cocktail dans ses bagages, et c'était de toute façon ce qu'elle avait de plus élégant.

Après s'être décidée pour cet ensemble, elle repensa à la journée de la veille. Elle n'arrivait pas à croire qu'elle ait embrassé Chance. Et surtout, elle n'arrivait pas à croire qu'elle n'ait pas recommencé aujourd'hui.

Mais, tout bien considéré, elle avait eu raison. Chance était toujours le suspect numéro un de l'enlèvement d'Alejandro. Son frère avait peut-être été enfermé dans l'une des nombreuses dépendances des Acres. Y compris celles qu'il lui avait montrées.

Mais tout de même. Il l'avait emmenée en promenade à cheval. Il l'avait présentée à des personnes qui comptaient apparemment beaucoup à ses yeux. Et, grâce à lui, elle était en train d'apprendre à travailler le fer. Il avait deviné à quel point la pratique de son art lui manquait.

Jamais aucun homme n'avait prêté autant attention à elle. A elle et elle seule, et non à sa sécurité.

Quand elle était avec lui, elle avait l'impression d'être la seule femme du monde. Et elle adorait cette sensation.

Elle se demandait si elle allait garder les trois croix ou s'il valait mieux qu'elle reporte son choix sur un collier d'or pavé d'émeraudes et de rubis quand quelqu'un frappa à sa porte.

— Oui ?

C'était Alejandro. Et il paraissait bien plus en forme encore que la veille. Comme s'il avait réintégré son corps après une longue absence.

— Coucou, lui dit-elle. Comment ça va ?

— Bien, répondit-il en s'asseyant sur le bord de son lit. Je voulais te dire…

— Quoi ? Tu te souviens de quelque chose ? Quelque chose sur Chance ?

— Non… Pourquoi ?

L'air surpris, il passa en revue sa jupe étroite et son haut de soie vert émeraude. Qui était vraiment très décolleté.

Ils se regardèrent fixement pendant quelques secondes, au cours desquelles elle essaya de deviner ce que son frère ferait s'il venait à s'apercevoir que l'intérêt qu'elle portait à Chance n'avait rien à voir avec son enlèvement. Allait-il lui interdire de le fréquenter ? Vendre la mèche à leur père ?

Elle ne se sentait pas d'humeur à supporter une nouvelle leçon sur l'importance de la sécurité. La sécurité. C'était toujours ce qui devait passer en premier. Mais qu'en était-il de son bonheur ? Leur père comprenait-il le sens de ce mot ? Et Alejandro ?

— A compter d'aujourd'hui, j'aimerais que tu m'appelles Alex.

— Comment ? demanda-t-elle, surprise.

— Alex. C'est mon nom.

Elle eut envie de lui demander s'il se sentait bien ou

s'il était de nouveau tombé sur la tête. Mais elle se ravisa. Son frère ne paraissait ni déstabilisé ni mal assuré. Il avait tout simplement l'air sérieux.

Que devait-elle déduire de ces propos ? Il lui avait parlé en anglais, avec son accent américain. Maintenant qu'elle y pensait, elle n'était pas sûre de l'avoir entendu parler en espagnol depuis qu'elle était arrivée au Texas. Et, désormais, il voulait qu'on l'appelle par son prénom américain…

— Je sors avec Chance, ce soir, finit-elle par dire. Grâce à lui, je peux faire du cheval quand je veux, et je peux même fréquenter l'atelier de Slim, qui a commencé à m'apprendre à travailler le fer.

Alejandro, ou plutôt Alex, hocha la tête.

— Quel cheval t'a-t-il fait monter ?

— Nightingale.

Il lui adressa un regard surpris.

— C'est l'une de ses meilleures juments. D'ordinaire, il ne laisse jamais personne la monter.

— Quel cheval te prêtait-il ?

On aurait tout à coup dit qu'il se souvenait de beaucoup de choses…

— Un quarter horse nommé Spike. Il me donnait toujours celui-là, parce qu'il savait que Ranger trottait plus vite que lui.

Vaguement amusée, elle sourit.

— Joaquin a monté cette immense mule qu'il appelle Beast.

— Beast ? répéta Alex en éclatant de rire. J'aurais voulu voir ça.

— Joaquin n'a pas confiance en Chance. Il n'est pas tellement d'accord pour que je le voie.

Le moment décisif était venu. Si Alejandro, Alex, n'était pas d'accord pour qu'elle passe du temps en compagnie de Chance, il allait devoir parler maintenant ou se taire à jamais.

Mais Alex ne fit aucun commentaire sur Chance. Comme s'il n'avait rien à dire là-dessus, il passa à un autre sujet de conversation :

— Maintenant que je vais mieux, *papá* voudrait que je passe plus de temps à travailler avec lui.

Ne comprenant pas pourquoi il lui avait dit cela, elle le dévisagea d'un air surpris.

— Je vais détourner son attention, ajouta-t-il.

Et soudain, à son grand étonnement, il s'approcha d'elle et l'embrassa tendrement sur le front.

— Vas-y. Amuse-toi.

Trop émue pour parler, elle se contenta de hocher la tête.

Il tourna les talons, mais s'arrêta devant la porte.

— J'aurais tout de même quelque chose à te demander.

— Je t'écoute.

Compte tenu de ce qu'il venait de faire pour elle, elle était prête à accepter quasiment n'importe quoi.

— Emmène Joaquin, pour ta sécurité, et ne dis pas à Chance que je vais mieux. Pas encore.

Et, sans lui laisser le temps de l'interroger sur ce qu'il entendait par là, il partit en refermant la porte derrière lui.

Au même instant, la sonnette de la porte d'entrée retentit. Chance était venu la chercher.

Et elle savait qu'Alex n'irait pas lui ouvrir.

- 10 -

Chance était heureux et optimiste quant à la soirée qui s'annonçait. Principalement parce que Gabriella avait déposé un tendre baiser sur sa joue quand elle était venue lui ouvrir, mais aussi parce qu'elle était montée à l'avant de son pick-up, laissant Joaquin s'installer à l'arrière.

Une fois devant le pub, il lui tint la porte pour la laisser passer. Cela faisait longtemps qu'il n'était pas venu là. Alors qu'il s'agissait jadis de l'un de ses repères. Mais depuis quelque temps, chaque fois qu'il y mettait les pieds, il avait l'impression que tout le monde le regardait. Aussi jugeait-il préférable de rester chez lui pour savourer la délicieuse cuisine de Franny et bavarder avec Marty et Slim. Dans son ranch, au moins, personne ne le traitait comme un criminel ayant réussi à échapper à la police.

Il avait donc pris un risque en décidant de la conduire ici. Néanmoins, désormais, Alex avait été retrouvé. Et il espérait que les habitants du village avaient fini par comprendre qu'il n'avait aucun lien avec sa disparition.

L'arrachant au cours de ses pensées, une voix retentit dans le restaurant :

— Chance ! Où tu étais passé, mon pote ? Ça fait un bail !

Sam Gordon. Il s'était déjà levé de son tabouret de bar pour venir à leur rencontre. Au moins, il y avait quelqu'un qui était content de le voir.

— Sam ! Comment ça va ? J'ai entendu dire, pour Lila.

— Des jumelles ! Brook faisait 3,3 kg et Eve, qui est née sept minutes après, 3,1 kg.

— Ta Lila est un sacré bout de femme.

Oui, Lila était un sacré bout de femme. Elle avait bataillé pour prendre de la distance vis-à-vis de son père et de son frère. Et il l'admirait pour le courage dont elle avait fait preuve.

— Elle m'étonne toujours, reprit son mari d'un air émerveillé. Allez, je vous offre un cigare.

Il sortit de sa poche une boîte qu'il ouvrit devant Chance. Et quand celui-ci se fut servi, il la tendit à Joaquin.

— Sers-toi, *amigo*, lui dit-il.

Après un moment d'hésitation, le garde du corps prit un cigare en marmonnant :

— *Gracias. Felicitatiónes.*

Les choses, tout compte fait, s'annonçaient plutôt bien. Mais il préféra en avoir le cœur net :

— Sam, je te présente Gabriella del Toro et Joaquin. Ce sont mes invités, ce soir.

Sam ouvrit de grands yeux.

— C'est un plaisir de vous rencontrer, mademoiselle del Toro, dit-il, avant de s'incliner légèrement devant elle, le regard fixé sur le léger renflement que formait le revolver de Joaquin sous sa veste.

— Euh… comment va Alex ? Alejandro, pardon.

Il sentit Gabriella se raidir un peu à côté de lui, mais l'expression de son visage resta impassible. C'était la même expression souriante qu'elle arborait quand il l'avait rencontrée pour la première fois dans la maison d'Alex. Et, à ce moment-là, il n'avait pas remarqué que quelque chose n'allait pas. Mais depuis, il avait passé plusieurs après-midi avec elle à faire du cheval, et il la connaissait un peu mieux. Aussi pouvait-il dire qu'elle était nerveuse. Qu'elle appréhendait la suite. Ce qu'il comprenait parfaitement.

— Il va mieux, je vous remercie, finit-elle par répondre. Et il préfère désormais être appelé Alex.

— Ah, très bien.

Ils échangèrent ensuite quelques mots à propos des bébés, mais Chance écouta la conversation d'une oreille distraite.

Il observait Gabriella et ne parvenait pas à détacher son regard d'elle. Toute la semaine, ils avaient passé énormément de temps ensemble, et pourtant elle ne lui avait jamais dit que son frère préférait désormais être appelé Alex. Elle l'appelait Alejandro chaque fois qu'elle parlait de lui. Et chaque fois qu'il l'interrogeait à son sujet, elle disait que son état était stationnaire.

Quand avait-il déclaré qu'il préférait désormais être appelé Alex ? Et quand le lui avait-il dit ?

Avait-elle menti à Sam ? Ou lui avait-elle menti à lui ?

La voix de son ami mit un terme à ses réflexions :

— Allez, à plus tard, mon vieux.

— Oui, s'efforça-t-il de répondre. Et toutes mes félicitations pour les filles.

Ils restèrent immobiles devant le bar pendant quelques secondes. Plus loin, dans la salle, il aperçut Paul Windsor en discussion avec quelques-uns de ses amis. Il avait passé un peu de temps avec lui à l'époque où Cara et lui sortaient ensemble. C'était un homme assez agréable, mais il n'aimait pas beaucoup son attitude vis-à-vis de sa fille, qu'il semblait considérer comme un pion dont il fallait faire le meilleur usage pour le bien de l'entreprise familiale, Windsor Energy. Chance avait toujours eu l'impression qu'il n'était pas assez riche à ses yeux, et que si sa relation avec Cara était allée un peu plus loin, il n'aurait jamais accepté de lui donner sa fille en mariage.

En outre, depuis qu'il était soupçonné d'avoir joué un rôle dans la disparition d'Alex Santiago, Paul se comportait comme s'il avait toujours su qu'il n'était pas assez bien pour Cara. Du reste, il avait été l'un des premiers à mettre en doute son innocence. A croire qu'il aurait aimé qu'il soit inculpé.

Alors qu'il se faisait cette réflexion, Paul, à l'autre bout de la salle, croisa son regard et tourna la tête en direction de Gabriella. L'expression de son visage devint dure. Puis, avec un sourire presque cruel, il reprit sa conversation. La scène n'avait pas duré plus d'une dizaine de secondes. Et, pourtant, il sentit une inquiétude le gagner.

Les soupçons, toujours les soupçons. Il les avait en horreur. Qu'il s'agisse d'ailleurs de ceux dont il faisait l'objet ou de ceux que lui inspirait Gabriella. Il ne voulait pas croire qu'elle était comme son frère. Il voulait croire qu'elle avait toujours été honnête avec lui. Qu'elle lui avait toujours dit la vérité, rien que la vérité.

Cependant, chaque fois qu'il se prenait à y croire, elle faisait ou disait quelque chose qui semait de nouveau le doute dans son esprit. Comme dire à Sam Gordon que son frère préférait désormais être appelé Alex plutôt qu'Alejandro.

Légèrement irrité, il la conduisit vers la salle à manger. Il y avait du monde pour un lundi. La moitié des tables était occupée, et le restaurant était empli de conversations et de rires joyeux. Le serveur les escorta vers une table de trois. Au moment où ils traversèrent la salle, les murmures s'éteignirent et tous les regards se tournèrent vers eux : le traître, la sœur d'Alex et son bras droit armé.

Dans ce silence pesant, il sentit son cœur se serrer. Se sentirait-il un jour de nouveau chez lui ici ? Ou resterait-il à jamais suspect aux yeux de tous ?

Jamais il n'aurait dû venir ici. C'était une erreur. Mais il était trop tard pour reculer. Tout le monde savait désormais qu'il était là, et entre Sam Gordon et Paul Windsor tout le monde devait désormais savoir qui était Gabriella. Il n'avait pas d'autre choix que d'assumer. Les McDaniel ne reculaient jamais.

Il laissa Joaquin s'asseoir sur la chaise qui était adossée

au mur et en tira une autre pour Gabriella, en prenant soin de choisir celle qui offrait la meilleure vue sur la jolie salle. Quant à lui, pour bien faire comprendre à Joaquin qu'il n'était pas inquiet, il s'installa dos à la salle.

Ils ne tardèrent pas à passer leur commande. Mais une fois que le serveur eut disparu, il se prit à regretter amèrement la conversation du déjeuner sur l'herbe. Gabriella ne prononça pas un mot. Elle avait les bras fermement croisés sur sa poitrine, le dos droit, et cet air aimable mais absent. Aux yeux de tous les clients du restaurant, elle devait sembler tout à fait normale.

Mais lui savait qu'elle n'était pas bien.

Sans même avoir à écouter le murmure des conversations, il entendait régulièrement son nom. Personne ne lui avait adressé la parole, mais tout le monde parlait de lui. La table de Paul Windsor semblait très occupée à répandre des rumeurs sur lui. Ou sur Gabriella. Ou, pis encore, sur lui et Gabriella. Et il préférait ne pas penser à ce qui se disait de Joaquin.

Ce dernier, naturellement, restait muet. Tout comme Gabriella, ce qui lui paraissait plus inquiétant. Elle devait également pâtir de l'ambiance pesante.

Le serveur finit par leur apporter leurs plats. Pendant quelques minutes, ils mangèrent en silence. Mais, soudain, elle reposa son couteau et sa fourchette dans son assiette et croisa de nouveau les bras sur sa poitrine.

— Que se passe-t-il ? lui demanda-t-il.

Elle poussa un profond soupir, avant de lui répondre :

— C'est de moi qu'ils ont peur, ou de toi ?

— Je ne pense pas qu'ils aient peur de nous. Ou peut-être alors de Joaquin.

A ces mots, le garde du corps prit un air gêné.

— Excusez-moi. C'est juste que… c'est un village, ici, les rumeurs se répandent vite.

— Ah.

Elle baissa les yeux vers son assiette, et elle pâlit.

— C'est ma faute. J'avais pensé…

Il avait pensé que les gens se montreraient corrects. Ou au moins qu'ils lui accorderaient le bénéfice du doute.

Il préféra alors changer de sujet :

— Alors, comme ça, il préfère se faire appeler Alex désormais ?

Elle sembla reprendre un peu de couleurs. Mais pourquoi fallait-il qu'elle soit aussi belle ? Pourquoi fallait-il qu'il se sente si attiré par elle ? Pourquoi les choses ne pouvaient-elles pas redevenir aussi simples qu'elles l'étaient avant qu'Alex Santiago détruise son univers ?

— Il me semble qu'il répond mieux à ce nom. Je…

Il la vit porter sa main à sa gorge, comme si elle avait du mal à respirer ou à déglutir. Elle s'apprêtait à lui mentir, il le voyait bien. Et il ne pouvait rien faire pour l'en empêcher.

— J'avais espéré l'aider à se rétablir en l'appelant par un nom qui semblait susciter en lui davantage de réactions positives.

Elle s'éclaircit la gorge. Ses joues étaient désormais cramoisies. Elle releva alors la tête vers lui et reprit son air faussement aimable.

— Je n'avais pas l'intention de parler de lui ce soir.

Que devait-il en conclure ? Qu'elle avait décidé de cesser de lui mentir ?

— Eh bien, quand vous aurez envie de parler de lui, faites-le-moi savoir, d'accord ?

Elle prit un air peiné, et il regretta aussitôt ces propos. Mais, tout bien considéré, c'était elle qui aurait dû se sentir coupable, et non lui. C'était elle qui avait menti. Et elle aurait voulu qu'il passe l'éponge ? Pas question. Il était honnête, lui.

Le doute n'était plus de mise : il avait bel et bien commis une erreur en l'emmenant dîner.

— Ce n'est pas comme cela que je voyais les choses, dit-elle d'une voix à peine audible.

— Alors explique-moi comment tu les vois. Tu sais pourquoi nous sommes la cible de toutes les rumeurs ? C'est parce que ton frère, celui dont tu ne veux pas parler, a débarqué dans cette ville et a décidé de faire de moi sa proie. Il m'a roulé dans la farine, m'a volé ma petite amie et a disparu, en me laissant le soin de me débrouiller avec le saccage qu'il avait laissé derrière lui.

Joaquin lui jeta un regard mauvais. Il se rendit compte alors qu'il avait dû parler un peu trop fort. Mais peu importait : il était las d'être la cible de ces rumeurs. Il voulait être blanchi de tous soupçons et retrouver sa vie d'avant.

Sa solitude.

Mais alors qu'il se faisait cette réflexion, l'image de Gabriella montant Gale lui revint à la mémoire. Puis celle de l'agréable déjeuner qu'ils venaient de partager. Peu importait qu'il ait passé cette semaine les meilleurs moments de sa vie. Peu importait que Franny l'adore et que Slim trouve que « c'était vraiment quelque chose, cette fille ». Peu importait qu'elle l'ait embrassé passionnément, et qu'il n'arrivait plus à penser à rien d'autre depuis.

Elle allait rentrer au Mexique, et il resterait ici, à Royal.

Il mit du temps à se rendre compte que le silence s'était fait dans le restaurant. On aurait désormais dit que tout le monde les écoutait.

— Partons, dit-il entre ses dents.

— Oui, acquiesça-t-elle en se levant.

Elle paraissait presque aussi normale qu'à l'accoutumée, mais son visage était plus fermé.

Le trajet de retour se fit dans un silence douloureux. Chance s'arrêta devant la maison d'Alex. Dans l'obscurité, l'immense demeure lui parut étrangement inquiétante.

Il ne coupa pas le moteur. Et ne lui proposa pas de la raccompagner. C'était impoli, il en avait conscience. Mais il était furieux.

— Joaquin, dit-elle d'une voix froide, pourrais-tu aller vérifier si Alex va bien ?

Le garde du corps ne répondit rien et ne bougea pas.

— Maintenant, s'il te plaît. Je voudrais parler à Chance. Seule.

Bonne idée, songea-t-il. Lui aussi avait une ou deux choses à lui dire, mais préférait ne pas courir le risque de se faire tuer.

Joaquin ne bougea pas.

Elle se tourna vers lui et lui jeta un regard glacial.

— J'ai vingt-sept ans, Joaquin. J'ai le droit d'avoir une conversation privée sans que personne n'aille la rapporter à mon père. Si tu ne cesses pas de me traiter comme une enfant, je me verrai dans l'obligation de te faire renvoyer.

Elle baissa d'un ton et prit un air grave.

— Et tu sais parfaitement que je suis en mesure de le faire.

Le silence retomba, pesant comme une chape de plomb. Chance ne fit rien pour le briser. Il s'agissait d'une affaire privée, et Gabriella était parfaitement capable de se débrouiller seule.

Quelques secondes passèrent. Et soudain, contre toute attente, Joaquin céda. Sans rien dire, il ouvrit la portière du pick-up, adressa à Gabriella un regard mauvais, puis s'éloigna vers la porte d'entrée. Mais il n'entra pas dans la maison et resta sur les marches du perron.

Avant que Chance ait eu le temps de déterminer ce que le garde du corps pouvait voir de l'endroit où il se trouvait, elle prit son visage dans ses mains et l'embrassa avec fougue, comme si elle cherchait à lui prouver quelque chose.

Quelque chose ? Mais quoi ?

Peu importait ; elle allait devoir poursuivre ses efforts. Il n'était pas question qu'il joue à ce jeu-là. Déterminé, il garda ses mains sur le volant.

Mais quand elle se mit à tracer sensuellement le contour

de ses lèvres du bout de sa langue, tout en glissant ses doigts dans ses cheveux, il dut se faire violence pour s'en tenir à ses résolutions. Les sensations que lui procuraient sa main, sa bouche, étaient si délicieuses que sa réaction, sous sa ceinture, fut immédiate. Il parvint à garder ses mains sur le volant. Mais il ne pouvait plus penser. Ou, en tout cas, penser à la confiance dont il pouvait ou non faire preuve à son égard.

Puis elle s'écarta de lui. Dépité, il serra de toutes ses forces le volant.

— Tu as envie de moi ? lui demanda-t-elle en faisant courir ses doigts le long de sa joue.

Sa poitrine se soulevait au rythme rapide de sa respiration, et la vue que lui en offrait son décolleté était vraiment très excitante. Gabriella était attirante, très attirante, mais il y avait quelque chose d'étrange dans ses yeux. On aurait presque dit qu'elle avait peur de ce qu'il allait lui répondre.

Etait-ce une question piège ? Peu importait ; de toute façon la réponse était oui. Même si tout cela n'était qu'un leurre, même si elle cherchait à le duper, la réponse serait toujours oui.

Mais il avait besoin de réponses tout autant qu'il avait besoin de la prendre dans ses bras.

— J'ai envie de la femme qui aime faire du cheval et travailler le métal, et qui rit comme des papillons dans la brise. Mais je n'ai pas envie de la femme qui cache des mensonges derrière son sourire poli.

Gardant ses mains sur lui, elle recula un peu.

— Je suis la femme qui aime faire du cheval et travailler le métal, murmura-t-elle.

Glissant sa tête sous le bras qui tenait encore le volant, elle vint alors s'installer à califourchon sur ses genoux. Sa jupe noire étroite, qui lui faisait des fesses sublimes, remonta sur ses hanches.

— Voilà qui je suis.

Les efforts que lui coûtait sa détermination à ne pas la toucher étaient tels que ses bras se mirent à trembler. Tout cela n'était qu'une mise en scène, un piège. Il ne devait pas se laisser aller.

Elle laissa doucement son front retomber contre le sien. Ses cuisses fermes étaient serrées contre les siennes, et malgré le jean qu'il portait, il pouvait sentir la chaleur de son sexe brûlant contre le sien. N'importe quel homme aurait cédé à la tentation, passé les bras autour de sa taille et pris ce qu'elle semblait si déterminée à offrir.

Mais… il ne pouvait pas prendre une femme en public. Il ne savait pas si Joaquin les observait toujours depuis le perron ou s'il était rentré pour informer Alex et son père, mais quoi qu'il en soit il n'était pas assez bête pour prendre le risque. Aussi garda-t-il les mains serrées sur le volant, même si ce fut sans doute l'une des choses les plus difficiles, et même douloureuses, qu'il ait jamais faites de toute sa vie.

Mais, manifestement, Gabriella n'était pas femme à abandonner si facilement. Après lui avoir jeté un regard pensif, elle l'embrassa de nouveau. Un baiser doux et tendre, presque hésitant. Mais qui ne tarda pas à devenir brûlant et passionné. Serrant ses hanches contre les siennes, elle pressa ses beaux seins fermes contre sa poitrine. Le désir était désormais tel qu'il menaçait de le submerger.

Serrant plus fort le volant, il recula un peu sa tête. Mais malgré toute la force de sa volonté, il ne pouvait pas s'en aller.

— Ne me mens pas, Gabriella ; je ne le supporterais pas.

Avec un air triste et sensuel, elle hocha la tête.

— C'est la vérité, Chance. Je suis la femme qui aime les chevaux et le travail du métal. Tu me fais rire, et je me sens heureuse avec toi.

De ses doigts brûlants, elle effleura de nouveau sa joue.

— Avec toi, et seulement avec toi.

Il ne devait pas se laisser aller à la croire. Elle était en train de le mener en bateau, et, tôt ou tard, la situation se retournerait contre lui.

Mais il était tombé sous le charme de cette femme qui avait des taches de suie sur le front quand elle allait se promener avec lui. De cette femme qui semblait parfaitement à son aise quand elle bavardait avec Franny ou travaillait avec Slim. De cette femme qui savait desseller un cheval et aimait faire la course avec lui.

Et cette femme, il avait envie de la prendre dans ses bras. Ce n'était pas une envie, d'ailleurs, mais plutôt un besoin. Un besoin plus impérieux que tous ceux qu'il avait connus jusqu'ici.

— Quand je suis avec toi, je suis la femme que j'ai toujours voulu être, murmura-t-elle d'une voix douce et sensuelle.

Le peu de volonté qui lui restait disparut alors. Et, à son tour, il l'embrassa, s'efforçant malgré tout de garder ses mains sur le volant. Sinon, il n'aurait pu s'empêcher de lui retirer son haut pour mieux sentir sa peau douce contre ses mains.

Mais, en cet instant, peu lui importait qu'il se fasse battre ou même tuer. Il avait envie de sentir la passion de Gabriella déferler contre lui, de sentir la chaleur de son corps embraser le sien. Il avait envie de s'enfouir en elle et de la faire hurler de plaisir. Il avait envie de se perdre en elle. Il avait envie de lui donner tout ce qu'il avait.

— Je peux revenir au ranch, demain ? murmura-t-elle doucement en pressant son corps contre le sien.

— Tu connais déjà la réponse. Tu n'as qu'à demander.

Son visage s'illumina d'un sourire qui ne pouvait être feint.

— Merci, répondit-elle avant de l'embrasser de nouveau.

Il aurait dû lui dire au revoir et la raccompagner à la porte. Mais il ne put s'empêcher de lui prendre un autre baiser. Et un autre. Et encore un autre. Il ne pouvait se résoudre à se séparer d'elle. Il ne pensait plus à rien d'autre qu'à elle.

Soudain, une lumière s'alluma dans la maison. Ils eurent la même réaction : ils sursautèrent, s'écartant brusquement l'un de l'autre. Quand ses lèvres quittèrent les siennes, il laissa échapper un petit grognement de frustration.

— Je crois que je ferais mieux d'y aller, souffla-t-elle.

— Oui, répondit-il, bien qu'il n'ait aucune envie de la laisser partir.

S'étant de nouveau glissée sur le siège passager, elle souleva un peu ses fesses pour réajuster sa jupe.

Il reposa ses mains sur le volant et le serra violemment. Pour s'empêcher de toucher la cuisse fuselée qu'elle venait d'exposer à ses yeux, de faire glisser ses doigts sur sa peau douce et chaude, de la prendre par la taille pour la ramener sur ses genoux.

— Je vais te raccompagner.

C'était tout de même un minimum. Et puis cela lui permettrait de la garder encore quelques minutes avec lui.

Quand ils furent descendus de voiture, elle réajusta une dernière fois sa jupe, puis prit sa main. Ils marchèrent ensemble vers le perron, où Joaquin attendait toujours.

— Tu veux venir travailler à l'atelier, demain ? demanda-t-il à Gabriella, en s'efforçant d'ignorer son garde du corps.

Elle fit glisser le bout de son doigt sur l'une de ses phalanges. Une vague de chaleur, que même les regards glaciaux de Joaquin n'auraient pu tempérer, le submergea.

— Bien sûr.

— A quelle heure dois-je t'attendre ?

Mais ce qui lui importait le plus était de savoir à quelle heure elle partirait. Il savait qu'elle n'aurait aucune envie de retourner au pub du village. Mais cela ne voulait pas dire qu'il ne pouvait pas l'inviter de nouveau à dîner.

Comme elle tardait à répondre, il décida de s'engouffrer dans la brèche.

— Je suis sûr que Franny serait ravie de nous faire à dîner. Mais nous pourrions aussi aller chez Claire.

Malgré la faible lumière, il s'aperçut qu'elle avait soudain pris un air inquiet.

— C'est en dehors du village, s'empressa-t-il de dire pour la rassurer. Et c'est plus calme.

Plus romantique, aussi, avec des lumières tamisées. Les gens venaient au pub pour voir et être vus. Mais ils venaient chez Claire quand ils n'avaient envie de voir que la personne qui se trouvait assise en face d'eux. Or, il n'y avait qu'une seule personne qu'il avait envie de voir : Gabriella.

Il n'était pas allé chez Claire depuis… depuis qu'il avait donné à Cara sa bénédiction pour qu'elle commence à fréquenter Alex.

— Si tu dis que c'est bien, je te fais confiance, finit-elle par murmurer.

— J'ai des entretiens toute la matinée pour la préparation d'un mariage. Si tu viens à l'atelier en début d'après-midi, on pourrait aller dîner directement quand tu auras fini.

Elle lui adressa une petite grimace.

— Au cas où tu ne l'aurais pas remarqué, quand j'ai travaillé le métal, je ne suis pas vraiment présentable.

— Ça m'est parfaitement égal, répondit-il en repensant avec tendresse à la trace de suie qui avait marqué son front pendant tout le déjeuner. Mais je te rappelle que ma maison se trouve juste à côté. Si tu as envie de prendre une douche et de te changer…

Des images d'elle, se savonnant sensuellement sous la douche, lui vinrent aussitôt à l'esprit, et une nouvelle vague de chaleur déferla sur lui.

Ce qui ne l'empêcha néanmoins pas de noter le coup d'œil inquiet qu'elle venait de jeter à la maison, devant eux. Un comportement qui ne manqua pas de lui rappeler une petite amie qu'il avait eue à l'époque du lycée et qui ne voulait jamais rentrer chez elle après les cours. Son père était un homme violent, et elle avait peur qu'il l'empêche de sortir si elle passait chez elle pour se changer.

Il ignorait si M. del Toro était un homme violent. En revanche, il savait qu'il était très déplaisant.

— Oui, pourquoi pas ? finit-elle par répondre, avant de se pencher vers lui pour effleurer ses lèvres des siennes.

Il lui fallut lutter de toutes ses forces pour ne pas céder à l'envie de la reprendre dans ses bras. Mais il parvint à se maîtriser.

— A demain, alors.

— A demain, répondit-elle en passant devant Joaquin pour entrer dans la maison.

Le garde du corps lui jeta un dernier regard glacial, puis se retourna et lui claqua la porte au visage.

Il ne se souvenait pas d'avoir jamais attendu le lendemain avec autant d'impatience.

- 11 -

Au moment où la porte se referma, Gabriella s'avança d'un pas décidé vers son garde du corps.

— Cette fois, tu as dépassé les bornes, Joaquin. Vraiment !

Elle ne se souvenait pas d'avoir jamais été aussi en colère de toute sa vie. Et pourtant, elle se souvenait d'accès de fureur particulièrement violents. Notamment quand son frère avait obtenu la permission d'avoir son propre appartement à Mexico. Elle avait été en colère, très en colère. Parce qu'elle était jalouse. Mais aussi parce que son père avait profité de l'occasion pour lui annoncer qu'elle ne serait pas autorisée à aller à l'université. Pour sa sécurité, naturellement.

Elle était alors passée par une phase de rébellion. Elle avait coupé sa longue tresse d'un coup de ciseaux et s'était fait faire des tatouages sur les bras et le cou. Des tatouages éphémères, certes, mais qui avaient fait leur petit effet, à en juger par l'expression de consternation qu'elle avait lue sur le visage de son père quand il les avait aperçus.

Mais, en grandissant, elle avait fini par accepter sa situation, c'est-à-dire par arrêter de réclamer des choses qu'elle savait ne pouvoir jamais obtenir. Elle ne se battait plus que pour obtenir de petites concessions.

Mais, cette fois-ci, la situation était différente. Il ne s'agissait pas seulement d'éviter l'enfermement de la maison. Le problème était qu'aucun homme ne lui avait jamais accordé une telle attention. Elle avait l'habitude d'être traitée comme une fragile poupée de porcelaine ; c'était la première fois de sa vie qu'elle avait l'impression d'être considérée comme une personne à part entière.

Elle n'avait pas menti à Chance. Quand elle était dans son ranch, quand elle montait sa jument, quand elle travaillait dans son atelier, elle avait l'impression d'être la femme qu'elle avait toujours voulu être. Toutes ces activités n'étaient pas si différentes de celles qu'elle avait l'habitude de pratiquer chez elle. Mais ce plaisir qu'elle éprouvait chaque fois qu'elle le voyait ? Ce bonheur qu'elle ressentait à l'idée que l'attention qu'il lui portait soit totalement désintéressée ?

Elle allait se battre pour cela.

— Je veux être avec lui. Tu as l'intention de m'en empêcher ?

Il prit un air renfrogné, mais garda le silence.

Elle scruta son visage, puis entendit des bruits de pas à l'étage. Dans quelques instants, son père ou son frère allait lui demander des comptes. Son père voudrait immédiatement savoir où elle était allée et avec qui. Elle ne voulait pas lui mentir. Il avait beau la traiter comme une poupée de porcelaine, il l'aimait.

— Tu as l'intention de me dénoncer, comme si j'étais une petite fille ?

Joaquin baissa les yeux, et elle comprit que la réponse était oui. Un élan de rage lui traversa le corps, mais sa colère fut tempérée par une certaine tristesse. Elle pourrait peut-être fréquenter Chance pendant un certain temps, mais tôt ou tard leur relation s'achèverait.

Tôt ou tard, elle retournerait à sa prison dorée où rien ne compterait plus que sa sécurité.

— Après tout ce temps, toutes ces années où tu es resté avec moi, je pensais que tu aurais envie de me voir heureuse. Je pensais que tu serais de mon côté. Pas de celui de *papá*.

Il ne chercha pas à argumenter ni à la contredire. Il continua de regarder ses pieds.

Elle devait se rendre à l'évidence : il lui restait beaucoup moins de temps qu'elle l'avait espéré. Un seul jour peut-être. Un seul jour pour se sentir spéciale. Et libre.

Qu'à cela ne tienne ! Elle en tirerait le meilleur parti. Oui, elle allait en profiter au maximum.

Chance était assis dans son séjour, en face de Joaquin. En tendant l'oreille, il pouvait entendre l'eau de la douche couler.

La douche dans laquelle Gabriella se trouvait, complètement nue.

Si la situation avait été différente, jamais il ne serait resté dans son séjour. Il l'aurait accompagnée et lui aurait proposé de lui savonner le dos. Et le ventre. Et tout le reste.

Ils ne seraient jamais allés dîner. Ils n'auraient jamais pu se résoudre à sortir de la maison.

Néanmoins, les choses étant ce qu'elles étaient, il était assis dans son séjour, avec Joaquin.

Une situation très pénible.

Mais Gabriella en valait la peine.

Au moins, sa maison était propre. Ce n'était pas le Ritz, certes, mais la vieille demeure lui convenait très bien. Trois chambres à l'étage ; un grand séjour et une cuisine au rez-de-chaussée. Lupe était venue faire le ménage la veille. Et il espérait que Gabriella ne trouverait rien à redire.

Le bruit de l'eau s'arrêta. Et il ne put s'empêcher de l'imaginer en train de frictionner son corps humide avec une serviette. De couvrir ses beaux seins fermes d'un soutien-gorge de dentelle. Et désormais, qu'était-elle en train de faire ? Glisser ses longues jambes fines dans une autre jupe droite ou l'un de ses pantalons ajustés ?

Il sortit brusquement de sa rêverie : le regard de Joaquin était devenu presque menaçant.

— Vous savez que je ne vais pas lui faire de mal, n'est-ce pas ?

Perplexe, Joaquin haussa un sourcil.

— Et vous savez aussi que je n'aurais jamais rien fait à son frère.

Il prit un air plus dubitatif encore.

Chance soupira.

— Je veux juste qu'elle soit heureuse. C'est tout. Ça ne fait pas de moi un sale type.

A ces mots, curieusement, le visage de Joaquin se modifia. Son air mauvais disparut, laissant place à une expression… penaude.

— Prête ! s'écria alors Gabriella, du haut de l'escalier.

Joaquin et lui se levèrent au même moment, et Gabriella ne tarda pas à apparaître dans le hall, vêtue d'une jupe couleur crème et d'un haut violet, et chaussée d'une paire d'escarpins violets à talons hauts. La jupe trapèze moulait un peu ses fesses, et le haut n'avait pas de manche. Le tout mettait merveilleusement bien en valeur son corps somptueux.

Oui, s'il n'y avait pas eu Joaquin, ils ne seraient pas sortis de la maison.

— Qu'est-ce que tu en penses ? lui demanda-t-elle en faisant un tour sur elle-même.

Il s'aperçut alors que le haut, qui s'attachait au niveau de la nuque, découvrait presque tout son dos, qui semblait ne demander qu'à être caressé.

Et Dieu sait qu'il dut se faire violence pour refuser cette invitation.

Elle se tourna vers lui et lui fit face, avec un sourire un peu timide.

Il dut encore se faire violence pour cesser de fixer

les petites marques qui se dessinaient au niveau de ses tétons sous le fin tissu.

Il devait trouver quelque chose à dire. Quelque chose qui ne le fasse pas passer pour un adolescent surexcité par le fait qu'elle ne portait pas de soutien-gorge.

— Eh bien… je ne voudrais pas que tu aies froid.

— Ah oui, ma veste ! Je reviens tout de suite.

Elle remonta l'escalier, lui donnant l'occasion d'admirer ses longues jambes fines et fuselées. Et, tout à coup, il eut hâte d'aller dîner. Plus vite ils auraient mangé, plus vite ils seraient rentrés. Mais rentreraient-ils ensemble ici ?

Quand elle réapparut dans le hall avec une veste crème assortie à sa jupe, il fut soulagé de constater qu'elle n'avait pas descendu le petit sac de voyage qu'elle avait emporté. Elle envisageait donc de revenir le chercher. Mais la question était de savoir combien de temps elle resterait.

Et, plus important encore, ce qu'ils feraient quand ils seraient de retour ici.

— On y va ? demanda-t-il en lui ouvrant la porte.

— Ça ne t'ennuie pas si c'est Joaquin qui conduit ?

Joaquin. Il l'avait presque oublié.

— Pas de souci, finit-il par répondre en lui ouvrant la portière arrière du SUV.

Il attendit qu'elle se fût glissée à l'intérieur pour monter à son tour. Et il fut surpris de constater qu'elle ne chercha pas à s'installer à l'autre bout de la banquette. Elle resta au milieu. Assez près de lui pour qu'il puisse la toucher.

Cette fois-ci, il ne trouva pas la force de refuser cette invitation : après avoir passé un bras autour de ses épaules, il l'attira plus près de lui.

En soupirant, elle vint se blottir contre son corps et laissa sa tête retomber sur son épaule. Elle posa sa main sur sa cuisse.

Avec la chaleur et la douceur de son corps contre le sien, il eut toutes les peines du monde à se concentrer sur la route. Et, pourtant, il devait le faire, puisqu'il était le seul à connaître le chemin à emprunter.

Il fit de son mieux pour indiquer la route à Joaquin, sans cesser de se demander combien de temps la situation allait durer. Combien de temps avant que l'état de santé d'Alex s'améliore ? Avant que la police retrouve les salauds qui l'avaient enlevé ? Avant que la famille del Toro repasse la frontière ?

Combien de temps encore allait-il pouvoir se promener à cheval avec Gabriella ? La retrouver toute tachée, heureuse d'avoir passé la journée à travailler dans l'atelier de Slim ? Admirer l'élégance avec laquelle elle s'habillait pour aller dîner ?

Instinctivement, il mêla ses doigts aux siens. Ses mains n'avaient pas la douceur de celles des femmes qui ont peur du travail manuel, peur d'écailler leur vernis. Elles étaient propres, mais très légèrement calleuses sur les côtés et marquées de petites cicatrices.

De tout son cœur, il espéra qu'il n'était pas en train de commettre la plus grosse erreur de toute sa vie.

Ils arrivèrent chez Claire à 19 h 30. Une fois que Joaquin se fut garé, Chance descendit, puis tendit la main à Gabriella pour l'aider à sortir. Et il ne la lâcha pas avant d'avoir passé la porte du restaurant. Il était las de faire semblant de ne pas être intéressé par elle. La petite « conversation » qu'ils avaient eue sur le siège de son pick-up la veille au soir avait rendu cette supercherie parfaitement inutile.

A l'entrée du restaurant, une hôtesse de table vint à leur rencontre.

— Bonjour, monsieur McDaniel. Par ici, je vous prie.

Il sentit la main de Gabriella se resserrer autour de la sienne au moment où ils avancèrent vers la salle.

— Tu as réservé ?

— Je ne voulais rien laisser au hasard, cette fois-ci.

Il avait même pensé aux préservatifs. Il ne savait s'ils

en arriveraient là, et surtout comment ils en arriveraient là, mais après la façon dont elle l'avait embrassé la veille au soir…

Il y avait déjà quelques clients dans la salle. Et en avançant, il aperçut Ryan Grant en compagnie d'une magnifique rousse qu'il finit par reconnaître quand elle se tourna vers lui : Piper Kindred. Il salua de la main le couple.

— Des amis à toi ? lui demanda Gabriella.

— Tout à fait.

— Bonne soirée, leur dit l'hôtesse en leur indiquant une petite table isolée, avant de conduire Joaquin vers une autre table, proche, mais néanmoins séparée de la leur par l'allée.

Très bien. De cette façon, le garde du corps allait pouvoir les surveiller et surveiller le restaurant, tout en restant à une certaine distance d'eux. C'était exactement ce que Chance voulait.

Enfin, pas exactement.

Mais il était prêt à le supporter, s'il devait en passer par-là pour jouir de la compagnie de Gabriella.

Après s'être assise sur la chaise que Chance venait de lui avancer, Gabriella s'efforça de contrôler sa respiration. Elle ne voyait plus le couple que Chance avait reconnu quelques minutes plus tôt. Elle n'avait donc aucun moyen de savoir s'ils étaient en train de parler de lui ou d'elle. Mais les salutations avaient été chaleureuses, et ni l'homme ni la femme ne lui avait adressé le genre de regard qu'elle avait surpris la veille au soir dans le village. Le regard à la fois vicieux et jubilatoire qui accompagne souvent les ragots.

— Un peu de vin ? lui demanda Chance en la regardant par-dessus son menu.

— Oui, merci.

Il semblait bien plus calme que la veille au soir. Elle aussi devait se détendre. Mais elle n'y parvenait pas.

Le matin, Alex avait réussi à détourner l'attention de leur père. Quant à elle, elle avait réussi à occuper Joaquin en lui confiant une multitude de petites tâches afin de l'empêcher d'avoir une conversation privée avec lui. Mais elle n'y parviendrait pas tous les jours, elle le savait. Tôt ou tard, Joaquin finirait par mettre son père au courant de la situation, ce qui marquerait la fin de sa relation avec Chance.

Elle devait donc profiter au maximum de cette soirée. Ce qu'elle était bien déterminée à faire. Ils commandèrent des côtes de bœuf et une bouteille de syrah. Et elle s'efforça de ne pas regarder dans la direction de Joaquin. Elle avait envie de goûter encore un peu à cette illusion de liberté. Elle avait envie de savourer ce qu'était la vie loin de l'influence de son père.

Elle avait envie de Chance.

Et à en juger par la façon dont son regard s'était embrasé quand il l'avait vue descendre l'escalier avec son petit dos nu, il avait envie d'elle, lui aussi.

C'était sur cela qu'elle devait se concentrer. Et non sur l'anxiété qui la tenaillait ou sur ce que les autres clients du restaurant pouvaient ou non dire sur eux.

Oui, elle devait se concentrer sur la façon dont il la regardait : comme si elle était la seule femme au monde. Comme s'il avait envie de la prendre dans ses bras et de la ramener immédiatement dans ce grand lit qu'elle avait vu dans sa chambre. Car elle n'avait pu s'empêcher d'aller y jeter un œil quand elle était allée se changer.

Elle se rendit soudain compte qu'il la dévisageait.

— Oui ?

— Tu es magnifique, ce soir.

Elle sentit ses joues s'empourprer de plaisir et d'embarras, mais, au lieu de chercher à dissimuler sa réaction derrière un visage impassible, elle se laissa aller à sourire.

— Merci.

— Tu sais combien de temps encore tu vas rester à Royal ? lui demanda-t-il en se penchant vers elle.

— Jusqu'à ce que les médecins et la police permettent à Alex de s'en aller.

Mais Alex n'avait pas l'air très pressé de rencontrer les médecins et les représentants de la loi.

— Alors, tu ne sais pas combien de temps encore tu vas rester…

— Non.

— Et quand tu partiras, tu retourneras dans ton domaine, près de Mexico ?

— Oui, répondit-elle tout en se demandant à quoi pouvaient bien mener toutes ces questions.

— Tu as déjà quitté ton domaine ? Tu as eu l'occasion de voyager ?

Elle prit quelques instants pour le regarder, avant de répondre :

— Je me rends en ville une ou deux fois par an pour les vernissages de mes expositions.

— Et les visites ? Il t'arrive de recevoir des visites dans ton domaine ?

Elle jeta un coup d'œil à Joaquin qui, naturellement, avait le regard rivé sur eux.

— A ton avis ?

Il baissa les yeux vers ses doigts, dont il se mit à frotter les phalanges, comme s'il s'apprêtait à se battre.

Ou comme s'il était anxieux.

— C'est juste que…

Il s'éclaircit la gorge tout en tendant son bras sur la table, comme pour l'inviter à placer sa main dans la sienne.

— S'il te plaît, Gabriella.

Il était anxieux. Ce qui eut pour effet de la rendre anxieuse également.

Mais, incapable de résister à son invitation, elle fit glisser ses doigts sur sa paume et serra sa main dans la sienne.

— Cela fait longtemps que je n'ai pas eu de relation sérieuse. Enfin, évidemment, je suis sorti avec Cara Windsor, mais c'était uniquement parce que nous nous entendions bien. Je ne la voyais pas s'installer avec moi dans le ranch. Elle n'aime pas faire du cheval, et elle a toujours eu peur de Slim.

— Pourquoi est-ce que tu me dis ça ?

Elle n'avait pas envie qu'il lui parle de ses ex-petites amies. Elle avait beau ne pas avoir beaucoup d'expérience avec les hommes, elle n'avait aucun mal à comprendre que ce n'était pas une bonne stratégie de séduction.

— Parce que, quand Cara m'a quitté pour Alex, je me suis dit que tout était fini pour moi. Il n'y a pas beaucoup de femmes à Royal qui pourraient s'accommoder de mon style de vie. L'été, je me lève avant l'aube et je ne rentre pas avant le coucher du soleil. La plupart du temps, je sens le cheval, la vache et la terre.

Manifestement, il avait besoin de lui dire tout ce qu'il avait sur le cœur. Aussi jugea-t-elle préférable de ne pas l'interrompre.

— Personne ici n'a envie de vivre la vie que je mène. Cara est une fille merveilleuse, mais ce n'était pas le style de vie dont elle avait envie, et nous le savions l'un comme l'autre. Elle était plus heureuse avec ton frère. Elle menait la vie qui lui convenait. Et cela, je l'avais parfaitement accepté.

Elle grimaça. S'ils se mettaient à parler d'Alex, elle allait devoir choisir entre mentir à Chance ou trahir la confiance de son frère. Deux éventualités qui, l'une comme l'autre, lui déplaisaient au plus haut point.

— Je n'ai pas envie de parler de lui. Pas maintenant.

— Moi non plus, répondit-il en hochant la tête. Mais je veux que tu comprennes une chose : quand Cara et moi avons rompu… j'ai cessé d'espérer trouver un jour une femme qui me convienne.

Serrant plus fort sa main dans la sienne, il releva ses

beaux yeux verts vers elle. Emue, elle plongea son regard dans le sien.

— Et puis je t'ai rencontrée, poursuivit-il en souriant. Et tout a changé.

Soudain prise de vertiges, elle serra plus fort sa main dans la sienne.

Cela, en revanche… c'était une bonne stratégie de séduction. Ses propos avaient complètement chassé ses inquiétudes. Pourquoi se soucier de ses anciennes petites amies ou de son frère ? Ce qui comptait, en cet instant, c'était lui.

— Je sais que la situation ne pourra pas durer bien longtemps, reprit-il en baissant de nouveau les yeux vers leurs mains jointes.

De son pouce, il se mit à masser son poignet, et elle sentit de délicieux frissons lui parcourir le dos.

— Je sais qu'il faudra tôt ou tard que tu retournes au Mexique et que je reste au Texas. Mais cela ne signifie pas pour autant que nous ne devons pas profiter du peu de temps qui nous est imparti.

Elle hocha la tête. Jusqu'ici, elle était parfaitement d'accord.

— Ma vie est ici. Ces terres sont dans ma famille depuis plus de cent ans, et je ne pourrais jamais m'en séparer. Mais je ne pourrais pas non plus me résoudre à ne plus jamais te voir, Gabriella. Si tu veux, je viendrai te rendre visite. Pendant les périodes creuses, je pense pouvoir m'absenter facilement pendant une, voire deux semaines. Et, de la même façon, tu seras toujours la bienvenue chez moi.

Elle ouvrit la bouche pour lui répondre, mais le problème était qu'elle ne savait pas quoi dire, qu'elle ne savait pas comment réagir à ses paroles.

Des paroles que jamais aucun homme avant lui ne lui avait dites. N'avait essayé de lui dire. D'ailleurs, aucun homme n'avait jamais fait autant d'efforts pour s'adapter à son style de vie si structuré.

Elle le vit porter sa main à sa gorge, comme s'il avait du mal à déglutir ou à respirer.

— Ce que j'essaie de te dire, c'est que je suis tombé amoureux de toi et que je ne veux pas que notre relation s'achève quand tu devras quitter le Texas.

— *Dios mío*, s'entendit-elle murmurer.

Venait-il d'affirmer qu'il était tombé amoureux ? D'elle ?

— Que veux-tu dire ? lui demanda-t-il en prenant soudain un air anxieux.

Mais comme elle n'arrivait toujours pas à lui apporter de réponse rationnelle, il finit par s'écarter un peu d'elle. Sans néanmoins lui lâcher la main.

— Si tu ne partages pas mes sentiments, n'hésite pas à me le dire, je comprendrai. Tu dois déjà jongler entre beaucoup de choses, et je n'ai sans doute pas le droit de rendre ta vie plus compliquée qu'elle ne l'est déjà…

Il fit mine de retirer sa main de la sienne, mais elle refusa de le laisser partir. Elle avait du mal à trouver ses mots, mais il y avait d'autres moyens de s'exprimer.

Suivant son instinct, elle se leva un peu et se pencha au-dessus de la table pour l'attraper par la chemise. Et puis, n'y tenant plus, elle joignit ses lèvres aux siennes.

Ce qu'il venait de lui dire… c'était exactement ce qu'elle avait envie d'entendre. Des mots d'amour plus beaux encore que ceux qu'on pouvait lire dans les livres ou entendre dans les *telenovelas*. Plus beaux encore, parce qu'ils étaient adressés directement à elle.

A cet instant, rien d'autre ne comptait. Ni Joaquin assis à quelques mètres d'eux, ni les autres clients du restaurant, ni ce que son père ou son frère aurait pu dire s'il l'avait vue se comporter ainsi en public.

Tout ce qui lui importait, c'était que Chance était tombé amoureux d'elle.

Et qu'elle était tombée amoureuse de lui.

Mais il était peu commode de lui communiquer ses sentiments en l'embrassant au-dessus de la table. Et la situation devint plus délicate encore quand la serveuse s'approcha d'eux avec leurs plats.

A contrecœur, elle dut se rasseoir sur sa chaise. Ils restèrent quelques instants à se regarder.

En posant les plats sur la table, la serveuse s'abstint de tout commentaire et eut la délicatesse de se comporter comme si tout était parfaitement normal.

Mais, soudain, Chance tourna son regard vers elle.

— Pourriez-vous nous emballer ces plats pour emporter ? Rapidement ?

— Bien sûr, répondit-elle en souriant un peu.

— On s'en va ? lui demanda-t-il quand elle eut disparu.

Elle ne se donna pas la peine de regarder Joaquin. Elle savait déjà qu'il ne serait pas ravi par le tour que venaient de prendre les événements. Elle savait qu'en se comportant ainsi, elle ne faisait que précipiter le moment où son père découvrirait sa relation et l'empêcherait de voir Chance.

Mais elle voulait passer cette nuit avec lui, quoi qu'il lui en coûte.

— Oui, répondit-elle.

Et ce fut tout.

- 12 -

Chance réussit tant bien que mal à sortir du restaurant avec Gabriella. Joaquin n'allait certainement pas apprécier, mais il s'en moquait éperdument. Sans même jeter un coup d'œil derrière lui, il se précipita vers la voiture, dans laquelle elle monta avec lui. Et quand ils furent enfin seuls ensemble, cédant à ses pulsions, il se mit à caresser tout son corps.

Manifestement, elle en avait autant envie que lui. Après s'être calée au fond du siège en remontant fiévreusement sa jupe, elle l'attira au-dessus d'elle. Malgré les quelques couches de tissu qui les séparaient encore l'un de l'autre, il pouvait sentir contre lui la chaleur brûlante de son sexe. De ses mains douces et chaudes, elle caressait frénétiquement ses fesses et son dos.

Cette simple caresse aurait suffi à allumer en lui un véritable brasier. Mais combinée au mouvement de ses jambes, qu'elle faisait langoureusement glisser contre lui, elle menaçait presque de lui faire perdre la raison.

— J'ai tellement envie de toi, murmura-t-il en se rapprochant encore d'elle, enfonçant un peu plus son sexe dur dans la chaleur de son corps. Tellement envie de toi.

— Oui, moi aussi. Oh ! oui, répondit-elle en pressant ses hanches contre les siennes. Oh ! Chance.

C'était la première fois qu'elle prononçait son nom ainsi. Comme s'il était tout pour elle. Et il comprit qu'ils allaient passer un merveilleux moment au lit. Même s'il savait qu'il ne pourrait se contenter de cela.

Parce qu'il la voulait tout entière. Corps et âme.

Il glissa sa langue dans sa bouche et commença à caresser sa généreuse poitrine. Non, il n'avait pas rêvé. Pas de soutien-gorge. Il n'avait jamais été aussi heureux de sa vie. Souriant de bonheur, il se mit à la caresser à travers le fin tissu de son haut et sentit aussitôt ses tétons se durcir de plaisir.

— Oui, murmura-t-il quand elle se mit à onduler sensuellement contre lui. Comme ça. Que tu es belle, Gabriella. Dis-moi ce que tu aimes. Dis-moi ce que tu veux que je te fasse.

Elle s'immobilisa contre lui.

— Chance, murmura-t-elle d'un air embarrassé.

Mais elle n'eut pas le temps de terminer. La portière conducteur venait de s'ouvrir.

Joaquin.

Il était tellement absorbé par Gabriella, dans tous les sens du terme, qu'il en avait complètement oublié le garde du corps. Embarrassé, il s'écarta d'elle et alla s'asseoir à l'autre bout de la banquette.

— Joaquin, tu pourrais nous ramener chez Chance, s'il te plaît ? demanda Gabriella d'une voix ferme et assurée.

Elle semblait un peu déçue, mais nullement gênée. Peut-être était-ce une habitude pour elle, que de chercher à échapper à la surveillance de son garde du corps ? Quoi qu'il en soit, si elle n'était pas embarrassée, il n'avait aucune raison de l'être.

Ne voyant pas Joaquin monter, il tourna la tête vers la portière. La tête penchée vers l'habitacle de la voiture, le garde du corps le regardait d'un air mauvais.

— S'il te plaît, répéta Gabriella, et, cette fois-ci, il perçut un peu d'hésitation dans sa voix.

— Je ne vais pas lui faire de mal, ajouta-t-il.

Mais il n'avait pas non plus envie de rester à l'arrière de

sa voiture si le garde du corps était là. Il voulait l'intimité de sa chambre, et il était pressé d'y arriver.

Alors qu'il se faisait cette réflexion, Gabriella s'était brutalement redressée et s'agrippait au siège conducteur.

— J'ai envie de le faire ; tu n'as pas le droit de m'en empêcher. J'ai envie de rentrer avec lui et de faire l'amour avec lui. De toute façon, rien de ce que tu pourras faire ce soir ne parviendra à m'en empêcher. Tu as le choix entre continuer de me surveiller comme tu as juré de le faire et me laisser seule pour aller rapporter tout ça à *papá*.

Qu'elle était belle quand elle était en colère ! Mais il y avait une chose qui le dérangeait. Elle avait dit « ce soir ». Ce qui ne manquait pas de soulever une question pour le moins troublante : qu'était-il susceptible de faire, le lendemain, pour l'empêcher de voir Gabriella ?

— Très bien, finit-elle par dire en se tournant vers lui, les yeux brillant de colère. Descends.

— Comment ?

— Crois-tu que tes amis qui se trouvent dans le restaurant pourraient nous raccompagner chez toi ?

— Euh…

— Ou on pourrait appeler un taxi ? Il y a des taxis, ici ?

— Bien sûr.

Il était vraiment impressionné. Il ne s'attendait pas à une telle détermination de sa part. Mais qui sait ? Peut-être était-ce du bluff ? Néanmoins, il devait la soutenir dans sa décision.

Il s'apprêtait à ouvrir la portière quand Joaquin, à son grand étonnement, déclara :

— Je vais vous conduire, annonça-t-il d'une voix caverneuse.

— Chez Chance ? demanda Gabriella.

— *Sí*, répondit le garde du corps, avant de pousser un profond soupir, comme s'il pensait que les vingt kilomètres qui les séparaient de la maison allaient être pour lui un véritable calvaire.

— Merci, murmura Gabriella.

Il se réinstalla dans le siège. Elle glissa sa main entre ses cuisses.

Aussitôt, ses inquiétudes concernant Joaquin disparurent.

Il eut du mal à garder ses mains loin d'elle, mais bien vite le véhicule s'arrêta. Surpris, il sursauta et regarda par la fenêtre. Ils étaient arrivés chez lui. Enfin.

Il descendit rapidement de voiture. Dans l'état où il était, marcher n'allait pas être aisé.

Elle lui emboîta le pas, avant de s'arrêter soudain.

— Mes chaussures…

— On n'en a pas besoin, dit-il en la prenant dans ses bras pour la soulever du sol. Je vais te porter.

Elle poussa un petit cri de surprise, puis releva la tête vers lui, les yeux brillant de désir.

— Si tu insistes, murmura-t-elle en blottissant sa tête contre son cou.

— J'insiste.

Il se retourna vers la porte et s'immobilisa. Joaquin se trouvait sur le perron, et il semblait aussi furieux que lorsqu'il les avait rejoints devant la voiture. Chance n'aimait pas beaucoup énoncer des ordres, mais il était las de prendre des gants en présence du garde du corps.

— Pourriez-vous jeter un coup d'œil à la maison ? Je n'aimerais pas qu'on vienne nous déranger.

Y compris lui-même.

— S'il te plaît, ajouta-t-elle.

Joaquin hocha brièvement la tête. Et s'écarta de la porte.

Enfin. Chance monta les marches quatre à quatre et la porta dans sa chambre. Il avait hâte de reprendre les choses là où ils les avaient laissées. Il avait hâte de lui faire retrouver l'état d'excitation dans lequel elle était plongée avant l'intrusion de Joaquin.

Une fois assise sur le lit, elle retira sa veste pendant qu'il se débarrassait de ses chaussures. L'ambiance n'était pas à la douceur et à la lenteur. Après ce qui s'était passé entre eux en deux occasions dans la voiture, il était trop excité. Et, à en juger par la façon dont elle saisit sa ceinture, elle l'était, elle aussi.

Mais il ne voulait pas brusquer les choses. Il avait beau avoir très envie d'elle, il n'était pas le genre d'homme à prendre sans rien donner en retour. Aussi finit-il par poser ses mains sur les siennes pour les écarter de son sexe dur.

— Doucement.

— Je n'ai pas envie d'aller doucement, répondit-elle en essayant de lui résister. J'ai attendu tellement longtemps. Je n'ai pas envie de perdre une seconde de plus.

Il sourit en la poussant un peu pour qu'elle s'allonge sur le lit. Puis il prit le baiser qu'elle semblait tant vouloir lui donner et s'allongea au-dessus d'elle.

— J'ai envie de faire les choses bien, Gabriella. Et quand on fait les choses lentement, on les fait souvent mieux que quand on est pressé.

Pour illustrer son argument, il pressa ses hanches contre les siennes et fut récompensé par un petit gémissement de plaisir.

— Tu n'es pas d'accord ?

— Si. Mais j'ai envie de te voir, répondit-elle en commençant à déboutonner sa chemise. S'il te plaît.

— Tes désirs sont des ordres.

Quand elle l'eut débarrassé de sa chemise, il décida de se lever pour s'occuper lui-même de son pantalon. Il était dans un état d'excitation intense. Cette occupation temporaire allait lui permettre de retrouver un peu de self-control.

— A ton tour, maintenant, murmura-t-il en s'agenouillant sur le lit.

Après avoir doucement dégagé ses cheveux de son cou, il défit le nœud de son haut et le lui enleva. Il s'attendait à ce qu'elle le caresse pendant qu'il faisait cela, mais elle resta assise, immobile. Et, soudain, il se rendit compte qu'elle tremblait.

— Si tu veux que je m'arrête..., proposa-t-il en essayant de paraître aussi sincère que possible.

Si elle changeait d'avis, il respecterait sa décision. Même si ce serait sans doute des plus douloureux.

— Non ! J'en ai envie. J'ai envie de toi.

Elle était anxieuse. Mais de quoi avait-elle peur ? Peut-être était-elle impressionnée par la taille de son sexe en érection ?

Il se pencha vers elle, tout en prenant le temps d'admirer ses seins ronds et fermes. Mais il ne put s'empêcher de remarquer que son regard était toujours braqué sur son érection.

— Tu es tellement belle, lui dit-il en prenant son menton dans ses mains pour relever son visage vers lui.

Puis il la prit par la main pour l'encourager à se lever. Une fois qu'elle fut debout, il dégrafa sa jupe et la laissa retomber sur le sol. Alors, n'y tenant plus, il posa ses mains sur la peau douce de ses hanches si généreuses.

— Tellement belle, répéta-t-il en glissant doucement sa main sous l'élastique de sa petite culotte.

Un instant plus tard, il n'y avait plus rien entre eux. Posant ses lèvres sur la base de son cou, il sentit le rythme extrêmement rapide de son pouls.

— Ça va ? lui demanda-t-il en lui embrassant tendrement le lobe de l'oreille.

— Je... C'est... Ça ne va pas assez vite. J'ai envie qu'on aille plus vite.

Un peu surpris, il s'immobilisa.

— Pourquoi ?

Peut-être aimait-elle que les choses se fassent rapidement ? Après tout, elle était passée de 0 à 10 sur l'échelle de l'excitation en à peine quelques secondes la veille au soir dans son pick-up.

Sans répondre, elle baissa de nouveau les yeux vers son sexe en érection qu'elle toucha d'une main hésitante, l'effleurant à peine du bout des doigts. Comme si elle en avait peur.

Ou comme si elle le faisait pour la première fois de sa vie.

Et si…

— Gabriella… tu l'as déjà fait ?

Avant de répondre, elle le prit fermement dans sa main et se mit à le caresser. Ce n'était pas une caresse particulièrement douce et habile, mais comme il était de toute façon très excité…

— Ça… ça n'a aucune importance.

Comment ? Mais si. Bien sûr que si. Il n'avait pas connu de vierge depuis l'époque où lui-même l'était. Et sa première expérience sexuelle n'était pas particulièrement un bon souvenir. Avec l'expérience, il s'était rapidement amélioré. Et il avait désormais trente-deux ans. Mais…

Se pouvait-il vraiment qu'elle soit vierge ? A vingt-sept ans ?

— On ne devrait peut-être pas le faire.

Etre le premier, c'était tout de même une responsabilité. Dont l'importance, d'ailleurs, pouvait certainement être considérée comme proportionnelle au temps qu'elle avait attendu.

— Non ! s'exclama-t-elle en relevant brusquement la tête vers lui. Non. J'en ai trop envie.

Elle se laissa gracieusement tomber sur les genoux. Il comprit immédiatement ce qu'elle avait l'intention de faire : le pousser à bout pour l'empêcher de réfléchir. Et il essaya de l'en dissuader. Mais elle était déterminée.

Les mains toujours tremblantes, elle releva la tête vers lui.

— Je sais ce que je fais, dit-elle d'une voix mal assurée. Je… j'ai fait beaucoup de cheval ; je ne pense pas que j'aurai mal. Ne me refuse pas ça, Chance. S'il te plaît.

Elle se pencha vers lui et posa ses lèvres pleines sur le bout de son sexe. Elle était parvenue à ses fins : l'excitation était si intense qu'il était absolument incapable de réfléchir. Tenant d'une main la base de son sexe, elle enroula sa langue autour.

L'avait-elle déjà fait ? Non, il ne le pensait pas. Elle était trop hésitante et trop maladroite pour le faire jouir, mais cela ne le gênait pas. Une vierge de vingt-sept ans qui se donnait enfin à un homme.

Un homme qui n'était autre que lui.

Il baissa les yeux vers elle. Comment la guider sans qu'elle se sente gênée par son manque d'expérience ?

— S'il te plaît, répéta-t-elle en laissant sa tête reposer contre sa cuisse. S'il te plaît, Chance. Ne me traite pas comme une poupée de porcelaine trop fragile pour être touchée. Traite-moi comme une femme. Je vois bien à quel point tu as envie de moi.

Elle se remit à le caresser, et un éclair de plaisir lui parcourut le corps.

— Tu ne vois pas à quel point moi, j'ai envie de toi ?

Puis elle reprit son sexe dans sa bouche.

Et le plaisir fut tel que ses doutes disparurent.

Oui, il allait la traiter comme la femme qu'elle était. La femme qui montait si bien à cheval et qui était aussi belle en tablier de soudeur qu'en tenue de soirée.

Glissant sa main dans ses cheveux, il essaya de ralentir un peu les mouvements de sa bouche.

— Doucement, murmura-t-il. Doucement. Laisse-moi te regarder.

Ses lèvres pleines encerclant toujours son sexe, elle leva les yeux vers lui. Et son regard le toucha en plein cœur. Si innocent, et si sexuel à la fois. Elle semblait si désireuse de lui plaire, si désireuse de recevoir son approbation. Cela ne fit qu'attiser son excitation.

Elle ralentit et, sans cesser de le regarder, se mit à faire doucement glisser sa langue le long de son membre. Le plaisir était tel qu'il comprit qu'il ne pourrait plus faire marche arrière.

— Oui, grogna-t-il. Oui, comme ça, oui.

Elle tourna la tête et embrassa de nouveau sa cuisse.

— C'est bon ?

— C'est super.

Elle leva vers lui des yeux brillant de satisfaction. Mais quand elle baissa de nouveau la tête, il recula un peu.

— C'est à mon tour, ma belle.

Après l'avoir aidée à se redresser, il l'allongea doucement sur le lit et la prit dans ses bras.

— Si quelque chose ne va pas, tu me le dis, d'accord ?

Elle semblait tellement à sa place, là, contre sa poitrine, sa tête reposant contre son épaule. Elle était en harmonie avec lui. En symbiose.

— Je peux ? demanda-t-elle.

Il fut un peu surpris et peiné qu'elle puisse s'interroger sur ce sujet. Se demander si elle avait son mot à dire sur des choses qui ne concernaient que son propre plaisir.

— Parfaitement, répondit-il en s'allongeant à son tour sur le lit. S'il y a quelque chose qui ne te plaît pas, s'il y a quelque chose que tu voudrais essayer. Tes désirs sont des ordres, ma chérie. La réponse sera toujours oui.

Elle s'écarta un peu de lui, lui offrant une vue splendide de son corps si… parfait.

— Très bien.

— Tu veux que je te fasse ce que tu viens de me faire ?

Il avait connu une ou deux femmes qui n'étaient pas totalement à l'aise avec les caresses buccales. Et il avait beau avoir envie de la goûter tout entière, il préférait lui demander.

Elle lui adressa un sourire sensuel.

— Je crois. Mais je pense que ce serait peut-être mieux de… tu sais… en premier.

Oui. Il voyait bien ce qu'elle voulait dire. Et elle l'avait convaincu. Mais elle paraissait toujours anxieuse.

— Après, alors ?

— Peut-être, répondit-elle en lui adressant un nouveau sourire coquin.

Il sortit un préservatif de sa table de chevet et se hâta de l'enfiler. Et au moment où il couvrait son corps du sien, il la sentit se crisper sous lui, comme si elle s'attendait à ce qu'il plonge directement en elle. Mais il préféra commencer par essayer de la détendre un peu en faisant courir sa langue sur ses tétons durcis par le plaisir. Un instant plus tard, elle laissait échapper un petit gémissement.

— Ça te plaît ?

— Oh ! oui.

— Tant mieux.

De ses lèvres, il traça un chemin de feu de sa poitrine opulente à son cou gracieux, qu'il continua d'embrasser en lui caressant les seins jusqu'à ce qu'elle retrouve l'état d'excitation qu'elle avait éprouvé à l'arrière de sa voiture, les hanches cambrées contre lui, le corps vibrant de désir. De ses mains brûlantes, elle caressait son dos, tâtant ses muscles, enfonçant ses doigts dans sa peau quand il faisait quelque chose qui lui procurait un plaisir particulier.

Enfin, ivre de désir, il fit glisser sa main vers son sexe humide et brûlant qu'il se mit à caresser sensuellement, et, aussitôt, il la sentit se cambrer sous lui.

— Ça te plaît ?

— Oh ! Chance, répondit-elle, d'une voix que le plaisir rendait plus rauque.

Prenant cela comme un encouragement, il glissa un doigt en elle. Et quand il sentit ses muscles se tendre autour de sa peau, il faillit perdre le contrôle de lui-même. Mais il se concentra, continuant de l'embrasser alors qu'elle gémissait sous sa caresse.

C'était plus qu'il pouvait en supporter. Il faisait de son mieux pour la faire passer en premier, mais il avait besoin de libérer cette tension qu'il sentait couler dans son sang. Il avait envie d'elle plus qu'il avait jamais eu envie d'aucune autre femme.

Il se devait de faire les choses bien.

- 13 -

Gabriella avait du mal à respirer. Chance était en train de lui faire ces choses qu'elle avait lues dans des livres et dont elle avait rêvé. Mais rien ne l'avait préparée à toutes les voluptueuses sensations que ses caresses lui procuraient.

Naturellement, elle s'était déjà caressée. Elle devait avoir environ quinze ans quand elle avait expérimenté pour la première fois le plaisir de ces caresses. Mais les sensations qu'elle éprouvait en cet instant étaient sans commune mesure avec tout ce qu'elle avait connu jusqu'ici.

Car si Chance la caressait, il était également en elle. Ce qui était bien plus intense que tout ce qu'elle avait pu imaginer. Qu'était-elle censée ressentir ? Et si elle n'avait pas bien fait les choses ? Après tout, elle s'était quasiment jetée à ses pieds, et elle avait encore du mal à croire qu'elle avait eu l'audace de le prendre dans sa bouche.

— Tu es tellement belle, dit-il d'une voix si sensuelle que son corps se mit de nouveau à trembler.

Il plaça alors son sexe contre le sien et se mit à pousser.

Là encore, elle ne savait pas ce à quoi elle devait s'attendre. Dans les livres qu'elle avait lus, quand un homme pénétrait une femme, l'action était généralement dépeinte comme rapide et très virile, même si cela signifiait que la femme devait en souffrir un peu.

Mais Chance ne se comporta pas ainsi. Il s'introduisit légèrement en elle puis s'arrêta pour lui embrasser les lèvres, le cou, les épaules. Puis il recommença à pousser doucement. Et ainsi de suite.

De cette façon, elle ne ressentit aucune douleur. Certes, ce n'était pas très agréable, mais cela n'avait rien à voir avec la sensation de déchirement dont elle avait entendu parler.

Quand il fut tout au fond d'elle, il la regarda tendrement et lui demanda :

— Ça va ?

Rien de tout cela ne ressemblait à ce qu'elle avait imaginé. Elle ne savait même pas comment répondre à cette question si prévenante.

— Je… euh… oui ?

Sa réponse, bien malgré elle, était apparue comme une interrogation. Et elle regretta aussitôt son intonation. Elle ne pensait pas qu'il puisse y avoir quoi que ce soit de séduisant chez une femme qui ne savait même pas ce qu'elle appréciait ou non au lit.

Mais plutôt que de rire ou de se moquer d'elle, il prit une profonde inspiration et murmura :

— Je suis tellement bien en toi.

— C'est vrai ?

— Oh oui, répondit-il en lui adressant un sourire coquin qui lui fit aussitôt oublier ce qu'elle était ou non censée faire.

Plus rien ne l'inquiétait désormais. Il n'y avait plus que Chance et elle. Ici et maintenant.

Il se mit à se mouvoir en elle. Non frénétiquement, comme elle avait parfois eu l'occasion de le voir dans les films, mais lentement, comme il le lui avait promis. Son corps couvrait le sien, et…

Et soudain, des vagues de sensations délicieuses et voluptueuses se mirent à déferler en elle.

— Oh ! gémit-elle, alors que ces vagues se faisaient de plus en plus intenses.

Son corps retombait sur le sien avec une exquise précision. Un joaillier martelant un délicat bijou. Et ,soudain, elle ressentit comme une explosion de sensations.

C'était comme s'il était l'artiste et elle l'œuvre d'art. Relevant ses bras au-dessus de sa tête, il prit en bouche l'un de ses tétons, et de nouveau elle gémit de plaisir. Alors, il glissa ses mains sous ses fesses et l'incita à enrouler ses jambes autour de sa taille. Elle obtempéra. Elle avait confiance en lui. Elle savait que rien de ce qu'il pourrait faire ne décevrait ses espoirs. Et que, au contraire, tout serait bien plus agréable et bien plus voluptueux que ce qu'elle avait imaginé.

— Oui, comme ça, approuva-t-il dans un grognement. Tu aimes ?

— Oui. Encore.

— Tes désirs sont des ordres.

Tout en appuyant doucement ses doigts contre son sexe, il commença alors à se mouvoir en elle avec ce qui ressemblait à un regain d'énergie et d'enthousiasme.

Submergée de plaisir, elle chercha désespérément à s'accrocher à quelque chose. Il était trop loin d'elle pour qu'elle puisse le toucher, et moins encore l'embrasser. Alors, elle s'agrippa aux draps et s'abandonna aux vagues de plaisir qui déferlaient en elle.

— Oui, ma belle, murmura-t-il entre ses dents serrées. Jouis pour moi.

Elle avait très envie de répondre à son appel. Mais au lieu de l'exciter davantage, ses paroles eurent pour effet de la ramener à la réalité. Et si elle n'arrivait pas à atteindre l'orgasme ? Serait-il vexé, lui donnerait-elle le sentiment d'avoir échoué ?

Alors que ces pensées se bousculaient dans son esprit, sans cesser de caresser son sexe humide et brûlant, il prit sa main dans la sienne.

— Montre-moi ce dont tu as besoin.

Etait-il sérieux ?

Oui, il l'était. Le regard fixé sur elle, il fit courir sa

langue sur le bout de ses doigts, avant de guider sa main vers le bas.

— Montre-moi, répéta-t-il, sur un ton à la fois suppliant et impérieux.

Convaincue, elle obtempéra. Elle appuya sa main contre le point le plus sensible de son corps, ses doigts couvrant les siens, et le caressa comme elle l'avait toujours caressé.

Alors, elle plongea son regard dans le sien et sentit une vague de chaleur déferler en elle.

— Tu es tellement belle, murmura-t-il, avant de laisser son corps s'enfoncer dans le sien.

Il poussa un grognement de plaisir, et ce son rauque la troubla au plus haut point. Elle voyait qu'il était excité, ivre de désir et de plaisir.

Et c'était elle qui produisait cela en lui.

Elle n'aurait su dire si ce fut elle qui appuya plus fort, ou lui, ou les deux à la fois, mais soudain son corps s'immobilisa, et elle ressentit une explosion de plaisir plus intense que tout ce qu'elle avait pu connaître jusqu'ici. Son corps se serra contre le sien, son dos se souleva brusquement du lit, et ils atteignirent ensemble l'orgasme, corps, cœurs et souffles mêlés.

Quand elle retomba sur le lit, il la prit tendrement dans ses bras.

— Tu as eu mal ? lui demanda-t-il d'une voix inquiète.

Il essaya de se retirer d'elle, mais elle ne le laissa pas s'en aller.

— Mal ? Mais non ! C'était… c'était…

Ce fut à ce moment-là qu'elle se rendit compte qu'elle était en train de pleurer.

Et elle s'en voulut grandement. Mais comment pouvait-elle pleurer en un moment pareil ? C'était vraiment la chose la plus embarrassante qui lui soit jamais arrivée.

Trop gênée pour le regarder dans les yeux, elle enfouit sa tête dans son épaule. Il se mit à rire doucement. Etait-il en train de se moquer d'elle ?

— C'était… bon ? lui demanda-t-il.

Elle hocha la tête contre sa poitrine, remerciant le ciel qu'il ne puisse voir ses stupides larmes. Mais pourquoi était-elle en train de pleurer ? Cela avait été la chose la plus merveilleuse qui lui soit jamais arrivée ! C'était exactement ce qu'elle avait désiré, exactement ce pour quoi elle s'était réservée toutes ces années ! Il l'avait fait passer en premier. Il ne l'avait pas traitée comme une petite chose fragile, mais pas non plus comme un simple objet de jouissance.

— C'est la première fois que tu ressentais tout cela ?

Elle hocha la tête, essayant en vain de contrôler ses émotions.

Se penchant vers elle, il prit son menton dans ses mains pour l'obliger à relever la tête vers lui.

— Tu as été géniale, tu sais ? Je suis tellement content que tu aies joui. Je n'avais jamais vu une femme aussi belle.

— Mais je… j'ai été nulle.

Il lui adressa un sourire. Pas le sourire coquin qui avait toujours pour effet d'attiser son désir pour lui. Un sourire qui lui conféra un sentiment de sécurité, qui lui donna l'impression qu'elle était parfaitement en droit de pleurer dans son lit.

— Tu n'as pas été nulle du tout. Tu as été parfaite. Ma femme parfaite. La femme que j'aime.

Alors, elle ne se sentit plus ni idiote ni gênée. Elle eut juste l'impression d'être chez elle.

— Je regrette que tu ne puisses pas rester toute la nuit.

Après avoir pris une douche ensemble, ils s'étaient rallongés dans le lit. Elle était pelotonnée contre lui, entre les draps. Et, au fond de lui, il avait envie qu'elle s'endorme, tout simplement parce que, ainsi, elle ne pourrait pas s'en aller.

Mais il savait que cela n'arriverait pas. Que le temps leur était compté.

— Je le regrette moi aussi, dit-elle en caressant doucement sa poitrine de ses mains douces et chaudes.

— Il ne nous reste pas beaucoup de temps, n'est-ce pas ?

Elle était vierge, elle s'était donnée à lui, et il l'avait fait pleurer. C'était une première pour lui. Il avait eu peur de lui faire mal, mais il ne pensait pas qu'elle ait pu lui mentir sur une chose pareille. Non, elle s'était montrée honnête avec lui. Comme elle l'avait toujours été.

Tout en soupirant contre sa poitrine, elle s'accrocha plus fort à lui.

— Non, il ne nous reste plus beaucoup de temps.

Il se rendit compte alors que ce n'était pas à sa question qu'elle venait de répondre. Elle ne parlait pas du temps qui leur restait ce soir, mais de celui qui leur restait pour vivre leur amour. Combien de jours encore pourraient-ils être ensemble ? Quelques-uns, tout au plus.

— Dis-moi ce que tu veux que nous fassions, ma chérie. Je suis sûr qu'on peut trouver un moyen de faire marcher les choses. Ma porte sera toujours ouverte pour toi, et je pourrai aussi venir te voir. Tu n'auras qu'à demander, et je serai là.

Elle garda le silence pendant un long moment. Et, soudain, elle posa sa main à plat contre sa poitrine, sur son cœur.

— Je voudrais…

Elle s'interrompit, comme si elle ne savait pas tout à fait comment exprimer le fond de sa pensée.

— Je voudrais rester avec toi aussi longtemps que possible, murmura-t-elle d'une voix à peine audible.

Car viendrait un temps où cela lui serait impossible, où son chemin et le sien emprunteraient des directions différentes, où elle cesserait de défier Joaquin et, par voie de conséquence, son père.

— Commençons par demain, d'accord ? Au jour le jour. Que veux-tu faire ?

Elle se remit à lui caresser la peau, envoyant des décharges de plaisir dans tout son corps. Et il lui fallut faire beaucoup d'efforts pour résister à la tentation de s'enfouir de nouveau dans la douceur de son corps.

— Nous pourrions… éveiller les soupçons si nous passions une autre soirée ensemble.

Il passa brièvement en revue son planning. La période qui s'étendait de la Saint-Valentin à la fête des mères était généralement assez calme pour lui. Il avait un entretien de prévu pour la semaine suivante. Mais il était libre le lendemain.

— J'ai toute ma journée à moi, rassure-toi. Tu voudrais venir travailler à l'atelier ?

— Pourquoi pas ?

Ce n'était pas la réponse ferme et assurée qu'il avait espérée, mais il devrait s'en contenter.

— Tu n'as qu'à y aller le matin, et je te rejoindrai pour le déjeuner.

— Juste pour le déjeuner ?

Il n'avait pas besoin de la regarder pour savoir qu'elle arborait désormais son petit sourire coquin.

— J'ai tout l'après-midi, ma chérie.

— C'est mieux, murmura-t-elle tout contre lui.

— Bien, répondit-il.

Mais alors même qu'il prononçait ce mot, il entendit un lourd bruit de pas au rez-de-chaussée. Joaquin s'impatientait, c'était certain. Ils n'avaient plus beaucoup de temps.

Aussi l'embrassa-t-il passionnément, en espérant de tout son cœur qu'il la reverrait le lendemain.

Pendant trois jours, les trois plus beaux jours de la vie de Chance, ils purent vivre librement leur amour. Il retrouvait Gabriella à l'écurie le matin et, après avoir échangé quelques baisers dans la sellerie, ils faisaient la course jusqu'à l'atelier. Il la laissait toute la matinée pour aller s'occuper des affaires du ranch, puis revenait la chercher pour le déjeuner. Ils rentraient alors à cheval à sa maison et, après des ébats qui devenaient meilleurs encore de jour en jour, ils savouraient le déjeuner que leur avait préparé Franny.

Plus ils passaient de temps ensemble, moins Gabriella avait de mal à formuler ses désirs. Elle avait manqué d'expérience, mais elle savait ce qu'elle voulait au lit. Certes, elle n'osa pas le regarder quand elle lui demanda qu'il la prenne par-derrière. Mais l'important était qu'elle ait demandé. Et que leurs ébats soient vraiment extraordinaires.

Elle lui demanda également de retourner pique-niquer. Il faillit lui répondre qu'il valait mieux attendre qu'il fasse un peu plus chaud. Mais, très vite, il se souvint que le temps leur était compté. Et il accepta sans faire de commentaire.

Plus il lui faisait l'amour, plus il avait envie de faire l'amour avec elle. Et il lui arrivait très souvent de la voir en rêve. Des rêves dans lesquels elle le regardait toujours de ses grands yeux noirs en lui disant :

— J'ai envie de…

Et il s'efforçait de satisfaire tous ses désirs.

Il était complètement fou d'elle.

Naturellement, il fallait toujours faire avec Joaquin. Le garde du corps restait au rez-de-chaussée quand ils étaient à l'étage, et le jour où ils firent leur pique-nique coquin, monté sur le dos de Beast, il décrivit un périmètre autour d'eux, se plaçant suffisamment loin pour ne pas entendre leurs gémissements de plaisir, mais suffisamment près pour pouvoir percevoir les cris de terreur qu'il semblait sans cesse appréhender.

Le samedi finit par arriver. Slim ne travaillant pas le week-end, elle n'avait pas de bonne raison de venir au ranch le matin. Par ailleurs, elle lui expliqua que, comme Alex se sentait un peu mieux, elle avait envie de passer du temps avec lui.

En revanche, ils décidèrent de refaire un essai chez Claire, afin de déterminer s'ils pouvaient terminer un repas sans se jeter l'un sur l'autre. Gabriella devait le rejoindre à 17 heures.

A 15 h 30, fou d'impatience, déjà lavé, rasé et habillé, il constata amèrement qu'il lui restait une heure et demie à regarder la pendule.

Cherchant un moyen de tuer le temps, il envoya deux e-mails à des clients et réfléchit à un projet de publicité. Mais, malgré tous ses efforts, chaque fois qu'il regardait l'heure, il était déçu. On aurait dit que le temps refusait de passer.

Enfin, il entendit une voiture se garer devant la maison. Ravi, il se précipita dehors. Et s'immobilisa.

Ce n'était pas la voiture de Gabriella. Mais celle de son ancienne petite amie : Cara Windsor.

Cara sortit du véhicule et, à sa grande surprise, se jeta dans ses bras. Elle pleurait.

— Cara ? Qu'est-ce qui se passe, ma belle ?

Depuis le retour d'Alex, elle était venue le voir régulièrement pour se plaindre du fait qu'il ne se souvenait pas d'elle. D'un côté, il avait envie de l'aider et de la soutenir. Mais, de l'autre, il lui en voulait encore un peu de l'avoir laissé tomber pour ce menteur d'Alex.

— Excuse-moi, balbutia-t-elle, je ne voyais pas à qui d'autre je pouvais me confier. Tu es la personne en qui j'ai le plus confiance.

— Chut, calme-toi.

Ils s'étaient séparés à l'amiable, et manifestement, en cet instant, elle avait besoin d'un ami.

— Dis-moi ce qui ne va pas, murmura-t-il en lui tapotant doucement le dos.

— C'est…, commença-t-elle.

Mais elle ne termina pas sa phrase : elle éclata en sanglots.

Mal à l'aise, il la fit entrer et l'invita à s'asseoir sur le canapé du séjour.

— Là, là, murmura-t-il en lui caressant doucement le dos.

Ce n'était sans doute pas la meilleure chose à dire, mais, sur le moment, il était à court d'idées.

Il la connaissait depuis longtemps : ils étaient amis avant de devenir amants, et ils étaient redevenus amis quand ils s'étaient séparés. Cela faisait plusieurs semaines, désormais, qu'elle venait lui parler d'Alex et pleurer dans ses bras. Mais, cette fois-ci, les choses étaient différentes : elle paraissait complètement bouleversée ; il ne l'avait jamais vue dans cet état.

Quand, au bout de ce qui lui parut être une éternité, elle finit par s'apaiser un peu, il décida de faire un nouvel essai :

— Qu'est-ce qui se passe ? Tu as des problèmes ?

Elle leva vers lui ses yeux brillant de larmes.

— Oui, je crois qu'on peut dire ça.

— Dis-moi ce qui s'est passé, je pourrai peut-être t'aider.

— Je ne crois pas, je… J'ai fait une bêtise, Chance. Une grosse bêtise.

— Quoi ?

— Tu sais à quel point j'étais inquiète pour lui quand il a disparu ?

— Oui, répondit-il de sa voix la plus patiente.

— Et tu sais que je n'ai jamais pensé que tu avais quoi que ce soit à voir là-dedans ? poursuivit-elle sur un ton déterminé.

— Oui, et j'apprécie beaucoup, ma belle. Mais qu'est-ce qui s'est passé ?

— Un jour, je suis allée le voir, et comme il ne se souvenait pas de moi…

Elle baissa les yeux vers ses mains.

— Je… j'ai fait l'amour avec lui. Pour voir si ça pourrait l'aider. Comment dire ? Lui rafraîchir la mémoire.

— Euh… Je vois.

C'était exactement le genre d'information qu'il n'avait pas envie d'entendre. Et il dut se forcer à continuer de l'écouter.

— Le problème… Le problème, c'est que je suis tombée enceinte, balbutia-t-elle avant d'éclater de nouveau en sanglots.

Surpris, il s'efforça de passer son bras autour de ses épaules. A en croire Gabriella, Alex commençait tout juste à se sentir mieux. Quand allait-il se rappeler qu'il avait jadis aimé Cara ?

Alex, encore Alex. Non content d'avoir détruit sa propre vie, il était maintenant sur le point de détruire celle de Cara. Mais pourquoi était-il venu au Texas ?

— Je ne sais pas quoi faire. Je ne voyais pas à qui d'autre en parler. Mais qu'est-ce que je vais dire à mon père ?

Il n'avait pas eu beaucoup de contacts avec Paul Windsor, et pourtant il n'avait aucun mal à imaginer la réaction que ce dernier pourrait avoir en apprenant que sa fille était « enceinte de l'amnésique ». Cela risquait d'être dur, très dur pour Cara.

Mais mieux valait prendre les problèmes dans l'ordre où ils se présentaient :

— Tu as consulté un médecin ?

Elle secoua la tête contre son épaule.

— Il faudrait commencer par là. Prends rendez-vous, et on verra ce qu'on fera en fonction de ce qu'il t'aura dit, d'accord ? L'important, pour l'instant, c'est que tu prennes soin de toi et du bébé. On s'occupera du reste après.

Elle hocha la tête en souriant faiblement. Il plongea son regard dans le sien. Avait-il aimé cette femme ? Peut-être. Mais pas comme il aimait Gabriella. Sa relation avec Cara avait été raisonnable. Celle qu'il entretenait avec Gabriella était passionnée.

— Tu es un type bien, Chance, dit-elle en reniflant. J'avais peur que tu ne me dises que je n'avais eu que ce que je méritais pour t'avoir quitté.

— Je n'aurais jamais fait ça, répondit-il.

Il était sincère. Il avait perdu cette femme, mais, tout bien considéré, peut-être n'avait-elle jamais été sienne. Et de toute façon, maintenant qu'il avait Gabriella, qu'il avait goûté à la véritable passion, il savait que c'était beaucoup mieux ainsi.

— Je sais. Je savais que je pouvais te faire confiance.

Elle se pencha vers lui et déposa un baiser sur sa joue.

Ce fut alors qu'un petit cri de surprise retentit dans la pièce. Surpris, il se retourna vers la porte. Elle était ouverte. Et devant elle se tenait une femme.

Gabriella.

Son regard passa rapidement de lui à Cara. Et elle paraissait vraiment… horrifiée.

— Ma chérie, balbutia-t-il en essayant de se dégager de l'étreinte de Cara pour se relever du canapé.

Mais avant qu'il y parvienne, Gabriella avait tourné les talons et s'était enfuie.

— C'était… la sœur d'Alex ? balbutia Cara, l'air médusé.

Sans prendre le temps de lui répondre, il se précipita pour la rattraper. Mais c'était trop tard. Joaquin venait de refermer sur elle la portière de la voiture.

— Ce n'est pas ce que vous croyez ! s'exclama-t-il en continuant de courir en direction de la voiture. Attendez, Joaquin, il faut que je lui parle.

Comme s'il n'avait pas entendu ce qu'il venait de dire, le garde du corps resta de marbre.

— Joaquin, *vámonos* ! s'écria Gabriella depuis l'intérieur de la voiture.

Et, au son de sa voix, il comprit qu'elle pleurait.

— Il faut que je lui parle, dit-il, bouleversé, en s'approchant de Joaquin. Je n'ai rien fait.

Sans répondre, le garde du corps sortit son revolver et le braqua sur sa poitrine.

Cara apparut alors sur le pas de la porte.

— Qu'est-ce qui se passe ? s'écria-t-elle d'une voix aiguë. Chance, il a un revolver !

— Rentre, Cara, répondit-il sans détacher son regard de l'arme. Joaquin, je ne lui ferais jamais de mal. Jamais. Vous le savez bien.

— Joaquin ! *Llévame a casa ahora!*

Gabriella semblait désormais presque hystérique.

Une chose surprenante se produisit alors : Joaquin ouvrit la bouche pour parler.

— Ne t'approche pas d'elle, murmura-t-il d'une voix caverneuse.

Sans le lâcher du regard, sans cesser de le viser, il contourna le véhicule pour s'installer au volant. Puis il démarra sur les chapeaux de roues, laissant Chance dans un nuage de fumée, complètement pétrifié par tout ce qui venait de se passer.

En regardant la voiture s'éloigner et disparaître au bout de l'allée, il sentit son cœur se serrer. Une sourde douleur s'installa dans sa poitrine. Il avait envie de la rattraper. Mais il ne voulait pas mourir. Quoique, d'une certaine façon, depuis qu'elle était partie, il avait l'impression de mourir un peu.

La voix de Cara le tira de sa torpeur.

— Chance, fit-elle en posant sa main sur son épaule, tu vas bien ? Est-ce qu'il t'a fait du mal ? Tu veux que j'appelle Nathan ?

— Non.

Impliquer le shérif dans cette affaire ne lui rendrait pas Gabriella.

Il l'avait perdue pour toujours ; il ne la reverrait plus jamais.

Plus jamais ? Non, c'était impossible. Il fallait qu'il la revoie. S'il parvenait à lui expliquer ce qui s'était réellement passé, elle comprendrait que tout cela n'avait été rien d'autre qu'un malentendu.

Il lui expliquerait que Cara avait des problèmes, qu'elle était venue lui demander conseil, rien de plus. Qu'il n'avait cherché qu'à la consoler. Et certainement pas à la séduire.

— C'était la sœur d'Alex, c'est ça ? répéta-t-elle. Mon Dieu, Chance… Est-ce qu'elle a cru que…

— Je pense, oui, répondit-il en lui tapotant gentiment la main. Mais ne t'en fais pas : j'irai lui expliquer ce malentendu.

— J'ignorais que tu la fréquentais. Ecoute, c'est moi qui irai lui parler.

Il ne pensait pas que ce soit une bonne idée. Il avait vu comment se comportait parfois Gabriella avec Joaquin, et il savait qu'elle avait beaucoup de colère en elle. Que serait-elle capable de faire à Cara si celle-ci se risquait à venir lui parler ?

— Non, laisse-moi m'occuper de ça. Son garde du corps n'est pas un type très commode. Je ne voudrais pas qu'il t'arrive malheur. Concentre-toi sur toi, Cara. Sur toi et le bébé.

Elle lui adressa un faible sourire.

— Est-ce que tu vas parler à Alex ? De moi et du bébé ?

— Ce n'est pas à moi de le faire, ma belle.

Ils restèrent immobiles quelques instants à regarder le nuage de poussière qu'avait laissé la voiture de Joaquin. Quelques instants plus tard, plus rien ne semblait indiquer que Gabriella était un jour venue ici. La terre avait fait son travail : prendre ce qui était et le rendre à la poussière.

Mais il ne pouvait pas laisser les sentiments qu'il éprouvait pour elle se dissiper. Ce n'était pas terminé. Il ne la laisserait pas s'en aller sans s'être battu. Il ne la laisserait pas partir comme il avait laissé partir Cara.

Il allait la retrouver.

- 14 -

Quand Chance raccompagna Cara à sa voiture après lui avoir fait promettre d'appeler le médecin à la première heure le lundi matin, près de quarante minutes s'étaient écoulées.

Il n'avait pas la moindre ébauche de plan ; il savait seulement qu'il devait retrouver Gabriella et lui parler. Il ne pouvait pas laisser les choses se terminer de cette façon et la laisser croire qu'il l'avait trompée. Qu'il ne l'aimait pas. C'était impossible. Si elle voulait mettre un terme à leur relation, elle le ferait. Mais pas avant de connaître la vérité.

Déterminé, il monta dans sa voiture et partit.

Mais quand, quelques minutes plus tard, il croisa la Ferrari rouge d'Alex sur une route déserte, la surprise fut si violente et si soudaine qu'il écrasa la pédale de frein.

Alex devait l'avoir remarqué car, en regardant dans son rétroviseur, Chance vit la Ferrari ralentir et faire demi-tour à un carrefour.

Un instant plus tard, Alex venait se garer sur le bas-côté, derrière son pick-up.

Les deux hommes descendirent de leur véhicule au même moment.

— Alex, fit Chance, où est-ce que tu… ?

Il n'eut pas le temps de terminer sa phrase. Alex venait de lui assener un violent coup de poing au visage. La douleur fut vive et intense. Et Chance dut lutter pour garder son équilibre.

— Mais qu'est-ce qui t'arrive ?

— Avance, McDaniel, que je te refasse le portrait.

— Tu peux m'expliquer pourquoi ? demanda-t-il, toujours aussi surpris.

Il se rendit compte alors qu'Alex l'avait appelé McDaniel.

— Tu… tu sais qui je suis ?

— Evidemment, espèce d'enfoiré, répondit Alex en avançant vers lui, poings serrés. Tu es le type qui vient de briser le cœur de ma sœur.

— Je peux tout expliquer, répondit Chance en essayant de se placer hors de sa portée.

Il n'avait aucune envie de se battre avec son ancien ami. D'autant qu'il pensait que son état de santé devait encore être assez fragile.

— Ah oui ? Tu peux m'expliquer qui était cette fille ?

Il essaya de nouveau de le frapper. Et, cette fois, Chance n'eut pas le choix : il se baissa pour esquiver le coup et attrapa Alex par la taille, puis le poussa contre la portière de sa voiture pour l'immobiliser.

— Tais-toi et écoute-moi. Cette fille, c'était Cara Windsor. Tu te souviens ? Cara Windsor. La fille que tu m'as volée et qui est tombée amoureuse de toi.

— Cara ? répéta-t-il d'un air surpris. Tu as trompé ma sœur avec Cara ? Alors là, je vais te tuer.

— Tais-toi et écoute. Je vais t'expliquer.

— M'expliquer quoi ? Que tu as convoité ma femme et que tu l'as séduite pendant ma convalescence ?

Chance relâcha Alex et le regarda droit dans les yeux.

— Tu crois vraiment que j'aurais fait ça ?

— Très bien. Je te donne deux minutes, répondit Alex, après avoir poussé un soupir.

Chance prit une profonde inspiration, en espérant que cela l'aiderait à estomper la douleur qu'il ressentait au niveau de son œil. Il venait de promettre à Cara qu'il ne parlerait pas du bébé à Alex. Mais il ne pouvait pas le laisser penser qu'il avait trompé sa sœur.

— Pourquoi crois-tu que Cara soit venue pleurer dans mes bras ? Eh bien, je vais te le dire : parce que tu as fait semblant de ne pas la reconnaître. Parce que tu lui as menti depuis le départ. N'est-ce pas, Alejandro ?

— Ne m'appelle pas comme ça, souffla-t-il.

— Pourquoi ? Ce n'est pas ton nom ?

— Plus maintenant.

— Et je devrais te croire, c'est ça ? Parce que tu ne m'as jamais menti ? Que tu t'es toujours montré très honnête avec moi, hein ? Ecoute, je ne sais pas qui tu es ni pourquoi tu es venu au Texas. Tout ce que je sais, c'est qu'en devenant mon ami tu as fichu ma vie en l'air. Et que je suis tombé amoureux de ta sœur.

Il regretta aussitôt cette dernière phrase qui lui avait échappé sous le coup de l'énervement.

Les deux hommes restèrent quelques instants en silence à se dévisager. Alex semblait particulièrement choqué.

— Ecoute, finit par dire Chance en baissant la tête, je ne sais pas qui tu es, et je ne sais pas pourquoi tu as cherché à te lier d'amitié avec moi. Mais, pour le moment, tout ça m'importe peu. Il faut que j'aille parler à Gabriella. Pour lui faire comprendre que jamais je ne la tromperais et que jamais je ne lui ferais de mal.

Il tourna les talons pour regagner son pick-up.

— Attends ! s'écria Alex. Joaquin va te tuer. D'ailleurs, je suis surpris qu'il ne l'ait pas déjà fait.

— Je crois que je vais prendre le risque, marmonna-t-il.

— Non, répondit Alex en l'attrapant brusquement par le bras. Je t'assure qu'il n'hésiterait pas à le faire.

Chance se tourna vers lui et lui lança un regard noir. Alex lui lâcha le bras.

— Alors comme ça, tu te souviens d'elle, maintenant ?

— C'est ma sœur, répondit Alex en baissant les yeux. Je ferais tout pour la protéger.

Chance fut soudain pris d'un besoin impérieux de le frapper. Une impulsion qui n'avait rien à voir avec la douleur qu'il continuait de ressentir à l'œil.

— Elle n'a pas besoin d'être protégée ! s'exclama-t-il. Elle est majeure et vaccinée. Laissez-la vivre sa vie. C'est tout ce qu'elle demande.

— Laisse-moi lui parler, poursuivit Alex comme s'il n'avait rien écouté. Elle est bouleversée. Elle m'a dit qu'elle t'avait vu embrasser une autre femme.

Chance releva les yeux vers lui. Ses traits n'étaient plus déformés par la colère ; il semblait désormais perdu et désorienté.

— Tu as embrassé Cara ?

— Sur la joue ! s'exclama Chance qui, pour sa part, était toujours aussi furieux. Et laisse-moi te dire que c'est de Cara que tu devrais t'occuper, pas de Gabriella. Tu n'as pas la moindre idée du souci qu'elle se fait pour toi. Si tu savais ce qu'elle ressent en ce moment, tu comprendrais qu'essayer de me séduire serait la dernière chose qui lui viendrait à l'esprit. Et de toute façon, même si elle avait essayé de le faire, je n'aurais pas accepté ses avances. Parce que, contrairement à certains, je respecte mes amis.

Alex eut le culot de paraître blessé par cette affirmation, ce qui ne fit que renforcer la colère de Chance.

— Occupe-toi de tes affaires, Alex. Et surtout, laisse-moi m'occuper des miennes.

Fou de rage, il contourna le véhicule, dont il ouvrit la portière avec bien plus de force que nécessaire.

— Je te répète que Joaquin va te tuer si tu te pointes chez moi ! cria Alex.

— Je ne la laisserai pas partir. Pas comme ça, répondit-il.

— Laisse-moi lui parler. Je te dois bien ça.

— Tu me dois bien plus que ça, *amigo*, rétorqua Chance en lui jetant un regard mauvais. Aurais-je oublié d'évoquer le fait que tout le village pense que j'ai essayé de te tuer ?

Alex prit un air plus coupable encore.

— Laisse-moi lui parler. Je lui expliquerai ce qui s'est passé. Il faut juste qu'elle se calme. Une fois qu'elle se sera calmée, Joaquin se calmera lui aussi.

Chance prit quelques instants pour réfléchir. Il voulait aller parler à Gabriella en personne. Mais Alex avait raison : s'il s'approchait d'elle, Joaquin n'hésiterait pas une seule seconde à le tuer.

— Et je devrais te faire confiance, c'est ça ?

Alex releva les yeux et, pour la première fois depuis bien longtemps, Chance crut percevoir un peu d'honnêteté dans son regard.

— Je ne voudrais pas avoir ta mort sur la conscience, Chance. Je t'ai toujours considéré comme un ami. Sur ce point-là, je ne t'ai pas menti.

— Je ne te crois pas.

— Alors crois ceci : je n'ai jamais vu Gabriella aussi heureuse que quand elle rentrait de chez toi. C'était comme… comme si elle était devenue la femme qu'elle avait toujours voulu être sans avoir le courage d'essayer de le devenir avant. Je sais bien comment est notre père : j'ai dû lutter de toutes mes forces pour ne plus vivre dans son ombre. Mais elle, elle n'avait jamais eu l'occasion de le faire… avant de te rencontrer.

Des mensonges de plus ?

Non. Il savait bien que tout ce qu'Alex venait de dire était vrai. Du reste, n'était-ce pas ce que Gabriella elle-même lui avait confié ? Que lorsqu'elle était avec lui, elle était la femme qu'elle avait envie d'être ? Il l'avait crue quand elle le lui avait dit.

Et il croyait Alex, désormais.

— Si tu essaies encore une fois de m'avoir, je te tue de mes mains. Me suis-je bien fait comprendre ?

— Parfaitement. Je t'appelle demain. Il faudra que je trouve quelque chose pour détourner l'attention de mon père. Ça te va ?

Non. Il ne faisait pas confiance à Alex, hormis quand il disait que Joaquin le tuerait. Mais quelle autre possibilité lui restait-il ?

— Ouais. Appelle-moi demain.

— Sans faute.

— Tu as intérêt.

— C'était Cara ? Windsor ?

Gabriella était plus choquée que jamais. Cara, la femme pour qui Chance aurait kidnappé Alex ? Dans ses bras, dans son canapé ?

— Oui.

Alex avait une mine horrible. Mais ce n'était pas la mauvaise mine des dernières semaines. Non, on aurait plutôt dit qu'il se sentait… coupable.

— Mais, d'après toi, ils ne s'embrassaient pas. Il essayait juste de la réconforter ? Parce qu'elle était bouleversée à cause de toi ?

— Oui, répéta Alex, qui paraissait de plus en plus malheureux.

— Ce qui veut dire que tout cela n'est qu'un malentendu ?

Au moins, ils étaient seuls. Joaquin ne l'avait pas suivie dans sa chambre quand elle y était rentrée en courant pour se jeter sur son lit et pleurer. Elle était reconnaissante envers lui d'avoir respecté son intimité. Mais elle espérait qu'il n'était pas retourné aux Acres pour la venger de Chance.

— Oui, finit par répondre son frère.

Elle sentit ses joues s'empourprer, et elle n'aurait su dire s'il s'agissait d'une réaction de soulagement ou d'embarras. Quand elle avait surpris Chance dans les bras de cette jeune femme blonde, le choc avait été tel qu'elle se demandait encore comment elle avait réussi à retourner à sa voiture.

Chance lui avait dit qu'il l'aimait. Et il tenait une autre femme dans ses bras ?

Elle s'était sentie humiliée. Elle s'était préservée pendant des années, et pour quoi ? Pour, en définitive, se faire avoir et remplacer en quelques jours à peine.

Elle s'était dit qu'elle avait été aussi bête que son frère : qu'elle s'était laissé bercer par les belles paroles de cet homme qui n'était rien d'autre qu'un traître.

Et maintenant, Alex était assis là, devant elle, à lui dire qu'elle n'avait pas vu ce qu'elle avait cru voir ?

Elle ne savait pas si elle devait se sentir heureuse que Chance ne l'ait pas trompée ou gênée de ne pas avoir eu confiance en lui. Quoi qu'il en soit, elle n'avait nulle envie de le voir maintenant, pas avant d'avoir réglé le conflit qui la déchirait, apaisé les émotions contradictoires qui se bousculaient en elle.

Et puis, il y avait autre chose : Alex avait beau avoir l'air sincère, il n'avait pas vu ce qu'elle avait vu.

En revanche, quelqu'un d'autre était sur place. Et elle comptait bien parler à cette personne.

— Tu peux me passer ton téléphone ?

— Pourquoi ? demanda Alex d'un air surpris en fouillant dans ses poches.

— Je n'ai pas le numéro de Cara Windsor, mais toi, si. Appelle-la. Je veux parler à cette femme.

Il la regarda, déconcerté.

— Je ne crois pas que ce soit une bonne idée…

— Qu'est-ce qui n'est pas une bonne idée ? s'écria-t-elle, soudain furieuse. Que je parle à une autre femme ? Que j'essaie de résoudre un problème toute seule ? Que je m'occupe de mes affaires ? Je veux parler à Cara. Si tu ne me donnes pas son numéro, je trouverai un autre moyen de la joindre. Et je n'hésiterai pas à aller dire à chacun des habitants de cette ville que ta mémoire est aussi fiable que le jour où tu es arrivé ici.

Il ouvrit de grands yeux, comme si jamais elle ne lui

avait parlé de cette façon. Et peut-être était-ce le cas. Mais elle ne pouvait plus supporter d'être dorlotée par sa famille. Elle avait simplement envie de respirer un peu sans avoir de comptes à rendre à personne.

Il tapotait sur son écran, un petit sourire ironique aux lèvres.

— C'est un village, pas une ville. Chance ne t'a donc rien appris ? dit-il en lui tendant le téléphone.

— Bien plus de choses que tu ne le crois, rétorqua-t-elle.

— J'aurais dû laisser Joaquin le descendre.

Fort heureusement, la voix de Cara au bout du fil mit un terme à cette conversation.

— Alex ? C'est toi, mon amour ? Oh ! enfin.

Elle parlait si rapidement que Gabriella avait de la peine à la comprendre.

— Je me suis fait tellement de souci, mon amour. Quand puis-je venir te voir ?

Rien ne laissait entendre qu'elle se sentait coupable d'avoir été surprise en train d'embrasser Chance. On aurait plutôt dit qu'elle était sur le point de fondre en larmes.

— Euh… bonjour. Je suis Gabriella del Toro, la sœur d'Alex.

Elle tourna son regard vers son frère, qui s'était penché vers elle pour écouter la conversation. Mais son expression était indéchiffrable.

— Ah ! fit Cara d'un air déçu.

Puis, aussitôt, d'une voix anxieuse :

— Il y a un problème ? Est-ce qu'il va bien ?

— Oui, il va bien.

Cara était hystérique. Mais l'inquiétude qu'elle manifestait envers Alex, ainsi que son absence totale d'intérêt pour Chance, lui semblait plutôt être un point positif.

Néanmoins, il fallait qu'elle en ait le cœur net :

— Je crois qu'il y a eu une sorte de malentendu entre nous tout à l'heure. J'aimerais vous rencontrer en personne pour que nous puissions éclaircir cette affaire.

— Chance ne vous aurait jamais trompée. Il n'a jamais trompé qui que ce soit ; il n'est pas comme ça. Tout est ma faute.

De nouveau, on aurait qu'elle était sur le point de pleurer.

— Ne pensez-vous pas que nous pourrions nous rencontrer quelque part pour en discuter en buvant un café ?

— Est-ce que... ? Puis-je voir Alex ? Viendra-t-il avec vous ?

Elle tourna son regard vers son frère, qui secoua vigoureusement la tête.

— Euh... non. Pas encore. Mais bientôt, je pense.

— Très bien, balbutia-t-elle d'un air déçu. Nous pourrions nous retrouver au Royal Diner ? Dans une heure ? Est-ce que ça vous va ?

Gabriella regarda la pendule. Il était 21 heures. A 22 heures, la plupart des clients du restaurant auraient terminé de dîner. D'autre part, il fallait qu'elle se change et qu'elle se remaquille un peu.

— Très bien. Ce serait parfait.

Après avoir remercié Cara et avoir raccroché, elle rendit le téléphone à son frère.

— Merci.

— Ne lui dis pas que j'ai recouvré la mémoire.

Sa colère refit surface.

— Pourquoi ? Tu ne vois pas qu'elle se fait du souci pour toi ? Ecoute, Alex, je suis lasse de vivre avec les conséquences de tes mensonges. Quand tout cela va-t-il se terminer ?

Il lui prit la main et la tapota doucement, comme si elle était une enfant.

— Bientôt. Je te le promets, finit-il par dire en se levant.

Elle le regarda partir. Elle aurait aimé le croire.

Une heure plus tard, Joaquin gara la voiture devant le Royal Diner. Cette sortie le contrariait. Gabriella le voyait à la façon dont il cherchait à éviter son regard. Mais elle s'en souciait peu. Il y avait plus important : la possibilité que Chance ait été honnête avec elle.

Elle reconnut Cara immédiatement. La jolie blonde mince et élancée était assise dans un petit coin au fond de la salle, le regard fixé sur sa tasse de café.

— Cara ? fit-elle en s'approchant d'elle.

Levant les yeux, la jeune femme lui adressa un triste sourire. Gabriella prit place en face d'elle. Joaquin s'installa au comptoir.

— Je suppose qu'il n'y a pas vraiment de bonne façon de commencer, dit Cara en redressant un peu le menton. J'avais entendu dire que vous étiez ici, mais pas que Chance et vous…

N'ayant pas envie de savoir ce que les villageois avaient pu dire sur Chance et elle, elle s'empressa de l'interrompre.

— Quant à moi, cela ne fait que peu de temps que j'ai appris votre existence, admit-elle.

— Comment va Alex ? Est-ce qu'il… est-ce qu'il se souvient de moi ?

Ses yeux étaient embués de larmes, et Gabriella oublia aussitôt sa rancœur. Elle savait à quel point il était difficile d'admettre qu'un être cher ait perdu la mémoire. Et si, par malheur, il arrivait la même chose à Chance ? Et s'il ne se souvenait plus d'elle, tout à coup ? Elle en aurait tout simplement le cœur brisé.

— Son… son état s'améliore, finit-elle par répondre, prudente.

Elle regrettait de ne pouvoir se montrer plus honnête, mais elle avait fait une promesse à son frère.

— Ah ! C'est bien. C'est mieux que… que…

Sa voix se brisa, et elle se couvrit la bouche de sa main.

— Je suis contente que vous m'ayez appelée. Je regrette vraiment ce qui s'est passé cet après-midi. Je suis allée voir Chance parce que… parce que j'avais besoin de parler à un ami, et parce que Chance est mon ami. C'est un homme vraiment génial, et je trouve affreux que des gens aient pu proférer ces mensonges sur lui, dire qu'il avait fait du mal à Alex pour me récupérer. Chance n'est pas comme ça ; il ne l'a jamais été. Il respecte ses amis. Même moi, qui l'ai pourtant laissé tomber pour son meilleur ami.

— Je vois, fit Gabriella, qui se demandait toujours si elle n'assistait pas à une mise en scène savamment orchestrée.

Mais Cara dut le sentir, car soudain elle leva les yeux vers elle et lui dit :

— Si je suis allée voir Chance aujourd'hui, c'est parce que je suis enceinte d'un homme qui ne se souvient plus de moi. Je… je ne sais plus quoi faire…

— *Dios mío*, murmura Gabriella, choquée, en luttant de toutes ses forces pour absorber ces informations.

Enceinte ? D'Alex ?

— Quand j'ai vu son numéro s'afficher sur mon téléphone, j'étais folle de joie. J'ai pensé que je pourrais peut-être le lui dire, que cela l'aiderait à se souvenir de moi. Vous savez… je voudrais juste qu'il se souvienne qu'il m'aimait…

Gabriella n'avait aucun mal à comprendre : elle savait ce que c'était que d'avoir sous les yeux un homme qui ne se souvenait plus de rien et d'essayer tout et n'importe quoi pour l'aider à recouvrer la mémoire. Elle avait de la peine pour Cara, mais il fallait en premier lieu qu'elle se protège.

— Il n'y a donc rien entre vous et Chance ?

Cara secoua vigoureusement la tête.

— Nous sommes amis. Nous l'avons toujours été, et je pense que nous le serons toujours. Mais rien de plus. Je suis amoureuse d'Alex Santiago.

Ses yeux s'embuèrent de nouveau.

— Ou de l'homme que je pensais qu'il était.

Gabriella ne put se retenir plus longtemps : elle prit tendrement la main de Cara dans la sienne.

— Il est amoureux de vous, lui aussi. J'en suis certaine. Simplement, ce sentiment est enfoui au fond de lui.

C'était la vérité. A ceci près qu'Alex gardait ce sentiment délibérément enfoui.

— Merci. Merci de m'avoir retrouvée ici et d'avoir écouté mes explications au sujet de Chance. J'ai envie qu'il soit heureux. C'est un homme vraiment adorable, et j'ai essayé de l'aimer, mais quand j'ai rencontré votre frère…

Elle prit un air pensif et s'interrompit quelques instants.

— J'ai demandé à Chance de ne pas dire à Alex que j'étais enceinte. Je sais que nous venons de nous rencontrer et que vous ne me devez rien du tout, mais puis-je vous demander la même chose ? Je voudrais le lui annoncer moi-même. Si cela pouvait l'aider à recouvrer la mémoire…

Mentir. Encore et toujours mentir.

Gabriella fit de mon mieux pour dissimuler sa lassitude. Manifestement, beaucoup de personnes de son entourage avaient des secrets à garder. Mais elle, était-elle si différente ? Elle avait fait l'amour avec Chance et ne voulait surtout pas que son père le découvre. Et maintenant, ce bébé. Jamais elle n'aurait pu imaginer que les choses puissent être si compliquées. Que ferait son père s'il venait à apprendre que sa fille avait couché avec un cow-boy et que son fils allait devenir père ? Elle préférait ne pas imaginer la scène.

— Quoi qu'il puisse arriver, ce bébé fait partie de la famille, ce qui signifie que vous faites partie de la famille. Je ne dirai rien à Alex, mais s'il y a quoi que ce soit que je puisse faire pour vous, n'hésitez pas à me le demander.

— La seule chose que je veux, c'est que mon Alex revienne, murmura-t-elle.

— C'est ce que nous voulons tous, acquiesça Gabriella.

- 15 -

Chance s'endormit avec un sac de glace sur le visage et son téléphone à la main. Il savait bien que Gabriella ne l'appellerait pas au milieu de la nuit, mais, aussi bête que cela puisse paraître, il préférait ne pas courir le risque de manquer son appel.

Il fit un rêve horrible dans lequel elle lui était arrachée contre sa volonté.

Jamais il n'aurait dû faire confiance à Alex, songea-t-il en se réveillant à 5 h 15. Il aurait dû prendre le risque d'aller lui parler lui-même. C'était une mission trop importante pour être confiée à qui que ce soit. Et surtout à un homme qui avait prouvé à maintes reprises qu'il n'était pas digne de confiance.

Les minutes s'écoulèrent très lentement. Et, à 8 heures, il avait bu tellement de café qu'il ne tenait plus en place.

Fou d'impatience, il passa la demi-heure qui suivit à tourner en rond comme un lion dans une cage.

Et, soudain, son téléphone sonna. Il saisit l'appareil si violemment qu'il crut qu'il allait le briser. Le numéro d'Alex était affiché sur l'écran.

— Allô ?

— Chance ?

Il aurait dû être ravi d'entendre enfin son ami l'appeler par son prénom. Et pourtant…

— Oui ?

— S'il te plaît, dis-moi que Gabriella est avec toi, fit Alex d'un ton anxieux.

— Quoi ? Bien sûr que non. Ça fait des heures que j'attends que tu m'appelles. Où est-elle ?

— Je ne sais pas. Elle n'est pas dans sa chambre, et Joaquin dit qu'il ne l'a pas vue ce matin.

— Vous avez fouillé la maison ?

— J'ai même vérifié la piscine et les dépendances. Elle n'est pas là !

Alex était supposé la calmer. Mais qu'avait-il fait ? Elle n'aurait tout de même pas essayé d'attenter à ses jours ? Non. Ce n'était pas son genre. Ce qui signifiait qu'il avait dû lui arriver quelque chose.

— Continuez de fouiller la maison. J'arrive. Et appelle Nathan.

— *Papá* ne veut pas. Nous ne savons même pas si elle a disparu. Chance…

Fou de rage, il serra les poings. Il était hors de question qu'il le laisse une nouvelle fois faire les choses à sa place.

— J'arrive, dit-il, avant de lui raccrocher au nez.

Il se hâta ensuite de composer le numéro de la réception de l'hôtel. Carlotta lui répondit immédiatement :

— Bonjour, *señor.*

— Carlotta, Gabriella a disparu. Il se peut qu'on ait affaire à un autre kidnapping. Demandez aux femmes de chambre de vérifier chacune des pièces de l'hôtel, sans exception. Révcillez tout le monde, si nécessaire.

Il raccrocha et rechercha un autre numéro.

— Marty, Gabriella a disparu. Rassemble autant de types que tu le peux et passez le secteur au peigne fin. Commencez par l'atelier de Slim et vérifiez ensuite la crique. Si vous la trouvez quelque part, appelez-moi immédiatement.

Il lui semblait possible qu'elle se fût retranchée dans un de ces lieux : un endroit calme et familier pour elle, où elle aurait pu réfléchir.

Mais quelque chose lui disait que ce n'était pas le cas. Et si les ravisseurs d'Alex avaient enlevé Gabriella ? Plus il y pensait, plus l'idée lui paraissait plausible. Et inquiétante. D'autant plus qu'à la façon dont son visage s'était assombri quand elle lui avait parlé de l'enlèvement de sa mère et des tentatives d'enlèvements dont elle avait fait l'objet, il croyait pouvoir dire sans se tromper qu'il s'agissait là de son pire cauchemar.

Faites qu'elle soit saine et sauve, pria-t-il en accélérant pour sortir du ranch. *Même si elle ne me revient pas, faites qu'elle ne soit pas blessée. Je ne veux pas qu'elle ait peur.*

Elle ne se rendait jamais nulle part sans Joaquin. Allongée sur le lit, après l'amour, elle lui avait souvent parlé de la vie qu'elle menait dans le domaine de son père. Elle avait évoqué un garçon d'écurie qu'elle avait embrassé dans un acte de rébellion. Elle lui avait expliqué qu'elle s'était coupé les cheveux quand elle s'était vu interdire l'accès à l'université. Elle lui avait même parlé de Raul, le garçon que son père avait choisi pour l'accompagner aux événements mondains, le garçon qui plaçait sa main sur elle comme si elle lui appartenait.

Mais jamais elle n'avait dit avoir essayé de faire le mur pour échapper à la surveillance de Joaquin.

Quelque chose clochait ; c'était certain.

Il arriva chez Alex en un temps record. La maison était silencieuse, comme s'il s'agissait d'un samedi matin ordinaire. Manifestement, Alex n'avait pas appelé la police. Mais qu'est-ce qui n'allait pas, chez ce type ?

Sans se donner la peine de sonner ni de frapper, il ouvrit la porte et se dirigea tout de suite vers le séjour. Alex était au téléphone, et Joaquin affalé sur le canapé. Décidément, il y avait vraiment quelque chose qui clochait.

— J'ai demandé aux femmes de chambre de fouiller l'hôtel et à Marty de chercher dans le ranch, annonça-t-il aussitôt. Où est votre père ?

Alex lui jeta un regard déconcerté.

— A une réunion, aussi incroyable que cela puisse paraître, marmonna-t-il, avant de revenir à sa conversation téléphonique. Oui, je sais. Mais si tu pouvais tout de même vérifier… Merci.

Après avoir raccroché, il se tourna de nouveau vers lui.

— J'ai de nouveau vérifié la maison, la piscine et les dépendances. Rien. Nathan va lancer des recherches.

Il prit un air contrit et ajouta :

— Désolé, pour ton œil.

La marque noire que son poing y avait laissée était le cadet de ses soucis.

— Tu as vraiment appelé le shérif ?

— *Papá* m'a dit de ne pas le faire, et ensuite il s'est enfermé dans son bureau. Je trouve ça très bizarre, et je n'aime pas ça.

— Hmm, acquiesça Chance avant de se tourner vers Joaquin qui, compte tenu de la situation, paraissait curieusement serein.

— Il y a quelque chose de bizarre, c'est sûr, reprit-il. Où est-elle ?

Joaquin ne répondit pas. Se penchant en avant, il se prit la tête dans les mains.

Fou de rage, Chance attrapa le garde du corps par le col et le força à se redresser. Il ne lui opposa aucune résistance, ce qui ne fit que confirmer ses soupçons.

— Où est-elle ? Tu ne la quittes jamais du regard ; tu dois savoir où elle est.

Joaquin baissa les yeux.

— Je m'étais dit qu'après toutes ces années tu ne voudrais que son bonheur. Je pensais que c'était pour cette raison que tu l'avais laissée me fréquenter. Elle était heureuse de faire du cheval, de travailler le métal et de tomber amoureuse. Mais, en réalité, tu te fichais bien de tout ça, hein ? Pour toi, c'était juste une cliente comme une autre. Une mission que tu avais à mener à bien. Dis-moi où elle est, Joaquin, si tu ne veux pas que je t'envoie à l'hôpital ou à la morgue.

Le garde du corps garda le silence.

— Tu sais qui l'a emmenée et tu as laissé faire ! lui hurla Chance au visage, espérant déclencher une réaction de sa part. Espèce d'enfoiré, tu as laissé faire !

— Pas exactement, fit une voix derrière lui.

Etonné, il lâcha Joaquin, qui retomba sur le canapé comme un sac de pommes de terre, et il se retourna vivement.

— S'il n'a pas accompagné Gabriella, c'est parce que je lui ai ordonné de ne pas le faire, poursuivit Rodrigo del Toro.

— Encore un de ces tests bidon, c'est ça ? Vous me dégoûtez. La façon dont vous traitez votre fille, et même vos deux enfants, est scandaleuse. Je dirais même criminelle.

Il avait bien conscience d'être en train d'insulter le père de Gabriella, mais il s'en fichait. Cet homme, ce monstre, lui avait fait quelque chose, et il fallait absolument qu'il la retrouve.

M. del Toro ne parut pas le moins du monde affecté par ses accusations. Comme si de rien n'était, il se tourna vers son fils :

— C'est avec lui que tu t'es lié d'amitié ?

Puis, baissant son regard vers Joaquin :

— C'est avec lui que tu as laissé ma fille passer du temps ? Je te croyais moins bête que ça, Joaquin. Je t'ai confié ce qu'il y a de plus précieux à mes yeux, et tu as échoué dans ta mission. Tes services ne sont plus requis au sein de la famille del Toro.

— Gabriella n'est pas un objet, grommela Chance.

Il n'avait jamais autant eu envie de frapper un homme de toute sa vie.

— C'est une femme, un être humain. Où est-elle ?

— Quand Joaquin est venu me voir pour m'expliquer qu'elle sortait avec un cow-boy, lui répondit calmement

M. del Toro, je me suis dit que je ne pouvais pas laisser faire ça.

— Qu'est-ce que tu as fait, *papá* ?

Alex avait prononcé cette phrase comme si le monde s'effondrait sous ses pieds et qu'il ne pouvait rien faire pour l'en empêcher. Pourquoi ne semblait-il pas en colère ? Il aurait dû paraître tout simplement furieux…

— Raul Viega est venu la chercher, répondit M. del Toro d'un ton factuel. Il m'a semblé évident que Gabriella n'était plus heureuse à Las Cruces, et tout aussi évident qu'elle était prête à se marier. Raul est issu d'un milieu convenable. Son père est un homme d'affaires de renom. Ce mariage cimentera nos liens, et Raul veillera sur sa sécurité.

— Vous… Quoi ? Vous l'avez donnée à Raul ?

Chance n'arrivait pas à croire à ce que venait de dire le père de Gabriella. Il avait offert sa fille comme un cadeau d'entreprise. De toutes les absurdités qu'il venait d'entendre, c'était certainement la pire.

— C'est ma fille, répliqua-t-il d'une voix hautaine. C'est à moi de décider de ce qui lui convient le mieux.

— Certainement pas, répondit Chance, avant de se tourner vers Joaquin, toujours affalé sur le canapé, comme s'il venait de recevoir un coup dans la poitrine. J'embauche : je viens de créer un poste de chef de la sécurité aux Acres. Ça vous intéresse ?

— *Qué ?*

— Il vient de vous virer ; je vous embauche. Et la première mission que je vous confie est de retrouver Gabriella. Vous êtes avec moi ?

Comme Joaquin, qui paraissait complètement abasourdi, ne répondait pas, Chance se tourna vers Alex.

— Tu es avec moi ?

— Je te l'interdis formellement, intervint M. del Toro. Je t'interdis formellement de t'opposer à mes ordres.

Chance sentit que, derrière lui, Joaquin se levait. Craignant sa réaction, il se retourna vivement vers lui.

— Ils sont partis il y a une demi-heure, affirma alors le garde du corps. Je connais sa voiture.

— Je te préviens que tu vas le regretter, Joaquin ! s'exclama M. del Toro.

Chance se tourna vers Alex. La veille, son ami lui avait dit qu'il savait comment était son père. Et il comprenait mieux, désormais.

— Alors, tu es avec moi ? On n'a pas toute la journée…

— Alejandro ! rugit M. del Toro.

Alex avait la tête baissée, comme un petit garçon craignant d'être puni. Mais, soudain, il releva le menton et prit un air déterminé.

— Mon nom est Alex, déclara-t-il lentement à son père, en commençant à avancer vers la porte.

— Allons-y, fit Chance en tapant dans le dos de son ami et en s'efforçant d'ignorer les menaces proférées à leur encontre en anglais et en espagnol.

Joaquin leur emboîta le pas.

Il fallait absolument qu'ils retrouvent Gabriella avant qu'elle passe la frontière. Même si elle ne voulait plus jamais lui parler, il savait qu'il ne pourrait supporter l'idée de la savoir mariée contre son gré à un fils à papa.

— On a beaucoup de route à faire. Rappelle Nathan et dis-lui ce que nous savons. Peut-être que l'un de ses potes flics pourrait les arrêter avant qu'ils arrivent à la frontière ?

— D'accord. Je vous suis dans ma voiture, répondit Chance.

Il prit le volant. Joaquin s'installa à côté de lui dans le pick-up.

Ils prirent la route.

- 16 -

— Je veux rentrer chez moi, déclara Gabriella en s'efforçant d'adopter un ton ferme et assuré.

— Nous y serons bientôt, répondit Raul. Je suis sûr que tu vas adorer la Casa Catalina. Ton père va y faire expédier toutes tes affaires. Tu ne manqueras de rien.

— Je veux retourner chez Alex, dit-elle un peu plus fort. Maintenant !

Il poussa un profond soupir et posa la main sur sa cuisse.

— Tu apprendras à aimer la Casa Catalina. Tu apprendras à m'aimer. Nous serons mariés la semaine prochaine, répondit-il en serrant sa cuisse si fort qu'il laissa des marques dans le jean qu'elle s'était hâtée d'enfiler le matin quand Joaquin était entré dans sa chambre pour lui dire de s'habiller.

Elle eut mal, mais lutta de toutes ses forces pour ne pas crier. Elle ne voulait pas lui laisser voir qu'elle était terrifiée.

— Quand *papá* saura ce que tu as fait…

— Pour ta gouverne, *muñequita*, sache que c'est lui qui m'a appelé hier pour me dire de venir te chercher. Il m'a dit que tu n'étais plus en sécurité aux Etats-Unis.

Muñequita. Petite poupée. C'était un terme d'affection, mais elle n'avait jamais pu le supporter. Une petite poupée de porcelaine fragile qui devait être gardée sous clé et protégée de tout. Protégée de la vie. Voilà tout ce qu'elle était aux yeux de son père et de Raul.

Malgré sa colère, elle jugea préférable de garder le silence. Elle savait qu'elle ne parviendrait pas à lui faire entendre raison. Il ne se laisserait pas facilement écarter du chemin que son père et lui avaient décidé d'emprunter. Dans une semaine, elle serait mariée à cet homme, qui l'enfermerait dans un autre domaine et ne la toucherait que quand il en aurait envie, sans lui demander son avis. C'était impossible ; elle ne pouvait pas laisser faire cela. Le seul homme par qui elle avait envie d'être touchée était Chance. Chance et seulement Chance.

Elle devait se battre.

Que pouvait-elle faire ? Elle pouvait frapper Raul. Elle avait réussi à prendre son sac à main en se rendant dans le garage, où Joaquin lui avait dit que quelqu'un l'attendait. Comme une idiote, elle avait pensé qu'il s'agissait de Chance. Et, soudain, quelqu'un l'avait brutalement poussée dans la Porsche de Raul. Joaquin avait refermé la portière, manquant de lui casser le pied, et Raul était sorti du garage en verrouillant toutes les portières.

Mais le Texas était un vaste Etat et, manifestement, Raul était décidé à respecter les limitations de vitesse. Il craignait sans doute de se faire arrêter par un agent de police. Ils n'allaient pas tarder à arriver à Midland. Si seulement elle réussissait à sortir de la voiture, elle pourrait certainement trouver quelqu'un qui l'aiderait. Et puis, elle avait son téléphone ; elle pouvait peut-être appeler la police.

Mais si elle frappait Raul, il risquait de perdre le contrôle du véhicule, et s'ils avaient un accident elle en souffrirait également. Pour la première fois de sa vie, elle avait l'impression de comprendre ce que sa mère avait dû ressentir le jour où elle avait été kidnappée. Pouvait-elle risquer sa vie pour revenir à l'homme qu'elle aimait, comme sa mère avait risqué la sienne pour revenir à elle ? Ou valait-il mieux attendre docilement qu'une occasion se présente ?

Hormis frapper Raul, que pouvait-elle faire d'autre ? Midland était à environ quatre heures de route de la frontière. Ils feraient peut-être un arrêt dans une station-service, et elle pourrait alors peut-être essayer de s'échapper. Et si elle n'y arrivait pas, il lui resterait encore la possibilité d'alerter les autorités à la douane. Quoi qu'il en soit, il fallait qu'elle tente quelque chose avant qu'ils gagnent le Mexique. Car une fois là-bas, elle deviendrait sa propriété personnelle, et il lui serait alors beaucoup plus difficile de lui échapper.

Qu'aurait fait sa mère, à sa place ? Elle aurait frappé Raul. Elle n'aurait pas attendu une occasion qui ne se présenterait peut-être pas. Elle aurait tout fait pour retrouver ses enfants. Gabriella lui en avait toujours un peu voulu de s'être montrée si imprudente. Mais, désormais, elle comprenait.

Sa décision était prise : elle allait essayer de se battre contre Raul. Mais mieux valait tout de même attendre qu'il ait immobilisé le véhicule.

Ils venaient d'atteindre la banlieue de Midland quand un pick-up arriva à leur niveau. Bizarre, songea-t-elle au moment où le conducteur se mit à klaxonner, on dirait le véhicule de Chance.

Le pick-up doubla la Porsche, et soudain, dans un crissement de pneus, il s'arrêta devant eux, en travers de la route.

— *Mierda !* jura Raul en écrasant la pédale de frein.

Elle sentit sa tête et son buste partir brutalement en avant, mais elle fut retenue par la ceinture de sécurité. Quand elle se fut remise du choc, elle regarda à travers le pare-brise et vit Joaquin sortir du pick-up. Au même instant, Raul tendit la main vers la boîte à gants. Il devait avoir une arme ; elle n'y avait pas pensé. La boîte à gants s'ouvrit. D'un coup de pied, elle la referma violemment sur les doigts de Raul. Ce dernier laissa échapper un cri.

Une seconde plus tard, la portière conducteur s'ouvrait, et Raul était jeté sans ménagement de la voiture.

Puis sa portière s'ouvrit, et Chance apparut devant elle.

— Ça va, ma chérie ? lui demanda-t-il d'un air anxieux en lui tendant la main.

— Lâche-moi, *idiota* ! hurla Raul, de l'autre côté de la voiture.

— Je suis là, murmura Chance d'une voix rassurante. Tu peux descendre, maintenant. Il ne te fera plus jamais de mal.

Elle prit la main qu'il lui tendait et, quand elle fut dehors, il la serra fermement contre lui. Alors, tout son corps se mit à trembler.

— Je suis là, ma chérie, dit-il en l'éloignant de la Porsche. Je suis là.

— Chance, réussit-elle à articuler.

Mais elle fut incapable de poursuivre. Elle avait la gorge serrée et sentait qu'elle était sur le point de pleurer. Mais elle ne voulait pas se laisser aller à le faire. Elle ne voulait pas que Raul la voie ainsi.

— Elle est à moi ! continuait-il de hurler. *Es mía !*

— Je la ramène dans ses terres.

Etait-ce la voix de son frère qu'elle venait d'entendre ? Etait-il lui aussi dans le pick-up ?

— Elle retourne avec moi au Mexique, poursuivit Raul. Rodrigo et moi nous sommes mis d'accord.

Elle entendit ensuite un petit cri aigu. Etait-ce Joaquin qui l'avait frappé ? Ou Alex ?

— Tu n'es pas blessée ? lui demanda Chance.

Elle sentait toujours la chaleur de ses bras, la fermeté de sa poitrine contre la sienne. Il était tôt, et la route était déserte.

— Quelques bleus, admit-elle en faisant de son mieux pour ignorer la dispute de Raul et d'Alex, qui prétendaient tous deux être en droit de faire d'elle ce qu'ils voulaient.

Chance baissa les yeux vers elle.

— J'ai appelé Nathan. Il va l'arrêter pour tentative d'enlèvement.

Elle le regarda attentivement et laissa échapper un petit cri de surprise.

— Qu'est-ce qui s'est passé ? demanda-t-elle en effleurant doucement de ses doigts le bleu qui cernait son œil.

— Ton frère m'a envoyé son poing dans la figure parce que je t'avais fait pleurer, dit-il en souriant.

— *Dios mío !*

De nouveau, elle sentit les larmes lui monter aux yeux, mais les cris autour d'elle lui rappelèrent qu'elle ne pouvait pas se laisser aller. Pas encore.

— Je voulais que tu entendes de ma bouche, dit-il comme s'il n'entendait pas la dispute qui continuait de battre son plein, qu'il n'y a rien entre Cara et moi. Elle a un problème. Elle avait juste besoin de se confier. Rien de plus. Jamais je ne te tromperai.

Elle le savait, naturellement. Mais en l'entendant de sa bouche, elle se sentit submergée par un doux sentiment de réconfort.

— Je sais. Je lui ai parlé, hier soir. Elle m'a expliqué son… problème.

De l'autre côté de la voiture, les cris reprirent de plus belle.

— Et maintenant, qu'est-ce que tu voudrais faire ?

Elle prit quelques instants pour réfléchir.

— Quoi que tu puisses me demander, dit-il en prenant un air sérieux, tu sais que tes désirs sont des ordres. Si tu veux rester avec ce *cabrón*, je lui laisserai la place. Et si tu veux retourner chez Alex et rester avec ton père, je m'éclipserai aussi.

— Je ne veux rien de tout cela. Je ne veux plus jamais voir Raul, finit-elle par dire.

Son sourire s'élargit.

— Très bien, dit-il en se tournant vers la route. Joaquin ! Veuillez veiller à ce que Raul s'en aille. Seul.

— *Sí*, répliqua Joaquin, en traînant Raul vers sa Porsche.

— Attends ! s'écria-t-elle, soudain inquiète. Je crois qu'il a une arme dans sa boîte à gants.

— Mais vérifiez d'abord la boîte à gants ! lança-t-il.

Elle tourna son regard vers la route et constata avec surprise que Joaquin obéissait aux ordres de Chance. D'un geste brusque, il poussa Raul vers Alex, qui l'immobilisa, puis il ouvrit la portière pour sortir l'arme de la boîte à gants.

Chance la tenait fermement contre lui, mais il n'essayait pas de lui dissimuler la scène qui se déroulait sous ses yeux. Soudain, elle s'aperçut que la Ferrari rouge d'Alex se trouvait juste à côté de la voiture de Chance. Raul était complètement cerné.

Chance se tourna vers elle et la regarda avec tendresse.

— Tu veux bien monter dans le pick-up ? Je ne voudrais pas me trouver sur le chemin de Raul quand il partira.

Elle hocha la tête et obtempéra. Alex retourna également à sa voiture, mais Joaquin resta sur le bas-côté, le pistolet qu'il avait pris dans la boîte à gants pointé sur Raul.

Après s'être glissé sur le siège passager, Chance dégagea le pick-up de la route. Et la Porsche de Raul ne tarda pas à redémarrer et à disparaître dans le lointain.

Et tout redevint silencieux.

— Qu'est-ce qui s'est passé ? lui demanda Chance.

Il se pencha vers elle. Mais il ne lui prit pas la main. Il attendit. Comme pour lui demander sa permission.

Sans hésiter une seule seconde, elle mêla ses doigts aux siens.

— Joaquin m'a réveillée et m'a fait descendre. Et puis quelqu'un m'a poussée dans la voiture, et Raul m'a enlevée. Il m'a dit… il m'a dit que mon père l'avait appelé parce qu'il pensait que je n'étais plus en sécurité aux Etats-Unis.

— C'est plus ou moins ce qu'il m'a dit, à moi aussi.

— Mais pourquoi est-ce que Joaquin obéit à tes

ordres ? Il m'a trahie. C'est lui qui m'a poussée dans la voiture de Raul.

— Je vais t'expliquer, lui répondit-il en caressant doucement ses doigts. Je crois qu'il se sentait déjà super mal d'avoir fait ça. Et puis, ton père lui a dit qu'il le virait parce qu'il t'avait autorisée à passer du temps avec moi. Alors je l'ai engagé en qualité de chef de la sécurité aux Acres. J'ai créé un poste.

Complètement stupéfaite, elle secoua la tête.

— Tu as embauché Joaquin ?

— Et il a accepté. C'est lui qui m'a décrit la voiture de Raul et qui m'a dit dans quelle direction il était parti.

Très bien. Joaquin avait donc essayé de se racheter. Quant à Alex, il avait participé aux recherches. Ce qui prouvait qu'il s'intéressait un tant soit peu à son bonheur.

Mais c'était Chance qui avait pris l'initiative de venir la chercher. Elle savait que ni son frère ni son garde du corps n'aurait pu prendre cette décision seuls.

— Maintenant, lui dit-il en portant sa main à ses lèvres pour l'embrasser, je crois qu'il serait temps pour toi de me dire ce que tu voudrais que nous fassions ensuite.

Elle regarda autour d'elle. Une voiture passa devant eux. Joaquin se tenait toujours debout à côté du pick-up. Alex était remonté dans sa voiture.

— Je veux faire ce que j'ai envie de faire. J'ai envie d'aller et venir sans avoir de comptes à rendre à personne et sans être protégée par qui que ce soit. J'ai envie de faire du cheval, de travailler le métal, d'être heureuse. J'ai envie d'être libre.

Il baissa les yeux vers leurs mains jointes. On aurait presque dit qu'il était inquiet.

— Je te prie de m'excuser, dit-il en lâchant ses mains pour ouvrir la portière. Joaquin, pourriez-vous rentrer dans la voiture d'Alex ? Venez au ranch demain ; nous signerons le contrat.

Le garde du corps hocha la tête, puis repartit vers la

voiture de son frère, qui ne tarda pas à faire demi-tour pour reprendre la route de Royal.

Enfin, ils étaient seuls. Jusqu'ici, il avait toujours eu la prévenance de lui demander ce dont elle avait envie. Mais la vérité, c'était qu'elle avait envie de lui. Et qu'elle voulait s'assurer que ce sentiment était bien réciproque.

— Et toi, de quoi as-tu envie ?

— Je veux que mes terres restent dans les mains des McDaniel. Je veux retrouver la femme que j'aime tous les soirs en rentrant chez moi. Je veux avoir des enfants qui apprendront à monter à cheval et à nager dans des criques.

Il baissa d'un ton et ajouta :

— Je voudrais faire toutes ces choses avec toi.

Le retrouver tous les soirs ? Devenir la mère de ses enfants ? C'était tout ce dont elle avait toujours rêvé, mais…

— Mais demanderas-tu à Joaquin de me suivre partout ? Je n'ai plus envie d'être protégée, Chance.

— Non. Si tu veux faire une balade à cheval ou prendre un café en ville toute seule, ça me va très bien. Et si tu veux que Joaquin t'y conduise, ça me va très bien aussi. Tes désirs seront toujours des ordres, et si tu me demandes quelque chose tu connais déjà la réponse.

Oui. La réponse serait toujours oui.

— Je ne veux pas vivre dans le péché.

— Je peux faire venir un prêtre au ranch dès demain matin.

Elle s'approcha de lui pour mieux le regarder.

— Peut-être devrions-nous attendre ? Juste un petit peu… ?

Mais si elle choisissait cette solution, il lui faudrait retourner chez Alex. Où son père chercherait sans aucun doute à la faire plier à sa volonté.

Il dut lire dans ses pensées, car, prenant un air sérieux, il lui dit :

— Il y a de la place à l'hôtel, tu sais ? Surtout en cette

saison. Tu peux prendre la chambre que tu veux, pour autant de temps que tu veux, si tu en as envie.

— Et Joaquin ?

Elle avait envie d'être libre, vraiment. Mais, d'un autre côté, elle devait admettre que l'idée l'effrayait un peu. C'était sans doute ce que devaient ressentir les oiseaux élevés en cage, quand quelqu'un ouvrait brutalement la porte de la prison à laquelle ils s'étaient habitués.

— Je peux lui libérer une chambre au rez-de-chaussée, où il pourra surveiller toutes les allées et venues. Franny lui fera à manger. Je ne m'inquiète pas pour lui.

Cela lui semblait tout simplement parfait. Elle ne savait pas si elle aurait un jour envie de revoir son père. Mais Joaquin... Tout bien considéré, c'était lui qui s'était toujours comporté en père avec elle.

— Et je pourrais avoir un atelier à moi ?

— Bien sûr. On fera venir tes outils, tes chevaux et tout ce dont tu as besoin.

Tendrement, il se pencha vers elle et prit son visage dans ses mains.

— Gabriella del Toro, voulez-vous m'épouser ?

— Vous connaissez déjà la réponse, monsieur McDaniel...

— Oui, répondit-il.

Et il joignit ses lèvres aux siennes.

Retrouvez en décembre 2020,
dans votre collection

PASSIONS

Un baiser interdit, de Jessica Lemmon - N°894

SÉRIE : IDYLLES AU BUREAU TOME 1

Quand Taylor se retrouve coincée dans un cagibi avec le séduisant Royce Knox, elle ne peut s'empêcher de l'embrasser ! Une folie qu'elle ne se pardonne pas. Il ne faut en aucun cas que cela se reproduise, car Royce est son collègue et n'est pas l'homme que son père a choisi pour elle... Mais comment résister à cette idylle naissante ?

Éprise de son patron, de Jessica Lemmon

SÉRIE : IDYLLES AU BUREAU TOME 2

Addison est furieuse contre elle-même : que lui a-t-il pris d'appeler Brannon Knox – son patron – à l'aide quand sa voiture est tombée en panne sur l'autoroute ? Car, non seulement Brannon ne la laisse pas indifférente, mais voilà que celui-ci a décidé de passer le week-end avec elle, risquant de donner à leur relation jusqu'ici professionnelle un tournant bien plus intime...

Seconde chance pour leur amour, de Jessica Lemmon

SÉRIE : IDYLLES AU BUREAU TOME 3

Gia a beau avoir divorcé de Jayson il y a plus d'un an, elle ressent toujours une folle attirance pour lui. Alors, quand ils se retrouvent au mariage de son frère, les sentiments de Gia menacent de refaire surface et la passion de la submerger... Au point de donner à Jayson une seconde chance ?

La tempête des sentiments, de Charlene Sands - N°895

SÉRIE : TROIS RANCHERS À AIMER TOME 2

À son grand désarroi, April voit Risk entrer dans son agence immobilière. Risk, avec qui elle a passé la plus belle nuit de sa vie il y a deux ans, mais qui l'a quittée le lendemain sans un au revoir… Désormais elle doit lui faire visiter le chalet de Canyon Lake. Or, coincés par une tempête, ils sont obligés de dormir sur place. Comment cohabiter avec celui qui lui a brisé le cœur et qui se montre bien plus attentionné aujourd'hui ?

Une rencontre dans la neige, de Joanne Rock

Tandis qu'April entame l'ascension des Bitterroot Mountains, une tempête de neige s'abat sur la montagne, la poussant à demander de l'aide à Weston, le beau et fougueux propriétaire du ranch de Mesa Falls. Un geste qu'elle regrette aussitôt, car sa mission première est d'enquêter sur Weston, soupçonné de malversations. Or, toute forme de rapprochement avec lui met en péril ses chances de succès… et l'intégrité de son cœur.

Le procès de la tentation, de Robyn Grady - N°896

SÉRIE : UNE NUIT POUR TOUT CHANGER TOME 1

Après avoir passé une nuit délicieuse avec l'avocat Jacob Stone, Teagan apprend avec stupéfaction qu'il poursuit son frère, magnat de la presse, pour diffamation ! Teagan sait alors que leur histoire est finie… Mais comment se résigner à ne plus voir le fascinant Jacob ? Lui qui lui donne un nouveau souffle après une période compliquée de sa vie et qui éveille en elle des sentiments abandonnés depuis trop longtemps…

Amoureuse de son rival, de Robyn Grady

SÉRIE : UNE NUIT POUR TOUT CHANGER TOME 2

Veda vient de réaliser son rêve le plus fou : passer une nuit avec l'irrésistible Ajax Rawson, dont elle était amoureuse au lycée ! Seulement voilà, il subsiste un problème de taille : leurs pères, éleveurs de pur-sang, sont rivaux depuis toujours. Dorénavant, Veda devra choisir : se ranger aux côtés de son père ou laisser une chance à Ajax, dont elle se rapproche dangereusement…

Leur plus belle nuit, de Jules Bennett - N°897

En tournant un film dans le haras de la famille Barrington, Lily était loin d'imaginer à quel point sa vie changerait ! Car c'est ici qu'elle a rencontré Nash James, dont le regard a embrasé son corps. C'est ici qu'ils sont devenus amants. C'est ici qu'elle lui a annoncé qu'elle portait son enfant. Mais, si Nash est prêt à assumer ses responsabilités, elle ne peut pas s'installer chez lui. Car elle sait qu'elle devra bientôt retourner à Los Angeles...

Un inconnu si séduisant, de Sara Orwig

Lorsqu'elle croise le regard du séduisant inconnu qui vient de l'aborder, Sophia sent un délicieux frisson la parcourir. Elle n'a qu'une envie : qu'il l'embrasse. Et lorsque, enfin, il pose les lèvres sur les siennes, elle s'abandonne au plaisir... *Est-ce cela, l'amour ?* se demande-t-elle soudain. Rien n'est moins sûr, car Sophia ignore encore que la rencontre qui vient de bouleverser sa vie n'est en rien le fruit du hasard...

Le souffle de la séduction, de Catherine Mann - N°898

Alexa regrette de plus en plus d'avoir accepté la proposition de Seth Jansen. Elle était pourtant persuadée que s'occuper des deux enfants de cet homme d'affaires lui donnerait l'occasion de lui proposer d'investir dans son entreprise. Sauf que, depuis son arrivée en Floride, elle n'a pas eu une seule fois le temps de parler à Seth de ses futurs projets. Pire, elle se sent de plus en plus troublée par la proximité de cet homme incroyablement viril...

Les promesses du désir, de Kat Cantrell

Cia est bouleversée. Si elle a conclu un contrat de mariage avec le beau Lucas Wheeler, c'est uniquement pour obtenir les fonds nécessaires au financement de son œuvre caritative. Seulement voilà, vivre aux côtés de ce séducteur se révèle plus difficile qu'elle ne l'avait prévu. Car comment nier l'attraction de plus en plus irrésistible entre eux ? Hélas, elle ne doit pas céder à la tentation : car un divorce scellera bientôt la fin de leur pacte...